ELIZABETH HARAN

Fliegende Ärzte

Eine mutige Frau

Weitere Titel der Autorin:

Im Land des Eukalyptusbaums
Der Ruf des Abendvogels
Im Glanz der roten Sonne
Ein Hoffnungsstern am Himmel
Am Fluss des Schicksals
Die Insel der roten Erde
Im Tal der flammenden Sonne
Im Schatten des Teebaums
Der Duft der Eukalyptusblüte
Im Hauch des Abendwindes
Leuchtende Sonne, weites Land
Der Glanz des Südsterns
Jenseits des leuchtenden Horizonts
Träume unter roter Sonne
Heller Mond, weite Träume
Im Tal der Eukalyptuswälder
Jenseits der südlichen Sterne
Der Himmel über dem Outback
Eine Liebe in Australien
Ein Traum in Australien
Fliegende Ärzte – Eine mutige Frau
Fliegende Ärzte – Aufbruch ins Outback

Über die Autorin:

Elizabeth Haran wurde in Simbabwe/Afrika geboren, als das Land noch Südrhodesien hieß. In den 1960er-Jahren zog ihre Familie nach England. Zweieinhalb Jahre später wanderten sie nach Australien aus.

Ihr erster Roman wurde im Jahr 2001 veröffentlicht. Seitdem verfasst sie jedes Jahr einen Roman. Für ihre Recherchen reist sie durch Australien und besucht die Orte, die als Kulisse für ihren nächsten Roman dienen. Elizabeth lebt mit ihrer Familie und vielen Tieren an der Küste Südaustraliens. Nach dem Schreiben ist Kochen, vor allem von Curry-Gerichten, ihre zweite Leidenschaft.

ELIZABETH
HARAN
Fliegende Ärzte
Eine mutige Frau

Australien-Roman

Übersetzung aus dem australischen Englisch
von Kerstin Ostendorf

lübbe

Die Bastei Lübbe AG verfolgt eine nachhaltige Buch-
produktion. Wir verwenden Papiere aus nachhaltiger
Forstwirtschaft und verzichten darauf, Bücher einzeln in Folie
zu verpacken. Wir stellen unsere Bücher in Deutschland
und Europa (EU) her und arbeiten mit den Druckereien
kontinuierlich an einer positiven Ökobilanz.

Vollständige Taschenbuchausgabe
der bei Bastei Lübbe erschienenen Hardcoverausgabe

Copyright © 2021 by Elizabeth Haran
Published by arrangement with Elizabeth Haran-Kowalski
Titel der australischen Originalausgabe:
»Wings Across the Sun«

Dieses Werk wurde vermittelt durch
die Literarische Agentur Thomas Schlück GmbH, 30161 Hannover.

Für die deutschsprachige Ausgabe:
Copyright © 2023 by
Bastei Lübbe AG, Schanzenstraße 6–20, 51063 Köln, Deutschland
Bei Fragen zur Produktsicherheit wenden Sie sich bitte an:
produktsicherheit@bastei-luebbe.de

Textredaktion: Marion Labonte, Labontext
Landkarte: Reinhard Borner
Umschlaggestaltung: Jeannine Schmelzer
Umschlagmotiv: © Joanna Czogala / Arcangel;
© Shutterstock / tommaso lizzul; © Shutterstock / TanyaJoy;
© Shutterstock / eo Tang; © Shutterstock / Jon Fitton;
© Shutterstock / vesta2k
Satz: Dörlemann Satz, Lemförde
Gesetzt aus der Garamond
Druck und Verarbeitung: GGP Media GmbH, Pößneck

Printed in Germany
ISBN 978-3-404-18937-3

4   6   7   5   3

Sie finden uns im Internet unter luebbe.de
Bitte beachten Sie auch: lesejury.de

*Ich schreibe dieses Buch in Gedenken an Robin Miller,
die Sugar Bird Lady.
Robin war ausgebildete Krankenschwester und leidenschaftliche
Pilotin. Sie arbeitete für den Royal Flying Doctor Service of
Australia, die »Fliegenden Ärzte«. Außerdem lieferte sie mit
ihrem Flugzeug Polio-Impfstoff in entlegene Gebiete des
Outback in Western Australia. Die Kinder nannten sie Sugar
Bird Lady, weil sie vom Himmel herabflog und ihnen den
einzunehmenden Impfstoff auf einem Zuckerstück verabreichte.
Robin war eine wahrlich bemerkenswerte Frau und vielen
Frauen auf der ganzen Welt ein Vorbild und Inspiration.
Sie hat in ihrem Leben viel bewegt und die Einstellung der
Öffentlichkeit gegenüber Frauen in der Luftfahrt
maßgeblich verändert. Tragischerweise starb sie bereits im Alter
von 35 Jahren an Hautkrebs.
Robin wurde – und wird noch immer – von vielen verehrt.*

*I would like to dedicate this book to the memory of
Robin Miller, the sugar bird lady.
Robin had a passion for aviation and became a nurse
for the Royal Flying Doctors. She delivered the oral polio vaccine
to children in remote communities in outback Western Australia
who had not yet received it. The children dubbed her the sugar
bird lady because she gave them the oral vaccine on a
lump of sugar and she came out of the sky. She was a truly
remarkable woman and an inspiration for women
from all around the world.
After achieving so much and changing attitudes towards women
in aviation, Robin sadly lost her life at the age of 35 years
to melanoma. She was, and still is, admired by many.*

Prolog

Northern Territory, Australien – 1967

Die Piper Cherokee summte friedlich über den endlos weiten Himmel und warf einen rotbraunen Schatten auf die Sandsteinschluchten entlang des Katherine River im Northern Territory.

Cassandra Granger konnte von dieser Aussicht nie genug bekommen und genoss wie immer beim Fliegen das aufregende Gefühl, ihr Schicksal in der Hand zu haben. Erstaunlicherweise hatte sie den Himmel heute ganz für sich. Das scheinbar endlos weite Land, das sie durch das Flugzeugfenster sehen konnte, war insgesamt größer als Spanien, hier gab es mehr Sprachen als auf dem europäischen Kontinent, und doch war es ihr so vertraut wie ihre Westentasche. Sie liebte jeden Quadratzoll der eindrucksvollen Schluchten, hoch aufragenden Sandsteinklippen, Flüsse und Tümpel, die von schillernden Vögeln und Süßwasserkrokodilen bevölkert waren. In der Regenzeit erwachten rauschende Wasserfälle zum Leben, keiner jedoch so spektakulär wie die Edith Falls, die Jim Jim Falls und die Florence Falls, in deren Gewässern sie für ihr Leben gern schwamm.

Tief in ihrem Herzen war das Top End immer noch ihr Zuhause. Hier hatte sie eine idyllische Kindheit auf Victoria River Downs verbracht, einer Rinderfarm, die sich über Tausende Morgen trockener Savannenlandschaft erstreckte und einst ihrem Vater und ihrem Onkel gehört hatte.

Als Pine Creek in Sicht kam, flog Cassie eine Steilkurve nach links und drosselte die Geschwindigkeit. Sie war schon mehrere Male in dieser Gegend gewesen, um Hilfspakete des Roten

Kreuzes zu verteilen. Heute würde sie den Missionaren, die hier arbeiteten, Material für die Versorgung der Aborigines vom Wagiman-Clan liefern. Vor einigen Tagen hatte sie Mrs Reynolds vom Postamt gebeten, sie über ihre Ankunft zu informieren.

Cassie beschloss, den Stuart Highway als Landebahn zu nutzen. Sanft setzte sie die Maschine auf und rollte über den roten Staub der Straße aus. Kaum standen die Propeller des Flugzeuges still, rannten auch schon Aborigine-Kinder aufgeregt vom Straßenrand herbei. Der Anblick ihrer strahlenden Gesichter versüßte Cassie jedes Mal den Tag.

Der Wagiman-Clan hatte ursprünglich aus einer einzigen Familie bestanden, die aber war gewachsen und hatte immer weitere Triebe gebildet, wie die uralten Affenbrotbäume der Region. Thomas und Wendy, die Missionare, waren dankbar für die Unterstützung durch das Rote Kreuz, insbesondere für grundlegendes medizinisches Material, darunter Verbandszeug und Antiseptika. Starke Schmerzmittel bekamen sie allerdings nicht geliefert, schließlich waren die Missionare keine Ärzte.

Wendy war Krankenschwester und konnte kleinere Leiden behandeln, wie oberflächliche Wunden, die genäht werden mussten, oder Bindehautentzündungen, die häufig vorkamen. Hin und wieder gerieten die Aborigines mit anderen Clans aneinander, dann bekamen die Missionare Speerwunden oder gebrochene Knochen zu sehen, die gerichtet werden mussten. In solchen Fällen wurden die Flying Doctors, die Fliegenden Ärzte, gerufen. Doch die Aborigines hatten auch eigene Mittel zur Behandlung von Beschwerden wie Magenverstimmungen und Insektenstichen. Die Aborigines hatten sechzigtausend Jahre hier überlebt, bevor die Weißen sich in Australien angesiedelt hatten. Das Land gab ihnen alles, was sie brauchten. Sie zeigten voller Stolz, wie man diese Heilmittel herstellte, auch wenn die Kommunikationen mit den weißen Missionaren manchmal zu lustigen Missverständnissen führte, über die alle herzlich lachten, bevor man sie klärte und weitermachte.

Cassie genoss ihre Besuche bei den Aborigines und den Missionaren, die Menschen hier waren herzlich und gastfreundlich. Und jedes Mal lernte Cassie etwas dazu.

Mit den Kindern dicht auf den Fersen lief sie auf eine Gruppe Erwachsener zu, hauptsächlich Frauen, die unter einem provisorischen Sonnendach saß. »Hello!«, rief sie. Die Frauen verstanden einzelne englische Wörter und winkten ihr lächelnd zu.

Thomas trat aus einer Hütte und rief ihr etwas zur Begrüßung zu. Er war groß und weiß, und der Anblick seines ungebändigten roten Haares brachte Cassie wie immer zum Lächeln. Sie hatte ihn bisher dreimal getroffen, und jedes Mal hatte sie das Verlangen verspürt, ihm einen Kamm zu reichen.

»Wie geht es Ihnen, Thomas?«, fragte sie.

»Bestens«, erwiderte er grinsend. »Sie sehen so gut aus, dass ich gar nicht nach Ihrem Befinden fragen muss.« Er zwinkerte ihr zu.

Cassie war seine harmlosen Schmeicheleien gewohnt. »Danke, mir geht es tatsächlich gut. Ich könnte allerdings Hilfe mit den Kisten im Flugzeug gebrauchen.«

»Sehr gerne.«

Während sie die Hilfspakete aus dem Flugzeug luden, kehrte eine Gruppe Aborigine-Männer von der Jagd am Fluss ins Lager zurück. Sie hatten zahlreiche Fische gefangen und luden Cassie ein, mit ihnen zu essen. Cassie freute sich über das Angebot und nahm es gerne an. Es war köstlich!

Sie unterhielt sich mit Wendy und Thomas. Die beiden arbeiteten seit drei Jahren als Missionare und freuten sich auf ihren bevorstehenden sechswöchigen Urlaub in der Stadt, wo sie unter anderem einen Friseursalon besuchen wollten, statt sich nur notdürftig gegenseitig die Haare zu schneiden.

»Thomas kann es kaum erwarten, einen Film zu sehen, und ich möchte mich einfach mal wieder für eine Weile als Frau fühlen«, erklärte Wendy. »Ich weiß nicht, wie Sie das machen, Cassie. Sie leben und arbeiten hier draußen und sehen trotzdem aus wie ein Filmstar.«

»Warum sollte eine Pilotin nicht auch ein bisschen glamourös sein?«, entgegnete Cassie. »Meiner Meinung nach spricht überhaupt nichts dagegen. Aber Sie wären überrascht, wie viele Männer der Meinung sind, ich sollte nicht anders als sie herumlaufen. Was allerdings nie passieren wird.«

»Sehr gut.« Wendy nickte zustimmend.

Gerade als Cassie sich auf den Heimweg machen wollte, kam ein Mädchen, nicht älter als zwölf, hysterisch schreiend auf eine der älteren Clanfrauen zugerannt. Ihre Hände waren blutgetränkt. Es dauerte eine Weile, bis die Frauen ihr Informationen entlocken konnten, schließlich aber standen sie auf, folgten dem Kind zu einer einfachen Unterkunft und gingen hinein. Kurz darauf waren wütende Stimmen zu hören, dann kamen die Frauen wieder heraus und traten laut zeternd und wild gestikulierend zu den Männern.

»Was ist passiert?«, fragte Cassie besorgt.

»Das werden wir gleich wissen.« Thomas machte sich mit einem Erste-Hilfe-Koffer eilig auf den Weg in die Unterkunft. Cassie und Wendy folgten ihm.

Auf einer Matte lag, in Embryonalstellung zusammengekauert, ein junges Mädchen, etwa dreizehn oder vierzehn Jahre alt. Sie blutete aus dem Unterleib, und das recht stark. Der Schmerz und das Blut machten ihr offensichtlich Angst, ebenso wie der Anblick der Ankömmlinge, doch Wendy sprach mit sanfter Stimme auf sie ein, während sie sie untersuchte.

»Sie hat eine Fehlgeburt erlitten«, stellte sie fest und versuchte, ihr zu erklären, was passiert war und dass es ihr bald besser gehen würde.

Dann verließen sie die Hütte und machten Platz für die Aborigine-Frauen, die das Mädchen waschen und sich um sie kümmern wollten. Eine der älteren Frauen kam zu ihnen mit der Frage, ob das Mädchen sich erholen würde. Sie versicherten es ihr, aber insbesondere Cassie war ob des jungen Alters des Mädchens beunruhigt. So taktvoll wie möglich versuchte sie mithilfe von Wendys Übersetzung anzuregen, das Mädchen von den Männern fernzuhalten. Die alte Frau war sichtlich aufgeregt und sprach laut in ihrer Sprache auf Cassie ein.

»Ein Mann aus dem Clan der Waray hat sie geschwängert«, erklärte Wendy.

»Und das ist nicht erlaubt«, fügte Thomas besorgt hinzu.

»Und das wird Konsequenzen haben?«, fragte Cassie.

»Möglicherweise«, sagte Thomas.

»Na ja, es ist mehr als wahrscheinlich«, korrigierte Wendy. »Zum Glück haben Sie medizinisches Material gebracht. Das werden wir brauchen.«

Cassie war bestürzt. »Das Mädchen ist doch selbst noch ein Kind«, stieß sie hervor.

»Im Clan ist es üblich, dass Mädchen schon Mutter werden, wenn sie selbst fast noch Kinder sind«, sagte Wendy. »Es ist nicht richtig, aber …« Sie zuckte mit den Schultern.

Es war also davon auszugehen, dass das Mädchen so oder so schon innerhalb des nächsten Jahres ein Kind gebären würde. Das fand Cassie, wie so vieles andere, schwierig zu akzeptieren, aber sie wusste, dass sie nichts daran ändern konnte.

Als Wendy und Cassie etwas später noch einmal nach dem Mädchen sahen, war es wesentlich weniger verängstigt, wenn auch immer noch durcheinander. Schließlich verabschiedete

Cassie sich von allen und lief, begleitet von einer Kinderschar, zu ihrem Flugzeug. Die Kinder machten Platz und winkten aufgeregt, als sie den Motor startete, über die Bahn rollte und schließlich abhob.

Kapitel 1

»Die Gewinnerin des diesjährigen All-Woman Transcontinental Air Race von San Diego nach Washington, D. C. heißt … Miss Cassandra Granger! Herzlichen Glückwunsch, Miss Granger!« Der Moderator überreichte Cassie den Siegerpokal.

»Vielen Dank.« Cassie nahm die Trophäe entgegen. Nach dem sechstägigen Luftrennen mit vielen Zwischenlandungen und noch mehr Interviews mit zahllosen Journalisten war sie erschöpft, aber glücklich.

»Soweit ich weiß, sind Sie allein geflogen, Miss Granger«, fügte der Moderator beinahe ein wenig gönnerhaft hinzu. Das hatten nur zwei der neunzehn Teilnehmerinnen getan, die restlichen waren von Navigatoren begleitet worden.

Cassie lächelte stolz. »Richtig. Ich bin spät in das Rennen eingestiegen, aber meine Piper Cherokee ist ein hervorragendes kleines Flugzeug, daher war ich sehr zuversichtlich, es beenden zu können.« Sie mochte ihre Maschine, bei deren Kauf ihr Vater sie unterstützt hatte – nicht zuletzt deshalb bedeutete sie ihr viel.

»Sie haben weitaus mehr geleistet, als lediglich das Rennen zu beenden. Sie haben den langjährigen Rekord von Miss Amelia Earhart gebrochen, sowohl in der Kategorie Strecke als auch in der Kategorie Geschwindigkeit.«

»Ach, wirklich?« Cassie war ehrlich überrascht. »Das sind ja tolle Neuigkeiten! Ich fühle mich zutiefst geehrt, zumal unter meinen Konkurrentinnen einige der besten Pilotinnen der Welt waren. Ich gratuliere allen, die das Rennen beenden konnten, und auch jenen, die sich tapfer geschlagen, aber die Ziellinie dennoch nicht überquert haben.« Viele hatten unterwegs spektakuläre Probleme gehabt, wie gebrochene Propeller oder aus dem Flugzeugfenster gewehte Landkarten. Eine Teilnehmerin hatte sich sogar mit ihrer Maschine auf einer Wiese überschlagen, war aber, ebenso wie ihr Navigator, wie durch ein Wunder unverletzt ausgestiegen. Cassie war sehr stolz auf sie alle.

»Höre ich aus Ihrer Stimme etwa einen australischen Akzent heraus?«, fragte der Moderator.

»Ja, ich bin im Northern Territory geboren, einem wunderschönen Fleckchen Erde. Meiner Meinung nach sollte jeder mal einen Flug über den Norden Australiens gemacht haben, die Landschaft ist sehr beeindruckend.«

»Darf ich anmerken, dass Sie sehr hübsch aussehen für jemanden, der gerade sechs Tage lang geflogen ist?«, fragte der Moderator.

Seine Worte versetzten Cassies Freude einen Dämpfer. Sie hatte angenommen, er wäre ehrlich an ihrer Herkunft interessiert, doch er ging nicht einmal darauf ein. Im Gegenteil, er konzentrierte sich auf ihre äußere Erscheinung! Ihr Lächeln schwand.

»Ein hübsches Mädchen wie Sie hat doch gewiss mindestens einen Verehrer im Flieger versteckt, Miss Granger«, fuhr er fort.

Seine Bemerkung stellte ihre Leistung in den Hintergrund, und Cassies Wut wuchs. Sie warf ihm einen finsteren Blick zu. »Frauen nehmen schon seit 1929 an Luftrennen teil, und ich habe gerade einen sehr harten Wettbewerb gewonnen. Trotzdem fällt Ihnen dazu nicht mehr ein als die Aussage, dass ich gut aussehe, und die Frage, ob ein Mann im Flugzeug ist? Das kann doch nicht Ihr Ernst sein!«

Der Moderator zuckte zusammen. »Ich … wollte Sie nicht beleidigen …«

»Und doch haben Sie genau das getan! 1929 haben von den siebzig Pilotinnen mit einer US-Fluglizenz zwanzig am Wettbewerb teilgenommen. Das Rennen ging damals über acht Tage, und die Pilotinnen mussten sich mithilfe von Straßenkarten und Koppelnavigation zurechtfinden. In den Dreißigern, als Frauen an bedeutenden Luftrennen teilnehmen durften, in von Männern getrennten Klassen, waren ihre Zeiten und die erreichten Geschwindigkeiten mit denen der Männer vergleichbar. Ich denke, Frauen haben längst gezeigt, dass ihnen ein Platz in der kommerziellen Luftfahrt gebührt, und ich kann nur jeden warnen, mir zu widersprechen.«

»Sie wollen doch nicht etwa vorschlagen, dass Frauen gestattet werden soll, Passagierflugzeuge zu fliegen?«, fragte ein Journalist aus dem Publikum, der die Idee offenbar absurd fand.

»Ganz genau das schlage ich vor«, erwiderte Cassie. »Deswegen möchte ich die Fluggesellschaften dazu aufrufen, Frauen als Pilotinnen einzustellen.«

Aus der Journalistenschar ertönte Gelächter, während das Publikum, das zur Hälfte aus Frauen bestand, das Geschehen verwirrt, aber interessiert verfolgte.

»Das wird nie passieren!«, rief jemand.

»Ich denke, es ist nur eine Frage der Zeit, bis die Betreiber der Fluggesellschaften unsere Talente für sich nutzen«, entgegnete Cassie überzeugt. »Es muss nur eine Firma damit anfangen, Frauen einzustellen. Im Moment werden eher noch Männer mit weniger Flugstunden, die gerade einmal die Mindestanforderungen erfüllen, eingestellt und weitergebildet.«

»Die Passagiere würden sich nicht sicher fühlen, wenn eine Frau das Flugzeug steuert«, schoss der Journalist zurück.

»Das ist lächerlich. Frauen haben während des Krieges sogar B-17 Bomber geflogen«, hielt Cassie dagegen.

»Aber nicht bei Kampfeinsätzen.«

»Trotzdem sind sie sie erfolgreich geflogen.« Cassie hatte Mühe, ruhig zu bleiben.

»Würde eine Frau dann in Schuhen mit oder ohne Absätze fliegen?«, rief jemand dazwischen. »Und in Seidenstrümpfen?«

Cassie drehte sich zu den Teilnehmerinnen um, die hinter ihr auf dem Podium standen. Sie trugen Stoffhosen, Reithosen, Hemdblusen und Stiefel oder flache Schuhe. Alle waren sichtlich verärgert über die sexistischen Kommentare, auch wenn sie sie natürlich schon mal gehört hatten.

»Machen Sie sich nicht lächerlich«, wandte Cassie sich an den Journalisten. »Sehen Sie hier auf dem Podium irgendjemanden mit Absätzen oder Seidenstrümpfen?«

Die Frauen hinter ihr jubelten und applaudierten, und viele Frauen im Publikum stimmten ein. Cassie bemerkte voller Genugtuung den beschämten Gesichtsausdruck des chauvinistischen Journalisten.

Ihr war bewusst, dass die gesamte Veranstaltung im Fernsehen ausgestrahlt wurde und auch in Australien zu sehen sein würde. Cassie fasste einen Entschluss: Diese Gelegenheit würde sie sich nicht entgehen lassen. »Ich habe mich in Australien auf eine Stelle als Pilotin bei den Royal Flying Doctors beworben und wurde mit der Begründung abgelehnt, dass ich als Frau nicht stark genug sei, das Flugzeug so gut unter Kontrolle zu halten wie ein Mann.« Sie reckte ihren Pokal in die Höhe. »Kein Flug im Outback Australiens wird je so hart werden wie dieses Rennen, und das habe ich soeben gewonnen.« Sie blickte direkt in die Kamera und lächelte triumphierend.

Cassie war seit über einem Monat wieder in Australien und erhielt immer noch viel Fanpost von Frauen aus der ganzen Welt, auch ein paar Schreiben von Männern waren dabei. Sie las gerade den Brief von Amanda Winfield, einer Vierzehnjährigen, der Erinnerungen an sie selbst im selben Alter weckte, als das schrille Klingeln des Telefons die Stille durchbrach. Sie war allein im Haus ihrer Eltern, ihr Vater war arbeiten und ihre Mutter aß wie jeden Freitag mit ihrer Tante außerhalb zu Mittag. Cassies Bruder lebte mit seiner Frau und seinen Kindern in der Nähe.

»Guten Tag, Miss Granger«, meldete sich eine ihr unbekannte Stimme. »Mein Name ist Frank Majors, ich bin Vorsitzender des Royal Flying Doctor Service.«

»Oh!« Cassie war überrascht, aber vermutlich hatte er von ihrer Dankesrede beim Luftrennen gehört und wollte ihr einen Vortrag darüber halten, warum Frauen nicht als Pilotinnen für seine Organisation geeignet waren. »Was kann ich für Sie tun, Mr Majors?«

»Nun … Wir haben eine Pilotenstelle an unserem Stützpunkt in Alice Springs frei. Hätten Sie Interesse, diese anzutreten?«

Cassie traute ihren Ohren nicht. »Himmel … Ja, natürlich!«, rief sie aufgeregt. »Sie müssen entschuldigen, aber ich bin vollkommen überrascht. Damit habe ich nicht gerechnet!«

»Nun, als begeisterter Fan von Luftrennen habe ich mir auch die Übertragung des Frauenwettbewerbs in Amerika angesehen. Die Berichterstattung war ja wegen des insgesamt großen Interesses zum Glück sehr ausführlich. Gratulation übrigens zum Sieg.«

»Danke.« Cassie war erfreut, zumal er aufrichtig klang.

»Das Rennen war hart, und Sie haben sich hervorragend geschlagen. Vor allem aber hat mich Ihre Rede beeindruckt und Ihr Plädoyer dafür, Frauen die Chance zu geben, als Pilotinnen zu arbeiten. Sie haben vollkommen recht: Organisationen sollten das Talent der Pilotinnen wirklich nutzen.« Er schwieg einen Moment. »Dennoch muss ich zugeben, dass ich Ihnen die Stelle nicht ganz ohne Eigennutz anbiete«, merkte er an.

Cassie wusste nicht, worauf er hinauswollte. »Wie meinen Sie das?«

»Nun, ich glaube, es wird sich positiv auf den Ruf unserer Organisation auswirken. Man wird uns für aufgeschlossen halten, wenn wir in dieser Position auch Frauen einstellen, vor allem jemanden wie Sie.«

»Jemanden wie mich?«

»Ja. Da ist zum einen Ihre Erfahrung als Pilotin, die für die Flying Doctors von unschätzbarem Wert sein wird. Aber ich rede auch von Geld: Wir erhalten zwar staatliche Zuschüsse, aber ein großer Teil unserer Finanzierung beruht auf Spenden. Sie haben einen gewissen Bekanntheitsgrad erlangt, nicht nur als Gewinnerin des All-Woman Transcontinental Air Race, sondern auch aufgrund Ihrer freiwilligen Bemühungen, Hilfspakete des Roten Kreuzes an Tausende sozial benachteiligte Kinder im Outback zu verteilen. Ihre Bekanntheit wird uns bei der Spendenbeschaffung helfen, wenn Sie nichts dagegen haben, dass wir Ihren Ruhm dafür nutzen.«

»Nein, wenn es für einen guten Zweck ist, spricht nichts dagegen. Und ich darf meinen Traum leben und als Pilotin für Sie arbeiten.«

»Wunderbar. Können Sie am fünfzehnten Oktober in Alice Springs sein?«

»Ja. Ich bin zwar derzeit noch mit der Instandhaltung meiner Maschine beschäftigt, die vollständige Inspektion, Wartung und Instandsetzung sind bis dahin aber ganz sicher abgeschlossen.«

Majors lachte. »Natürlich. Es überrascht mich nicht, dass Sie sich auch mit Maschinenbau auskennen«, sagte er anerkennend. »Ich denke, Sie werden eine große Bereicherung für den Stützpunkt sein, Miss Granger! Soviel ich weiß, sind Sie auch ausgebildete Krankenschwester?«

»Ja, das stimmt. Ich wollte zwar immer Pilotin werden, aber ich wusste, dass es nahezu unmöglich werden würde, als Frau eine Stelle zu bekommen. Also musste ich auch was Vernünftiges machen, wie eine Ausbildung zur Krankenschwester. Und ich habe recht behalten: Als ich mich vor einem Jahr auf eine Stelle als Pilotin in Darwin beworben habe, hat Ihre Organisation mir eine Absage erteilt.«

»Bis zu Ihrer Rede wusste ich das gar nicht! Erst durch die Teilnahme an Flugrennen ist die Tatsache, dass Frauen genauso gut fliegen können wie Männer, überhaupt ins Bewusstsein der Menschen gerückt. Da wird mir allerdings nicht jeder zustimmen. Es wird Widerstand geben, sehr wahrscheinlich sogar auch an Ihrem Arbeitsplatz. Kommen Sie damit zurecht?«

»Ja, damit ist zu rechnen, Mr Majors. Aber das wird mich nicht aufhalten.«

»Das freut mich zu hören. In Alice Springs werden übrigens umgebaute De Havillands geflogen, tolle kleine Buschflugzeuge. Sind Sie mit dem Modell vertraut?«

»Oh, ja! Es sind sehr widerstandsfähige Maschinen.« Sie war zwar noch nie tatsächlich eine geflogen, aber das brauchte er ja nicht zu wissen.

»Ich wünsche Ihnen viel Erfolg, Miss Granger. Herzlich Willkommen bei den Flying Doctors.«

Nach dem Gespräch fuhr Cassie geradewegs zu dem kleinen Flughafen außerhalb von Darwin, wo auch ihre eigene Maschine stand. Nachdem ihr Onkel und ihr Vater die Rinderfarm vor Jahren verkauft hatten, hatte ihr Onkel eine Fluggesellschaft gegründet, die regional das Top End des Northern Territory und Far North Queensland anflog. Jabiru Airlines lief sehr gut. Sowohl Cassies Onkel als auch ihr Vater waren Piloten, doch ihr Vater leitete das Büro, in das sie nun hineinstürmte.

»Dad, mir wurde gerade eine Stelle in Alice Springs angeboten, bei den Royal Flying Doctors!«, rief Cassie atemlos.

»Als Pilotin oder als Krankenschwester?«, hakte Edwin Granger nach.

»Als Pilotin! Bei einer Stelle als Schwester wäre ich doch nicht halb so enthusiastisch! Du wirst es nicht glauben: Gerade hat mich der Vorsitzende angerufen, Mr Majors. Er hatte das Frauenluftrennen im Fernsehen gesehen. Ich bin ganz durch den Wind.« Sie drehte sich einmal um sich selbst.

Edwin beobachtete seine Tochter, dann runzelte er die Stirn.

Cassie hielt inne. »Was ist los, Dad? Ich dachte, du freust dich für mich.«

»Das tue ich auch, Darling, aber du wirst viel Gegenwind bekommen. Die männlichen Piloten werden dir das Leben schwer machen, vielleicht auch einige der Passagiere.«

»Das ist mir bewusst, aber du weißt doch, dass ich ein dickes Fell habe.«

»Das stimmt.« Edwin lächelte. »Schließlich bist du eine Granger und noch dazu im Territory geboren und aufgewachsen. So hart im Nehmen ist man sonst nirgends.«

Er ging um den Schreibtisch herum und umarmte Cassie. »Trotzdem werde ich mich immer um mein kleines Mädchen sorgen«, gestand er.

»Ich weiß, aber ich werde schon zurechtkommen.«

»Wann musst du in Alice Springs sein?«

»Am fünfzehnten Oktober«, sagte Cassie. »Dann bin ich auch mit der kompletten Instandhaltung fertig.«

»Weißt du, welche Maschinen in Alice Springs geflogen werden?«

»De Havillands.« Cassie hatte sich vorgenommen, so viel wie möglich darüber zu lesen. Und sie würde Bertie dazu befragen, den leitenden Mechaniker am Flughafen. Es gab nichts, was er über Flugzeuge nicht wusste.

»Die bist du noch nie geflogen, oder?«

»Nein«, gab Cassie zu. »Ich dachte, ich mache einen Probeflug, um mich mit dem Modell vertraut zu machen, sobald ich da bin.«

»Das ist eine gute Idee. Aber wir sollten versuchen, dich schon vorher eine solche Maschine fliegen zu lassen, einfach, damit du dich sicherer fühlst. Bertie kann dir auch zeigen, wie man sie wartet.«

»Danke!« Cassie war erleichtert.

»Und wir müssen deine neue Stelle feiern«, fügte Edwin hinzu. »Deine Mutter wird darauf bestehen. Oder hat sie das etwa schon vorgeschlagen?«

Cassie lächelte. »Nein, heute ist Freitag, sie war mit Tante Cynthia essen, als der Anruf kam.«

»Ach ja. Aber deine Mutter ist geradezu meisterhaft in der Organisation spontaner Feiern.« Edwin warf einen Blick auf seine Armbanduhr. »Sie ist sicher bald zu Hause. Soll ich sie anrufen, oder möchtest du ihr die tolle Neuigkeit selbst erzählen?«

»Du kannst sie anrufen, während ich mir den Schutzanzug überstreife.« Cassie lief zur Bürotür, hielt aber noch einmal kurz inne. »Weißt du, Dad, diese Gelegenheit hätte sich mir nie aufgetan, wenn du mir nicht immer den Rücken gestärkt hättest«, sagte sie ernst. »Du hast mich darin unterstützt, die Pilotenlizenz und mein Flugzeug zu bekommen. Dir habe ich es zu verdanken, dass mein Traum wahr wird.«

»Ach, Cassie, verkauf dich nicht unter Wert. Der Sieg bei dem Rennen ist ganz allein dein Verdienst. Du bist talentiert und voller Leidenschaft bei der Sache. Es hat mich immer von Herzen gefreut, dass du Onkel Geoffs und meine Begeisterung fürs Fliegen teilst. Wir beide haben wirklich eine besondere Verbindung.«

Cassies Augen füllten sich mit Tränen. Sie lief zu ihrem Vater und umarmte ihn fest.

Edwin räusperte sich. »Und jetzt mach weiter und überhol deine Maschine. Und sei bitte besonders sorgfältig. Bis Alice Springs sind es Tausende von Meilen«, sagte er mit brüchiger Stimme.

»Ich weiß, aber ich kann mich auf mein Flugzeug verlassen«, erwiderte Cassie und verließ den Raum.

Edwin beobachtete durch das Fenster, wie sie über die Rollbahn lief, dann überwältigten ihn seine Gefühle. Er platzte schier vor Stolz. Cassie war eine besondere junge Frau. Er hoffte nur, dass sie bei den Flying Doctors in Alice Springs die Anerkennung erhalten würde, die sie verdiente.

Kapitel 2

Cassie flog über die Gebirgskämme der MacDonnell Ranges, die sich über vierhundert Meilen im Westen und Osten von Alice Springs erstreckten. Das Terrain auf beiden Seiten der parallel verlaufenden Kämme bestand aus rotem Staub und kümmerlichem Gebüsch und war sehr trocken. Es sah hier ähnlich aus wie in Teilen des Nordens, und Cassie wusste diese raue Schönheit sehr zu schätzen.

Als sie Alice Springs erreichte, drehte sie eine Schleife über der Stadt und dem Todd River, der zurzeit wie den Großteil des Jahres ausgetrocknet war. Dann setzte sie zur Landung an dem winzigen Flughafen an, zu dem ein Terminal, mehrere kleine Gebäude und einige Hangars gehörten.

Es war das erste Mal, dass sie im Zentrum Australiens war, neunhundertdreißig Meilen vom nächsten Ozean entfernt. Hier herrschte subtropisches Wüstenklima, die Luft war nie so feucht wie im Norden des Landes, die Sommer waren sengend heiß, mit sehr wenig Regen, die Winter hingegen kurz und mild. Alice, wie die Stadt umgangssprachlich genannt wurde, hatte ursprünglich Stuart geheißen, benannt nach dem schottischen Forscher John McDouall Stuart, der verschiedene Expeditionen durch das Landesinnere Australiens geleitet und dabei als Erster eine Route von Adelaide im Süden bis Darwin im Norden des Kontinents gefunden hatte. Im Zuge des Baus der transatlantischen Telegrafenleitung zwischen Adelaide und Darwin wurde 1872 auch eine Telegrafenstation in Alice Springs fertiggestellt; dem Ort, an dem Stuart auf seiner Route nur ganz leicht westlich vorbeigezogen war. 1909, als gerade einmal zwanzig Europäer dort lebten, wurde das Gefängnis Stuart Town Gaol errichtet, in dem aber vor allem Aborigines wegen der Tötung von Rindern einsaßen. Das erste Flugzeug landete 1921 in Stuart, und 1926 wurde ein Krankenhaus gebaut. Zu der Zeit bestand der Anteil an Europäern in der Bevölkerung lediglich aus vierzig Personen. Erst 1929, als Stuart an die Zugverbindung von Adelaide angeschlossen wurde, begannen der Ort und die Bevölkerung zu wachsen. 1933 wurde Stuart in Alice Springs umbenannt, nach der Frau von Charles Todd, dem Telegrafenpionier.

Cassie holte ihren Koffer aus dem Flugzeug und schlang sich einen Schal um ihr blondes Haar, das sie zu einem modischen Dutt hochgesteckt hatte. Sie tauschte die Fliegerbrille gegen ihre Lieblingssonnenbrille und die flachen Schuhe gegen ein schickes Paar Sandaletten mit Absatz. »Na dann«, murmelte sie. Sie hoffte auf einen warmen Empfang am Stützpunkt der Flying Doctors, war jedoch mental auf alles gefasst.

Auf ihrem Weg zum Gebäude der Flughafenverwaltung platzte plötzlich eine Meute Reporter aus dessen Tür und eilte mit gezückten Stiften und Notizblöcken auf sie zu.

»Willkommen in Alice Springs, Miss Granger!«, rief ein junger Mann.

»Oh, danke.« Cassie blieb stehen. Ihr war klar, dass Frank Majors den Journalisten einen Hinweis auf ihre bevorstehende Ankunft gegeben haben musste. »Sind Sie das Willkommenskomitee?«, scherzte sie.

»Wie fühlt es sich an, als erste Frau eine Pilotenstelle bei den Royal Flying Doctors zu besetzen?«

»Das weiß ich noch nicht«, antwortete Cassie ehrlich. »Ich bin sehr erfreut, dass mir diese Stelle angeboten wurde, und ich liebe es zu fliegen, daher wird es mir bestimmt gefallen.«

»Für eine Pilotin wirken Sie sehr glamourös«, kommentierte ein Journalist, begleitet vom Klicken der Kameras.

Cassie stöhnte innerlich auf. Sie war sich bewusst, dass sie feminin aussah, sie trug einen leichten Rock, der kurz über den Knien endete, und eine hübsche rosa Bluse, die sehr gut zu ihrem blonden Haar passte. »Man muss nicht wie ein Mann gekleidet sein, um ein Flugzeug fliegen zu können«, entgegnete sie so ruhig wie möglich.

Einige Journalisten notierten eifrig ihre Worte.

»Was denken Sie, wie Sie von Ihren Kollegen und der Öffentlichkeit empfangen werden?«, fragte jemand anderes.

»Ich weiß es nicht, aber das werde ich sehr bald herausfinden.« Cassie bahnte sich ihren Weg durch die Menge und betrat das Gebäude, dicht gefolgt von den Fotografen und Journalisten, die ihr immer neue Fragen zuriefen. Sie trat zum Empfang und informierte die junge Frau dahinter, dass sie ihr Flugzeug beiseitestellen würde, sobald sie jemanden bei den Flying Doctors über ihre Ankunft informiert hatte, und bat um eine Wegbeschreibung zum Stützpunkt, der, wie sich herausstellte, beinahe direkt nebenan lag. Dann machte sie sich auf den Weg, immer noch gefolgt von der Traube von Reportern.

Als sie die Zentrale der Flying Doctors erreichte, hielt sie an, um eine Frage zu beantworten. »Ja, ich habe vor einiger Zeit ein Rennen gewonnen, und ja, ich freue mich auf die Herausforderung, im Zentrum von Australien zu arbeiten und Teil des Teams in Alice Springs zu werden.«

»Was zur Hölle ist hier los?«, rief in diesem Moment jemand mit einer tiefen Stimme.

Die Reporter verstummten und drehten sich in die Richtung, aus der die Stimme gekommen war. Ein attraktiver Mann, über eins achtzig groß, muskulös und mit dunklem Haar, elegant gekleidet in einem kurzärmeligen weißen Hemd und einer leichten schwarzen Hose, starrte aus der Eingangstür finster in ihre Richtung.

»Wie stehen Sie dazu, dass eine Frau Mitglied ihres Pilotenteams ist, Doktor Monroe?«, rief ein Journalist.

Einen Moment wirkte er erstaunt, dann fiel sein Blick auf Cassie. »Das hier ist kein Zirkus. An diesem Ort wird seriös gearbeitet, und diese Arbeit besteht darin, Leben zu retten«, sagte er scharf. Er sah die Reporter an. »Verlassen Sie sofort das Grundstück«, befahl er, wandte sich um und verschwand durch die Tür.

Die Journalisten zerstreuten sich widerwillig. Cassie betrat das Gebäude und fand sich in einem Empfangsbereich wieder. Zwei Türen führten in angrenzende Räume, eine davon war geöffnet und gab den Blick in ein Büro frei, in dem sich zwei Frauen unterhielten.

»Tut mir leid«, sagte sie zu dem Mann, während sie den Koffer auf dem Boden abstellte. »Ich hatte diese vielen Reporter nach meiner Landung nicht erwartet. Ich vermute, Frank Majors hat ihnen von meiner Ankunft heute erzählt. Er glaubt, mein Ruf wird sich positiv auf die Spendenbereitschaft auswirken. Ich bin Cassandra Granger, Ihre neue Pilotin.«

»Ich hoffe stark, dass nicht jede Ihrer Bewegungen hier von einer Horde Journalisten begleitet wird.«

»Bestimmt nicht«, erwiderte Cassie. »Aber da ich die erste Frau bin, die in dieser Position bei den Fliegenden Ärzten angestellt ist, war anzunehmen, dass die Zeitungen darüber berichten wollen.«

Er seufzte, eher verstimmt als erleichtert. »Ich bin Doktor Mike Monroe«, sagte er, immer noch kühl.

Cassie war dankbar, dass in diesem Moment die beiden Frauen zu ihnen traten.

»Hallo«, grüßte die jüngere der beiden fröhlich. »Habe ich richtig gehört, dass Sie die neue Pilotin hier sind?«

»Das stimmt, ich bin Cassie Granger.«

»Ich bin Kirra«, sagte die Frau. »Wie Sie an meiner Uniform unschwer erkennen können, bin ich Krankenschwester. Außerdem bin ich die erste Aborigine, die für die Flying Doctors arbeitet«, fügte sie stolz hinzu.

»Wunderbar. Es freut mich, Sie kennenzulernen, Kirra«, entgegnete Cassie freundlich.

»Ich bin Jeannie Batson, ich bin für den Funkverkehr zuständig«, sagte die andere Frau und musterte Cassie interessiert.

»Es ist nett, Sie beide … äh, alle kennenzulernen.« Cassie warf dem missmutigen Arzt schnell einen Blick zu.

»Die beiden werden Ihnen zeigen, wo Sie schlafen können«, sagte Mike Monroe lediglich kühl. »Wobei die Unterkunft möglicherweise nicht Ihren Ansprüchen entspricht.«

Cassie wusste, worauf er hinauswollte. Er war nicht der Erste, der die Meinung vertrat, Pilotinnen sollten nicht schick gekleidet sein, aber sie war entschlossen, als Gegenbeispiel voranzugehen und Dinge auf ihre Art zu machen. »Ich habe letzte Nacht in meinem Flugzeug geschlafen, ein weiches Bett wird also purer Luxus sein«, entgegnete sie.

Mike war sichtlich überrascht. Vermutlich hatte er angenommen, sie sei mit einem Linienflug und nicht mit einer eigenen Maschine angereist. Nach einem kurzen Nicken drehte er sich um und ging in sein Büro und schloss die Tür hinter sich.

Cassie hatte natürlich keinen roten Teppich erwartet, war aber enttäuscht, dass er sie nicht herzlicher willkommen geheißen hatte. Sie hoffte auf einen freundlicheren Umgang, wenn sie ihn in Zukunft zu seinen Einsätzen flog. Sie wandte sich an die Frauen. »Ich wünschte, Doktor Monroe wäre bei seiner Begrüßung nicht ganz so überschwänglich gewesen. Ich bin vollkommen überwältigt«, scherzte sie.

Die beiden starrten sie einen Moment an, dann kicherte

Kirra, und Jeannie verdrehte die Augen und grinste breit. In diesem Moment wussten alle drei bereits, dass sie wunderbar miteinander auskommen würden.

»Stören Sie sich nicht an ihm«, sagte Kirra leise.

»Doktor Monroe arbeitet hart, er ist deshalb immer müde und oft schlecht gelaunt, manchmal sogar regelrecht unwirsch. Aber er ist sehr engagiert, und seine Patienten lieben ihn«, erklärte Jeannie. »Sie werden sich schon an ihn gewöhnen.«

»Das denke ich auch«, stimmte Cassie zu. *Aber wird er sich auch an mich gewöhnen?*, fragte sie sich.

»Ich zeige Ihnen Ihr Zimmer. Es ist im hinteren Bereich, neben meinem.« Kirra kramte einen Schlüssel aus einer Schublade. »Es ist so aufregend, noch eine Frau hierzuhaben, vor allem als Pilotin!«

»Danke.« Cassie nahm ihren Koffer auf.

»Ich muss schon sagen, Sie sehen wirklich wunderbar aus, dafür, dass Sie die Nacht in einem Flugzeug verbracht haben«, merkte Jeannie an.

»Sehr bequem war es nicht, aber immerhin habe ich ein paar Stunden geschlafen«, erklärte Cassie und folgte Kirra hinter das Gebäude in einen Hof mit ein paar Topfpflanzen, einem Tisch und einigen Stühlen. Sie bemerkte einen Eimer mit Sand, auf dem Zigarettenstummel lagen, offenbar rauchte einer der Kollegen. Kirra führte sie auf ein Gebäude zu, das aus vier Wohneinheiten bestand, und schloss die Tür zu Nummer vier auf.

Cassie betrat ein kleines Wohnzimmer mit zwei Sesseln und einem Beistelltisch. Sie sah sich um, während Kirra die Vorhänge und Fenster öffnete, um frische Luft hereinzulassen. In der Kochecke gab es zwei Herdplatten, aber keinen Ofen, eine Spüle, mehrere Schränke und einen kleinen Kühlschrank.

»Keine Badewanne«, kommentierte sie nach einem Blick ins Badezimmer.

»Nein, bloß eine Dusche«, sagte Kirra. »Der Wasserdruck ist aber gut zum Haarewaschen.«

»Das ist schon in Ordnung. Ich werde wahrscheinlich ohnehin nicht viel Zeit hier verbringen.« Cassie betrat das Schlafzimmer und legte den Koffer aufs Bett. Erfreut bemerkte sie den kleinen Kleiderschrank.

»Die Wohnung hat eine Weile leer gestanden, deswegen muss hier noch ein bisschen geputzt werden, aber ich bin sicher, dass Sie es sich hier schnell gemütlich einrichten«, sagte Kirra. »Ich wohne in der Einheit nebenan. An den Wochenenden fahre ich allerdings nach Hause zu meiner Mum. Dad ist letztes Jahr gestorben, und da unsere Familie sehr verstreut lebt, ist sie manchmal einsam. Jeannie hat einen Mann und Kinder in der Stadt, sie fährt jeden Abend nach Hause. Doktor Monroes Wohneinheit liegt am anderen Ende des Gebäudes. Roy, der andere Pilot, wohnt normalerweise in der zweiten Einheit. Wenn er in der Stadt im Pub war und getrunken hat, übernachtet er aber auch oft bei seiner Schwester.«

Cassie nickte. »Ist Doktor Monroe denn nicht verheiratet? Hat er keine Familie?«

»Nee, genauso wenig wie Roy. Jeannie nennt sie die mürrischen Junggesellen.«

Dass sie beide mürrisch waren, freute Cassie nicht sonderlich. »Aus der Luft sah es nicht so aus, als könnte ich von hier aus in die Stadt laufen«, wechselte sie das Thema.

»Es sind etwa acht Meilen. Bisschen weit, um in der Hitze hinzulaufen.« Kirra deutete auf Cassies Füße. »Erst recht in diesen hübschen Schühchen.«

»Dann muss ich mir wohl ein Auto kaufen«, überlegte Cassie.

»Ja, oder ein Fahrrad.«

Cassie hielt die Bemerkung für einen Scherz, aber Kirra

schien es ernst zu meinen. »Dann würde ich lieber auf einem Pferd hinreiten.«

Kirra lachte. »Das finden Sie in der Stadt nicht. Wo steht eigentlich Ihr Flugzeug?«

»Am Flughafen. Ich muss noch einen Stellplatz zur Miete in irgendeinem Hangar auftreiben.«

»Ach, das können wir sicher für Sie regeln«, sagte Kirra. »Eigentlich müsste im Hangar der Flying Doctors Platz sein, dort müssen Sie auch nichts zahlen.«

»Das wäre wunderbar«, erwiderte Cassie erfreut.

»Wir schauen mal nach. Woher kommen Sie?«

»Aus Darwin.« Cassie war irritiert. »Hat Doktor Monroe Ihnen denn gar nichts über mich erzählt?«

»Ich glaube nicht, dass er viel weiß, was er erzählen könnte. Erst vor ein paar Tagen hat man ihm am Telefon mitgeteilt, dass Sie kommen. Ich weiß nicht genau, was man ihm sonst noch gesagt hat, aber er hat keine Fragen gestellt. Uns hat er bloß informiert, dass heute eine Pilotin ankommt, eine Frau.«

Cassie war überrascht, dass man ihm nicht früher Bescheid gesagt und offenbar kaum Informationen gegeben hatte. »Er ist wahrscheinlich nicht allzu angetan davon, dass es sich um eine Frau handelt.« Sie kannte das schon.

»Dazu hat er nichts gesagt. Aber der Doc ist auch nicht sehr gesprächig. Ich dafür allerdings umso mehr – sagen Sie mir einfach, dass ich die Klappe halten soll, wenn Sie mein Geschnatter leid sind.«

Cassie lächelte.

»Wie lange haben Sie für die Strecke von Darwin hierher gebraucht?«

»Ich bin gestern Morgen beim ersten Tageslicht losgeflogen, habe in Katherine und Daly Waters getankt und die Nacht in Tennant Creek verbracht, wo ich erneut getankt habe. Es gab dort nur ein Hotel, und das war geschlossen, also habe ich einfach im Flugzeug geschlafen. Apropos Flugzeug, ich würde mir gern mal die Maschine ansehen, die ich hier fliegen werde.« Ihr Vater hatte tatsächlich eine De Havilland DHC-2 Mk aufgetrieben, sodass sie inzwischen ein paar Flugstunden damit verzeichnen konnte, und Bertie hatte ihr gezeigt, wie man sie wartete.

»Natürlich«, sagte Kirra und ging ihr voraus durch die Tür nach draußen. »Wir haben übrigens einen Wäscheraum und eine Waschmaschine, die Sie jederzeit benutzen können.« Sie deutete in Richtung der Rückseite des Hauptgebäudes, und Cassie bemerkte eine Wäscheleine.

In diesem Moment steckte Jeannie den Kopf durch die Hintertür. »Mach dich bereit, Kirra«, rief sie. »Auf der Farm der Phillips gibt es einen Notfall.«

»Alles klar.« Kirra wandte sich Cassie zu. »Ich muss los. Die Maschine, die Sie fliegen, ist diejenige, die nach unserem Abflug noch hier steht.«

»Okay.« Cassie blickte Kirra nach. Dann fiel ihr ein, dass Doktor Monroe ihr noch nicht gesagt hatte, ab wann sie beginnen sollte, ihn zu Patienten zu fliegen. Sie wusste nicht, ob es einen Dienstplan gab oder ob immer einfach der Pilot flog, der gerade verfügbar war.

Als sie das Gebäude umrundete, sah sie den Arzt mit seiner Tasche zum Flugzeug eilen. Die Propeller drehten sich bereits, und sie entdeckte die Umrisse einer Person im Cockpit. Kurz darauf rannte Kirra aus der Eingangstür des Gebäudes zum Flieger. Nachdem sie hineingeklettert war, schloss sich die Tür, und schon rollte das Flugzeug über die Startbahn. Cassie schirmte mit der Hand ihre Augen vor der Sonne ab und beobachtete, wie es abhob.

Sie entschloss sich, die Zeit zu nutzen, um zu duschen und

sich die Haare zu waschen, und dann die De Havilland in Augenschein zu nehmen.

»Störe ich?«, fragte Cassie, erfrischt von der Dusche, ihr feuchtes Haar kühlte sie. Sie hatte sich gerade einen ersten Eindruck von dem Flugzeug verschafft und nahm sich vor, es direkt am nächsten Morgen genauer zu inspizieren.

»Nein, gar nicht«, sagte Jeannie, die am Funkgerät saß. »Ziehen Sie sich gerne einen Stuhl heran.«

Cassie nahm Platz. Ihr Blick fiel auf zwei Karten an der Wand, eine von ganz Australien und eine viel größere des Northern Territory, in der Stecknadeln steckten. »Wofür sind die Nadeln?«, fragte sie.

»Sie markieren die großen und kleinen Farmen und Gemeinden, die auch Sie besuchen werden«, erwiderte Jeannie.

Cassie war erstaunt. »Das sind aber viele!«

»Ja, das stimmt. Deswegen haben wir auch zwei Flugzeuge. Um ehrlich zu sein, könnten wir manchmal sogar noch mindestens ein weiteres gut gebrauchen.«

»Aber hier ist doch nur ein Arzt, oder? Der kann ja schlecht an mehr als einem Ort gleichzeitig sein.«

»Oft reicht es, wenn Kirra als Krankenschwester sich um den Fall kümmert, aber falls doch ein Arzt gebraucht wird und Doktor Monroe bereits unterwegs ist, kommt einer aus dem Krankenhaus und wird dann von Ihnen oder Roy geflogen.«

»Gibt es hier denn einen Dienstplan?«

»Nein, Sie stehen beide von montags bis samstags auf Abruf bereit. An Sonntagen hat nur einer von Ihnen Bereitschaftsdienst, also haben Sie alle zwei Wochen einen Tag frei. Ist das okay für Sie?«

Cassie schmunzelte. Sie hatte zahllose Tage und Wochen damit verbracht, Hilfspakete in die entlegenen Regionen Kimberley und Pilbara zu bringen, und dabei kein einziges Mal über einen freien Tag als Ausgleich nachgedacht, das hatte sie schlichtweg nie interessiert.

»Dieser Job ist nichts für schwache Nerven, aber ich habe den Eindruck, die haben Sie auch nicht«, fügte Jeannie hinzu.

»Nein, sicher nicht, und es wird für mich wunderbar sein, an dreizehn von vierzehn Tagen in der Luft zu sein.«

»Das freut mich. Mike hat schon seit einer Weile um die Einstellung eines weiteren Piloten gebeten, aber wie immer spielt dabei die Finanzierung eine Rolle. Ich glaube jedenfalls, dass Sie sich hier gut machen werden. Und falls Sie mal Fragen haben: Meine Bürotür steht eigentlich fast immer offen, Sie können einfach reinkommen.«

Cassie wollte sich gerade nach ihrem Vorgänger erkundigen, als ein rotes Licht auf dem Kurzwellenfunkgerät zu blinken begann.

»Na, dann wollen wir mal.« Jeannie nahm den Anruf einer Frau entgegen, die besorgt fragte, ob Doktor Monroe am nächsten Tag vorbeikommen könne. In der Folge versuchte Jeannie Einzelheiten zur Situation herauszufinden, auch um einschätzen zu können, ob vielleicht ein früherer Besuch nötig war. Cassie hörte zu, wie Jeannie Ratschläge zu dem Fieber und Hautausschlag ihres Kindes erteilte. Gute Ratschläge, wie Cassie anerkennend feststellte. Als das Gespräch beendet war, fragte Cassie, ob sie Krankenschwester sei.

»Nein, nicht so richtig. Ich habe die Ausbildung angefangen«, erklärte sie, »sie aber abgebrochen, als sich diese Stelle hier auftat. Im Laufe der Jahre habe ich hier viel gelernt. Ich würde mir zwar nicht anmaßen, irgendetwas Ernstes zu diagnostizieren, aber bei Fieber, Ausschlägen, Stichen, kleineren Schnittwunden, Magenverstimmungen und Ähnlichem kann ich einen Rat geben. Man könnte sagen, mein Job ist so was wie eine Ersteinschätzung. Dann entscheide ich, ob ich einen Arzt oder eine Schwester hinschicke.«

»Seit wann sind Sie denn hier?«

»Seit sieben Jahren.«

»Ist Doktor Monroe auch schon so lange hier?«

»Er hat nach mir angefangen, ich bin also sozusagen die Dienstälteste.« Jeannie lachte.

»Es ist aber doch nicht schwer, mit ihm zusammenzuarbeiten, oder?«

»Das würde ich nicht sagen. Er ist nur etwas unnahbar.« Sie schwieg einen Moment, dann fügte sie ernst hinzu: »Roy ist derjenige, vor dem Sie sich in Acht nehmen sollten. Er war ganz und gar nicht erfreut zu hören, dass eine Frau die Pilotenstelle hier annimmt. Er war bei der Air Force und ist der Meinung, alle Frauen gehören an den Herd, keinesfalls aber auf Stellen, die Männern vorbehalten sind. Wenn es nach ihm ginge, sollten Frauen weder Offiziere beim Militär noch Ärztinnen sein und ganz sicher keine Flugzeuge fliegen.«

»Danke für die Warnung«, sagte Cassie dankbar. »Ich habe schon mit Gegenwind gerechnet, seine Einstellung überrascht mich also nicht. Ich hoffe bloß, dass er mir nicht das Leben schwer macht.«

Jeannie zuckte mit den Schultern. »Sie fliegen ja getrennte Flugzeuge, er kann also nicht viel ausrichten, oder?«

»Wahrscheinlich nicht«, sagte Cassie in der Hoffnung, dass sie recht behielt. »Apropos Flugzeug: Kirra meinte, dass ich mein Flugzeug vielleicht in den Hangar der Flying Doctors stellen dürfte. Glauben Sie, das wäre möglich? Falls nicht, würde ich mich um eine andere Lösung kümmern.«

»Das lässt sich schnell herausfinden.« Jeannie hob den Telefonhörer und wählte eine Nummer. »Glen, kannst du kurz ins Büro kommen?«, fragte sie. »Danke.« Sie legte auf und wandte sich wieder an Cassie. »Glen Wilkinson führt alle Reparaturen aus, die bei unseren Flugzeugen anfallen. Er ist ein Zauberer, arbeitet schnell und sehr gründlich. Es gibt nichts, was er nicht über Motoren weiß.«

»Klingt ein bisschen wie Bertie, der für meinen Onkel Geoff arbeitet«, sagte Cassie. »Mein Onkel scherzt immer, dass Bertie selbst einen Satz Schraubenbolzen zum Fliegen bringen könnte.«

Jeannie lachte. »Glen ist genauso.«

Die Eingangstür wurde geöffnet.

»Wir sind hier, Glen!«, rief Jeannie aus ihrem Büro, und kurz darauf erschien ein Mann im Türrahmen.

Cassie schätzte ihn auf Ende vierzig. Sein Haar war an den Schläfen ein wenig grau, und er hatte eine offene, freundliche Ausstrahlung. Cassie vertraute ihm instinktiv. Auf seiner Nase prangte ein dicker Fleck Schmieröl.

»Du hast keinen Spiegel im Hangar, oder?«, fragte Jeannie grinsend, stand auf und wischte ihm mit einem Taschentuch das Öl von der Nase.

»Diese Visage ist das Erste, was ich morgens beim Rasieren im Spiegel sehe, das reicht mir.« Glen lächelte Cassie an, seine tiefbraunen Augen funkelten.

»Ich möchte dir gern unsere neue Pilotin vorstellen«, sagte Jeannie. »Cassandra Granger. Cassie, das hier ist Glen Wilkinson, leitender Flugzeugmechaniker und Mann für alles hier bei uns am Stützpunkt.«

»Sie sind die neue Pilotin! Na, wenn das nicht mal eine Wendung zum Besseren ist«, sagte Glen mit einem breiten Lächeln. Dann wurde seine Miene nachdenklich. »Ihr Name kommt mir irgendwie bekannt vor …« Er riss die Augen auf. »Haben Sie nicht kürzlich dieses Luftrennen in Amerika gewonnen?«

»Ja, ich habe es gewonnen.« Cassie war überrascht, dass er davon wusste.

Glen strahlte. »Sag ich doch, dass Sie mir bekannt vorkommen. Meine Tochter Beth möchte eine Ausbildung zur Pilotin machen, daher haben wir das Rennen im Fernsehen verfolgt. Sie sind ihr eine große Inspiration.«

»Das freut mich zu hören«, sagte Cassie ehrlich.

»Sie ... fliegen Rennen!«, stieß Jeannie verwundert aus.

»Ja. Ich habe an ein paar teilgenommen«, sagte Cassie bescheiden, obwohl sie jedes Mal auf einen der ersten drei Plätze gekommen war.

»Wie schön!« Jeannie war sichtlich begeistert. »Ich wusste, dass mein erster Eindruck mich nicht getäuscht hat. Und ich bin gespannt darauf mitzuerleben, wie sich eine Frau den Männern gegenüber in einem sogenannten männerdominierten Beruf oder Sport beweist.« Sie blickte zu Glen. »Nichts für ungut.«

»Kein Problem, ich habe ja auch drei Töchter. Also, was kann ich für euch tun?«

»Cassie braucht einen Ort, an dem sie ihr Flugzeug abstellen kann. Ist noch Platz im Hangar?«

»Kommt drauf an. Was fliegen Sie?«, fragte Glen.

»Eine Piper Cherokee.«

»Eine großartige kleine Maschine, dafür kann ich Platz schaffen. Möchten Sie sie jetzt direkt hinbringen?«

»Sie steht noch am Flughafen, dort ist man sicher froh, wenn sie so schnell wie möglich aus dem Weg ist.«

»Dann kommen Sie mit«, sagte Glen. »Wir bringen sie in unseren Hangar.«

Kapitel 3

»Tausend Dank, Glen«, sagte Cassie, nachdem sie das Flugzeug sicher im Hangar untergestellt hatten.

»Keine Ursache. Unsere beiden Flieger sind bei Reparaturen und den planmäßigen Wartungen hier drin, aber nie beide gleichzeitig, weil einer immer für Notfälle einsatzbereit sein muss. Das Flugzeug, das Sie fliegen werden, habe ich erst letzte Woche inspiziert, gewartet und instand gesetzt. Ich kann Ihnen das Logbuch der Instandhaltung zeigen, dann sehen Sie, was alles gemacht wurde.«

»Danke, das wäre großartig. Ich mache das alles an meinem Flugzeug immer selbst und würde das auch hier im Hangar machen, wenn es Sie nicht stört. Natürlich habe ich vor dem Rennen eine Instandhaltung durchgeführt, und dann eine weitere vor meinem Abflug aus Darwin, also muss in der nächsten Zeit erst einmal nichts gemacht werden.«

»Sie machen das selbst?« Glen starrte sie an.

Cassie merkte, dass er sich sorgte. »Ich bin examinierte Bodenmechanikerin und darf auch ausbilden.«

»Wow! Das ist beeindruckend.« Er lachte. »Oh, entschuldigen Sie. Ich habe mir nur gerade vorgestellt, wie Roy versucht, Sie herumzukommandieren. Ehemalige Militärpiloten sind der Meinung, sie wüssten alles. Aber verraten Sie ihm nicht, dass ich das gesagt habe.«

Cassie lächelte. »Keine Sorge, ich bin in dieser Hinsicht gut gewappnet. Mit Männern wie ihm muss ich mich schon herumschlagen, seit ich die Lizenz zum Fliegen habe. Zum Glück habe ich ein dickes Fell. Ich bin im Northern Territory aufgewachsen, da sind alle hart im Nehmen.«

»Das ist gut. Ich habe neben meinen drei Töchtern auch einen Sohn, der bekommt ordentlich Gegenwind, vor allem von Beth. Ich bin zuversichtlich, dass sie gut in der Männerwelt zurechtkommen wird, sobald sie den Pilotenschein hat.«

»Ja, aber es ist doch schade, dass es so sein muss. Ich möchte kein Mann sein, aber ich hoffe, dass ich hier mit der Zeit als Teil der Mannschaft akzeptiert werde. Mehr möchte ich gar nicht.«

»Der Wunsch ist verständlich.«

Cassie war sehr froh, dass es in Alice Springs einen Mann gab, der ihren Standpunkt nachvollziehen konnte. Eine Sache allerdings wollte sie noch klarstellen. »Aber ich werde nur ein Flugzeug fliegen, das ich selbst inspiziert und gewartet habe, Glen. Ich hoffe, das ist kein Problem für Sie.«

»Nein, aber wenn es Ihnen nichts ausmacht, sehe ich beim ersten Mal zu. Nicht weil ich denke, Sie könnten es nicht, aber ich kenne jede Schraube samt Mutter in beiden Maschinen. Wenn Sie irgendwelche Fragen haben, stehe ich direkt daneben, um sie Ihnen zu beantworten.«

»Das klingt gut. Sie werden verstehen, dass es mir ein Gefühl von Sicherheit gibt, wenn ich das Flugzeug selbst gewartet habe, und dieses Gefühl ist mir unheimlich wichtig.«

»Das verstehe ich in der Tat. Ich finde, jeder Pilot sollte die Maschine warten, die er fliegt, statt nur vor jedem Flug schnell eine Kontrolle zu machen. Natürlich geht das nicht vor jedem Flug, das ist mir schon klar.«

»Das sehe ich genauso.« Cassie war erleichtert. »Ich wollte mich gleich morgen früh an die Inspektion machen.«

»In Ordnung. Ich hole das Logbuch und komme dazu, um Ihnen alle nötigen Informationen zu geben.«

»Danke.« Cassie freute sich darauf. Plötzlich kam ihr ein Gedanke. »Ich hätte auch gleich noch eine andere Frage: Sie kennen nicht zufällig jemanden, der ein Auto verkauft, oder? Ich brauche eins, um zum Einkaufen in die Stadt zu fahren.«

Er grinste. »Sie haben Glück: Tatsächlich hat gerade letzte Woche meine Schwägerin erzählt, dass sie ihr Auto verkaufen will, weil die Familie nach Queensland zieht. Der Wagen ist klein und gut und hat noch nicht viele Kilometer auf dem Buckel. Ich bin mir allerdings nicht sicher, ob es schon verkauft ist, aber das kann ich heute Abend herausfinden, sobald ich zu Hause bin.«

»Das wäre toll, vielen Dank.«

»Brauchen Sie denn jetzt Lebensmittel? Ich wollte gleich ein paar Dinge in der Stadt holen, wenn Sie möchten, können Sie mitfahren und schon mal das Nötigste besorgen.«

»Oh, ja, gerne! Ich glaube nicht, dass ich schon heute mit der Arbeit anfangen soll, und ich brauche dringend Brot, Milch, Tee und etwas zu Essen für heute Abend. Ich hole schnell meine Handtasche und sage Jeannie Bescheid.«

»In Ordnung. Ich warte am Parkplatz auf Sie.«

Auf dem Weg in die Stadt erzählte Cassie Glen, wie es dazu gekommen war, dass sie die Stelle bei den Flying Doctors angetreten hatte. »Wie lange sind Sie denn schon in Alice Springs?«, fragte sie anschließend.

»Seit Anfang der Dreißiger«, antwortete er. »Damals war Alice Springs eine eingeschworene Gemeinschaft mit lediglich ein paar Hundert Einwohnern, die sich zum Überleben aufeinander und die Menschen auf den umliegenden Farmen verlassen mussten. Ich hatte eine Stelle am Flughafen angenommen, als Mechaniker beim Bodenpersonal. 1940, nachdem der Krieg in Europa ausgebrochen war, kam eine Vorhut des Militärs, um ein Camp für die Darwin Overland Maintenance Force zu errichten. Damit änderte sich alles in Alice Springs.«

Sie hatten die Stadt erreicht, und Glen lenkte seinen Holden FB langsam durch die Straßen.

»Sehen Sie den Hügel dort?« Er zeigte voraus. »Das ist der Anzac Hill. An dessen Fuß wurde ein Militärlager aus Zelten erbaut, Offiziere und Hunderte Männer kamen in die Stadt, begleitet von einhundertfünfzig Dreitonnern. Heute steht da ein Footballfeld. Ein weiteres Militärlager, das Spencer Hill Military Camps, wurde auf der östlichen Seite errichtet. Der Flughafen, der Seven-Mile Aerodrome, wurde für alle Flüge in den Norden genutzt. Zu Spitzenzeiten hatten wir hier etwa achttausend Soldaten und dreitausend Trucks.«

»Das ist eine ziemlich starke Bevölkerungsexplosion für einen so kleinen Ort«, sagte Cassie beeindruckt.

»Allerdings. 1942 wurde Alice Springs mehr oder weniger zur Hauptstadt des Northern Territory, als der Verwalter, Charles Abbot, und seine Behörde aus Sicherheitsgründen hierherzogen.«

»War das nach dem Luftangriff der Japaner auf Darwin?«

»Ja, das war im Februar desselben Jahres. Auch wenn man das schon befürchtet und entsprechende Vorkehrungen getroffen hatte, wurden trotzdem alle davon überrumpelt. Der Endbahnhof des Militärs, das zentrale Reservelager und das Waffenlager für den gesamten Norden wurden nach Alice Springs verlegt. So hatte man Zugang zum Norden, lag aber außerhalb der Reichweite der Bomber. Tausende Männer aus dem Süden kamen in die Stadt und zogen weiter nach Darwin, als Verstärkung der Verteidigungslinie im Norden. Später kämpften diese Männer dann im besetzten Gebiet gegen den Feind.«

»Sie sind sehr versiert in der Geschichte von Alice Springs«, sagte Cassie anerkennend.

»Ich habe als ziviler Mechaniker gearbeitet und war damit einer der Wenigen, die nicht in den Krieg ziehen mussten. Das war für mich in Ordnung, ich hatte das Gefühl, hier meinen Teil beizusteuern.«

»Mein Vater und mein Onkel haben ihren Teil beigesteuert, indem sie die Truppen mit Rindfleisch von unserer Farm versorgt haben. Ich erinnere mich, dass sie mir mal erzählt haben, auch welches nach Alice Springs geschickt zu haben.«

»Oh, das ist interessant«, sagte Glen und parkte den Wagen. »Das ist jetzt die Hauptstraße, Todd Street«, erklärte er. »Wir sind im Hauptgeschäftsviertel, hier finden Sie Banken, verschiedene Läden und natürlich Hotels. Ich zeige Ihnen, wo Sie einkaufen können.«

»Danke. In meiner Wohnung steht ein Kühlschrank, den habe ich angestellt, bevor wir gefahren sind. Ich hoffe, er ist kalt, wenn ich zurückkomme.«

»Das ist er bestimmt.«

Auf ihrem Weg zum Geschäft bemerkte Cassie eine Vielzahl von Aborigines. Glen hatte ihr erzählt, dass die Anzahl von indigenen Bewohnern hier zwanzigmal so hoch war wie die der weißen. In Darwin war es ähnlich, daher war sie daran gewöhnt.

»Das schöne Steingebäude dort ist das Adelaide House. Es war das erste Krankenhaus im Zentrum Australiens, entworfen und gebaut von Reverend Flynn, dem Gründer des Royal Flying Doctor Service«, erzählte Glen.

Cassie ließ ihren Blick bewundernd über das Gebäude gleiten und machte sich dann daran, ihre Einkäufe zu erledigen.

Auf dem Rückweg unterhielten sie sich angeregt über Flugzeuge. Cassie erzählte Glen vom Unternehmen ihres Onkels, und er erklärte, wie es dazu gekommen war, dass er Flugzeugmechaniker geworden war statt, wie ursprünglich geplant, Automechaniker.

»Mein Dad war Mechaniker, und mein älterer Bruder Trevor trat in seine Fußstapfen. Der Geruch von Schmieröl und das Dröhnen der Motoren sind Teil meiner Kindheitserinnerungen. Für mich stand fest, dass ich nach der Schule eine Ausbildung zum Mechaniker machen würde.«

»Wo sind Sie aufgewachsen?«

»In einer Provinzstadt namens Bourke. Als ich fünfzehn war, sind Trevor und ich zur Hochzeit eines Kumpels auf der Glenroy Farm gefahren. Auf dem Heimweg musste Trevor wegen eines Schafs auf der Straße das Lenkrad herumreißen, und wir überschlugen uns. Ich hatte ein paar Kratzer und Blutergüsse, nichts Ernstes, aber Trevor hatte sich das Bein gebrochen und eine Schulter ausgekugelt. Er litt furchtbare Schmerzen. Wir waren allein auf der sehr abgelegenen Straße, also musste ich losgehen und Hilfe holen. Ich war schon über eine Meile in Richtung Farm zurückgelaufen, als zum Glück ein anderer Hochzeitsgast angefahren kam. Wir luden Trevor in sein Auto und brachten ihn zur Farm, wo der Besitzer die Flying Doctors anfunkte. Ich war so unendlich dankbar, als das Flugzeug am Himmel auftauchte! Ich setzte mich zu dem Piloten ins Cockpit, während der Arzt und die Schwester hinten Trevor versorgten. Ich war zutiefst beeindruckt von dem Flugzeug und wollte alles darüber erfahren, wie die Maschine funktionierte, und habe dem Piloten ungefähr eine Million Fragen gestellt.« Er grinste. »Dieser Flug hat mein Leben verändert, denn dort kam mir die Idee, mit Flugzeugen zu arbeiten. Als ich die Schule verließ, zog ich für die Ausbildung zum Mechaniker nach Sydney, und danach habe ich die Stelle in Alice Springs angenommen.«

»Es ist schon seltsam, wie manche Dinge uns den Weg in eine bestimmte Richtung weisen«, merkte Cassie an.

»Was hat Sie denn zum Fliegen gebracht?«

»Ich bin auf Victoria River Downs aufgewachsen, einer abgelegenen Rinderfarm im Northern Territory, siebentausend Morgen groß. Mein Dad und mein Onkel nutzten ein Flugzeug, um die Rinder zu sichten, und hin und wieder nahmen sie meinen Bruder Mark und mich zum Spaß mit. Mark war nicht so angetan von diesen Flügen, aber ich liebte sie und lag meinem Dad und meinem Onkel ständig in den Ohren, dass ich mitfliegen wollte. Sobald ich alt genug war, nahm ich Flugunterricht.« Sie erzählte von der Fluggesellschaft ihres Onkels und ihrer Ausbildung zur Krankenschwester. »Mein Onkel hat mich immer unterstützt. Und Dad und mich verbindet unsere Leidenschaft fürs Fliegen, das war immer wunderschön. Wir stehen uns sehr nahe.«

»Das ist wirklich schön«, sagte Glen. »Bei mir und meiner Tochter ist es ähnlich. Darf ich Sie um einen Gefallen bitten, Cassie?«

»Natürlich.«

»Meine Tochter hat bald Geburtstag, und sie würde sich sicher sehr freuen, Sie kennenzulernen. Würden Sie vielleicht zu ihrer Feier kommen, nur kurz?«

Cassie war überrascht, was Glen offenbar bemerkte.

»Es tut mir leid, ich wollte Ihnen nicht zu nahetreten«, entschuldigte er sich. »Sie kennen uns ja gar nicht …«

»Nein, nein. Ich würde mich freuen, Ihre Tochter kennenzulernen«, unterbrach Cassie ihn. »Und es ist sehr nett von Ihnen, mich zu Ihrer Feier einzuladen. Danke.«

»Dann sagen Sie also zu?«

»Ja, natürlich.«

Glen strahlte über das ganze Gesicht.

Am Abend bereitete Cassie sich ein Steak und einen Salat zu. Es war heiß in der Wohnung. Als sie die Tür öffnete, sah sie

Kirra an dem Tisch im Hof sitzen, wo sie ihr Abendessen zu sich nahm.

»Kann ich mich zu Ihnen setzen, Kirra?«, rief sie.

»Natürlich, kommen Sie rüber«, antwortete Kirra fröhlich.

Die Sonne stand auf der anderen Seite des Hauptgebäudes, der Tisch und die Stühle lagen im Schatten. Zwischen den Häusern wehte eine leichte Brise. »Hier ist es viel angenehmer als drinnen«, bemerkte Cassie, als sie Platz nahm.

»Ich esse meistens draußen.« Kirra deutete auf Cassies Steak. »Das riecht gut.«

Cassie hatte den Metzger ausdrücklich um ein kleines Stück Fleisch gebeten, doch als sie es auspackte, hatte es sich als riesig entpuppt. »Sie können gern die Hälfte haben. Es ist mir sowieso zu viel«, sagte sie und teilte es in zwei Hälften.

»Nein, nein, ich habe ja selbst was«, wehrte Kirra ab.

Cassie warf einen Blick auf ihren Teller, auf dem ein typisches Buschgericht lag, in diesem Fall Buschtomaten und Vogeleier. »Oh, wo haben Sie denn das *Tucker* her?«

Kirra sah erstaunt auf. »Woher kennen Sie *Tucker*?«

»Ich bin auf einer abgelegenen Rinderfarm aufgewachsen und habe oft mit den Aborigines zusammen gegessen, die für meinen Vater und meinen Onkel gearbeitet haben.« Cassie legte die Hälfte ihres riesigen Steaks auf Kirras Teller. »Bitte, essen Sie«, sagte sie.

»Oh, danke! Was für eine schöne Überraschung!« Kirra schnitt ein Stück Fleisch ab und schob es sich genüsslich in den Mund. »Mmmh, das ist richtig lecker. Wie sind Sie denn zum Einkaufen in die Stadt gekommen?«

Cassie erzählte ihr von ihrer Tour mit Glen Wilkinson und von der möglichen Aussicht auf ein Auto.

»Für Fahrten in die Stadt wäre das wirklich Gold wert«, sagte Kirra.

»Ja, das stimmt. Wann sind Sie den von Ihrem Einsatz zurückgekommen?«

»Vor einer Stunde etwa. Wenn es nicht unbedingt nötig ist, fliegen wir nicht im Dunkeln. Wenn wir zu weit weg sind, um vor Einbruch der Dunkelheit wieder hierher zurückzukehren, übernachten wir vor Ort und fliegen am nächsten Morgen zurück.«

»Oh.« Cassie war überrascht. Sie versuchte, sich vorzustellen, irgendwo zusammen mit dem Arzt zu übernachten. Es würde unangenehm werden, solange sie dermaßen kühl miteinander umgingen. »Haben Sie jemanden ins Krankenhaus gebracht?«

»Ja, den alten Sidney Philips. Ein netter alter Kerl, etwa neunzig. Er war sein ganzes Leben lang Rinderzüchter, ist also ziemlich zäh, aber der Doc denkt, dass die Hüfte gebrochen ist, und er hat Sorge, es könnte eine Lungenentzündung dazukommen.«

»Oh, was ist denn passiert?«

»Er ist im Badezimmer hingefallen, wahrscheinlich am Morgen, wurde aber erst am Nachmittag von seinem Sohn Malcolm entdeckt. Er hatte Vieh zusammengetrieben und sich an einem Zaun die Hand aufgeschnitten, deswegen ist er früher als üblich nach Hause gegangen, wo er seinen Dad auf dem Badezimmerboden fand. Der alte Sidney muss dort stundenlang mit Schmerzen gelegen haben. Aber er war sehr tapfer, hat sich nicht ein einziges Mal beschwert.«

»Begleitet Doktor Monroe ihn ins Krankenhaus?« Cassie hatte ihn seit ihrer Rückkehr aus der Stadt noch nicht gesehen.

»Ja, ein Rettungswagen hat Sidney abgeholt, und der Doc ist mitgefahren, er macht sich wirklich Sorgen.«

Cassie war erfreut zu hören, dass er sich offenbar fürsorglich um seine Patienten kümmerte. Ihr Blick fiel auf ein Fahrrad vor Kirras Wohnung. Sie zeigte darauf. »Ist das Ihres?«

»Ja, das ist mein viel zu drahtiger Esel, wie Jeannie es nennt.«

Cassie lachte. »Haben Sie keinen Führerschein?«

»Nein. Vielleicht mache ich ihn eines Tages.«

»Wohin fahren Sie mit dem Rad?«

»Ich fahre freitagnachmittags in die Stadt und komme montagmorgens zurück.«

Cassie war überrascht. »Das ist sehr weit!«

»Es geht. Nur viel mitnehmen kann ich nicht«, fügte Kirra hinzu.

»Sobald ich mein Auto habe, fahre ich Sie hin«, bot Cassie an.

»Ich fahre ganz gerne mit dem Rad. Ich suche mir unterwegs immer *Tucker*.« Kirra lachte.

»Aber wenn ich Sie fahre, können Sie mehr Einkäufe transportieren.«

»Okay, vielleicht ab und zu«, stimmte Kirra dankbar zu.

»Aber was passiert, wenn am Wochenende eine Krankenschwester gebraucht wird?«, fragte Cassie interessiert.

»An den Wochenenden kümmert sich der Doc um alles.«

»Hat er keinen freien Tag?«

»Manchmal gibt es am Wochenende keinen Notfall, also hat er manchmal auch Zeit für sich.«

»Kein Wunder, dass er so müde und griesgrämig ist.«

In diesem Moment erklang das Geräusch eines Automotors, und kurz darauf bog ein weißer VW Käfer auf den Parkplatz neben dem Hinterhof, und Glen stieg aus dem Wagen. »Das ist er«, rief er grinsend, als er sie bemerkte.

»Oh!« Cassie freute sich sehr und lief zu ihm, während Kirra das Geschirr zusammenstellte und in ihre Wohnung brachte.

»Ich hatte in Darwin auch einen Käfer, ich habe ihn geliebt.« Cassie inspizierte den Wagen, der auf den ersten Blick in einem guten Zustand zu sein schien.

»Ja, es ist ein schönes kleines Auto«, sagte Glen. »Ich habe schon den Reifendruck geprüft, er ist gut. Das Profil der Reifen und die Bremsen sind auch in Ordnung.«

»Der Lack wirkt auch unbeschädigt«, stellte Cassie fest.

Glen ging zum Heck und öffnete die Motorhaube. Cassie hob die Batterie an und hielt nach rostigen Stellen Ausschau.

»Was ist mit dem Öl? Gibt es irgendwo ein Leck?« Sie besah sich den Motor und warf dann einen Blick unter das Auto, um nach verräterischen Tropfen zu suchen.

»Ich glaube nicht. Der Wagen stand in der Einfahrt meiner Schwester, und als ich rückwärts rausgefahren bin, war kein Fleck auf dem Betonboden zu sehen. Die Öllampe hat unterwegs auch nicht geleuchtet.«

»Das klingt gut.« Cassie suchte auf den seitlichen Leisten nach Rostspuren.

»Ich glaube, dieses Auto hat sein gesamtes Dasein in Alice Springs verbracht. Es wird selten nass, deswegen ist wenig oder kein Rost dran«, erklärte Glen.

»Und so weit vom Meer entfernt ist auch salzhaltige Luft kein Problem«, fügte Cassie hinzu.

»Wem gehört dieses Auto?«, fragte in diesem Moment eine männliche Stimme, und beide fuhren herum.

»Oh, hallo, Doc. Stehst du da schon lange? Ich habe dich gar nicht gesehen«, sagte Glen.

»Eine Weile. Also: Wem gehört dieses Auto?«, wiederholte Mike.

»Es wird mir gehören, sobald ich es bezahlt habe«, entgegnete Cassie. »Wie viel möchte Ihre Schwägerin denn dafür haben, Glen?«

»Ein paar Hundert Pfund wären gut.«

»Das finde ich angemessen. Ich schreibe ihr einen Scheck aus.« Cassie öffnete die Fahrertür und bemerkte sofort, dass das

Auto auch innen gut gepflegt war. Es gab keine Risse in den Polstern, und alles war sehr sauber.

»Sie kaufen ein Auto?«, fragte Mike.

Verwundert über seinen überraschten Tonfall, richtete Cassie sich auf und sah ihn über das Autodach hinweg an. »Ich brauche ein Auto, um zum Einkaufen in die Stadt zu fahren«, erklärte sie.

»Die Entscheidung scheint mir etwas vorschnell zu sein«, gab Mike zurück.

»Warum?« Cassie wusste nicht, worauf er hinauswollte.

»Nun, vielleicht gefällt Ihnen die Arbeit in Alice Springs nicht, oder vielleicht kommen Sie nicht damit zurecht, in Zentralaustralien zu leben. Alice Springs ist keine Großstadt.«

Ah, daher wehte also der Wind. Der Doc ging offenbar davon aus, dass sie nicht durchhalten würde. Cassie nahm sich vor, ihm das Gegenteil zu beweisen. »Ich wusste durchaus, wo Alice Springs liegt, als ich die Stelle angenommen habe«, erklärte sie geduldig. »Und Glen hat mich gerade durch die Stadt geführt, auf mich macht sie einen bezaubernden Eindruck.« Sie wandte sich an Glen. »Ich hole mein Scheckheft, dann fahre ich Sie nach Hause.«

»In Ordnung«, sagte Glen, und Cassie ging zu ihrer Wohnung.

»Sie wird das hier nicht lange durchhalten«, sagte Mike zu Glen, kaum dass sie außer Hörweite war.

»Ich glaube, du unterschätzt sie, Mike«, erwiderte Glen. »Diese junge Frau ist aus hartem Holz geschnitzt.«

Mike stieß einen tiefen Seufzer aus und machte sich auf den Weg zu seiner Wohneinheit.

Kapitel 4

In ihrem Schutzanzug, die Haare mit einem Kopftuch bedeckt, machte sich Cassie in der kühlen Morgenluft daran, die De Havilland zu inspizieren. Glen stand neben ihr und beantwortete ihre Fragen, mischte sich ansonsten jedoch nicht ein. Sie begann damit, die Propeller und deren Blätter auf Risse und Kerben und auf einen festen Sitz zu untersuchen. Dann sah sie nach, ob an der Nabe Schmierfett oder Öl austrat, bevor sie den Motor warm laufen ließ. Als Nächstes prüfte sie, ob der Propellerverstellhebel sich leichtgängig bedienen ließ, und testete im Leerlauf den Drehzahlbereich, bevor sie sich dem Vergaser und der Lichtmaschine widmete und anschließend die Öltemperatur kontrollierte.

»Haben Sie kürzlich die Zündkerzen ausgetauscht?«, fragte sie Glen.

»Ja, ich habe alles notiert, was ich bei der letzten Instandhaltung gemacht habe, einschließlich aller Neuteile. Ich hole kurz die Aufzeichnungen.«

»Danke. In der Zwischenzeit sehe ich mir die Kraftstoffleitung an und säubere den Luftfilter.«

»Okay, ich bin gleich wieder da.« Glen eilte davon.

Kurz darauf schlug Cassie gerade den Filter auf dem Boden aus, um den Staub zu lösen, als sie Schritte hinter sich hörte. »Im Filter ist nicht viel Dreck«, sagte sie, in der Annahme, Glen sei zurück.

»Was zur Hölle tun Sie da?«, knurrte jemand.

Cassie drehte sich um und sah sich einem untersetzten

Mann mittleren Alters gegenüber. Seine Haut war tiefgebräunt, sein Haar von grauen Strähnen durchzogen, und der Blick aus seinen dunklen Augen unter buschigen Brauen bohrte sich in ihren. Er trug eine Pilotenuniform, woraus sie schloss, dass es sich bei dem Mann um Roy Turner handelte.

»Wonach sieht es denn aus?«, erwiderte sie mit fester Stimme.

»Es sieht aus, als würden Sie etwas tun, wozu Sie keinerlei Recht haben.«

»Ganz im Gegenteil, ich habe jedes Recht dazu, ein Flugzeug zu inspizieren, das ich fliegen werde.«

»Glen Wilkinson nimmt alle Kontrollen an diesen Flugzeugen vor. Das ist sein Job, und er weiß, was er tut.«

»Da bin ich mir sicher, aber ich fliege kein Flugzeug, das ich nicht auch selbst kontrolliert habe.«

Roy starrte sie finster an.

Cassie mahnte sich zur Ruhe. »Ich bin Cassandra Granger«, sagte sie freundlich. »Sie sind sicher der zweite Pilot. Roy Turner, nicht wahr?«

»Ich bin der *erste* Pilot, nicht der *zweite*, und ich weiß, wer Sie sind, steht ja schließlich auf dem Titelblatt der Tageszeitung.«

»Oh«, sagte Cassie. »Ich habe die Zeitung von heute noch nicht gelesen.«

»Das Letzte, was wir hier gebrauchen können, ist eine Modepuppe, die meint, sie könnte fliegen. Die Arbeit hier ist wichtig, es geht um Menschenleben.«

»Das weiß ich«, warf Cassie ein.

»Ach ja? An Flugzeugen herumzuspielen mag schön und gut sein, solange Sie allein fliegen und nur sich selbst umbringen, aber hier tragen Sie die Verantwortung für das Leben anderer. Die Kontrolle muss vernünftig gemacht werden, von jemandem, der die nötige Kompetenz dazu hat.«

»Von jemandem wie einem Bodenmechaniker … der sich am besten zusätzlich noch bei Kingsford Smith Aviation zum Ausbilder qualifiziert hat?«

»Ja, zum Beispiel.«

»Tja, das bin dann wohl ich, und ich habe als Klassenbeste abgeschlossen.« Cassie hoffte, ihm damit den Wind aus den Segeln genommen zu haben. Sie wandte sich wieder dem Flugzeug zu in der Erwartung, dass Roy gehen würde, aber er regte sich nicht. »Sie kontrollieren die Maschine, die Sie fliegen, doch sicher auch vor dem Flug«, fügte sie hinzu, während sie den Luftfilter einsetzte.

»Natürlich tue ich das. Ich blicke auf zweiunddreißig Jahre Erfahrung mit dem Fliegen und der Arbeit mit Flugzeugen zurück und hatte noch keinen einzigen Unfall.«

»Das ist wirklich eine starke Leistung.« Cassie drehte sich zu ihm um.

»Allerdings. Und wie lange fliegen Sie schon? Fünf Minuten?«

»Meinem Onkel gehört eine regionale Fluggesellschaft im Norden, deswegen fliege ich schon …«

Roy unterbrach sie mit einem höhnischen Schnauben. »So haben Sie den Schein also bekommen, ja?«

»Was soll das heißen?«

»Ich bin sicher, Ihr Onkel hatte weitreichenden Einfluss auf Ihre Ausbilder, es kann also nicht allzu schwer für Sie gewesen sein, die Fluglizenz zu bekommen.«

»Im Gegenteil, ich musste doppelt so viel trainieren wie alle anderen, um meinen Vater und meinen Onkel zufriedenzustellen«, schoss Cassie zurück, die ihren Ärger kaum noch zurückhalten konnte.

»Guten Morgen, Roy«, ertönte in diesem Moment Glens Stimme. An seiner Miene konnte Cassie ablesen, dass ihm die

Spannung im Raum nicht entgangen war. »Hier ist das Logbuch.« Er reichte es ihr.

Roy schnaubte erneut. »Als ob sie damit irgendetwas anfangen könnte«, sagte er und ging davon.

Cassie sah auf das Logbuch hinab und stellte bestürzt fest, dass ihre Hände zitterten.

»Machen Sie sich nichts aus dem, was er sagt. Er kann manchmal unausstehlich sein.«

»Ja, davor hatte man mich schon gewarnt«, erwiderte Cassie und machte sich wieder an die Arbeit.

Als Cassie sich in ihrer Wohnung umzog, hörte sie plötzlich das Geräusch eines beschleunigenden Flugzeuges. Sie eilte in den Hof und sah gerade noch, wie Roys Maschine abhob. Sofort machte sie sich auf den Weg zu Jeannies Büro.

»Ist Doktor Monroe gerade zu einem Einsatz aufgebrochen?«, fragte sie.

»Ja, in Tennant Creek hat es einen furchtbaren Unfall gegeben. Jemand hat sich schwer verbrannt.«

»Mein Flugzeug war aufgewärmt und startbereit. Warum hat er nicht mich gebeten, ihn zu fliegen?«

»Das weiß ich auch nicht. Wahrscheinlich hat Roy gerade eine Vorflugkontrolle durchgeführt, und Doktor Monroe ist einfach zu ihm ins Flugzeug gesprungen. Keine Sorge, du wirst ihn schon früh genug durch die Gegend fliegen.«

Cassie war enttäuscht, versuchte aber, es sich nicht anmerken zu lassen.

Drei Tage später flog Cassie Kirra zu zwei Einsätzen. Zuerst würden sie Jayne Sinclair helfen, einer jungen Mutter, die Schwierigkeiten mit dem Stillen hatte, und danach sollten sie bei einem Farmhelfer die Fäden einer Beinwunde ziehen. Auf dem Flug zur Aldinga Farm, dem ersten Einsatzort, saß Kirra neben Cassie im Cockpit, sodass sie sich problemlos unterhalten konnten. Kirra gab Cassie einige Hintergrundinformationen zum Leben der jungen Frau, die sie besuchen würden.

»Jayne und Tony waren gerade einmal drei Wochen verheiratet, als sein Vater Walter einen Schlaganfall hatte, er ist seitdem vollständig gelähmt. Tony musste von jetzt auf gleich alleine die Verantwortung für die Farm übernehmen, er ist Einzelkind. Ich glaube, das überfordert ihn.«

»Und wer kümmert sich um seinen Vater? Tonys Mutter?«

»Nein, seine Mutter ist vor drei Jahren gestorben, Walter lebt jetzt in einem Pflegeheim in Alice Springs. Das alles bedeutet auch, dass Jayne meist ganz allein im Farmhaus ist. Sie ist in Alice Springs aufgewachsen und kommt aus einer großen Familie, sie tut sich schwer mit der Einsamkeit jetzt.«

»Es klingt, als wäre die Situation für beide sehr herausfordernd«, kommentierte Cassie.

»Das ist sie, und vielleicht ist das auch einer der Gründe für Jaynes Schwierigkeiten im Umgang mit dem neugeborenen Baby.«

»Wie alt ist Tony?«, fragte Cassie in der Hoffnung, er sei erfahren genug, um seine Frau zu unterstützen.

»Er ist zweiundzwanzig, Jane ist neunzehn.«

»Das ist ziemlich jung für so viel Verantwortung.«

»Das stimmt. Deshalb ist hier draußen moralische Unterstützung oft mindestens genauso nötig wie ärztliche Hilfe. Unser zweiter Patient, Robert Lucas, ist Farmhelfer. Er ist vor Kurzem vom Pferd gefallen und hat sich dabei in einem Stacheldrahtzaun verfangen. Die anderen Helfer haben den Zaun abgeschnitten, um ihn zu befreien, aber der Draht steckte noch in seinen Beinen, als wir ankamen. Wir konnten ihn so nicht transportieren, das hätte die Wunden verschlimmert, also musste Doktor

Monroe den Draht aus Roberts Fleisch schneiden, Stück für Stück, während ich versuchte, die Blutung zu stillen.«

Allein die Vorstellung bereitete Cassie Schmerzen.

»Am Ende konnte Doktor Monroe die Wunden nähen, aber sie waren wirklich fürchterlich.«

»Ich kann mir gut vorstellen, was so ein Stacheldrahtzaun für Schaden anrichten kann«, sagte Cassie.

»Dazu kommt die Sorge, dass sich die Wunden durch den Rost im Draht entzünden. Wenn ich heute die Fäden ziehe, werde ich auch nach Entzündungszeichen Ausschau halten. Aber Robert ist ungeduldig, er möchte endlich wieder arbeiten. Ich glaube, ihm ist nicht bewusst, dass er starke Schmerzen haben wird, sobald seine Beine den ganzen Tag gegen die Flanken eines Pferdes reiben.«

Als sie auf der Aldinga Farm landeten, war Jayne Sinclair ein einziges Nervenbündel, und ihr Baby schrie sich die Seele aus dem Leib.

»Je angespannter Sie sind, desto weniger Milch produziert Ihr Körper«, erklärte Kirra Jayne.

»Sie will den ganzen Tag trinken, ich komme zu nichts«, klagte Jayne. »Und meine Brustwarzen sind schon ganz wund, weil sie ständig an ihnen saugt.« Sie sank auf einen Stuhl in der Küche. »Ich kann nicht mehr.« Sie schwitzte, ihre Haare waren strähnig und ihr Kleid hing formlos an ihrem Körper. Die bedauernswerte junge Frau erinnerte Cassie an eine verwelkte Blume. »Wenn Tony hungrig und müde von der Arbeit kommt, habe ich weder etwas für ihn gekocht noch die Wäsche gemacht. Er versteht nicht, dass Sophie den ganzen Tag schreit, weil ich nicht genug Milch habe. Ich wünschte, meine Mutter wäre hier.« Sie brach in Tränen aus und legte den Kopf auf dem Tisch ab.

Kirra wandte sich an Cassie. »Könnten Sie bitte den Kessel aufsetzen?«

Cassie kam der Bitte nach, während Kirra das Baby aus der Wiege in der Ecke hob und sich mit ihr an den Tisch setzte.

»Ich denke, es ist an der Zeit, dass Sophie die Flasche bekommt. Was meinen Sie, Jayne?« Sie klopfte dem weinenden Baby sanft auf den Rücken in dem Versuch, es zu beruhigen. Das kleine Gesicht war rot wie eine Tomate.

Jayne sah bestürzt auf. »Meine Mum sagt, Muttermilch ist das Beste fürs Baby!«, stieß sie unter Tränen hervor.

»Das mag ja sein, aber wenn keine Milch da ist, ist keine da, und Sie haben ein hungriges Baby. Mit dem Bauch voller Babymilch aus der Flasche wird Sophie schlafen, so können Sie Tonys Abendessen kochen, und alle sind glücklich.«

Sofort hellte Jaynes Miene sich auf.

»Wollen wir es mal probieren?« Kirra langte in ihre große Tasche und holte eine Flasche, einen Sauger und eine Dose mit Milchpulver heraus. Cassie bot an, das schreiende Baby zu halten, und wiegte es sanft, während Kirra die Milch zubereitete. Kirra erklärte Jayne die einzelnen Schritte und wie sie anschließend mithilfe einiger Tropfen auf der Innenseite ihres Handgelenks die Temperatur prüfen konnte. »Wenn es brennt, ist es zu heiß.«

Cassie legte Sophie in die Arme der nervösen Jayne, und Kirra reichte ihr die Flasche Milch. Jane setzte sie an den Mund des jammernden Mädchens, und es saugte sofort daran.

»Es schmeckt ihr«, sagte Cassie erleichtert und machte sich daran, Tee zuzubereiten.

»Ich denke, jetzt wird alles besser, Jayne«, sagte Kirra ruhig, als sie alle mit einer Tasse Tee vor sich am Tisch saßen. Die junge Mutter wirkte schon jetzt, als wäre ihr eine riesige Last von den Schultern genommen. »Ich habe noch zwei weitere Flaschen und eine Dose mit Milchpulver dabei, das sollte erst mal eine Weile reichen. Die Anleitung zur Zubereitung steht auch auf der Dose. Sie können auch mehrere Flaschen auf einmal zubereiten und sie im Kühlschrank aufbewahren. Wenn es Zeit zum Füttern ist, wärmen Sie einfach eine davon in einem Topf mit Wasser auf dem Herd auf.«

Jayne nickte dankbar. Sophie saugte die Flasche leer und schlief danach beinahe sofort ein. Jayne legte sie in die Wiege, und sie unterhielten sich und tranken Tee.

»Wo lebt Ihre Mutter?«, fragte Cassie die junge Frau, nachdem diese gestanden hatte, wie einsam sie sich tagsüber fühlte.

»In Alice Springs. Aber irgendetwas stimmt nicht mit dem Motor am Auto meines Vaters, und eine Reparatur kann er sich nicht leisten, daher können sie nicht herkommen. Und Tony hat keine Zeit, sie abzuholen.«

»Ich habe ein Flugzeug. Ich könnte Ihre Eltern mal an einem Wochenende herfliegen, wenn Sie möchten«, bot Cassie an.

Jayne starrte sie mit großen Augen an. »Das würden Sie tun?«

»Ja, natürlich. Sie würden sich bestimmt freuen, Zeit mit Ihnen und ihrer Enkelin zu verbringen.«

»Das wäre wunderbar! Vor allem jetzt, wo Sophie so zufrieden ist, sie kennen Sophie noch gar nicht«, sagte Jayne eifrig. »Ich danke Ihnen beiden. Ich bin zum ersten Mal seit Wochen glücklich.«

»Das freut uns. Wir machen uns jetzt wieder auf den Weg, dann können Sie ein paar Dinge erledigen, während Sophie schläft«, sagte Kirra. »Ich vermute, dass sie mit der Milch auch nachts besser schlafen wird, sodass auch Sie sich besser erholen können.«

»Das wird himmlisch werden«, sagte Jayne. »Auch wenn ich irgendwie das Gefühl habe, mein Baby im Stich zu lassen«, fügte sie leise hinzu.

»Nein, Jayne, es gibt keinen Grund, sich schlecht zu fühlen. Stillen ist nicht für jeden etwas. Solange das Baby zufrieden ist und Sie glücklich und nicht erschöpft sind, ist doch alles gut«, sagte Kirra. »In Aborigine-Gemeinschaften wird das Baby auch von einer Tante oder jemand anderem gefüttert, wenn die Mutter nicht genug Milch hat.«

Jayne nickte. »Sie haben recht, Kirra. Ich bin so froh, dass Sie heute gekommen sind.«

»Sie können uns jederzeit anrufen, auch wenn Sie nur einen Ratschlag brauchen«, erklärte Kirra.

Jayne nickte.

»Ich melde mich noch mal wegen des Besuchs Ihrer Eltern«, fügte Cassie hinzu und winkte zum Abschied.

»Das war nett von Ihnen«, sagte Kirra, als sie zum Flugzeug zurückliefen.

»Ein Besuch von ihren Eltern ist genau das, was Jayne braucht, oder? Ich freue mich, ihr das ermöglichen zu können.«

Am nächsten Einsatzort untersuchte Kirra Robert Lucas' Wunden und zog die Fäden. Er sah aus, als hätte jemand mit einem Rotstift eine Straßenkarte auf seine Beine gezeichnet, aber zumindest hatten sich die Wunden nicht entzündet. Während der Untersuchung beklagte Robert sich wiederholt darüber, dass er nicht arbeiten konnte, das Gehalt aber brauchte.

»Wenn Ihre Beine den ganzen Tag gegen den Sattel oder die Flanken eines Pferdes reiben, gehen die Wunden wieder auf und entzünden sich«, warnte Kirra.

Robert reagierte bloß mit einer wegwerfenden Handbewegung.

»Er wird meine Warnung ignorieren«, sagte Kirra auf dem Rückflug zu Cassie. »Er wird in wenigen Tagen wieder bei uns anrufen, warten Sie's ab.«

»Wenn sich die Wunden stark entzünden, könnte er sein Bein verlieren«, merkte Cassie an. »Ich habe das schon mal erlebt. In dem Krankenhaus, in dem ich ausgebildet wurde, musste einem jungen Mann deshalb das Bein amputiert werden.«

»Wie meinen Sie das – in dem Krankenhaus, in dem Sie ausgebildet wurden? Sind Sie Krankenschwester?« Kirra starrte sie von der Seite an.

»Ja. Ich habe die Ausbildung gemacht, für den Fall, dass ich keine Stelle als Pilotin bekomme.«

»Nun, Sie stecken wirklich voller Überraschungen, Cassie Granger. Weiß Doktor Monroe das?«

»Ich denke schon, ich habe ihm eine Kopie meines Lebenslaufs auf den Schreibtisch gelegt. Ich bin ehrlich gesagt davon ausgegangen, dass er es Ihnen gegenüber erwähnt hat.«

»Nein, das hat er nicht, dabei könnte ich manchmal gut eine zweite Krankenschwester an meiner Seite gebrauchen. Umso mehr freut es mich zu hören, dass Sie mir bei Bedarf helfen können.«

Cassie lächelte. »Ich helfe gern, solange ich weiterhin das Flugzeug fliegen kann.«

In den nächsten Tagen lief Doktor Monroe zweimal an Cassie vorbei, als sie an ihrem Flugzeug zum Einsatz bereitstand, und stieg stattdessen in Roys Maschine. Roys selbstgefällige Blicke bildete Cassie sich nicht ein. Es war demütigend.

Sie verbrachte ihre Tage am Stützpunkt, wo sie sich mit Jeannie oder Kirra unterhielt, und wurde immer missgestimmter. Als Doktor Monroe wieder einmal Roy statt Cassie bat, ihn und Kirra zu einem Einsatz zu fliegen, wo im Erldunda Roadhouse eine Frau Zwillinge zur Welt bringen würde, stand Cassie kurz davor, das Handtuch zu werfen. Sie wollte ihrem Ärger gerade bei Jeannie Luft machen, als ein Notruf von einer Rinderfarm einging. Jeannie hörte sich die Details an und versprach, sofort ein Flugzeug loszuschicken. Dann riet sie dem Anrufer, Druck auf die Wunde auszuüben, die am stärksten blutete.

Cassie stand neben ihr und hörte zu. Als das Gespräch vorbei war, fragte sie, was geschehen war.

»Ein Farmarbeiter wurde von einem Stier mit den Hörnern attackiert und blutet heftig. Ich rufe im Krankenhaus an und bestelle einen Arzt her, den Sie zur Hamilton Farm fliegen. Wir können nur hoffen, dass der junge Mann bis dahin nicht verblutet. Es klang, als sei sein Zustand kritisch.«

Cassie war besorgt. »Wissen Sie, wo er verletzt ist?«

»Die schlimmste Wunde hat er am Oberschenkel, aber er hat auch eine Verletzung am Unterbauch.«

Cassies Gedanken rasten. »Wie weit ist es bis zur Farm?«

»Etwa zwanzig Minuten Flugzeit, aber dazu kommt noch die Zeit, die der Arzt braucht, bis er hier ist, es wird also über eine Stunde dauern, bis Sie den Patienten herbringen können. Ich hoffe nur, dass er so lange durchhält.«

»Wenn er stark blutet, zählt jede Minute. Ich kann nicht auf einen Arzt warten, Jeannie. Ich fliege allein.«

»Das sollten Sie lieber nicht tun«, entgegnete Jeannie vehement. »Kirra hat mir zwar erzählt, dass Sie auch Krankenschwester sind, aber Sie arbeiten hier als Pilotin, und die Verletzungen des Farmarbeiters sind äußerst schwerwiegend.«

»Ich weiß. Aber wenn sich die Wunde in der Nähe der Oberschenkelarterie befindet, bin ich seine einzige Chance.« Cassie sah auf die Karte. »Wo liegt die Farm?«

Jeannie zeigte sie ihr. »Funken Sie mich an, sobald Sie auf dem Rückweg sind, dann sorge ich dafür, dass ein Krankenwagen bereitsteht.«

»Wo ist das andere Flugzeug?«, wollte Doktor Monroe sofort nach seiner Rückkehr aus Erldunda von Jeannie wissen.

»Cassie ist zur Hamilton Farm geflogen, um einen von Jed Thompsons Arbeitern herzuholen.«

»Was ist denn mit ihm?«

Jeannie zögerte. »Er wurde von einem Stier angegriffen.«

Mike runzelte die Stirn. »Und wer begleitet sie?«

Erneut zögerte Jeannie.

»Wer begleitet sie, Jeannie?«, wiederholte Mike eindringlich.

»Niemand.«

Der Arzt starrte sie entsetzt an, und Jeannie beeilte sich mit der Erklärung. »Cassie glaubt, dass nicht genug Zeit war, um auf einen Arzt zu warten, weil der Patient Gefahr lief zu verbluten.« In diesem Moment ging ein Anruf auf dem Funkgerät ein. Cassie informierte Jeannie, dass sie in zwanzig Minuten am Stützpunkt sein würde.

»Ist der Patient stabil?«, fragte Jeannie in der Hoffnung, Mike damit zu beruhigen.

»Ja«, erwiderte Cassie überzeugt.

Jeannie versprach, dass bei der Landung ein Krankenwagen bereitstehen würde, und rief sofort im Krankenhaus an.

Mike verharrte mit Unheil versprechender Miene neben ihr. »Du hättest Miss Granger nicht ohne eine Krankenschwester oder einen Arzt an Bord fliegen lassen sollen«, sagte er, kaum dass sie das Gespräch beendet hatte.

Jeannie sah ihn verwirrt an. »Sie war überzeugt, dass ihr sofortiger Aufbruch die einzige Chance für den Patienten war, zu überleben, und ich konnte sie nicht aufhalten.«

»Ohne ärztliche Versorgung wird der Patient höchstwahrscheinlich auf dem Flug hierher sterben«, stieß Mike wütend aus.

»Cassie meinte aber doch gerade, er sei stabil.«

»Und woher will sie das wissen?« Mike lief davon, bevor Jeannie entgegnen konnte, dass Cassie das als Krankenschwester ja wohl wissen sollte.

Sie konnte nur hoffen, dass der Patient überlebte, sonst wäre Cassies Dienstzeit am Stützpunkt schnell vorbei.

Als Cassie landete, stand der Krankenwagen bereit. Und auch Mike erwartete sie. Der Patient war blass wie ein Gespenst, aber noch am Leben, er hatte einen Druckverband am Bein und wurde schnell umgelagert.

»Wir müssen uns unterhalten, Miss Granger. In meinem Büro«, brummte Mike, kaum dass der Krankenwagen davonfuhr.

Cassie folgte ihm in die Zentrale, wo sie besorgte Blicke von Kirra und Jeannie auffing. Sie hatte die Tür zu seinem Büro gerade geschlossen, als der Arzt auch schon loslegte.

»Ihnen ist doch bewusst, dass Sie diesen Mann in Lebensgefahr gebracht haben, oder?«

»Wie das?« Cassie war überzeugt, dass das Gegenteil der Fall war.

»Indem Sie ohne medizinisches Fachpersonal zur Farm geflogen sind. Eine Pilotin ist nicht befugt, Patienten zu versorgen. Zum Glück hat der Mann bislang überlebt, aber wenn sich sein Zustand verschlechtert, werden wir wahrscheinlich verklagt.«

»Wenn ich nicht genau so gehandelt hätte, wie ich es getan habe, wäre er gestorben«, hielt Cassie dagegen. »Ihnen ist doch aufgefallen, dass er einen Druckverband am Bein hatte, oder?«

»Natürlich. Offenbar wusste jemand auf der Farm genau, was zu tun war, aber das ändert nichts daran, dass ein Arzt mit Ihnen hätte fliegen müssen.«

»Dieser *jemand* … war ich.«

Mike starrte sie an. »Nach einem Erste-Hilfe-Kurs sind Sie

noch lange nicht dazu befähigt, medizinische Notfälle zu übernehmen!«

Plötzlich kam Cassie ein Gedanke. »Sie wissen es gar nicht, oder?«

»Was weiß ich nicht?« Seine Stimme war kalt.

»Dass ich ausgebildete Krankenschwester bin.«

Sein erstaunter Gesichtsausdruck bestätigte ihre Vermutung.

»Vielleicht hätten Sie es gewusst, wenn Sie meinen Lebenslauf gelesen hätten. Ich habe ihn Ihnen am Tag meiner Ankunft auf den Schreibtisch gelegt.«

Nun blickte Mike tatsächlich ein wenig schuldbewusst drein.

»Lassen Sie mich raten: Sie haben ihn direkt in eine Schublade gelegt, zusammen mit jeglicher Absicht, mir hier eine Chance zu geben. Wenn Sie mich nicht ernst nehmen wollen als Pilotin, die zufällig auch ausgebildete Krankenschwester ist, dann verschwenden wir hier unsere Zeit, dann kann ich genauso gut gehen.«

Mike schwieg, offenbar fiel ihm keine passende Antwort ein, vielleicht war er auch einfach zu überrascht.

»Ist es das, was ich hier tue? Meine Zeit verschwenden? Denn genau danach fühlt es sich an«, stieß Cassie wütend hervor.

»Warum haben Sie sich nicht als Krankenschwester bei den Flying Doctors beworben?«

»Weil das Fliegen meine Leidenschaft ist. Und die Tatsache, dass ich eine Frau bin, hat nichts mit meinem Können als Pilotin zu tun. Ich verstehe nicht, warum Männer das nicht begreifen wollen.«

Mike senkte sichtlich betreten den Blick.

Cassie schüttelte den Kopf. »Ich habe Widerstand erwartet, als ich hergekommen bin, und ich wurde nicht enttäuscht.« Sie verließ sein Büro und knallte die Tür hinter sich zu.

Mike öffnete seine Schreibtischschublade, in die er tatsächlich den Umschlag mit Cassies Unterlagen geworfen hatte. Er holte sie heraus und las. Wieder war er überrascht. Ihre Qualifikationen waren beeindruckend. Sie war nicht nur Jahrgangsbeste Absolventin der Flugschule gewesen, zusätzlich hatte sie auch ihre Ausbildung als Krankenschwester mit Auszeichnung abgeschlossen. Mike stieß einen Seufzer aus. Er kam sich vor wie ein Idiot.

Cassie hörte ein Klopfen an ihrer Tür. Als sie öffnete, stand Mike vor ihr.

»Es gab einen Verkehrsunfall, auch Kinder sind betroffen. Wir müssen direkt los.« Er drehte sich um, bevor Cassie auch nur ein Wort entgegnen konnte.

»Eine Entschuldigung wäre nett gewesen«, murmelte sie, schloss die Tür und lief eilig zu ihrem Flugzeug, um es vor dem Flug einer schnellen Kontrolle zu unterziehen. Roy tat dasselbe mit seiner Maschine. Er warf ihr einen überheblichen Blick zu, der ihr sagen sollte, dass sie bloß ihre Zeit verschwendete. Dann kamen Mike und Kirra mit Arzttaschen aus der Zentrale auf sie zugelaufen.

Roy öffnete die Tür seines Flugzeuges, und kurz fragte sich Cassie, ob sie erneut gedemütigt werden würde, doch Doktor Monroe und Kirra traten zu ihrem Flugzeug und stiegen ein.

Roy sah mit offenem Mund zu, wie die De Havilland mit Doktor Monroe und Kirra an Bord über die Startbahn rollte und abhob.

Kapitel 5

Doktor Monroe und Kirra hatten im hinteren Teil des Flugzeugs Platz genommen. In den ersten Minuten nach dem Start prüften sie, ob alles, was sie brauchten, griffbereit an seinem Platz war, bevor sie sich über die Verletzungen berieten, die sie eventuell versorgen mussten. Danach hielten sie Ausschau nach der Unfallstelle.

Cassie warf hin und wieder einen Blick über die Schulter. Ihr fiel auf, dass der Arzt blass war, er wirkte unruhig und nervös, vielleicht war ihm auch übel. »Alles in Ordnung, Doktor Monroe?«, vergewisserte sie sich.

»Alles bestens«, entgegnete er kurz angebunden.

Cassie war nicht überzeugt. Sie fragte sich, ob er sich Sorgen um die Unfallopfer machte, aber dann kam ihr plötzlich ein ernüchternder Gedanke: Vielleicht hatte seine Reaktion damit zu tun, dass er von einer Frau geflogen wurde.

Bald entdeckten sie den Wagen, unmittelbar neben einer unbefestigten Straße etwa zehn Meilen außerhalb von Alice Springs. Cassie kreiste über der Stelle, versicherte sich, dass die Straße frei war, und landete dann so nah wie möglich am Unfallort. Kurz bevor sie aufsetzte, streifte sie Mike mit einem Blick. Er klammerte sich mit geschlossenen Augen an den Sitz, seine Knöchel traten weiß hervor. Kirra schien nichts davon zu bemerken, aber Cassie verunsicherte seine Reaktion.

Die Landung lief nahezu perfekt, bis auf ein paar Rucke aufgrund der unebenen Straßenoberfläche. Der Arzt atmete einmal tief durch, dann eilten die drei zum Unfallort.

Eine vierköpfige Familie saß abseits der roten, staubigen Straße auf dem einzig vorhandenen kleinen Schattenfleck neben ihrem Fahrzeug, das auf dem Dach lag. Beim Anblick des Wagens war allen sofort bewusst, dass diese Familie Glück hatte, den Unfall überlebt zu haben. Das Dach war eingedrückt, alle Fenster waren zertrümmert.

Auf den ersten Blick wirkten die Verletzungen des Vaters am schwerwiegendsten. Er blutete aus einer klaffenden Wunde am Kopf und hatte Schrammen im Gesicht. In seinem Haar klebte so viel Blut, dass es Mike unmöglich war, seine Haarfarbe zu erkennen. Am Kopf der Frau bemerkte er eine Beule, und sie hatte sichtbare Schnittwunden und schon jetzt blaue Flecken auf den Armen und Beinen, das waren zumindest die oberflächlichen Verletzungen. Beide Eltern waren jedoch mehr um ihre Kinder in Sorge als um sich.

»Ich bin Doktor Monroe, das sind meine Krankenschwester Kirra und unsere Pilotin Miss Granger«, sagte Mike ruhig.

»Sie können mich Cassie nennen«, warf Cassie schnell ein und kniete sich vor die Kinder, ohne zu kommentieren, dass auch sie Krankenschwester war.

Mikes schenkte ihr einen langen Blick, sagte aber nichts.

»Ich hab Durst«, jammerte das Mädchen, Mike schätzte sie auf etwa sieben Jahre.

»Wir haben etwas zu trinken für dich, Süße«, sagte Kirra. Sie nahm einen Wasserbehälter und Becher aus ihrer Tasche und schenkte Wasser ein, das Cassie an die Familie weiterreichte.

»Wie lange sitzen Sie schon hier?«, fragte Mike, während er nach Anzeichen von Dehydrierung Ausschau hielt.

»Ich bin mir nicht sicher … ein paar Stunden vielleicht«, erwiderte der Mann erschöpft.

»Fühlt sich an wie eine Ewigkeit«, ergänzte die Frau.

»Wir bringen Sie gleich von hier weg«, versprach Mike. »Wie

heißen Sie?« Er nahm ein Stethoskop aus seiner Arzttasche und kniete sich vor die Eltern.

»Ich bin Colin Shanley, das hier sind meine Frau Margaret, mein Sohn ...« Er verzog schmerzerfüllt das Gesicht und griff sich an die Seite. »Die Kinder heißen Ben und Anna«, fügte er schwer atmend hinzu. »Ich glaube, Anna hat sich den Arm gebrochen. Bitte helfen Sie ihr zuerst.«

»Es sieht so aus, als hätten Sie einige gebrochene oder zumindest geprellte Rippen«, stellte Mike fest. Wahrscheinlich hatte der Mann auch innere Verletzungen, aber diese Vermutung behielt er vorerst für sich.

»Bei mir geht es«, sagte Colin keuchend. »Bitte helfen Sie erst den Kindern.«

Kirra untersuchte Annas Arm. »Wie alt bist du, Anna?«, versuchte sie, das Mädchen abzulenken.

»Sieben«, hauchte diese.

»Dann bist du in der zweiten Klasse, oder?«

Anna nickte.

»Und wie alt ist dein Bruder?«, hakte Kirra nach. Mike wusste, dass ihre Fragen dazu dienten, sicherzugehen, dass das Mädchen nicht aufgrund einer Kopfverletzung oder einer Dehydrierung verwirrt war.

»Ben wird nächsten Sonntag neun«, antwortete Anna. »Autsch!«, schrie sie, als Kirra auf eine Schwellung am Arm drückte.

»Entschuldige, Liebes«, sagte Kirra.

»Ben hat eine schlimme Schnittwunde am Arm«, warf Margaret besorgt ein. »Ich habe den Ärmel meiner Bluse abgerissen und ihn um Bens Wunde gewickelt. Ich habe getan, was ich konnte.« In ihren Augen standen Tränen.

Kirra lächelte ihr aufmunternd zu. »Es wird alles gut, wir sind ja jetzt da.«

»Sie haben das gut gemacht, Mrs Shanley«, fügte Mike hinzu. »Wir bringen Sie alle schnellstmöglich ins Krankenhaus.« Er untersuchte die Beule an ihrem Kopf. »Sie haben einen ordentlichen Schlag gegen den Kopf abbekommen. Sehen Sie verschwommen?«

»Nein, aber ich habe Kopfschmerzen.«

»Ich vermute, dass Sie eine Gehirnerschütterung haben.«

»Es sieht so aus, als hätten wir hier eine gebrochene Speiche, Doktor.« Kirra deutete auf Annas Arm, der zwischen dem Ellbogen und Handgelenk geschwollen war.

»Legen Sie ihr eine Schlinge um den Arm, das wird ihn entlasten«, wies Mike sie an. Er säuberte Colins Kopfwunde und versuchte herauszufinden, wie tief sie war. »Was ist passiert?«

»Ein riesiges Känguru ist vor unseren Wagen gesprungen. Was danach passiert ist, weiß ich nicht mehr ... Ich erinnere mich nur, dass das Auto sich überschlagen hat ...«

»Wer hat uns angerufen?«, fragte Mike. Sie waren weit von der nächsten Farm entfernt, und es war unwahrscheinlich, dass Colin irgendwohin gelaufen war, um Hilfe zu holen, vor allem, weil er so viel Blut verloren hatte.

»Wir leben zwanzig Meilen von hier, also wissen wir, dass hier nicht viel Verkehr ist. Aber wie durch ein Wunder kam heute recht bald ein Viehtransporter vorbei, und der Fahrer hat angehalten. Er sagte, er würde Sie informieren, sobald er die Stadt erreicht.«

»Da hatten Sie wirklich Glück«, sagte Mike. Er mochte sich gar nicht vorstellen, was sonst hätte passieren können.

»Ja, das stimmt. Es ist heiß heute, es war wirklich großes Glück«, sagte Colin.

In diesem Moment begann Margaret zu zittern. Sie versuchte zu sprechen, hatte aber deutlich Schwierigkeiten. Cassie ging zu ihr und nahm ihre Hände. Sie blickte kurz zu Mike, um ihm zu signalisieren, dass sie nicht klamm waren. Mike war erleichtert. Dann prüfte Cassie ihren Puls und sah nach, ob ihre Pupillen geweitet waren, um herauszufinden, ob sie unter Schock stand. »Atmen Sie tief durch, Margaret«, sagte sie ruhig. »Es wird jetzt alles gut.«

Margaret tat wie geheißen, und Cassie leitete sie weiter an.

Ben klammerte sich an seine Mutter, er war völlig aufgelöst, verstand nicht, was passierte. »Mama, was ist mit dir?«

Cassie legte ihm einen Arm um die Schultern. »Deiner Mama geht es gleich wieder gut, das verspreche ich. Euch allen geht es gleich wieder gut. Der Doktor versorgt euch erst mal, und dann bringen wir euch mit dem Flugzeug ins Krankenhaus. Es wird dir gefallen, zu fliegen, oder?«

Der kleine Junge nickte vorsichtig.

»Du kannst vorne neben mir sitzen, wenn du willst«, fügte Cassie hinzu. Sie blickte zu Mike, der keine Einwände hatte. »Möchtest du?«

Ben nickte und schmiegte sich wieder an seine Mutter, deren Atmung sich allmählich beruhigte.

»Ich glaube, bevor wir losfliegen, sollten wir dir noch einen sauberen Verband anlegen, Ben. In Ordnung?«, fragte Cassie. Der provisorische Verband um seinen Arm war blutgetränkt und lockte Fliegen an.

Ben wirkte verunsichert.

»Ich bin ganz vorsichtig, versprochen.«

»Du musst keine Angst haben, Ben«, ermutigte Margaret ihn.

Ben sah zu Cassie und nickte, und so machte sie sich daran, den Blusenärmel von seinem Arm zu lösen. Er gab den Blick frei auf einen tiefen Schnitt, vermutlich von einer Scherbe.

»Das wird genäht werden müssen«, hörte Mike Cassie leise zu Bens Mutter sagen.

Margaret schloss kurz die Augen.

Ben bemühte sich, tapfer zu sein, aber Mike entging seine zitternde Unterlippe nicht.

»Warte nur, bis du den Jungs in der Schule die genähte Wunde zeigst«, sagte Cassie zu Mikes Überraschung. »Die werden ganz schön neidisch sein.«

»Ja?« Bens Miene hellte sich ein wenig auf.

»Oh ja! Sie werden dich für einen richtig harten Kerl halten.« Cassie zwinkerte ihm zu.

Bens Augen leuchteten, und während er in der Vorstellung davonschwelgte, säuberte Cassie seine Wunde und legte einen festen Verband an.

»Wie oft muss ich denn genäht werden?«, fragte Ben.

»Mindestens zehn Stiche, schätze ich. Vielleicht sogar mehr.«

»Wow.« Ben blickte zu seiner Schwester, deren Arm Kirra gerade in eine Schlinge legte. »Anna wird aber nicht zusammengenäht, oder?«, fragte er.

»Vielleicht ja doch«, warf Anna beleidigt ein. »Ich bin auch verletzt.«

Cassie und Kirra lächelten, und auch Margarets Züge entspannten sich.

Mike, der gerade Colins Kopf bandagierte, war nicht entgangen, welch beruhigende Wirkung Cassie auf die Familie ausübte. Hin und wieder blickte er zu ihr und musste zugeben, dass sie äußerst geschickt vorging.

Als alle Wunden versorgt waren, führten sie die Patienten zum Flugzeug, um sie schnellstmöglich nach Alice Springs zu bringen.

»Ich möchte nicht unhöflich klingen, aber es beunruhigt mich ein wenig, dass uns eine Frau fliegt«, sagte Colin zu Mike, als dieser ihm ins Flugzeug half.

Mike wusste, dass Cassie die Bemerkung gehört haben

musste. »Sie ist fachlich hervorragend ausgebildet und eine sehr gute Pilotin. Sonst würde sie nicht bei den Flying Doctors arbeiten. Wir transportieren den ganzen Tag über Patienten. Sie können ihr vertrauen.«

Der Blick, den Cassie ihm schenkte, war voller Dankbarkeit.

»Eine Frau als Pilotin ist aber schon ungewöhnlich, oder?«, beharrte Colin.

»Machen Sie sich keine Sorgen, Mr Shanley«, rief Cassie vom Cockpit aus, wo sie Ben anschnallte. »Ich werde Sie und Ihre Familie sicher nach Alice Springs bringen, das verspreche ich Ihnen.«

Der Rückflug verlief reibungslos, und bald schon landeten sie in Alice Springs, wo dank Jeannie ein Krankenwagen bereitstand. Während des Fluges hatte Cassie ab und zu einen Blick nach hinten geworfen und beobachtet, wie Kirra und Mike sich um die Shanleys kümmerten. Mike setzte für die Familie eine tapfere Miene auf, aber Cassie sah ihm an, dass er sich wieder unwohl fühlte. Sie wunderte sich, dass seine Reaktion so im Widerspruch zu dem stand, was er zu Mr Shanley gesagt hatte.

Ben genoss es sichtlich, im Cockpit mitzufliegen, und vergaß die Verletzung an seinem Arm darüber vollkommen. Cassie war sicher, dass er diese Erfahrung nie vergessen würde, ähnlich wie es ihr bei ihrem ersten Flug mit ihrem Vater ergangen war.

Nach der Landung half Cassie ihm beim Aussteigen, während Mike und Kirra seine Eltern und seine Schwester stützten. Sobald sie im Krankenwagen saß, winkte Margaret Cassie zu sich heran und nahm ihre Hand.

»Ich kann Ihnen gar nicht genug danken dafür, dass Sie meine Familie in Sicherheit gebracht haben, Cassie. Ich muss zugeben, dass auch ich Bedenken hatte, mit einer Pilotin zu fliegen, aber ich habe vom Start und der Landung kaum etwas mitbekommen, und der Flug selbst war auch sehr sanft. Das haben Sie gut gemacht! Sie sind eine Inspiration für viele Frauen und junge Mädchen, die davon träumen, eines Tages ein Flugzeug zu fliegen.«

»Danke, Mrs Shanley. Ich wollte Pilotin werden, seit ich so alt war wie Ben, deshalb ist diese Stelle hier für mich ein Traum, der wahr geworden ist.«

Mike trat zu ihnen.

»Und Sie muss ich auch loben, Doktor Monroe, dass Sie dieser bemerkenswerten jungen Frau die Chance geben, in einer männerdominierten Welt zu arbeiten«, fügte Mrs Shanley hinzu.

Cassie wusste nur zu gut, dass es nicht seine Entscheidung gewesen war, aber Mike hielt sich zurück. »Gute Besserung«, sagte er und schloss die Türen des Krankenwagens.

Als der Wagen davonfuhr, wandte er sich an Cassie. »Sie waren wunderbar im Umgang mit den Kindern und Mrs Shanley, Miss Granger«, sagte er. »Und Ihre Fähigkeiten als Krankenschwester sind ein Gewinn für unseren Stützpunkt.«

Cassie antwortete nicht. Sie war enttäuscht, dass er ihre Fähigkeiten als Pilotin unkommentiert gelassen hatte.

»Soll ich Sie gleich mit in die Stadt nehmen?«, fragte Cassie Kirra am nächsten Nachmittag. Es war Freitag, also würde Kirra nach Hause fahren.

»Ja, gerne. Jeannie hat mir vorhin erzählt, dass sie und ihr Mann heute Abend ins Stuart Arms gehen, um ihren Geburtstag zu feiern. Sie lässt fragen, ob Sie nicht auch dazukommen möchten.«

»Ich wusste gar nicht, dass sie heute Geburtstag hat! Warum haben Sie denn nichts gesagt?«

»Sie hat erst am Sonntag Geburtstag, aber ihr Mann wollte

heute Abend mit ihr ausgehen, weil sie am Sonntag Besuch bekommen.«

»Ach so«, sagte Cassie.

»Roy und Doktor Monroe werden auch da sein. Und Sie haben die Gelegenheit, einige Bewohner von Alice Springs kennenzulernen. Glen hält hier die Stellung. Was meinen Sie? Unabhängig davon freue ich mich darauf, in Ihrem neuen Auto mitzufahren.«

»In Ordnung, Kirra. Das wird bestimmt schön.«

Kapitel 6

»Möchten Sie sich noch umziehen, bevor wir in den Pub gehen?«, fragte Cassie Kirra auf dem Weg nach Alice Springs.

Kirra starrte sie mit großen Augen an. »Ich komme nicht mit in den Pub«, erklärte sie.

Cassie war überrascht. »Warum nicht? Ich dachte, wir gehen zusammen.«

»Aborigines haben dort keinen Zutritt.«

»Oh.« Cassie schämte sich, dass sie daran nicht gedacht hatte, denn in Darwin durften Aborigines auch nicht in Hotels. In den Missionen, die sie für das Rote Kreuz angeflogen hatte, war Cassie nie mit Segregation konfrontiert worden, nun aber ging ihr auf, dass diese schwierigen sozialen Themen in einer Kleinstadt präsent waren.

»Sie können mich am Pub rauslassen. Von da aus ist es nicht weit bis nach Hause«, schlug Kirra vor.

»Sind Sie sicher?«

»Ja, meine Mum wohnt gleich um die Ecke.«

»Okay. Am Sonntagabend hole ich Sie da wieder ab«, versprach Cassie.

Schon als sie gegenüber des Stuart Arms Hotel an der Ecke Parsons Street und Todd Street hielt, hörte Cassie den Lärm aus dem Pub. Ein mulmiges Gefühl beschlich sie.

Kirra bemerkte es offenbar. »Die Pubs sind an Freitagabenden immer sehr belebt, dann feiern viele das Ende der Arbeitswoche«, erklärte sie.

Die Frauen stiegen aus, und Cassie schloss den Wagen ab.

»Mir war nicht bewusst, dass Sie nicht mit in den Pub kommen können, Kirra«, erklärte sie.

Kirra zuckte mit den Schultern.

»Es ist ungerecht«, fügte Cassie hinzu. »Ich bin damit überhaupt nicht einverstanden. Sie leisten einen wertvollen Beitrag zur Gesellschaft. Sie haben jedes Recht, gleichberechtigt behandelt zu werden.«

»Ich werde nicht mal als australische Bürgerin anerkannt. Dafür muss ich mich bewerben.«

»Das ist einfach nicht richtig«, schimpfte Cassie.

»Vielleicht ändern sich die Dinge ja eines Tages, aber das wird ein langer Prozess. Sehen Sie den Blechschuppen dahinten?«

Cassie betrachtete das heruntergekommene Gebäude.

»Der war mal als *der Bungalow* bekannt. Kinder gemischter Herkunft wurden dort zusammengetrieben und eingesperrt. Meine Tante Dorrie zum Beispiel.«

Cassie war entsetzt. »Warum?«

»Sie wurden ihren Familien weggenommen, und ich schätze, die Regierung wusste nicht, wo sie sie hinstecken sollte. Tante Dorrie war drei Jahre im Bungalow, dann wurden alle Kinder nach Jay Creek geschickt. Dort waren die Lebensbedingungen sogar noch schlechter, also ist meine Tante geflohen und hat danach im Busch gelebt. Sie ist erst viele Jahre später noch einmal nach Alice Springs gekommen.«

Cassie schüttelte empört den Kopf und setzte zu einer Antwort an, doch in diesem Moment trat zu ihrer Überraschung ein Aborigine-Mann aus dem Hotel. »Ich dachte …«

»Er hat wahrscheinlich eine Hundelizenz. Mein Onkel Billie hat auch eine«, erklärte Kirra.

Cassie wusste nicht, was sie meinte. »Eine Hundelizenz?«

»Ja, damit kann man leben wie ein Weißer. Man darf im Pub

trinken, sich frei in der Stadt bewegen und hat auch sonst alle Freiheiten, die andere Aborigines nicht haben.«

»Ich verstehe den Begriff nicht. Woher kommt er?«

»Offiziell heißt es nicht wirklich Hundelizenz. Es ist eine Sondergenehmigung, die das Aboriginal Welfare Board ausstellt. Mein Onkel musste seine Kultur aufgeben, um sie zu bekommen. Er darf seine Sprache nicht mehr sprechen und seine Familie nicht mehr besuchen. Er darf nicht mehr mit Speeren jagen oder einen Bumerang werfen, nichts von alldem. Es gibt nicht viele Aborigines, die ihre Kultur so radikal ablegen würden, um dieselben Rechte wie die Weißen zu haben, aber manche tun es.«

Cassie war schockiert. »Ich bin mir nicht sicher, ob ich noch in den Pub will«, sagte sie angewidert.

»Sie müssen mit Jeannie auf ihren Geburtstag anstoßen. Außerdem haben Sie sich extra hübsch zurechtgemacht, das soll doch nicht umsonst gewesen sein.« Kirra lächelte.

Cassie hatte sich tatsächlich Mühe mit ihrer Aufmachung gegeben. Sie trug gerne schöne Kleidung, und dies war seit ihrer Ankunft in Alice Springs die erste Gelegenheit dazu. Die zweite Gelegenheit würde sie gleich am nächsten Tag haben, bei der Geburtstagsfeier von Glen Wilkinsons Tochter. Heute hatte sie sich für einen weißen, maßgeschneiderten Rock, Absatzschuhe und eine mintgrüne Bluse entschieden, die ihre Augenfarbe betonte. Ihr blondes Haar fiel offen über die Schultern. Sie war recht groß und gab eine beeindruckende Erscheinung ab, das wusste sie.

Im Pub war es voll, doch Cassie entdeckte Jeannie und ihren Mann gleich und lief auf ihren Tisch zu. Ihr entging nicht, dass viele Köpfe sich in ihre Richtung drehten und Blicke ihr folgten.

Jeannie stand sichtlich erfreut auf und begrüßte sie. »Cassie. Ich bin so froh, dass Sie gekommen sind. Das hier ist mein Mann, Oscar.«

»Freut mich, Sie kennenzulernen.« Cassie schüttelte dem kleinen, rundlichen Mann mit dem offenherzigen Gesicht und den freundlichen Augen die Hand. Irgendwie passte er perfekt zu Jeannie.

»Die Freude ist ganz meinerseits, Miss Granger. Ich habe schon viel von Ihnen gehört.« Oscar klang so ehrfürchtig, dass man fast meinen konnte, er hätte die Queen vor sich. »Und zwar nur Gutes.«

»Das freut mich«, sagte Cassie ehrlich. Sie wandte sich an Jeannie. »Wenn ich vorher gewusst hätte, dass Sie am Sonntag Geburtstag haben, hätte ich ein Geschenk besorgt.«

»Ich brauche keine Geschenke«, winkte Jeannie ab. »Setzen Sie sich. Was möchten Sie trinken?«

»Ein kühles Glas Weißwein wäre schön.« Cassie setzte sich auf einen Stuhl, den Oscar herangezogen hatte.

Dann holte er ihr ein Glas Wein von der Bar, und Cassie sah sich um. Plötzlich wurde ihr bewusst, wie still es im Raum war, die Menge war keineswegs mehr laut. Sie hatte das Gefühl, dass alle Augen auf sie gerichtet waren.

»Sie haben die ungeteilte Aufmerksamkeit eines jeden Mannes im Hotel«, wisperte Jeannie. »Und die einiger eifersüchtiger Frauen.«

»Sie sind alle bloß neugierig, weil ich neu in der Stadt bin«, erwiderte Cassie. Sie entdeckte Roy und Mike an der Theke. Mike stand mit dem Rücken zu ihr, während ein Mann neben ihm lebhaft auf ihn einredete, Roy starrte sie über seine Schulter hinweg böse an.

Allmählich nahmen die Gäste ihre Gespräche wieder auf, und Cassie hätte sich auch entspannt, wenn Roy nicht gewesen wäre. Seine Miene wirkte so bedrohlich, dass sie ihn zumindest leicht betrunken vermutete.

»Wie lange ist Roy schon hier?«, fragte sie Jeannie.

»Er war schon hier, als wir kamen, und saß eine Zeit lang mit Doktor Monroe bei uns. Aber wie immer wollte ein Patient mit dem Doc reden, und er kann ja nicht Nein sagen, und danach hat sich Roy zu seinen Freunden an die Theke gesellt. Er stürzt den Alkohol hinunter, als gäbe es kein Morgen, aber das ist nicht ungewöhnlich für ihn. Er wird die Konsequenzen spüren.«

Oscar kam zum Tisch zurück und stellte das Glas Wein vor Cassie ab.

»Danke«, sagte sie und nippte daran. »Ich wünschte, Kirra könnte auch hier sein«, fügte sie ernst hinzu.

»Ist sie mit Ihnen in die Stadt gefahren?«, fragte Jeannie.

»Ja, sie sagte, ihre Mutter wohne in der Nähe.«

»Das stimmt, sie wohnt gleich um die Ecke.«

»Am Sonntagabend hole ich sie wieder ab.«

»Da freut sie sich bestimmt.«

In diesem Moment trat ein großer Gentleman an ihren Tisch.

»Nicht jetzt, Will«, sagte Jeannie ein klein wenig schroff.

»Ich wollte nur euren Gast kennenlernen«, verkündete der Mann.

Jeannie seufzte.

Er wandte sich an Cassie. »Hallo. Ich bin Will Cartwright. Sie sind offenbar neu in der Stadt, ich habe Sie hier noch nie gesehen. Sind Sie zu Besuch?«

»Nein, sie ist die neue Pilotin am Stützpunkt, kaum zu glauben, oder?«, rief Roy verächtlich, bevor Cassie antworten konnte. »Ich hätte nie gedacht, je erleben zu müssen, dass eine Organisation wie die Flying Doctors so tief sinken kann, eine Frau als Pilotin einzustellen.«

Einige Gäste starrten Cassie erstaunt an, doch sie ging nicht auf Roys Worte ein. »Ich bin Cassandra Granger, Mr Cartwright. Und ja, ich bin die neue Pilotin.«

»Nein, ehrlich! Also ich hätte nichts dagegen, bei Ihnen im Flugzeug mitzufliegen.« Will zwinkerte ihr zu. »Willkommen in Alice Springs, Miss Granger.«

»Danke.«

»Frauen gehören ins Haus, wo sie sich um ihre Männer und Kinder kümmern sollen. Sie sollten keine Flugzeuge durch die Weltgeschichte fliegen«, blaffte Roy laut. »Wie seht ihr das, Freunde?«

Einige Männer in der Nähe stimmten murmelnd zu. Mike blickte in Cassies Richtung. Er wirkte nicht glücklich, doch er sagte nichts.

Cassie atmete tief durch. Normalerweise prallte solche Engstirnigkeit einfach an ihr ab, aber bisher war sie auch immer nur geflogen, weil es ihr Spaß machte. Doch jetzt lagen die Dinge anders. Sie war als Pilotin eingestellt worden und empfand Roys Bemerkungen als schmerzhaft und beschämend.

»Ignorieren Sie ihn, Cassie«, sagte Jeannie. »Es ist der Alkohol, der aus ihm spricht.«

Cassie sah zu Mike, der ihr wieder den Rücken zugewandt hatte. Seine Haltung wirkte angespannt, und Cassie war enttäuscht, dass er sie nicht verteidigte oder Roy zumindest in die Schranken wies.

Eine Frau, die an einem Tisch zwischen Cassie und Roy stand, ergriff das Wort. »Warum sollte eine Frau denn nicht fliegen?«, fragte sie. »Ich sehe keinen Grund dafür. Ihr Männer seid doch diejenigen, die versuchen, uns davon abzuhalten.«

»Ihr solltet euren Platz kennen«, blaffte Roy. »Was soll denn aus der Welt werden, wenn jemand in einem Rock die Kontrolle über ein Flugzeug übernimmt?«

Die Frau sah zu Cassie. »Tragen Sie einen Rock, wenn Sie fliegen?«

Im Raum wurde es still, während alle auf ihre Antwort warteten.

»Ich könnte in einem Ballkleid oder Tauchanzug fliegen, wenn ich wollte«, konterte Cassie. »Meine Kleidung hat nichts mit meinen Fähigkeiten zu tun.«

Die Frau grinste. »Das glaube ich Ihnen sofort. Was sagst du dazu, Roy?«

»Das Einzige, was Frauen in Flugzeugen tun sollten, ist, den Passagieren Getränke servieren«, erklärte Roy missmutig.

Cassie beschlich das Gefühl, dass er zum Streiten aufgelegt war, und dafür wollte sie nicht bleiben. »Wenn es Ihnen nichts ausmacht, würde ich jetzt lieber gehen, Jeannie«, sagte sie.

»Das verstehe ich. Tut mir leid, dass Roy sich so danebenbenimmt«, sagte Jeannie. »Ich glaube, wir bleiben auch nicht mehr lange.«

»Ich wünsche Ihnen einen schönen Geburtstag. Wir sehen uns am Montag.« Cassie stand auf. »Es war nett, Sie kennenzulernen, Oscar«, sagte sie, dann bahnte sie sich einen Weg durch den vollen Pub. Sie bemerkte mitfühlende Blicke der Frauen, die sie eben noch neidvoll gemustert hatten. Sie war froh, endlich aus dem Hotel treten und frische Luft einatmen zu können.

John Brady, Journalist beim Centralian Advocate, der Lokalzeitung von Alice Springs, saß auf einem Hocker an der Theke und hatte Roys Kommentare gehört. »Nur zu deiner Information, Roy, Miss Granger ist eine berühmte Pilotin«, verkündete er.

Roy drehte ruckartig den Kopf zu ihm. »Berühmt wofür?«, knurrte er. »Dafür, dass sie in Schuhen mit Absatz fliegt?«

Seine Freunde lachten.

»Du hast doch bestimmt die neuesten Artikel über die Frauenluftrennen gelesen«, sagte John.

»Als ob ich meine Zeit damit verschwenden würde!«

»Tja … wenn du es getan hättest, wüsstest du, dass Miss Granger kürzlich ein amerikanisches Luftrennen gewonnen hat, das All-Woman Transcontinental Air Race, besser bekannt als Powder Puff Derby.«

»Das hat sie gewonnen?«, fragte die Frau, die sich zuvor zu Wort gemeldet hatte. »Das ist ja interessant!«

»Ja. Das Rennen wurde im Fernsehen ausgestrahlt. Es ging über sechs Tage und war ziemlich anspruchsvoll«, fügte John hinzu. »Einige der besten Pilotinnen weltweit waren am Start.«

»Das ist wirklich beachtlich«, räumte Will Cartwright ein. Andere im Pub waren ebenfalls beeindruckt, was Roy nur noch wütender machte. Einige behaupteten sogar, das Rennen gesehen zu haben, hatten Cassie aber nicht wiedererkannt. Nun waren sie mit einem Mal hocherfreut, eine berühmte Persönlichkeit getroffen zu haben.

»Schwachsinn! Daran nehmen ja auch nur Frauen teil«, blaffte Roy. »Gegen einen Mann hätten sie keine Chance.«

»Offenbar waren ihre Zeiten mit denen von Männern in ähnlichen Rennen vergleichbar«, informierte John ihn.

»Frauen gehören in den Haushalt«, beharrte Roy gehässig.

Mike leerte sein Glas Bier und wandte sich an seinen Piloten. »Das reicht jetzt, Roy«, brummte er. »Miss Granger arbeitet für uns, als Pilotin, und du gewöhnst dich besser daran und behandelst sie mit Respekt.«

Roy schoss das Blut in die Wangen, und er kniff die Augen zusammen. »Was ist los mit dir? Hat das hübsche Ding dir den Kopf verdreht?«

Mike biss die Zähne zusammen. Roy war betrunken, es hatte keinen Zweck, mit ihm zu diskutieren. Also drehte er sich um und verließ den Pub.

Cassie wurde von einem Klopfen an der Tür geweckt. Sie stand auf und streifte sich den Morgenmantel über.

»Wer ist da?«, rief sie schläfrig.

»Ich bin's, Doktor Monroe.«

Cassie öffnete die Tür, und seine Silhouette zeichnete sich vor einem rosa Himmel ab.

Sein Blick huschte über sie, und er räusperte sich. »Es gab einen Notruf von einer Farm. Können Sie sich zum Fliegen fertig machen?«

»Natürlich. Ich beeile mich.«

Cassie zog sich in Rekordzeit an und traf Mike am Flugzeug. Sie bemerkte Roys Auto auf dem Parkplatz, hatte ihn aber nicht vom Pub zurückkehren hören.

Während sie eine schnelle Vorflugkontrolle vornahm und den Flugzeugmotor aufwärmte, packte Mike die medizinische Ausrüstung ins Flugzeug.

»Wohin geht es?«, fragte Cassie, als sie einstiegen.

»Curtain Springs. Bei Angela Mitchell haben die Wehen frühzeitig eingesetzt.« Er reichte ihr die Koordinaten.

»Wie viel zu früh ist es?« Cassie schnallte sich an.

»Drei Wochen.«

Cassie warf einen Blick über die Schulter. »Möchten Sie vorne sitzen?«

»Nein«, erwiderte Mike scharf.

»In Ordnung.« Cassie wandte sich wieder den Bedienelementen zu. »War nur eine Idee.«

»Ich bin lieber hier hinten«, schob Mike freundlicher hinterher.

»Sie müssen sich nicht erklären.« Cassie setzte die Kopfhörer auf.

Den Rest des Fluges sprachen sie kein weiteres Wort, Cassie sah auch nicht mehr über die Schulter zu Mike zurück, spürte aber sein Unbehagen. Erst als sie dreißig Minuten später zur Landung ansetzte, ergriff Mike wieder das Wort.

»Die Landebahn in Curtain Springs ist in einem sehr schlechten Zustand«, merkte er an.

Cassie hörte die Besorgnis in seiner Stimme, und es ärgerte sie, dass er an ihrer Kompetenz zweifelte. »Ich bin schon sicher auf diversen schwierigen Oberflächen gelandet, ich komme zurecht«, versicherte sie ihm.

»Ich dachte bloß, ich warne Sie lieber vor.«

Cassie überflog die Landebahn, um sich einen Eindruck zu verschaffen. »Sie haben nicht übertrieben. Das ist keine Landebahn. Das ist ein Trampelpfad.«

»Können Sie darauf landen?« Die Panik war seiner Stimme deutlich anzuhören.

»Das werden wir gleich herausfinden«, entgegnete Cassie, obwohl sie sicher war, dass sie die Herausforderung meistern würde. Aber sie wollte sich nicht länger verteidigen oder ihn beruhigen. Als das Flugzeug auf dem Boden aufkam, ruckelten die Räder über Steine, und Kies prasselte gegen das Fahrwerk. Sie unterdrückte einen Fluch und konnte nur hoffen, dass die Maschine keinen Schaden nahm.

An einem Auto mit geöffneten Türen wartete ein Mann auf sie. »Gott sei Dank sind Sie hier, Doc«, sagte er, kaum dass die Flugzeugtür aufging.

Mike ließ die Treppe hinab und stieg aus. »Hallo, Harvey. Wie geht es Angela?«

»Sie hat große Schmerzen, und es ist viel zu früh. Ich mache mir Sorgen um das Baby, Angela auch.« Plötzlich bemerkte der Mann Cassie. Er wirkte für einen Moment überrascht.

»Hallo, ich bin Cassie Granger«, stellte sie sich vor. Sie würde sich ihn wegen der Landebahn vorknöpfen, aber dies war nicht der richtige Augenblick dafür.

»Hallo«, erwiderte Harvey.

»Gehen wir«, drängte Mike. Er stieg auf die Rückbank des Autos, und Cassie setzte sich vorne neben Harvey. Dann fuhr Harvey wie ein Verrückter zum Haus.

»Ganz ruhig.« Mike legte ihm eine Hand auf die Schulter. »Wir möchten doch heil dort ankommen.«

»Entschuldigen Sie, Doc. Ich mache mir bloß Sorgen.« Harvey wurde nur unbedeutend langsamer.

»Das verstehe ich«, sagte Mike. »Alles wird gut.«

Vor dem Haus kamen sie schlitternd inmitten einer roten Staubwolke zum Stehen. Auf der schattigen Veranda zählte Cassie drei Hunde, die schliefen, ohne sich von den unzähligen Fliegen stören zu lassen. Sie öffneten kaum die Augen, als die drei aus dem Jeep stiegen und in eine große Landküche eintraten. Als Harvey weiter in den Flur ging, nahm Mike Cassie zur Seite.

»Können Sie Harvey ablenken, während ich mich um Angela kümmere? Sonst steht er nur im Weg herum und macht sie auch noch verrückt.«

»Okay.« Cassie überlegte, wie sie das anstellen sollte.

»Ich weiß, das wird nicht leicht, aber versuchen Sie bitte Ihr Bestes.«

Cassie nickte und blieb in der Küche.

Mike folgte dem Klang der Stimmen und fand Harvey im Schlafzimmer neben seiner Frau kniend wieder, die völlig verschwitzt im Bett lag.

»Es ist zu früh, Doktor Monroe!«, rief Angela. »Das sollte noch nicht passieren. Es ist mein Fehler. Sie haben mir gesagt, ich soll es langsam angehen lassen, aber da so viel zu tun war, habe ich nicht darauf gehört …«

Mike öffnete seine Arzttasche und holte das Stethoskop heraus. Nachdem er den Herzschlag des Babys überprüft hatte, versicherte er Angela, dass es nicht ihre Schuld sei. »Babys haben ihren eigenen Zeitplan«, sagte er ruhig, »aber alles wird gut.« Er hatte sie während der Schwangerschaft mehrfach besucht, und sie war immer gesund gewesen.

»Können Sie die Wehen nicht aufhalten, Doc?«, flehte Harvey, der Angelas Hand hielt.

Mike tastete Angelas Bauch ab. »Nein, dieses Baby möchte jetzt auf die Welt.«

»Wie stehen ihre Chancen, Doktor Monroe?«, fragte Angela ängstlich.

»Sehr gut, aber nur um auf Nummer sicher zu gehen, bringen wir Sie beide nach der Geburt ins Krankenhaus.« Er wandte sich an Harvey. »Könnten Sie ein paar saubere Handtücher und eine große Schüssel mit heißem Wasser holen, Harvey? Sie würden hier ohnehin nur im Weg stehen.«

Harvey wirkte ein wenig beleidigt.

»Tu, was der Doc sagt«, bat Angela, bevor sie wieder von einer starken Wehe erfasst wurde.

Harvey zögerte, er wirkte innerlich zerrissen, aber dann verließ er das Zimmer und brachte Mike einige saubere Handtücher.

Mike dankte ihm und schickte ihn wieder fort, um Wasser zu kochen.

»Wofür brauchen Sie gekochtes Wasser?«, fragte Angela ihn zwischen zwei Wehen atemlos.

»Ich brauche es nicht. Ich habe alle Instrumente, die ich brauchen könnte, bereits sterilisiert, aber es wird ihn eine Weile beschäftigen.«

In der Küche setzte Harvey einen großen Topf Wasser auf den Herd.

»Wofür ist das?«, fragte Cassie.

»Das weiß ich nicht. Der Doc hat mich gebeten, Wasser zu kochen.«

Cassie vermutete, dass Mike ihn nur aus dem Weg haben wollte, sagte aber nichts. Während er zu tun hatte, schien es Harvey gut zu gehen, aber als er nur auf das Wasser warten konnte, lief er unruhig umher.

»Sie laufen noch ein Loch in den Boden«, sagte Cassie schmunzelnd.

Sie hörten Angela schreien, und Harvey erblasste. »Ich halte das nicht aus«, stieß er hervor und klammerte sich an den Küchentresen.

»Dann lassen Sie uns doch spazieren gehen«, schlug Cassie vor.

»Braucht der Doc Sie nicht als Assistentin?«

»Ich denke nicht. Er hat sicher schon unzählige Babys auf die Welt gebracht.«

»Warum sind Sie dann mit ihm hergekommen?«, fragte Harvey.

»Irgendjemand musste doch das Flugzeug fliegen.«

Harvey starrte sie an. »Sie sind … Sie sind die Pilotin?«

»Stimmt genau.«

»Ich dachte, Sie wären Krankenschwester«, sagte Harvey.

»Ich bin auch Krankenschwester, aber angestellt bin ich als Pilotin«, erwiderte Cassie. »Und jetzt kommen Sie, lassen Sie uns spazieren gehen.« Sie führte ihn nach draußen. »Wir beide müssen uns ohnehin noch über etwas Wichtiges unterhalten.«

»Und zwar?«, fragte Harvey.

»Bringen Sie mich bitte zum Flugzeug, dann verrate ich es Ihnen.«

Als Harvey und Cassie die Küche später wieder betraten, herrschte eine unheilvolle Stille im Haus. Harvey erstarrte.

»Es ist bestimmt alles in Ordnung«, sagte Cassie in der Hoffnung, dass sie recht behalten würde.

Angespannt ging Harvey durch den Flur, Cassie folgte ihm.

»Woher wussten Sie, dass es ein Mädchen wird?«, fragte Mike Angela, gerade als ihr Mann im Türrahmen erschien.

»Ich wusste es einfach«, sagte Angela mit liebevollem Blick auf das kleine Bündel in ihrem Arm. »Ich bin vollkommen erschöpft, aber ich finde, dass es all den Schmerz wert war.«

Mike lächelte. »Ich habe schon früh in meiner Karriere gelernt, die Instinkte einer Frau niemals anzuzweifeln.«

Angela sah auf und erblickte Harvey, der immer noch verunsichert und verwirrt dreinschaute. »Komm her und lern unsere kleine Tochter kennen«, bat sie ihn sanft.

»Ist sie …?« Er fand keine Worte, um seine schlimmsten Ängste auszudrücken.

»Sie ist noch etwas klein, aber Doktor Monroe sagt, sie ist gesund.«

Harvey eilte an die Seite seiner Frau und kniete sich vor das Bett. »Bleibt sie gesund?« Er betrachtete das Baby mit einer Mischung aus Liebe und Besorgnis.

»Ich möchte Angela und das Baby nach Alice Springs mitnehmen, damit sie ein paar Tage im Krankenhaus verbringen können«, erklärte Mike. »Das ist nur eine Vorsichtsmaßnahme, weil das Baby drei Wochen zu früh gekommen ist und es eine schwere Geburt war.« Er wandte sich an Cassie.

»Könnten Sie Angela helfen, sich für den Flug vorzubereiten?«

»Natürlich«, erwiderte Cassie.

Kapitel 7

Während Mike und Cassie Angela und das Baby ins Flugzeug brachten, lief Harvey die dürftige Landebahn ab und trat Steine so weit aus dem Weg, wie er konnte.

»Was macht er da?«, fragte Mike mit Blick aus dem Fenster, während er Angela auf einer Liege festschnallte, neben der ihr Baby bereits gesichert in einem Bettchen lag.

»Wir hatten eine ernste Unterhaltung darüber, dass er die Landebahn ausbessern muss, bevor wir mit seiner Frau und seinem Baby wiederkommen«, erklärte Cassie.

»Es wird mehr brauchen als ein paar aus dem Weg geräumte Steine, um aus diesem Platz eine auch nur ansatzweise anständige Landebahn zu machen.«

»Ich glaube, das hat er verstanden.« Cassie hatte Harvey ins Gewissen geredet, und er hatte versprochen, in den nächsten Tagen an der Bahn zu arbeiten. Nach dem Schrecken mit dem Baby war Cassie zuversichtlich, dass er Wort halten würde.

Der Start war nicht annähernd so haarsträubend wie die Landung, und so glitt das Flugzeug ein paar Minuten später durch die Luft.

»Bravo«, rief Angela von hinten. »Das haben Sie großartig gemacht, wenn man bedenkt, wie uneben unser Platz ist.«

»Ich bin schon auf viel gefährlicheren Flächen gelandet oder gestartet«, erklärte Cassie.

»Ist das überhaupt möglich?«

»Oh ja.«

Das weckte Mikes Neugier, aber er zögerte, Cassie Fragen zu stellen. Stattdessen beschäftigte er sich damit, das Baby zu untersuchen.

Angela hatte da offenbar keine Bedenken. »Erzählen Sie uns davon, Cassie.«

»Das war im Northern Territory, an der Spitze von Western Australia und auf der Halbinsel Cape York. Ich bin schon auf dem Rand einer Klippe gelandet und direkt neben einem Fluss, mehrfach sogar. Manchmal musste ich großen Felsbrocken ausweichen oder habe ein paar Termitenhügel umgefahren oder hervorstehende Äste mitgenommen. Im Vergleich dazu ist Ihre Landebahn ein Kinderspiel.«

»Was haben Sie denn in so abgelegenen Gegenden gemacht?«

»Ich habe für das Rote Kreuz gearbeitet.«

»Und was war das für eine Arbeit?«

»Ich habe Hilfspakete und medizinisches Material an weit außerhalb lebende Clans geliefert. Manche sind nur schwer über Straßen zu erreichen.«

Angela hörte fasziniert zu. »Wie sind Sie denn dazu gekommen?«

»Nun, angefangen hat es damit, dass ein Missionar in einen abgelegenen Ort in Cape York gelangen wollte. Ich hörte von seiner Notlage und bot ihm an, ihn dorthin zu fliegen. Das brachte mich auf die Idee, Organisationen zu helfen, die sich keinen Piloten leisten können. Das Rote Kreuz tut so viel Gutes, da war das eine schöne Möglichkeit, meinerseits dem Roten Kreuz zu helfen, indem ich in ihrem Auftrag Vorräte an die Missionen liefere.«

»Und dafür mussten Sie wahrscheinlich landen, wo immer es möglich war.«

»Genau, dort gibt es keine offiziellen Landebahnen, also musste ich kreativ sein.«

»Waren die Menschen gastfreundlich?«

»Am Anfang waren einige mir gegenüber – als blonde, grünäugige Fremde in einem Flugzeug – misstrauisch, aber nach und nach sprach sich herum, was ich tat, und ich wurde immer herzlich willkommen geheißen. Später haben meine Haare und meine grünen Augen die Menschen richtiggehend fasziniert, vor allem die Kinder.«

»Und wie haben Sie sich verständigt?«

»Das war nicht immer leicht. Oft lernen die Missionare die Sprache der Menschen vor Ort, das erleichtert ihnen die Arbeit, selbst wenn es nur ein paar Wörter sind.« Sie lachte, als sie an die oft komischen Bemühungen dachte. »Das Territory ist eine wunderschöne Gegend«, schwärmte sie, erfreut über die Gelegenheit, davon zu erzählen. »Ich bin dort auf einer Rinderfarm aufgewachsen, aber erst aus der Luft sieht man wirklich, wie beeindruckend die Landschaft ist, besonders die Gegend um die Schlucht Katherine Gorge herum.«

»Wie lange haben Sie auf der Farm gelebt?«

»Ich wurde auf Victoria River Downs geboren, einer der größten Farmen Australiens, sie gehörte meinem Vater und meinem Onkel. Die beiden verkauften sie, als ich dreizehn war, und wir zogen nach Darwin. Mein Onkel gründete eine regionale Fluggesellschaft, und mein Dad arbeitet für ihn.«

»Sie sehen so glamourös aus, dass ich Sie mir gar nicht auf einer Rinderfarm vorstellen kann. Ich bin auf einer Schaffarm aufgewachsen und lief herum wie ein Junge, bis ich achtzehn war. Ich habe ältere Brüder und trug ständig die Kleidung, aus der sie herausgewachsen waren. Es ist mir fast peinlich, aber meinen ersten Rock habe ich erst besessen, als ich aufs Internat geschickt wurde. Alle waren überrascht zu sehen, dass ich tatsächlich ein Mädchen war.«

Cassie lachte. »Zum Glück kauft meine Mutter für ihr Leben gern schöne Kleidung ein, daher musste ich nie die ausrangierte Kleidung meines Bruders tragen.«

»Sie führen ein sehr interessantes Leben«, kommentierte Angela. »Wenn Sie auf einer Rinderfarm aufgewachsen sind, können Sie bestimmt auch reiten.«

»Oh ja, ich saß schon im Sattel, bevor ich richtig laufen konnte. Mein erstes Gymkhana gewann ich mit sechs. Aber es war nicht alles nur Zuckerschlecken auf der Farm, das können Sie sich sicher vorstellen. Nach der Schule und in den Ferien mussten mein Bruder und ich mithelfen. Wir mussten uns um Waisenkälber kümmern, die Hühner füttern und das Gehege säubern. Wir halfen, Zäune zu reparieren und zu streichen, Sättel und Zaumzeug zu reinigen und Ställe auszumisten. Dad und Onkel Geoff hatten ein leichtes Flugzeug, sie haben uns oft mitgenommen auf der Suche nach unseren Rindern, die sich über Tausende Morgen Land verteilten. Meinem Bruder wurde vom Fliegen immer übel, aber ich liebte es.«

»Sie sagten, Ihr Onkel leitet eine Fluggesellschaft. Haben Sie dort Ihren Flugschein gemacht?«

»Dad und mein Onkel haben mir natürlich Unterricht erteilt, aber ich habe auch professionelle Flugstunden genommen. Außerdem habe ich die Zusatzqualifikation zur Bodenmechanikerin und Ausbilderin. Und für den Fall, dass ich keine Stelle als Pilotin bekomme, habe ich sicherheitshalber eine Ausbildung zur Krankenschwester gemacht.«

»Wow, das klingt, als könnten sich die Flying Doctors glücklich schätzen, Sie zu haben«, sagte Angela. »Also, ich fühle mich jedenfalls sehr gut aufgehoben bei Ihnen.«

»Danke«, sagte Cassie mit einem Blick über die Schulter.

Mike sah sie an, doch er sagte nichts, und Cassie konnte seine Miene nicht deuten.

Cassie nahm über Funk Kontakt mit dem Krankenhaus auf

wegen eines Krankenwagens für Angela und ihr Baby, der dann auch gleich nach der Landung bereitstand.

»Danke, Doktor Monroe«, sagte Angela. »Und danke Ihnen, Cassie, dass Sie uns sicher hergebracht haben.«

»Passen Sie auf sich auf. Wir sehen uns in ein paar Tagen, wenn wir Sie wieder nach Hause fliegen«, erwiderte Cassie.

»Ich sehe heute Abend noch mal nach Ihnen«, sagte Mike, bevor er die Türen schloss. Er und Cassie standen nebeneinander und sahen dem Krankenwagen hinterher.

»Essen Sie zu Mittag, solange Sie die Gelegenheit dazu haben, Miss Granger«, sagte Mike. »Man weiß nie, wann der nächste Notruf eingeht.«

»Bitte hören Sie auf, mich Miss Granger zu nennen«, beharrte Cassie. »Cassie reicht, oder Cassandra. Und was ist mit Ihnen, essen Sie auch etwas? Sie haben sicher auch Hunger.«

»Ja, ich mache mir ein Sandwich … Cassie«, sagte Mike.

»Das war doch nicht so schwer, oder?«, zog Cassie ihn auf, als ihr aufging, dass er schüchtern war.

»Nein«, gab Mike zu.

»Und wie süß war bitte das Baby?«, fragte Cassie, während sie auf die Basis zugingen.

»Alle Babys sind süß.« Zum ersten Mal sah sie ihn lächeln.

An der Zentrale lag ein Blumenstrauß. »Nanu? Für wen der wohl ist?« Cassie hob ihn auf. »Sie sind wunderschön.« Sie bewunderte das farbenfrohe Arrangement und schnupperte an den Blumen.

»Sehen Sie auf der Karte nach«, schlug Mike vor.

»Vielleicht sind sie von meinen Eltern … Meine Mum schickt oft Blumen.« Cassie stellte den Blumenstrauß auf die Empfangstheke und fand den kleinen weißen Umschlag zwischen den Lilien, Rosen und Nelken. »Ah, sie sind für mich«, rief sie erfreut, »aber nicht von meinen Eltern.«

»Ein Bewunderer«, riet Mike.

»Das kann nicht sein … Ich kenne ja noch niemanden in der Stadt. Oh, sie sind von Nigel Kelly.«

Mike runzelte die Stirn. »Das ist doch Jed Thompsons Farmarbeiter, oder?«

»Ja. Der, der von dem Stier angegriffen wurde. Er schreibt, die Blumen seien eine kleine Aufmerksamkeit dafür, dass ich ihm das Leben gerettet habe.« Sie sah kurz zu Mike. »Kommt so etwas häufiger vor?«

»Ich habe noch nie Blumen bekommen. Hin und wieder ein Hühnchen … einen Teller Plätzchen oder einen Kuchen … aber noch keine Blumen.«

Cassie lächelte. »Ein Kuchen oder selbst gemachte Kekse wären auch nett. Aber die Blumen sind wirklich schön. Wie lieb von ihm, aber das war doch gar nicht nötig.«

»Ja, ›lieb‹ trifft es. Sie sind eindeutig von einem Bewunderer«, kommentierte Mike. »Und jetzt essen Sie lieber etwas, bevor der nächste Anruf eingeht.«

»In Ordnung. Ich habe noch etwas kaltes Hühnchen, ich mache Ihnen auch ein Sandwich.«

»Das ist nicht nötig«, widersprach Mike.

Cassie hob fragend die Augenbrauen.

»Mir Mittagessen zu machen, gehört nicht zu Ihren Aufgaben als Pilotin«, erläuterte er.

»Sie bekommen es ja auch nicht einfach so«, sagte sie und fügte lächelnd hinzu: »Ich trinke meinen Tee mit einem Stück Zucker.« Damit lief sie zur Hintertür.

»Cassie«, rief Mike ihr hinterher. »Wollen Sie die Blumen nicht in Ihre Wohnung stellen?«

»Nein, ich lasse sie hier, dann haben die anderen auch etwas davon.«

Mike war verblüfft von dieser aufmerksamen Geste und

fragte sich insgeheim, wie oft Cassie ihn noch überraschen würde. Er betrat das Büro und machte sich daran, den Tee zu kochen.

Kurz darauf hörte er die Tür knallen. »Das ging schnell«, sagte er, doch als er sich umdrehte, stand er Roy gegenüber. »Oh, ich dachte …« Mike sah Roy an, dass er wütend war und konnte sich den Grund dafür denken. »Möchtest du eine Tasse Tee?«, fragte er und machte sich wieder an die Zubereitung.

Roy bemerkte die zwei Tassen, was seine Feindseligkeit nur noch steigerte. »Warum hast du mich heute Morgen nicht geweckt, als du einen Piloten brauchtest?«

Mike wandte sich ihm zu. »Weil du letzte Nacht betrunken warst«, sagte er ruhig.

»Was hat das eine mit dem anderen zu tun?«

»Du wärst heute Morgen in der Dämmerung gar nicht in der Lage gewesen, ein Flugzeug zuverlässig zu steuern.«

»Schwachsinn. Ich fliege seit über dreißig Jahren. Es braucht schon mehr als ein paar Drinks, um meine Fähigkeiten zu beeinflussen.«

»Du hast mehr als nur ein paar Drinks getrunken, und wenn ich die Wahl habe zwischen einem nüchternen Piloten und einem betrunkenen, weiß ich, für wen ich mich entscheide.«

Roy kniff die Augen zusammen.

»Du stinkst immer noch nach Bier, Roy, und man sieht dir an, dass du nicht in Topform bist.« Dunkle Schatten lagen unter den blutunterlaufenen Augen.

»In den letzten Monaten war ich dein einziger Pilot, und da bin ich nicht ein einziges Mal schlecht geflogen, oder?«

»Da du es ansprichst: Es ist schon vorgekommen, dass ich mich nach einem deiner Alkoholgelage nicht sicher bei dir im Flugzeug gefühlt habe.«

»Und mit einer Frau am Steuer fühlst du dich sicher?«

»Sie ist eine gute Pilotin, und ich möchte, dass du sie mit Respekt behandelst. Das habe ich dir gestern schon gesagt. Und komm mir nicht wieder mit dem Mist von gestern Abend, von wegen, sie hätte mir den Kopf verdreht. Wenn du es nicht schaffst, dich kollegial zu verhalten, dann wirst du nicht viel länger hier arbeiten können.«

Sie hörten die Hintertür, dann trat Cassie mit einem Teller Sandwiches ein. Sie ließ ihren Blick von Mike zu Roy wandern, sagte aber nichts.

Roy starrte sie böse an, dann verließ er nach einem letzten vernichtenden Blick zu Mike türenknallend das Gebäude.

Mike war sicher, dass Roy davon ausging, er würde Cassie bevorzugt behandeln, weil sie eine schöne Frau war.

»Er ist kein besonders fröhlicher Mensch, oder?« Cassie stellte den Teller auf einem der Schreibtische ab.

Mike schenkte ihr Tee ein, und sie setzten sich. »Er war letzte Nacht betrunken und hat sich wirklich danebenbenommen.«

»Er hat mich im Pub ganz schön in Verlegenheit gebracht«, gestand Cassie.

»Ich weiß, und das tut mir leid«, sagte Mike. »Ich habe ihm gesagt, dass er an seiner Einstellung arbeiten muss, aber ich kann nicht garantieren, dass er das auch tut. Er ist in seiner Meinung sehr festgefahren, aber wir müssen hier als Mannschaft zusammenarbeiten, und das bedeutet, dass sein Verhalten direkten Einfluss darauf hat, ob er die Arbeit hier weiterhin ausüben kann.«

»Ich hoffe, so weit kommt es nicht. Ich möchte nicht, dass er seine Stelle verliert. Hier, wo ihn niemand hört, kann ich mit seinem Verhalten umgehen, aber von jetzt an werde ich ihn in der Öffentlichkeit meiden.«

»Das sollte gar nicht nötig sein. Sie haben nichts falsch gemacht, und Sie haben es verdient, respektvoll behandelt zu werden. Das habe ich ihm auch gesagt, und ich werde nicht dulden, dass er für Konflikte sorgt.« Er schwieg einen Moment. »Aber ich habe noch eine andere Frage an Sie.«

»Und zwar?«

»Warum stand nicht in Ihrem Lebenslauf, dass Sie Hilfspakete und medizinisches Material für das Rote Kreuz verteilt haben?«

»Oh, also haben Sie ihn doch gelesen.« Cassies Mundwinkel hoben sich zu einem hübschen Lächeln.

Er grinste verlegen. »Ja, ich habe ihn gelesen … mittlerweile.«

»Das freut mich zu hören.« Sie grinste. »Es steht nicht darin, weil es meine Idee war, dem Roten Kreuz auszuhelfen.«

»Aber Sie wurden doch dafür bezahlt, oder?«

»Ich habe eine Aufwandsentschädigung bekommen. Genug, um die Kosten zu decken.«

»Warum haben Sie es dann getan?«

»Liegt das nicht auf der Hand? Ich liebe es, zu fliegen und anderen Menschen zu helfen, vor allem Kindern. Mit dieser Tätigkeit habe ich diese beiden Dinge zusammengeführt und etwas Gutes für die abgelegenen Clans in Australien getan. Darf ich Sie jetzt auch etwas fragen?«

Mike biss von seinem Sandwich ab und nickte.

»Warum sind Sie so nervös im Flugzeug? Oder ist das nur so, wenn Sie mit mir fliegen?«

»Bin ich nicht«, erwiderte Mike leise.

Cassie wollte gerade etwas dagegenhalten, als ein rotes Licht am Funkgerät aufleuchtete.

»Los geht's«, sagte er und stand auf, um den Anruf entgegenzunehmen.

»Da hat das Funkgerät Sie ja gerade noch mal gerettet«, murmelte Cassie leise.

Kapitel 8

Knapp eine Woche später hinkte ein Mann, auf eine Krücke gestützt, durch die Eingangstür der Zentrale.

»Mr Kelly!«, rief Mike überrascht. »Wie schön, Sie so schnell wieder auf den Beinen zu sehen.« Er bemerkte, wie Nigel Kelly sich suchend umsah. Vermutlich hielt er nach einer gewissen blonden Pilotin Ausschau.

»Es ist ein Wunder, das ist es, Doc«, behauptete Jed Thompsons Farmarbeiter.

»Ihre Verletzungen waren lebensgefährlich, Sie hatten wirklich großes Glück.«

»Ich kann froh sein, dass ich nicht verblutet bin, bis Ihre Pilotin bei mir war. Sie kam gerade noch rechtzeitig und wusste genau, was zu tun war. Sie hat mir das Leben gerettet, Doc. Sie ist ein Engel, der mir von oben geschickt wurde.«

Mike fand das ein wenig melodramatisch, aber der Mann hatte recht, Cassie hatte ihm wirklich das Leben gerettet. »Ich bin froh, dass sie Ihnen helfen konnte.«

»Ist Cassie hier?«

»Sieht nicht so aus«, antwortete Mike ausweichend. »Kann ich Ihnen vielleicht behilflich sein?«

Roy trat durch die Hintertür und nickte Nigel Kelly zu, bevor er Jeannie ein paar Papiere reichte.

»Ich hatte gehofft, dass Cassie mich zurück zur Farm fliegen kann, falls es Ihnen nichts ausmacht, Doc.«

»Ich bin mir nicht sicher, wo sie ist … aber Roy ist ja hier. Er kann Sie zurückfliegen.«

»Natürlich, wir können direkt los«, erwiderte Roy emotionslos.

»Ich würde lieber mit Cassie fliegen … Ich warte einfach auf sie. Dann habe ich auch die Gelegenheit, ihr persönlich dafür zu danken, dass sie mir das Leben gerettet hat.«

Mike bemerkte, wie Roys Kiefer sich anspannte. Er wandte sich an Jeannie, die das Geschehen interessiert beobachtete. »Ist Cassie in die Stadt gefahren, Jeannie?«

»Nein, sie ist hier … irgendwo.«

In diesem Moment schwang die Hintertür auf, und Cassie kam herein.

Mike verspürte einen Hauch von Enttäuschung, Roy hingegen warf ihr wie so oft einen bitterbösen Blick zu.

»Nigel! Wie schön, Sie munter und bei Kräften zu sehen«, sagte Cassie gut gelaunt. »Wie geht es Ihnen?«

Nigel strahlte über das ganze Gesicht. »Mir geht es großartig, danke. Ein bisschen was muss noch verheilen, aber in ein paar Wochen bin ich wieder ganz der Alte.«

»Sie sollten es langsam angehen lassen, aber Sie sehen tatsächlich schon wesentlich besser aus als beim letzten Mal, als ich Sie gesehen habe«, merkte Cassie an.

»Und Sie sehen genauso gut aus wie beim letzten Mal«, entgegnete er.

»Ach.« Cassie errötete und tat das Kompliment mit einem Lachen ab.

»Im Ernst, ich bin auf einem guten Weg der Besserung, und das dank Ihnen«, sagte Nigel. »Ich habe gerade noch dem Doc erzählt, dass Sie mir das Leben gerettet haben. Ich werde Ihnen ewig dankbar sein.«

»Dafür sind wir doch da, Nigel. Übrigens, danke für die wunderschönen Blumen. Das wäre nicht nötig gewesen, aber sie verschönern das Büro.«

»Ja, wirklich«, bestätigte Jeannie.

»Es ist nur eine kleine Aufmerksamkeit. Es gibt keinen Weg, wie ich Ihnen angemessen danken könnte.«

»Das brauchen Sie auch gar nicht. Kehren Sie heute zur Farm zurück?«

»Ich hoffe es. Der Doc meinte, es wäre in Ordnung, wenn Sie mich fliegen, falls Ihnen das nichts ausmacht.«

»Oh.« Cassie blickte zu Mike. Er nickte. »Das macht mir gar nichts aus. Wann möchten Sie denn los?«

»Jetzt, wenn Sie Zeit haben«, sagte Nigel erfreut.

»Ist das in Ordnung?«, fragte Cassie Mike.

»Aber natürlich«, erwiderte er leichthin. »Es sei denn, es gehen in den nächsten Minuten zwei Anrufe ein und wir brauchen beide Flugzeuge.«

»Das ist nicht sehr wahrscheinlich«, warf Jeannie ein.

»Dann kommen Sie«, sagte Cassie zu Nigel, bevor sie sich an Mike wandte. »Ich bin in etwa einer Stunde wieder da.«

»Sie können doch auf der Farm sicher noch eine Tasse Tee mit mir trinken, oder?«, hörte Mike Nigel fragen, als er neben Cassie her zum Ausgang hinkte.

»Ja, das sollte kein Problem sein.« Cassie hielt ihm die Tür auf.

»Vielleicht können Sie mir auf dem Weg ein paar Flugtricks zeigen«, schlug Nigel vor.

»Nicht im Flugzeug der Flying Doctors. Dafür müsste ich meinen eigenen Flieger nehmen.«

»Das wäre großartig!«

Mike stellte sich ans Fenster und sah den beiden nach. Sie liefen nebeneinander zum Flugzeug und unterhielten sich wie alte Freunde. Draußen brannte die Sonne herab und wurde zusätzlich vom Asphalt reflektiert, sodass das Flirren der Hitze in der Ferne wie ein See wirkte.

Jeannie stellte sich neben ihn. »Ich glaube, der junge Nigel Kelly hat sich in unsere Cassie verguckt«, sagte sie.

Mike blickte sie finster an. »Er ist dankbar, dass sie ihm das Leben gerettet hat.«

»Dankbar und ein wenig verliebt, würde ich sagen. Aber wer könnte ihm das verdenken?«

Mit einem Knallen schloss sich die Hintertür, als Roy hinausging.

»Du glaubst doch nicht, dass sie das mit den Tricks wirklich macht, oder?« Mike machte sich ernsthaft Sorgen. »Das klingt gefährlich.«

»Doch, ich glaube schon«, erwiderte Jeannie.

»Darüber muss ich mich mal mit ihr unterhalten.« Damit ging er in sein Büro, um Papierkram zu erledigen, und Jeannie blieb in der Überzeugung zurück, dass er dabei war, die neue Pilotin sehr ins Herz zu schließen.

»Roy ist ja immer schlecht gelaunt, aber in den letzten Tagen ist es noch schlimmer«, sagte Cassie zu Kirra, mit der sie wie so oft im Hinterhof zu Abend aß. Zwischen Cassie und den beiden Frauen am Stützpunkt hatte sich eine Freundschaft entwickelt.

Der Tag war besonders heiß gewesen, daher hatte sie zu dem Backfisch einen Salat gemacht, den sie jetzt zusammen aßen, während sie nebenbei die Fliegen abwehrten. Sie folgten Roy mit dem Blick, der mit hängenden Schultern in seiner Wohneinheit verschwand. »Meinst du, er ist krank?«

Kirra überlegte. »Er hat angeblich mehrere Magengeschwüre«, sagte sie schließlich. »Sie bereiten ihm Probleme, wenn er getrunken hat. Eigentlich sollte er überhaupt keinen Alkohol trinken, aber er hört ja auf niemanden.«

»Mehrere Geschwüre! Damit ist nicht zu scherzen. Er muss furchtbare Schmerzen haben.«

»Darauf wette ich, aber er tut, als wäre alles bestens. Noch dazu raucht er viel zu viel.« Sie deutete auf die zahlreichen Zigarettenstummel im Sand des Blumentopfs.

Cassie überlegte kurz, ob seine Feindseligkeit ihr gegenüber wohl dem Schmerz aus den Geschwüren zuzuschreiben war, verwarf die Idee jedoch schnell wieder. Sie hatte schon beobachtet, wie er nett zu Leuten gewesen war, also hatte er wohl eher mit ihr persönlich ein Problem. »Hat Doktor Monroe ihn untersucht oder ihm Medikamente verschrieben?«

»Nein, wir wissen das nur, weil seine Schwester neben Jeannie wohnt und sie sich manchmal über den Zaun hinweg unterhalten. Falls es überhaupt von einem Arzt diagnostiziert wurde, gibt Roy es jedenfalls nicht zu. Doktor Monroe hat mal versucht, ihn danach zu fragen, da hat Roy ihn richtig angefahren. Seitdem wagt niemand mehr, das Thema anzuschneiden.«

»Geschwüre können doch nicht einfach ignoriert werden«, sagte Cassie. »Wenn sie platzen, hat er ein Riesenproblem.«

»Ich weiß, aber wir können ihn nicht zwingen, auf sich achtzugeben.«

Cassie überraschte diese Starrköpfigkeit nicht. Bisher hatte sie noch keine einzige angenehme Seite an Roy entdeckt.

Am nächsten Morgen führte Cassie gerade eine Vorflugkontrolle durch, als Roy auftauchte und damit auch an seinem Flugzeug begann. Er wirkte immer noch angeschlagen, und wie immer ignorierte er sie. Sie hatte in der Nacht wenig geschlafen und über seinen gesundheitlichen Zustand nachgedacht, und das nicht aus Sorge um ihn. Je länger sie über mögliche Folgen nachdachte, desto wütender wurde sie. Schließlich beschloss sie, das nicht unkommentiert zu lassen, auch wenn sie wusste, dass er es nicht gut aufnehmen würde. Aber das würde sie nicht abhalten.

Roy stand mit dem Rücken zu ihr, als sie zu ihm trat.

»Wie können Sie nur so egoistisch sein?«

Er hielt inne, drehte sich um und starrte sie an. »Wovon sprechen Sie?«

»Sie fliegen einfach weiter mit Kirra und Doktor Monroe an Bord, dazu noch mit Patienten, während Sie an Magengeschwüren leiden, die jederzeit platzen könnten.«

Roy verengte die Augen zu Schlitzen, und es schien, als würde er gleich die Beherrschung verlieren, aber Cassie ließ sich nicht einschüchtern.

»Sie haben keine Ahnung, wovon Sie sprechen«, knurrte er.

»Und Sie verschließen die Augen vor der Wirklichkeit, das ist ein gefährliches Spiel.«

»Ach, dann haben Sie offenbar zusätzlich zu allem anderen auch noch einen Abschluss in Psychologie, ja?«, stieß er sarkastisch aus.

»Sie wissen ganz genau, dass Geschwüre gefährlich sein können, und trotzdem trinken Sie weiter Alkohol. Was stimmt denn nicht mit Ihnen? Sie gefährden jeden Tag das Leben anderer Menschen!«

»Kümmern Sie sich um Ihren eigenen Kram«, knurrte Roy und wandte sich ab.

»Meine Güte! Werden Sie endlich erwachsen und übernehmen Sie die Verantwortung für Ihre Gesundheit. Sie können nicht immer den großen starken Mann spielen. Und davon mal abgesehen: Wenn die Luftfahrtbehörde bei Ihnen eine ärztliche Untersuchung anordnen würde, würden Sie durchfallen. Sie wissen sehr genau, was das bedeutet: Sie würden Ihre Lizenz verlieren.«

Roy wirbelte zu ihr herum. »Ist das eine Drohung?«

»Natürlich nicht, aber Sie können so ein großes gesundheitliches Problem nicht ewig ignorieren. Sie würden sich nie verzeihen, wenn etwas passiert, während Sie am Steuer sitzen, und Ihre Arbeitskollegen und Patienten ihretwegen ums Leben kommen.« Cassie wandte sich ab und ging davon. Sie hatte gehofft, zu ihm durchzudringen, aber sie hatte ihre Zeit offensichtlich verschwendet, denn er würde ihren Worten ganz sicher keinerlei Beachtung schenken.

Im Outback hatte sich die Nachricht wie ein Buschfeuer verbreitet, dass nun eine Frau für die Flying Doctors flog. Sie war eine Art Phänomen, im positiven Sinne. Die Telefone und Funkempfänger auf den Farmen surrten vor Gesprächen über Cassie. Die Menschen, die sie getroffen hatten, erstatteten fröhlich all jenen Bericht, die weitere Informationen wollten. Kirra hielt Cassie über den Tratsch und die ausufernden Geschichten auf dem Laufenden, und sie lachten oft beim Abendessen darüber.

Doch es gab eine Person, die gar nicht gern über sie sprach. Roy hatte es satt, dass Patienten, die er transportierte, sich nach Cassie erkundigten. Es störte ihn, dass manche Patienten sogar enttäuscht wirkten, wenn sie ihn statt Cassie im Cockpit des Flugzeugs bemerkten. Richtiggehend wütend wurde er, wenn Patienten nach ihr als Pilotin verlangten, wo er doch eigentlich gehofft hatte, sie würden sich weigern, mit einer Frau zu fliegen. Es verleitete ihn dazu, noch mehr zu trinken als sonst, und so fuhr er an den meisten Abenden nach der Arbeit in den Pub und beklagte sich bei seinen Freunden.

»Heute war es außergewöhnlich ruhig, oder?«, fragte Cassie Jeannie, die auf ihrem Platz saß und strickte, nachdem das Funkgerät fast den ganzen Tag still geblieben war. Nur am frühen Morgen hatten Cassie und Kirra einen Clan im Outback in der Nähe von Marla besucht, um Mütter mit ihren Neugeborenen zu untersuchen.

»Das passiert nicht oft«, erwiderte Jeannie. »Also nutz die Chance und leg dich hin. Ich sag Bescheid, wenn ein Anruf eingeht.«

»Das ist vermutlich eine gute Idee. Wo ist Roy?«

»In seiner Wohnung. Er fühlt sich nicht besonders gut, aber daran ist er selbst schuld.«

»Kirra hat mir erzählt, dass er Magengeschwüre hat.«

»Das sagt seine Schwester, und ich denke, dass sie recht hat. Wann immer er im Pub war, leidet er schwer unter den Folgen. Aber er lernt nicht daraus, deswegen habe ich kein Mitleid mit ihm.«

»Irgendwann werden seine Geschwüre platzen«, sagte Cassie. »Hoffen wir nur, dass es nicht während eines Fluges passiert.«

Jeannie hielt mit dem Stricken inne und sah zu Cassie auf. »Daran habe ich noch gar nicht gedacht«, sagte sie besorgt. »Das erklärt wahrscheinlich, warum Doktor Monroe immer dich bittet, ihn zu fliegen. Aber jetzt geh und leg dich hin. Ich ruf dich, wenn du gebraucht wirst.«

»Okay.« Cassie war froh über die Gelegenheit zu einem Nickerchen. Sie empfand die ständige trockene Hitze als sehr anstrengend.

Cassie döste immer noch bei eingeschaltetem Ventilator, als es an der Tür klopfte. Ein Blick auf die Uhr verriet ihr, dass es später Nachmittag war und sie fast drei Stunden geschlafen hatte. Sie erwartete Jeannie an der Tür, doch vor ihr stand Mike.

»Meinen Sie, wir schaffen es vor Einbruch der Dunkelheit zur Morilla Farm?«, fragte er aufgeregt. Er zeigte ihr die Lage der Farm auf einer Karte. Cassie maß die Distanz und sah auf die Uhr, während sie im Kopf rechnete.

»Meiner Einschätzung nach würde es gerade dunkel werden,

wenn wir dort ankommen, sofern wir sofort losfliegen. Ist es ein Notfall?«

»Ja, der kleine Daniel Wakefield ist sehr krank. Es geht ihm schon seit einigen Tagen nicht gut, aber jetzt hat sich sein Zustand verschlechtert, und seine Eltern machen sich Sorgen. Er ist erst neun, und er war nie so richtig gesund. Ich glaube, es ist zu riskant, ihn die Nacht ohne ärztliche Versorgung verbringen zu lassen. Ich muss noch heute dorthin.«

»Dann bitten Sie Jeannie, per Funk Kontakt zu den Eltern aufzunehmen, sie sollen die Landebahn so gut sie können beleuchten. Fackeln oder Eimer mit Feuer sollten ausreichen.«

»In Ordnung. Stellen Sie sich darauf ein, dort zu übernachten.« Damit lief Mike zurück in die Zentrale.

Es war das erste Mal, dass sie zusammen irgendwo übernachten würden, und Cassie packte schnell eine Tasche und eilte dann zu ihrem Flugzeug, wo Mike bereits wartete. Die zweite Maschine stand nicht auf der Rollbahn.

»Ist Roy mit Kirra bei einem Einsatz?«, fragte sie.

»Ja, sie sollten bald zurück sein.«

Cassie wäre am liebsten damit herausgeplatzt, dass sie von Roys Geschwüren wusste, aber sie hielt sich zurück. Es war nicht sonderlich professionell, den Kollegen zu kritisieren. Abgesehen davon wusste Mike laut Kirra von seinem Zustand.

Cassie fiel auf, dass Mike immer besonders nervös war, wenn sie abhoben, aber sie konzentrierte sich schnell wieder auf die Bedieninstrumente. Als sie schließlich Flughöhe erreicht hatten, versuchte sie, ihn mit einer Unterhaltung abzulenken.

»Sie machen sich große Sorgen um den kleinen Daniel, oder?«, rief sie über die Schulter.

»Ja, schon … aber jetzt gerade sorge ich mich noch um etwas anderes.«

»Was denn?« Cassie hoffte, er würde sich ihr anvertrauen.

»In der Dämmerung kommen die Kängurus und Emus heraus«, erklärte Mike. »Sie sind eine große Gefahr auf der Landebahn, aber das wissen Sie ja.« Der Gedanke daran schien ihm zuzusetzen.

»Ja, das weiß ich, aber ich kann sie mit einem Tiefflug vorher verjagen«, versicherte sie ihm.

Mike jedoch schien das nicht zu beruhigen.

»Die Fackeln sollten bereits dafür sorgen, dass die Bahn ziemlich leer bleibt, und die Wakefields werden sicher auch darauf achten.« Cassie hoffte, dass sie recht behielt.

Als es rasch dunkler wurde, kam endlich die beleuchtete Landebahn in ihr Sichtfeld. Cassie flog einmal darüber hinweg und sah, dass die Wakefields Eimer mit Feuer und einige Fackeln aufgestellt hatten. Sie bemerkte die Silhouetten von Kängurus und Emus in der Umgebung, die Landebahn selbst schien aber frei zu sein. Ein Mann, vermutlich Brian Wakefield, stand an einer Seite und wedelte mit einem Ast, daraus schloss sie, dass er die Tiere fortscheuchte.

»Sieht alles gut aus da unten«, rief Cassie.

»Da sind aber Kängurus«, erwiderte Mike.

Cassie warf einen Blick zurück und sah, wie er einen Schluck aus einem Flachmann trank. Er schwitzte stark, und sein Gesicht hatte einen gräulichen Ton angenommen.

Sie konzentrierte sich wieder auf die anstehende Landung, flog linksherum einmal im Kreis und dann auf die Landebahn zu. Kurz bevor sie aufsetzen wollte, bemerkte sie ein großes Känguru an deren Ende. Da die Reaktion des Tieres nicht vorhersehbar war, es konnte auch den Weg des Flugzeugs kreuzen, riss sie das Steuer wieder hoch, und die Nase der Maschine reckte sich in den Himmel. Als sie dicht über dem Tier hinwegflog, hüpfte es davon.

»Was machen Sie da?«, rief Mike nervös. »Ich dachte, Sie landen.«

»Ich muss noch einmal neu ansetzen«, entgegnete sie ruhig.

»Warum? War ein Känguru auf der Landebahn?« Er spähte aus dem Fenster.

»Nein, ich will nur sichergehen«, flunkerte Cassie, während sie erneut eine Kurve flog. Im Licht der Fackeln erkannte sie die Umrisse von Brian Wakefield, der seinen Ast schwenkte und kleinere Kängurus verscheuchte. Sie wiederholte den Landevorgang und setzte geschmeidig auf dem Boden auf, immer in der Hoffnung, dass keine weiteren Wildtiere den Weg des Flugzeuges kreuzten. Sie fuhren über ein paar Unebenheiten, und sie hörte Mike fluchen, aber zu ihrem Glück passierte ansonsten nichts.

Als das Flugzeug schließlich zum Stehen kam, stieß Mike erleichtert die Luft aus und trank noch einen Schluck aus seiner Flasche.

Cassie bemerkte, wie zittrig er war, und fühlte sich plötzlich unwohl. »Vielleicht sollten Sie lieber nicht mehr mit mir fliegen«, sagte sie und öffnete die Flugzeugtür.

Mike sah sie überrascht an, während er den Anschnallgurt lockerte. »Warum?«

»Weil es Sie offenbar sehr nervös macht, bei einer Frau mitzufliegen.«

»Das stimmt nicht«, widersprach er.

Cassie sah das anders, erwiderte jedoch nichts, da Brian gerade sein Auto neben dem Flugzeug parkte, um sie einzusammeln.

Doch auch beim Aussteigen war Mike immer noch zittrig.

»Alles okay bei Ihnen?«, fragte sie diskret.

»Ja, gleich wieder«, antwortete er verlegen. »Ich hasse es nur, bei Dämmerung zu landen oder abzuheben. Zu dieser Tageszeit ist es im Outback ja sogar im Auto gefährlich auf den Straßen.«

»Sie mussten bestimmt schon Menschen behandeln, die einen Zusammenstoß mit Kängurus hatten«, sagte Cassie, die sich bemühte, sein Verhalten zu verstehen, auch wenn sie eigentlich überzeugt war, dass er nur zu verbergen versuchte, wie ungern er bei einer Frau mitflog.

»Kängurus, Emus, Wildpferde, Kamele und Rinder. Sie alle können grässliche Verletzungen oder sogar Schlimmeres verursachen. Aber wie dem auch sei, jetzt haben wir es geschafft und sind sicher gelandet, und das dank Ihnen.«

Cassie war dankbar für seine Anerkennung. »Ich gebe mein Bestes.«

»Dann wollen wir doch mal sehen, wie es dem kleinen Daniel geht.«

Sie liefen zu Brian, und Mike stellte ihm Cassie vor.

Daniel Wakefield war klein für sein Alter und anfällig für Krankheiten. Mike untersuchte ihn, und seine Sorge wuchs. Er stellte Daniel einige Fragen über seinen Appetit, Schwindelgefühle sowie Schmerzen und erklärte seinen Eltern und ihm dann, was er vorhatte.

»Wir werden ein paar Tests durchführen müssen, um eine fundierte Diagnose stellen zu können, deswegen geht es für dich ins Krankenhaus, Danny.« Er lächelte beruhigend, weil Daniel genauso besorgt wirkte wie seine Eltern.

»Ich werde aber wieder gesund, oder, Doktor Monroe?«, fragte der Junge.

Mikes Herz zog sich zusammen. Daniel spürte offenbar, wie ernst sein Zustand war. »Natürlich wirst du das«, erwiderte er zuversichtlich.

Daniel blickte zu seinen Eltern. »Ich habe euch doch gesagt, ihr braucht euch keine Sorgen zu machen.« Nur seine leicht zitternde Unterlippe verriet seine Angst.

»Wir können nicht anders, als uns Sorgen um dich zu machen«, sagte Sarah Wakefield. Sie war erschöpft vom Schlafmangel und kämpfte mit den Tränen, als sie zu ihm ging und seine kleine Hand in ihre nahm.

»Ich werde wieder gesund«, tröstete Daniel seine Mutter, als wäre er der Erwachsene.

»Sich Sorgen zu machen, gehört zu den Aufgaben von Eltern dazu, Danny«, erklärte Mike.

»Haben Sie denn gar keine Idee, was mit ihm los sein könnte, Doc?«, fragte Brian Wakefield.

Mike suchte seinen Blick. »Ich möchte lieber nicht spekulieren«, sagte er, da er seinen Verdacht nicht vor Daniel besprechen wollte.

»Kommen Sie doch mit in die Küche und trinken Sie einen Tee, Doctor«, schlug Sarah vor. »Und Sie auch, Miss Granger.« Dann sah sie ihren Sohn an. »Dir bringe ich auch etwas zu trinken.«

»Sie haben doch sicher eine Vermutung, Doc«, drängte Brian, kaum dass sie die Küche betreten hatten. Eine tiefe Falte zog sich über seine gebräunte Stirn, und Mike fand, dass er um Jahre gealtert wirkte.

»Sprich leiser«, zischte Sarah, da nur eine dünne Wand die Küche von Daniels Zimmer trennte.

»Daniel hat ziemlich oft mit Krankheiten zu kämpfen«, begann Mike leise. Die Situation war nicht leicht für ihn, er wollte ehrlich sein, aber Brian und Sarah auch keine Angst machen. »Meine Vermutung lautet, und es ist zu diesem Zeitpunkt nicht mehr als eine Vermutung, dass er eine ernste Bluterkrankung hat. Ich hoffe, dass ich mich irre, aber er ist müde und äußerst kraftlos und hat in kurzer Zeit deutlich an Gewicht verloren. Um mehr herauszufinden, muss er ins Krankenhaus, wo wir eine ganze Reihe von Blutuntersuchungen durchführen können.«

»Ich dachte, es wäre nur … dass er sich nur nicht so gut fühlt. Das passiert doch oft«, sagte Sarah schuldbewusst. »Ich hätte nie gedacht, dass es etwas Ernstes sein könnte.« Sie musste sich sichtlich zusammennehmen, um nicht in Tränen auszubrechen. »Was für eine Mutter bin ich nur, dass ich nicht früher erkannt habe, dass er ernsthaft krank ist?«

»Du bist eine sehr gute Mutter, Sarah«, versicherte Brian.

»Es ist nicht Ihre Schuld«, fügte Cassie hinzu.

»Was für eine Bluterkrankung könnte er haben?«, fragte Sarah.

»Dazu kann ich wirklich noch nichts sagen«, erklärte Mike. »Gibt es in einer Ihrer Familien Personen mit irgendeiner Art von Bluterkrankung?«

»Nicht auf meiner Seite«, sagte Sarah mit einem Blick zu ihrem Mann.

»Auf meiner auch nicht«, ergänzte dieser. »Aber er kommt doch wieder in Ordnung, oder?«

»Wenn wir die Ursache behandeln können, ja.«

Brian wurde blass. »Und wenn nicht …«

»Wenn wir ihn in Alice Springs nicht behandeln können, müssen wir ihn vielleicht nach Adelaide fliegen«, erklärte Mike. »So oder so: Er wird behandelt werden.«

Das schien die Eltern ein wenig zu beruhigen.

»Ich habe noch nie verstanden, warum Daniel so oft krank ist«, bekannte Sarah. »Alle anderen Kindern sind gesund, aber er fängt sich ständig etwas ein.« Seine häufigen Krankheiten waren der Grund dafür, dass sie zum einen zu viel Angst hatte, ein weiteres Kind zu bekommen, und dass sie zum anderen nicht direkt panisch geworden war, als es ihm dieses Mal anfangs nicht gut ging.

»Wir werden ihn im Krankenhaus gründlich untersuchen«, versprach Mike. »Wir finden die Ursache.«

Cassie beharrte darauf, bei Daniel zu bleiben, während Mike zusammen mit dessen Eltern aß. Sie erzählte ihm von ihren Abenteuern im Norden, die ihn sehr amüsierten, insbesondere, wenn Wildtiere darin vorkamen.

»Letztes Jahr im Sommer habe ich zur gleichen Zeit wie ein Fernsehteam einen Aborigine-Clan ganz oben im Northern Territory besucht. Der Journalist wollte ein Interview mit der Clan-Ältesten führen, es ging um Kannibalismus. Und er hatte jemanden mitgebracht, der das Ganze filmen sollte, und noch eine weitere Person, die den Ton aufnahm. Weißt du, was Kannibalismus ist?«

»Nein, was denn?«, fragte Daniel neugierig.

»Wenn Menschen andere Menschen essen.«

Daniel starrte sie mit großen Augen an. »Ich kann mir nicht vorstellen, dass irgendjemand das macht.«

»Angeblich haben in der Vergangenheit ein paar Stämme irgendwo auf der Welt Kannibalismus praktiziert, und vielleicht haben es auch Aborigines in Australien mal gemacht, aber ich bezweifle, dass das heute noch passiert. Wie dem auch sei, die Älteste weigerte sich, über das Thema zu sprechen, aber der Journalist war furchtbar hartnäckig. Und dann tauchte plötzlich aus dem Nichts der größte Waran auf, den du dir nur vorstellen kannst. Der Mann, der die Tonaufnahmen machte, bemerkte das Tier und versuchte, es mit einem Stock wegzuscheuchen. Das hätte er lieber gelassen, denn damit hat er es bloß verängstigt. Der Journalist, der groß und dünn war, hatte es noch nicht gesehen und versuchte immer noch, die Clan-Älteste auszufragen. Tja, und du weißt ja, was Warane tun, wenn sie Angst haben, oder?«

»Sie klettern auf den nächstbesten Baum.«

»Genau, aber der Journalist stand in unmittelbarer Nähe, und der Waran hielt ihn für einen Baum, also kletterte er auf seinen Rücken und klammerte sich fest«, erzählte Cassie lachend.

Daniel grinste belustigt.

»Stell dir das mal vor, Daniel: Der Journalist wurde panisch und drehte sich um sich selbst, dabei schrie er, so laut er konnte, dass einer seiner Kollegen das Tier von ihm nehmen solle. Aber sie waren so damit beschäftigt, die Szene zu filmen, dass sie gar nicht daran dachten, ihm zu helfen.«

»Und was ist dann passiert?«, fragte Daniel neugierig.

»Alle haben gelacht, selbst die Aborigines. Es war unheimlich komisch. Wie du dir vorstellen kannst, ist ein großer Waran ziemlich schwer, und irgendwann ist der Journalist umgefallen wie ein gefällter Baum, immer noch schreiend, und der Waran ist einfach weggelaufen.«

»Das hätte ich gerne gesehen«, erklärte Daniel. »Meinst du, sie haben den Film in den Nachrichten gezeigt?«

»Ganz bestimmt.«

»Ging es dem Reporter gut?«

»Er hatte einige tiefe Kratzer von den Krallen des Tieres, aber ich glaube, es hat hauptsächlich seinen Stolz verletzt.« Cassie lachte bei der Erinnerung. »Ich glaube nicht, dass er je wieder in die Kimberley-Region gereist ist.«

Sarah erschien in der Tür und freute sich, Daniel lachen zu sehen. »Ich habe Ihnen einen Teller mit Essen in die Küche gestellt, Miss Granger«, sagte sie.

»Oh, danke. Und nennen Sie mich ruhig Cassie.« Sie stand auf.

»In Ordnung«, sagte Sarah matt. Sie hatte die Frauen auf den Farmen von einer glamourösen Pilotin sprechen hören und erwartet, eine hochnäsige Frau zu treffen, daher war Cassies bodenständige Art eine angenehme Überraschung.

Mike trat ebenfalls zu ihnen. »Ich setze mich zu Daniel, während er ein bisschen Abendessen zu sich nimmt.« Sarah hatte eine kleine Schüssel Eintopf für Daniel zubereitet, bezweifelte aber, dass er ihn essen würde. Mike hielt die Schüssel in der Hand und bot sie dem Jungen an.

»Okay«, stimmte Daniel zu. »Erzählen Sie mir später noch mehr Geschichten, Cassie?«, fragte er.

»Natürlich«, versprach diese. »Ich wette, Doktor Monroe kann dir auch ein paar erzählen.«

»Was für Geschichten?«, fragte Mike lächelnd und nahm auf dem Stuhl neben Dannys Bett Platz.

»Kennen Sie irgendwelche Geschichten über Kannibalen?«

Mike wirkte überrascht und sah fragend zu Cassie. »Nein.«

Cassie lachte. »Ich dachte, jeder hätte mindestens eine Kannibalengeschichte in petto.«

Kapitel 9

Für Cassie hatte Sarah ein Feldbett aufgestellt, Mike hingegen bestand darauf, die Nacht auf einem Stuhl an Daniels Bett zu verbringen. Er hatte ihm zunächst lustige Geschichten von dem Unfug erzählt, den er und seine Brüder in ihrer Kindheit im Norden von Queensland angestellt hatten, Daniel hatte sich köstlich darüber amüsiert und war dann schließlich eingeschlafen.

Sarah und Brian waren beruhigt, ihren Sohn in den kompetenten Händen von Doktor Monroe zu wissen, und gingen früh zu Bett, nachdem sie sich die letzten drei Nächte voller Sorgen um die Ohren geschlagen hatten.

Cassie erwachte vom Geräusch leiser Stimmen und brauchte einen Moment, um sich zu orientieren. Mondlicht schien durch das Fenster, und am Himmel standen endlos viele Sterne, vermutlich war es mitten in der Nacht. Sofort kam ihr der Gedanke, dass sich Daniels Zustand verschlechtert haben könnte. Sie sprang aus dem Bett und schlich auf Zehenspitzen zu seinem Zimmer. Vor der Tür blieb sie stehen, als sie Daniels leise Stimme vernahm.

»Ich habe Angst, Doktor Monroe«, gestand er schluchzend.

»Du wirst wieder gesund, Daniel, glaub mir«, versicherte Mike ruhig.

»Aber wenn nicht … wenn ich sterbe … Ich weiß nicht, was Mum und Dad dann machen. Ich habe Angst, dass sie das nicht aushalten und irgendwann die Farm verlieren.«

Seine Worte bewegten Cassie zutiefst. Er hatte mehr Angst

um seine Eltern als um sich selbst, und das zeugte von einer Reife und Selbstlosigkeit, die seinem Alter weit voraus waren. Gleichzeitig tat es Cassie in der Seele weh, ihn das sagen zu hören.

»Heutzutage gibt es in der Medizin jeden Tag neue Erkenntnisse. Sobald wir wissen, was genau mit dir los ist, können wir es behandeln. Du wirst wieder gesund, versprochen, und deinen Eltern wird es auch gut gehen.«

»Sagen Sie es nicht Mum und Dad, Doktor Monroe, aber ich habe dolle Angst, dass ich sterbe«, gestand Daniel.

Cassie lehnte sich gegen die Flurwand und legte sich die Hand über den Mund, um ein Schluchzen zu ersticken.

»Jeder hat mal Angst, Daniel. Das ist ganz normal«, hörte sie Mike ruhig sagen. Sie konnte sich gut vorstellen, dass er jetzt die Hand des Jungen in seiner großen Hand barg.

»Sie auch?«

»Ja, ständig.«

»Wovor haben Sie denn Angst?«

Es folgte eine Pause. Cassie lauschte konzentriert. Sie wusste, dass sie nicht hier stehen sollte, aber sie wollte unbedingt Mikes Antwort hören.

»Unter uns gesagt bekomme ich Angst, wenn ich in einem Flugzeug bin«, gab Mike zu.

»Warum?«

Cassie hielt die Luft an und wappnete sich innerlich.

»Nun … Vor einiger Zeit war ich in einer unserer Flugzeuge auf dem Weg zu einer Farm, als der Pilot im Cockpit zusammenbrach.«

Cassie keuchte vor Überraschung leise auf.

»War er ohnmächtig?«, hörte sie Danny fragen.

Mike schwieg einen Moment. »Nein, er ist an einem Herzinfarkt gestorben.«

»Oh! Dann hatten Sie bestimmt Angst, abzustürzen, oder?«, fragte Danny mit der für Kinder so typischen Offenheit.

»Ich war außer mir vor Angst! Noch nie in meinem ganzen Leben hatte ich solche Angst! Ich wusste gar nicht, was ich machen sollte. Noch dazu stand ich unter Schock, weil der Pilot ein guter Freund von mir war und ich immer dachte, er wäre gesund.«

Cassie konnte das alles kaum glauben. Nie hatte sie in Erwägung gezogen, dass seine Ängste von einem solchen Erlebnis stammen könnten.

»Was haben Sie dann gemacht?«, fragte Daniel.

»Ich wusste, wie man das Funkgerät bedient, also habe ich Kontakt zum Kontrollturm am Flughafen in Alice Springs aufgenommen. Sie haben mir erklärt, wie ich den Autopilotmodus einstelle, damit das Flugzeug nicht an Höhe verliert, und dann haben sie einen Piloten herbeigeholt, der mir über Funk Anweisungen geben sollte, wie ich die Maschine landen könnte. Als ich mich ans Steuer setzen sollte, war ich vor Furcht wie gelähmt. Ich hatte Angst, dass ich etwas falsch machen und das Flugzeug zum Absturz bringen würde.«

Cassie war erleichtert, dass nicht sie der Grund für seine Angst vor dem Fliegen war, aber Mike tat ihr furchtbar leid, weil er nach alldem trotzdem jeden Tag ins Flugzeug steigen musste, was einer täglichen Qual gleichkam.

»Und dann?«, fragte Danny.

»Der Pilot sagte mir, dass dem Flugzeug bald der Sprit ausgehen würde und ich dann erst recht abstürzen würde, ich sollte mich also zusammenreißen und seinen Anweisungen folgen. Da habe ich verstanden, dass ich nichts zu verlieren hatte, also habe ich mich ans Steuer gesetzt und gemacht, was man mir sagte. Irgendwie habe ich das Flugzeug auf den Boden gebracht. Es war eine grässliche Landung, das Flugzeug hat auch ordentlich

Schaden genommen, aber ich habe überlebt und hatte nur ein paar unbedeutende Verletzungen.«

»Haben Sie die Tapferkeitsmedaille bekommen?«

»Ich war nicht tapfer, Daniel. Ganz im Gegenteil.«

»Aber ... Wenn Sie Angst vorm Fliegen haben, warum arbeiten Sie dann nicht einfach im Krankenhaus? Sie wären die ganze Zeit am Boden und könnten trotzdem Menschen helfen.«

»Ach, Danny ... Diese Frage stelle ich mir jeden Tag. Und dann helfe ich einem Patienten an einem abgelegenen Ort, der nicht ins Krankenhaus kann, und das erinnert mich jedes Mal wieder daran, warum ich ein fliegender Arzt bin. Die Flying Doctors sind ein Rettungsanker für die Menschen im Outback. Ich stelle mich jeden Tag meinen Ängsten, damit ich Leuten wie dir helfen kann, die mich brauchen.«

»Ich hoffe, Sie besiegen Ihre Angst, Doktor Monroe«, sagte Daniel.

»Danke, Danny. Das hoffe ich auch. Würdest du mir morgen im Flugzeug die Hand halten, dann habe ich nicht so große Angst.«

Cassie lächelte. Ihr war klar, dass er damit Daniel nur von seiner eigenen Angst ablenken wollte.

»Das kann ich gerne machen«, sagte Danny, nun etwas fröhlicher.

»Gut. Und jetzt hör auf, dir Sorgen zu machen und schlaf weiter. Alles wird gut.«

Cassie schlich auch wieder zu Bett. Lange sah sie aus dem Fenster zu den Sternen und dem Mond auf, während ihre Gedanken um Mikes Worte kreisten. Ihr Respekt für ihn war enorm gestiegen. Er hätte die Arbeit bei den Flying Doctors leicht aufgeben können, stattdessen stellte er seine Patienten über seine Ängste, und das machte ihn zu einem besonderen Menschen.

Am nächsten Morgen lief Cassie mit einer Tasse Tee um das Haus herum, gefolgt von den drei Hunden, die in der kühlen Morgenluft aktiver waren als am Vorabend. Sie spähte über einen Zaun auf das sich meilenweit erstreckende Land, als eine Stimme sie aus ihren Gedanken riss.

»Haben Sie gut geschlafen?«

Sie drehte sich um. Hinter ihr stand Mike mit einer Tasse dampfendem schwarzen Tee in der Hand. Er wirkte müde.

»Besser als Sie, würde ich sagen. Wie geht es Ihrem Rücken?«

»Der ist steif, genau wie mein Nacken. Ich muss in einer ungünstigen Position eingenickt sein.« Er stellte sich zu ihr an den Zaun. Schweigend blickten sie über das Land. Zahlreiche Kängurus und Emus liefen umher und fraßen das taufrische Gras.

»Es tut mir leid, dass Sie glauben, Sie wären der Grund für meine Angst vor dem Fliegen«, begann Mike schließlich.

Cassie zögerte einen kurzen Moment, entschied sich dann aber, ehrlich zu sein. »Ich kenne den wahren Grund jetzt«, gestand sie.

Mike sah sie überrascht an.

»Ich bin letzte Nacht aufgewacht und habe Stimmen gehört. Ich dachte zuerst, Dannys Zustand hätte sich verschlechtert, und bin zu seinem Zimmer gelaufen. Und da habe ich gehört, was Sie ihm erzählt haben. Ich wollte nicht stören.« Sie schwieg einen Moment. »Aber ich bin froh, dass ich nicht der Grund für Ihre Angst bin«, fügte sie lächelnd hinzu.

Mike nickte. »Ich bin froh, dass Sie es wissen, und erleichtert, dass ich es nicht noch einmal erzählen muss. Nach dem, was Sie gestern gesagt haben, wollte ich Ihnen bei nächster Gelegenheit die Wahrheit sagen. Es war nicht richtig, dass Sie sich verantwortlich für meine Angst gemacht haben. Um ehrlich zu sein, wundert es mich, dass Kirra oder Jeannie Ihnen nicht erzählt haben, was Bill passiert ist.«

»Sie haben ihn nie erwähnt, und ich habe nicht danach gefragt.«

»Es ist eigentlich kaum zu glauben, aber bis zu diesem Ereignis hatte ich keinerlei Angst vorm Fliegen.«

»Doch, das glaube ich Ihnen, und es tut mir leid, dass Sie Ihren Freund und Piloten auf diese Weise verloren haben.«

»Bill war ein guter Freund und ein hervorragender Pilot. Ich hätte nie gedacht, dass er Probleme mit dem Herzen hat. Er war erst fünfzig und schien sich bester Gesundheit zu erfreuen. Erst wenige Wochen vor seinem Tod hatte er sich bei einem unabhängigen Arzt gründlich durchchecken lassen und eine Bescheinigung erhalten, die er für eine Versicherung brauchte. Ich habe den Bericht gelesen – nichts wies darauf hin, dass er irgendein Problem hatte.«

»Manchmal ist es gar nicht verkehrt, wenn wir nicht wissen, mit was wir leben«, sagte Cassie.

»Das stimmt. Aber ich muss gestehen, dass ich manchmal nach Bills Tod sogar ein wenig neidisch auf ihn war.«

»Neidisch? Warum?« Cassie war erstaunt.

»Er war einfach ... von einem Moment auf den anderen weg. Er hatte keine Zeit, Angst zu haben. Ich hingegen blieb in totaler Panik zurück.«

»Das war bestimmt schrecklich.«

»Ich dachte, ich würde sterben. Das Einzige, wofür ich in dem Moment dankbar war, war, dass keine Patienten und keine Krankenschwester an Bord waren. Bill war schon tot, also blieb nur ich.«

Cassie konnte sich kaum vorstellen, wie groß seine Angst gewesen sein musste.

»Mir war von Anfang an bewusst, dass es schwer für mich werden würde, einen guten Ersatzpiloten für Bill zu finden, und ich habe ganz sicher nicht damit gerechnet, dass es eine Frau sein würde. Aber Sie sind eine sehr gute Pilotin und Kranken-schwester.«

»Danke. Ist Roy deswegen mir gegenüber so feindselig? Weil er Bill gernhatte?«

»Nein, das liegt daran, dass Sie eine Frau sind«, erwiderte Mike grinsend.

Sie lachten beide.

»Wie geht es Danny heute Morgen?« Cassie hatte ihn noch nicht gesehen.

»Er ist schwach, aber gut gelaunt. Seine Mutter bereitet ihn gerade für den Flug nach Alice Springs vor.«

Brian trat zu ihnen. Er hielt eine Schrotflinte in der Hand. »Ich passe auf, dass keine Kängurus auf die Bahn kommen, wenn Sie abheben«, sagte er.

Cassie starrte ihn an. »Ich möchte nicht, dass Sie die Tiere erschießen.«

»Ich werde sie nicht erschießen. Ich feuere in die Luft. Das Geräusch wird sie davonjagen«, erklärte Brian.

»Wann möchten Sie los?«, fragte Cassie Mike.

»Wir frühstücken erst.«

»Dann werden die Wildtiere sich bis dahin vermutlich so-wieso einen sonnengeschützten Ort gesucht haben.« Auch wenn es noch früh am Morgen war, wurde es allmählich heiß.

»Wir werden sehen.« Brian pfiff nach den Hunden und ging mit ihnen davon.

Cassie sah wieder über das Land und lauschte der Stille. »Es ist so friedlich hier.« Sie seufzte.

»Erinnert es Sie an den Ort, an dem Sie aufgewachsen sind?«

»Ja. Die Weite und die Stille sind gleich, und das Gelände ist auch sehr ähnlich. Waren Sie schon mal in Darwin?«

»Ja, aber ich war noch nie auf Cape York oder im Norden von Western Australia.«

»Haben Sie die Florence Falls schon mal gesehen?«

»Nein.«

»Oh, dann müssen Sie unbedingt mal dorthin. Das Wasser fällt herunter und schießt in ein riesiges Wasserloch, in dem man wunderbar schwimmen kann. Stellen Sie sich nur mal vor, auf dem Rücken im kühlen Nass zu liegen, ohne eine Menschenseele in der Nähe. Und Krokodile gibt es dort auch nicht. Es ist wirklich magisch.«

»Klingt himmlisch«, räumte Mike ein.

»Das ist es«, stimmte Cassie zu. »Auf unserer Farm gab es einige Morgen offene Savannenlandschaft für die Tiere, aber auch jede Menge Schatten. Ich habe großes Glück, eine so idyllische Kindheit erlebt zu haben. Wo sind Sie aufgewachsen?«

»In Queensland, in einem Ort namens Innisfail. Er liegt fünf Meilen von der Küste entfernt am Zusammenfluss des North und South Johnstone River, umgeben von großen Gebieten tropischen Regenwaldes, ganz in der Nähe des höchsten Berges in Queensland, Mount Bartle Frere.«

»Das Land dort ist sicher ganz anders als hier.« Cassie deutete auf die rote Erde vor ihnen, auf der vereinzelt Mulga-Büsche und Akazien standen.

»Allerdings. Innisfail ist einer der regenreichsten Orte Australiens. Babinda, neunzehn Meilen weiter nördlich, ist offiziell der regenreichste. Im Sommer fallen mehr als dreißig Zoll Regen, und trocken ist es nur an siebzig Tagen im Jahr.« Er schwieg einen Moment. »Ich hätte nie gedacht, dass ich das mal sagen würde, aber ich vermisse den Regen. Es hat etwas, wenn Regen auf ein Blechdach prasselt«, fügte er lächelnd hinzu.

»Das sehe ich auch so. Regen ist wunderbar, wenn er warm ist.«

»Die Feuchtigkeit im Sommer vermisse ich allerdings gar nicht, die ist kaum auszuhalten.«

»Das ist in Darwin auch so.« Cassie lachte. »Und was hat Ihre Familie da gemacht, in Innisfail? Dort wird doch Zuckerrohr angebaut, oder?«

»Genau. Mein Dad ist Farmer, in der dritten Generation. Er lässt es inzwischen aber ruhiger angehen.«

»Hat er erwartet, dass Sie in seine Fußstapfen treten?«

»Ja, aber er wird sich damit zufriedengeben müssen, dass mein jüngster Bruder die Farm übernimmt.«

»War er enttäuscht, dass nicht Sie das tun?«

»Ich glaube, er wusste immer, dass ich kein Farmer werden wollte.«

»Und warum haben Sie sich für den Arztberuf entschieden?«

»Das liegt an meinem Onkel Marty. Ich stand ihm in meiner Kindheit sehr nahe. Er war ein angesehener Arzt in der Gegend um Innisfail. Auf dem Heimweg von der Schule musste ich an seinem Haus vorbei, und ich bin oft hineingegangen. Manchmal nahm er mich auf dem Pferd oder in der Kutsche mit zu Patienten. Er war vom alten Schlag, aber ich konnte beobachten, was er im Leben anderer Menschen bewirkte, und das hat etwas in mir bewegt. Menschen zu helfen, wurde für mich verlockender, als sie mit Nahrung zu versorgen.« Er lachte.

Das wiederum freute Cassie, und sie lächelte. »Ich musste gerade an den Tag denken, an dem ich am Stützpunkt angekommen bin. Danach habe ich befürchtet, ich würde Sie niemals lächeln sehen, geschweige denn lachen hören.«

»Beim Anblick der vielen Journalisten war ich nicht sicher, was Sie motiviert hat, herzukommen, aber dass Sie aus den richtigen Gründen hier sind, haben Sie inzwischen bewiesen.«

»Frühstück ist fertig!«, rief Sarah in diesem Moment von der Hintertür aus.

Cassie winkte, als Zeichen, dass sie verstanden hatten, dann liefen sie zusammmen zum Haus.

»Sind Sie nervös wegen des Starts gleich?«, wagte Cassie zu fragen.

Mike seufzte. »Ein Nein wäre gelogen, aber ich werde mich auf Daniel konzentrieren, das hilft bestimmt. Er hat mir versprochen, meine Hand zu halten, damit ich keine Angst habe.«

»Er ist ein ganz besonderer Junge, finde ich.«

»Ja, das ist er.«

»Guten Morgen«, grüßte Cassie, als Mike und sie am nächsten Tag zur gleichen Zeit aus ihren Wohnungen traten.

»Guten Morgen«, erwiderte Mike.

»Sind Sie auf dem Weg ins Krankenhaus?«

»Ja, ich wollte zu Danny und nachsehen, ob schon Untersuchungsergebnisse vorliegen.«

»Grüßen Sie ihn von mir, und sagen Sie ihm, dass ich ihn später besuchen komme.«

»In Ordnung. Und was haben Sie an Ihrem freien Tag vor?«

»Ich fliege endlich Jayne Sinclairs Eltern in meinem Flugzeug zur Aldinga Farm, damit sie ihre Enkelin kennenlernen können.«

»Oh, das ist aber nett von Ihnen«, sagte Mike erstaunt.

»Ich habe es Jayne versprochen, weil ihre Eltern selbst keine Möglichkeit haben, zu ihr zu kommen. Ich hole sie gleich ab, ich will nur vorher noch kurz mein Flugzeug kontrollieren. Ich habe Glen ausnahmsweise erlaubt, es zu warten, aber ich prüfe es auf jeden Fall noch mal selbst.«

»Glens Tochter Beth möchte doch auch Pilotin werden, oder?«

»Ja, genau. Sie ist ein bezauberndes Mädchen, voller Begeisterung für das Fliegen. Ich habe sie auf ihrer Geburtstagsfeier kennengelernt. Sie erinnert mich an mich selbst in dem Alter.« Cassie lächelte. »Sie ist jedenfalls genauso ungeduldig, wie ich es mit vierzehn war. Vielleicht erteile ich ihr nächstes Jahr ein paar Flugstunden, wenn ich dann noch hier bin.«

»Sie sind ihr sicher eine Inspiration.«

»Vielleicht. Aber jetzt muss ich los.« Cassie verabschiedete sich zu ihrem Flugzeug.

Mike blickte ihr stirnrunzelnd nach. Sie hatte es so formuliert, als plane sie nicht, am Stützpunkt in Alice Springs zu bleiben, und damit hatte er nicht gerechnet.

Kapitel 10

Später an diesem Sonntag parkte Cassie gerade ihren Wagen auf dem Parkplatz des Stützpunkts, nachdem sie die Sinclairs nach Hause gebracht hatte, als Roy und Mike aus Richtung der Flugzeuge kamen.

Mike blieb bei ihr stehen, Roy hingegen ignorierte sie und lief weiter.

»Wie war Ihr Tag?«, fragte Mike.

»Sehr schön«, antwortete Cassie fröhlich. »Jaynes Eltern sind sehr nett, und sie waren unendlich dankbar, ihre Tochter und Enkelin besuchen zu können. Es war außerdem das erste Mal, dass sie geflogen sind, und das hat ihnen mächtig Spaß gemacht.«

»Das freut mich. Wie geht es Jayne?«

»Es geht ihr viel besser, seit sie nicht mehr versucht, Sophie zu stillen. Der Schlafrhythmus der Kleinen hat sich auch verbessert, dementsprechend ist Jayne erholt und viel gelassener. Es ist bemerkenswert, wie sehr sie sich verändert hat«, sagte Cassie begeistert. »Auf dem Hinflug habe ich ihrer Mutter erzählt, was passiert ist, weil ich weiß, dass Jayne Angst vor einer Predigt über das Stillen hatte. Ihre Mutter hat aber Verständnis gezeigt, das war gut.«

»Und haben Sie Tony kennengelernt?«

»Ja. Er nimmt sich wohl nur selten eine Auszeit, aber heute hat er sich ein paar Stunden freigeschaufelt, um Zeit mit seinen Schwiegereltern zu verbringen. Es war alles sehr nett, und Jayne wusste das sehr zu schätzen. Wir haben ungefähr eine Stunde geredet, dann bin ich spazieren gegangen, damit die Familie etwas Zeit für sich hat.«

»Das war wieder einmal sehr aufmerksam von Ihnen, wäre aber nicht nötig gewesen«, merkte Mike an.

»Ich weiß, aber ich wollte es so. Außerdem hatte ich dadurch einen Vorwand, um zu den Pferden zu gehen. Ich vermisse den Umgang mit Pferden, und dort stehen zwei bezaubernde kleine Fohlen, erst wenige Wochen alt, das war schön. Danach haben wir noch Kaffee getrunken. Dabei habe ich übrigens auch von der langen Tradition der Farm erfahren, und dass Jaynes Vater mal für Tonys Vater gearbeitet und ihm das Leben gerettet hat.«

»Ja, das stimmt. Das ist eine spannende Geschichte. Hat man Sie Ihnen erzählt?«

»Nicht im Detail. Was ist passiert?«

»Als Walter Sinclair die Aldinga Farm kaufte, hat er Jaynes Vater Kevin als Farmarbeiter eingestellt.«

»Kevin hat auf dem Flug nur erwähnt, dass er mal für Walter gearbeitet hat, wollte aber nicht im Detail über diese Zeit sprechen.«

»Er ist zu bescheiden und mag es nicht, wenn man ihn als Helden bezeichnet, aber genau das ist er.«

»Ein Held? Warum?«

»Man erzählt, dass Walter eines Tages mit dem Traktor zu schnell und in einem falschen Winkel einen Hang hinuntergefahren ist. Der Traktor hat sich überschlagen und Walter unter sich eingeklemmt. Er wäre gestorben, wenn Kevin und ein anderer Arbeiter nicht in der Nähe gewesen wären und alles beobachtet hätten. Sie sind ihm sofort zu Hilfe geeilt, und Kevin hat den Traktor so weit angehoben, dass der andere Helfer Walter darunter hervorziehen konnte. Der Traktor hatte Walters Brustkorb gequetscht, sodass er keine Luft mehr bekam. Wenn Kevin nicht so schnell gehandelt hätte, wäre er innerhalb weniger

Minuten gestorben. Aber wie Sie sich denken können, braucht es übermenschliche Kräfte, um einen Traktor anzuheben. Die Geschichte hätte niemand geglaubt, wenn der andere Farmhelfer sie nicht miterlebt und bestätigt hätte. Als die anderen Farmarbeiter davon hörten, baten sie Kevin, den Traktor noch einmal anzuheben, weil sie sehen wollten, ob das möglich ist. Er versuchte es, aber ein zweites Mal gelang es ihm nicht.«

»Er hat in dem Moment die Kraft aufgebracht, weil es um Leben und Tod ging«, sagte Cassie.

»Ja, das denke ich auch. Walter war ihm dafür unendlich dankbar. Und er war begeistert, als ihre Kinder heirateten und die Familien dadurch vereint wurden. Und jetzt ist schon die nächste Generation da.«

»Ja, es war schön, alle so zufrieden zu sehen. Tony hat auch einen Helfer eingestellt, was zur Folge hat, dass auch er weniger müde ist und mehr Zeit mit seiner Tochter verbringen kann, die sich von einem Schreihals zu einem glücklichen und zufriedenen Baby entwickelt hat.«

»Das freut mich zu hören.«

»Ich glaube, sie werden gut zurechtkommen.«

Sie machten sich auf den Weg zu den Wohneinheiten. »Hatten Sie einen Einsatz?«

»Ja. Ein vermeintlich gebrochener Arm stellte sich als ausgekugelter Ellbogen heraus, den ich wieder richten konnte.«

»Autsch.« Allein beim Gedanken daran verspürte Cassie Schmerzen.

»Holen Sie Kirra heute Abend aus der Stadt ab?«

»Nein, sie bleibt etwas länger, einer ihrer vielen Onkel ist zu Besuch. Er bringt sie später zurück.«

»Ich wollte in die Stadt, Fish and Chips essen, weil ich heute überhaupt keine Lust habe zu kochen«, sagte Mike.

»Ach, das klingt gut«, erwiderte Cassie sehnsüchtig. »Ich

werde mir nur wieder einen langweiligen Salat machen und dann Daniel im Krankenhaus besuchen.«

»Warum kommen Sie nicht einfach mit auf eine Portion Fish and Chips? Dann können wir danach gemeinsam zum Krankenhaus gehen. Ich wollte noch mal nach ein paar Patienten sehen, darunter auch Daniel. Die Ergebnisse der Blutuntersuchung waren noch nicht da, ich hoffe, dass das dann anders ist.«

»In Ordnung, sehr gerne. Geben Sie mir nur ein paar Minuten, um mich frisch zu machen«, sagte Cassie.

»Hallo, Daniel.« Cassie steckte den Kopf durch den Vorhang, der um sein Bett gespannt war.

Daniel war beinahe eingedöst, doch seine Miene hellte sich auf, als er sie sah. »Hallo, Cassie.«

»Wie geht es dir?«

»Genauso wie vorher«, sagte er verzagt.

»Doktor Monroe untersucht gerade noch einen anderen Patienten, dann kommt er auch zu dir.« Cassie bemerkte die blauen Flecken an seinen zarten Armen, dort, wo man ihm Blut abgenommen hatte.

»Er weiß noch nicht, was mit mir nicht stimmt«, sagte Daniel besorgt.

»Nein, aber er findet es bald heraus.«

Daniel senkte den Kopf. Ihm war anzumerken, dass er Angst vor dem Ergebnis hatte. Cassie hoffte nach wie vor, dass es etwas Unkompliziertes war, das sich behandeln ließ.

»Wenn ich nach Adelaide in ein anderes Krankenhaus muss, kann Mum dann mitfahren?«, fragte Danny. Sarah hatte auf der Farm bleiben müssen, um Brian beim Ablammen der Schafe zu helfen, würde aber morgen ins Krankenhaus kommen.

»Ich denke schon. Falls nicht, fliege ich sie nach Adelaide.«

»Wirklich?« Daniel klang erleichtert.

»Natürlich. Deinen Dad bringe ich auch mit.«

»Er kann nicht von der Farm weg.«

»Da würden wir sicher einen Weg finden«, sagte Cassie. »Nichts ist wichtiger als du, und nichts ist unmöglich, Daniel. Merk dir das.«

Danny griff nach ihrer Hand. »Ich bin froh, dass Sie bei den Flying Doctors arbeiten, Cassie.«

Cassie sah auf seine kleine Hand hinab und spürte einen Kloß in der Kehle. »Ich auch«, brachte sie hervor.

Mike war ins Zimmer gekommen und hatte einen Moment hinter dem Vorhang verharrt, darum hatte er den letzten Teil der Unterhaltung mitbekommen. Cassie bewirkte tatsächlich etwas in den Leben anderer Menschen, und er hoffte, dass sie nicht vorhatte, nach einer kurzen Zeit am Stützpunkt zu kündigen.

»Was hast du zu Abend gegessen, Danny?«, fragte Cassie.

»Fish and Chips, aber sie waren trocken und eklig, ich habe nicht viel gegessen«, klagte er.

»Wir haben gerade in der Stadt Fish and Chips gegessen, die waren lecker. Wenn ich das gewusst hätte, hätte ich dir welche mitgebracht.«

»Macht nichts. Ich habe sowieso keinen Hunger«, sagte Danny traurig.

»Hallo, junger Mann«, sagte Mike, der in dem Moment hinter den Vorhang trat und den Jungen herzlich anlächelte, bevor er sich aufs Bett setzte.

»Hallo, Doktor Monroe«, sagte Danny zaghaft.

»Ich habe gerade mit deiner Mutter telefoniert«, verkündete Mike.

»Geht es ihr gut? Sie vermisst mich bestimmt.«

»Ja, sie vermisst dich, aber sie ist sehr glücklich, weil wir herausgefunden haben, was mit dir los ist und wie wir das wieder in den Griff bekommen.«

Cassie freute sich für Danny. »Wie wundervoll!«

»Was ist denn mit mir?«, fragte Danny.

»Das, was du hast, nennt man Anämie oder Blutarmut. Das bedeutet, dass dir Eisen fehlt. Deine roten Blutkörperchen brauchen aber Eisen, um ein Protein zu bilden, das Hämoglobin heißt und dabei hilft, den Sauerstoff von der Lunge in alle anderen Teile deines Körpers zu transportieren. Deswegen bist du so blass und müde. Warum dir das Eisen fehlt, müssen wir herausfinden, das kann verschiedene Gründe haben. Es könnte zum Beispiel sein, dass du einfach nicht genug eisenreiche Nahrungsmittel isst, oder du isst genug davon und dein Körper nimmt das Eisen einfach nicht auf. Ich werde dich jetzt hier behandeln, und wenn ich damit fertig bin, kannst du nach Hause. Da musst du dann Lebensmittel essen, die viel Eisen enthalten.«

»Und welche sind das?«

»Rotes Fleisch, Hülsenfrüchte und grünes Gemüse wie Spinat. Das habe ich deiner Mutter auch schon erklärt.«

Danny verzog das Gesicht. »Fleisch mag ich, aber Spinat finde ich nicht so toll.«

»Du musst alles essen, was deine Mutter dir kocht«, beharrte Mike.

»Wenn das heißt, dass ich nach Hause kann, mach ich's«, versprach Danny.

»Gut«, sagte Mike. »Du möchtest doch groß und stark wie dein Dad werden, oder?«

»Ja.« Danny entspannte sich sichtlich.

»Gut, wir legen jetzt gleich los. Ich habe gehört, die Fish and Chips heute waren nicht besonders lecker, oder?«

Danny nickte und rümpfte die Nase.

»Na, dann sehe ich mal, ob der Koch dir etwas Fleisch und Gemüse zubereiten kann, ja? Und das isst du dann, okay?«

»Darf ich danach ein Eis haben?«

Mike tat, als würde er darüber nachdenken. »Nur wenn du aufisst«, sagte er.

»Jetzt reden Sie wie meine Mum.« Danny grinste.

»Ich sorg dafür, dass er alles isst«, versprach Cassie.

»Gut. Ich habe deiner Mutter gesagt, sie muss morgen nicht den ganzen Weg in die Stadt auf sich nehmen. Cassie fliegt dich nach Hause, sobald wir hier fertig sind, ja?«

»Au ja!«, sagte Danny fröhlich.

»Ich komme später noch mal vorbei, wenn ich nach ein paar anderen Patienten gesehen habe«, sagte Mike.

»Danny hat sich ein bisschen schwergetan, aber er hat fast alles aufgegessen«, sagte Cassie auf der Rückfahrt zum Stützpunkt. »Er ist unglaublich erleichtert, dass Sie herausgefunden haben, was mit ihm los ist, und dass er bald nach Hause kann. Ich vermute, er bekommt eine Bluttransfusion?«

»Ja, genau. Danach wird er sich wesentlich besser fühlen. Falls sich sein Zustand wieder verschlechtert, heißt das, sein Körper kann kein Eisen aufnehmen. In dem Fall müssen wir einen Spezialisten für Pädiatrische Hämatologie in Adelaide aufsuchen.«

»Dann hoffen wir mal, dass eine Ernährungsumstellung reicht«, erwiderte Cassie.

»Ja, hoffen wir es. Ich möchte am liebsten keine Nahrungsergänzungsmittel verschreiben, weil sie Nebenwirkungen haben.«

Als Cassie am nächsten Morgen die Zentrale betrat, war sie überrascht, dass Kirra nicht da war. »Sie ist letzte Nacht offenbar nicht zurückgekommen«, sagte sie zu Jeannie. »Wo könnte sie sein?«

»Ich weiß es nicht, sie hat auch nicht angerufen. Ich mache mir langsam Sorgen. Hoffentlich ist alles in Ordnung.«

»Soll ich mal zu ihrer Mutter in die Stadt fahren?«, bot Cassie an.

»Ja, das wäre gut. Halt am besten auch schon auf dem Weg Ausschau nach ihr. Falls ihr Onkel sie aus irgendeinem Grund nicht bringen konnte, läuft sie wahrscheinlich zu Fuß her.«

»Guten Morgen«, sagte Mike, der den Raum betrat. Cassie bemerkte, dass er frisch rasiert und sein Haar noch feucht von der Dusche war. Sie hätte blind sein müssen, um nicht schon vorher gemerkt zu haben, dass er ein attraktiver Mann war, doch in diesem Moment regte sich etwas in ihrem Inneren. Eilig wandte sie den Blick ab und mahnte sich, dass ihre Beziehung rein professioneller Natur war.

»Sie sehen besorgt aus. Ist ein Notruf eingegangen? Werden wir irgendwo gebraucht?«, fragte er gleich.

»Kirra ist nicht da. Ihr Onkel hat sie gestern Abend nicht hergebracht, wir machen uns Sorgen«, erklärte Jeannie. »Cassie hat gerade angeboten, loszufahren und nach ihr zu suchen. Ist das in Ordnung?«

Mike runzelte die Stirn. »Natürlich, fahren Sie nur. Das passt wirklich nicht zu Kirra. Sie ist sehr zuverlässig und pünktlich.«

In dem Moment leuchtete die Lampe des Funkgeräts auf, und Jeannie nahm einen Anruf entgegen.

Cassie zögerte.

»Ist schon in Ordnung, fahren Sie nur. Ich komme hier zurecht«, versicherte Mike ihr.

Doch Cassie entging nicht, dass er sich unwohl fühlte Sie dachte an Roy, der am Abend erst spät nach Hause gekommen war, was meist bedeutete, dass er lange im Pub getrunken hatte.

»Sind Sie sicher, dass ich nicht hierbleiben und Sie fliegen soll?«

»Ich komme zurecht«, beharrte Mike.

»Ich bin so schnell wie möglich wieder da«, versprach sie.

Cassie hatte die Stadt schon fast erreicht, als sie Kirra auf der anderen Straßenseite entdeckte, wo diese in Richtung Stützpunkt lief. Cassie wendete und fuhr dicht an ihre Kollegin heran.

Eilig kletterte Kirra in den Wagen. Sie schwitzte, denn sie war sehr schnell gelaufen, und die Sonne brannte schon jetzt intensiv vom Himmel. »Ich bin so froh, dich zu sehen«, sagte sie atemlos.

»Ich freue mich auch, dich zu sehen«, sagte Cassie, während sie den Wagen wieder auf die Straße lenkte. »Und ich bin erleichtert, dass es dir gut geht. Wir haben uns Sorgen gemacht.«

Kirra lehnte den Kopf gegen den Sitz und versuchte, zu Atem zu kommen.

»Ich war gestern Abend mit Doktor Monroe in der Stadt, wir hätten dich mit zum Stützpunkt nehmen können, wenn wir gewusst hätten, dass dein Onkel dich nicht bringt«, warf Cassie ein.

»Das war da noch nicht abzusehen. Es sind ziemlich viele Familienmitglieder gekommen, um meinen Onkel Jarrah zu treffen, und es war schon spät, als wir endlich losgefahren sind. Aber wir waren noch nicht weit gekommen, da brach eine Achse an seinem alten Auto. Onkel Jarrah wollte mich nicht im Dunkeln laufen lassen, also musste ich bei Mum bleiben. Er ist früh aufgestanden, um das Auto zu reparieren, aber das wird Stunden dauern, da bin ich schon mal losgelaufen. Ist Doktor Monroe wütend, weil ich so spät dran bin?«

»Nein, den Eindruck hatte ich nicht. Eher besorgt wie Jeannie und ich.«

Kirra atmete erleichtert auf. »Was hast du denn gestern Abend mit dem Doc in der Stadt gemacht? Hat er dich zum Essen ausgeführt?« Sie grinste.

Cassie warf ihr einen kurzen Blick zu. »Nein … na ja, nicht direkt.«

Kirra blickte sie neugierig an. »Was heißt das?«

»Wir haben Fish and Chips gegessen und dann Daniel Wakefield von der Morilla Farm im Krankenhaus besucht.«

»Soso«, sagte Kirra mit einem Funkeln in ihren dunkelbraunen Augen.

»Nein, so ist es nicht«, beharrte Cassie. »Wir wollten ihn beide besuchen, also sind wir zusammen gefahren. Es war alles vollkommen harmlos und professionell.«

»Ganz bestimmt«, erwiderte Kirra mit hochgezogenen Brauen.

»Möchtest du doch lieber laufen?« Cassie grinste.

»Ich kann dazu nur sagen, dass er viel besser drauf ist, seit du bei uns arbeitest. Jeannie ist das auch aufgefallen.«

»Ich nehme an, dass es für ihn eine Erleichterung ist, zwei Piloten zu haben. Da kann man schon mal gute Laune bekommen.«

»Kann sein«, sagte Kirra. »Oder … vielleicht hat es damit zu tun, dass diese neue Pilotin zufällig eine Wucht ist.«

»Ach, hör auf. Lass uns über was anderes reden. Warum hast du mir eigentlich nie erzählt, was mit meinem Vorgänger Bill passiert ist? Ich dachte, Doktor Monroe wäre meinetwegen so nervös beim Fliegen.«

»Wirklich?«, fragte Kirra überrascht. »Ich habe mich vermutlich einfach daran gewöhnt, dass er jetzt immer so nervös ist. Mir fällt das nicht einmal mehr auf, schließlich geht das schon seit Monaten so.«

»Wenn ich das gewusst hätte, hätte ich es verstehen können.«

»Jeannie und ich dachten, es wäre keine besonders gute Idee, einer neuen Pilotin gleich zu erzählen, dass sie jemanden ersetzt, der während des Fluges einen Herzinfarkt erlitten hat, vor allem, wenn diese Pilotin dieselbe Maschine fliegt.«

Cassie stockte kurz. »Kein Wunder, dass er nicht vorne neben mir sitzen möchte.«

Kirra zuckte mit den Schultern. »Wir haben uns auch daran gewöhnt, das Thema nicht anzuschneiden, wenn der Doc in der Nähe ist, um ihn nicht an den schlimmsten Tag seines Lebens zu erinnern.«

»Das verstehe ich, aber ich dachte wirklich, es würde ihn nervös machen, bei einer Frau mitzufliegen.«

»Du bist eine gute Pilotin, Cassie.«

»Danke.«

Als sie auf den Parkplatz fuhren, bemerkten sie, dass eines der Flugzeuge fehlte. Glen hockte neben dem anderen, Cassie wusste, dass eine Instandhaltung auf dem Plan stand.

»Sieht aus, als wäre der Doc mit Roy bei einem Einsatz«, sagte Kirra.

»Ich hoffe, Roy geht es gut.«

»Ganz bestimmt.«

Cassie war sich dessen nicht so sicher.

Kapitel 11

Mike stieg mit einem mulmigen Gefühl zu Roy ins Flugzeug. Sein Pilot war in der Nacht erst spät nach Hause gekommen und hatte in seiner Wohnung herumgepoltert, was Mike durch die Wand nur zu deutlich mitbekommen hatte. Mike wusste, dass er getrunken hatte, und der Gedanke daran, an diesem Morgen mit ihm zu fliegen, löste Angst in ihm aus. »Bist du sicher, dass du fliegen kannst, Roy? Du siehst nicht gut aus.«

Der Pilot schnallte sich im Cockpit an, und Mike fiel auf, dass seine Hände zitterten.

»Mir geht es gut«, blaffte Roy. »Darf man jetzt nicht mal mehr schwitzen, wenn es heiß ist?«

Mike fand, dass er blass war und seine Augen trüb wirkten, aber er wollte ihn nicht noch mehr verärgern und nahm seinen Platz hinten im Flugzeug ein.

Sobald sie in der Luft waren, schnellte Mikes Angstlevel in die Höhe, und das wurde durch sein ungutes Bauchgefühl noch verstärkt. Er begann stark zu schwitzen. Obwohl es noch so früh war, griff er nach seiner Flasche mit Brandy, doch zu seinem Schrecken musste er feststellen, dass sie leer war. Die einzige Ablenkung, die ihm blieb, war der Gedanke an den Jugendlichen in Tennant Creek, der ihn brauchte, aber selbst das half nicht.

Immer wieder blickte er zu seinem Piloten. Er konnte von seinem Sitzplatz aus nur sein Profil sehen, aber das reichte schon. Außerdem presste sich Roy eine Hand an den Bauch.

»Alles okay, Roy?«, rief Mike ihm eine halbe Stunde später zu. »Du siehst grässlich aus, und schieb es nicht wieder auf die Hitze.«

»Hör auf, zu fragen«, brummte Roy. »Ich sagte doch ... mir geht's gut.«

Mike beobachtete ihn weitere zwanzig Minuten lang voller Angst, bevor Roy plötzlich aufstöhnte und sich vornüberbeugte. Mike schnallte sich ab und rutschte zum Cockpit.

»Roy! Was ist los? Und sag nicht ›nichts‹, das kaufe ich dir nicht ab.«

Roy richtete sich wieder auf. Er biss die Zähne zusammen, sein eigentlich gebräuntes Gesicht war aschfahl. »Bauch...schmerzen«, keuchte er, während ihm Schweißperlen über das Gesicht liefen.

»Das sehe ich«, fuhr Mike ihn an. »Ich sehe auch, dass sie akut sind. Wie zur Hölle konntest du nur denken, du könntest mit solchen Schmerzen sicher fliegen? Jetzt steht unser beider Leben auf dem Spiel.« Mike atmete tief durch in dem Versuch, die Panikattacke abzuwehren. »Um Himmels willen, lande irgendwo ... sofort ... bevor wir abstürzen«, sagte er. »Und bevor du ohnmächtig wirst.« Er konnte nicht glauben, dass sich die Geschichte gerade wiederholte.

Roy blickte aus dem Fenster zum Boden und flog eine Steilkurve nach rechts.

»Was machst du?« Mike klammerte sich am Copilotensitz fest, zweifelnd, ob Roy noch die Kontrolle über das Flugzeug hatte.

»Der Stuart Highway«, keuchte Roy, während sie zügig an Höhe verloren.

»Was ist damit? Willst du darauf landen?«

Roy schloss die Augen, und Mike erschrak fast zu Tode.

»Bleib wach, Roy!«, schrie er und rüttelte ihn an der Schulter. »Ich sehe den Stuart Highway. Bring das Flugzeug auf den Boden«, beharrte er.

Roy sah erneut kurz aus dem Seitenfenster. Er hielt den Steuerknüppel in einer Hand und presste die andere gegen seinen Bauch, während das Flugzeug sank. Ihm schien vor Schmerz schwindlig zu sein.

Mike langte nach dem Funkgerät und rief in der Zentrale an. »Roy geht es nicht gut!«, rief er atemlos, als Jeannie antwortete. »Ich weiß nicht, ob er landen kann, bevor wir abstürzen.«

»Oh Gott, nein!«

»Er will versuchen, auf dem Stuart Highway zu landen!«, rief Mike ins Funkgerät. »Roy! Bleib wach!«, schrie er dann den Piloten an.

Cassie erschien in der Tür und eilte an Jeannies Seite. »Was ist passiert?«

Jeannie erklärte ihr knapp die Situation.

Cassie keuchte. »Ich wusste, dass das passieren würde!«, rief sie wütend. »Wo sind sie?«

»Irgendwo am Stuart Highway, auf dem Weg nach Tennant Creek«, sagte Jeannie. »Wie sieht es aus, Mike?«, fragte sie ins Mikrofon.

»Nicht gut«, entgegnete Mike. »Roy, bring das verdammte Flugzeug auf den Boden, so schnell du kannst!«, schrie er. Er wischte den Schweiß von Roys Gesicht, der ihm in die Augen lief, und sah aus dem Fenster. Sie befanden sich weiterhin im Sinkflug, und als sie etwa auf zweihundert Fuß Höhe waren, erstreckte sich der Stuart Highway vor ihnen wie ein raues Band.

Cassie schnappte sich das Mikrofon. »Wo sind Sie, Doktor Monroe? Wie weit vom Tennant Creek entfernt?« Sie warf einen Blick auf die Armbanduhr und stellte im Kopf Rechnungen bezüglich Fluggeschwindigkeit und Entfernung an.

»Wo sind wir, Roy?«, fragte Mike, doch der Pilot antwortete nicht. »Roy! Wo sind wir?«

»Südlich vom Barrow Creek«, wisperte Roy.

Mike sah auf die Straße, die nun nur noch hundert Fuß unter ihnen lag. Sie waren immer noch so schnell, dass sie bei einem Aufprall sterben würden. »Südlich vom Barrow Creek«, rief Mike in das Funkgerät. »Roy wird gleich auf dem Highway landen.« In diesem Moment bemerkte er einen Truck vor ihnen auf dem Highway, die Distanz verringerte sich in furchterregender Geschwindigkeit. Entsetzen packte ihn. »Oh Gott! Wir stoßen gleich mit einem Truck zusammen!«, schrie er. »Noch nicht landen, Roy, ein Truck kommt geradewegs auf uns zu!«

Der Truck war jetzt so nah, dass Mike den erschrockenen Gesichtsausdruck des Fahrers sehen konnte. Roy reagierte nicht, er schloss immer wieder die Augen, als würde er gegen die Ohnmacht ankämpfen. Mike war sicher, dass sie gleich sterben würden.

Doch irgendwie gelang es Roy, sie lange genug in der Luft zu halten, damit der Truck unter ihnen durchfahren konnte, dann senkte er die Flugzeugnase wieder Richtung Straße. Es gab einen heftigen Ruck, als der Bug auf der Straße aufschlug. Roy zog den Steuerknüppel wieder hoch, um den Bug etwas zu heben und das Heck auf den Boden zu bringen, das ebenfalls hart auf der Straße aufschlug. Dann verlor er das Bewusstsein.

»Oh, Gott«, stieß Mike aus. »Bremsen, Roy, bremsen!«

»Was ist los?«, hörte er Jeannies Stimme aus dem Funkgerät. »Seid ihr gelandet?«

Mike ließ seinen Blick hektisch über die Instrumente gleiten und versuchte sich zu erinnern, was er tun musste, um das Flugzeug zu bremsen. Er erkannte den Gashebel, beugte sich über den besinnungslosen Roy und löste den Hebel, in der Hoffnung, die Drehzahl zu senken und das Flugzeug in den Leerlauf zu bringen. An die Seitenruder kam er nicht heran. Gleichzeitig sah er immer wieder auf die Straße, er konnte nur hoffen, dass keine weiteren Fahrzeuge kamen.

Dann geschah alles sehr schnell. Das Flugzeug wechselte von einer Fahrspur auf die andere, ruckelte über Schlaglöcher. Mike gelangte an die Feststellbremse und zog daran. Das Flugzeug schwang zur Seite, kam von der Straße ab und pflügte durch Gestrüpp. Büsche und Schutt schlugen laut knallend gegen das Fahrgestell. Dann krachte die Flugzeugnase mit einem gewaltigen Ruck gegen einen Felsen. Das Heck schwang herum, ein Flügel schlug gegen den Boden, und die Maschine kam gewaltsam zum Stehen. Mike wurde durch den Innenraum geschleudert und schlug mit dem Kopf gegen die Kabinenverkleidung. Roy war nach wie vor bewusstlos, sein Anschnallgurt hielt ihn an seinem Platz, sein Kopf schlug zur Seite, doch er regte sich ansonsten nicht.

In der Zentrale in Alice Springs verstummte das Funkgerät und wurde still – beängstigend still. Jeannie und Cassie sahen sich schockiert an.

»Du denkst doch nicht …«, wisperte Jeannie schließlich und schluchzte auf.

Cassie schluckte. »Versuch noch einmal, Kontakt aufzunehmen«, bat sie dringlich.

Jeannie nahm das Mikrofon in die Hand und funkte das Flugzeug erneut an.

Mike hörte ihre verzweifelte Stimme, war jedoch nicht in der Lage zu antworten. Er lag zusammengesackt auf dem Boden der Maschine, unfähig, sein heftiges Zittern zu kontrollieren oder ein Wort hervorzubringen. Langsam sackte in sein Bewusstsein, dass er ein zweites Mal dem Tod ins Auge geblickt und doch überlebt hatte. Er versuchte, einzelne Körperteile zu bewegen, um sicherzugehen, dass er wirklich am Leben war, zuerst einen

Fuß, dann eine Hand. Er schien unversehrt, und das war ein Wunder.

Mehrere Minuten verstrichen, bis er schließlich zur Tür kroch und sie aufschob. Dann beugte er sich hinaus und übergab sich.

Als Mike nicht antwortete, fasste Cassie einen Entschluss und rannte aus dem Büro. Sie wusste, dass Glen bei dem Flugzeug der Flying Doctors gerade eine Instandhaltung durchführte, aber sie hatte immer noch ihre eigene Maschine.

»Was ist los?«, fragte Glen, als sie herbeistürmte, um ihr Flugzeug für den Start vorzubereiten.

»Roy und Mike hatten mit der anderen Maschine wahrscheinlich einen Unfall«, rief sie ihm zu.

»Was?« Er eilte an ihre Seite. »Weißt du, wo?«

»Irgendwo auf dem Stuart Highway, südlich vom Barrow Creek«, erwiderte Cassie.

Glen erblasste. »Was ist passiert? Es lag doch sicher nicht am Motor, oder?«

»Nein. Roy ging es nicht gut, und er hat versucht, zu landen. Ich weiß nicht, was passiert ist, aber ich fliege jetzt los und suche sie.«

»Ich komme mit.« Glen streifte die Handschuhe ab und warf sie beiseite. »Vier Augen sehen mehr als zwei, und vielleicht brauchst du am Boden meine Hilfe.«

Cassie widersprach nicht. Sie vertraute ihm, und seit der Geburtstagsfeier seiner Tochter duzten sie sich sogar. »Hol bitte noch den Erste-Hilfe-Koffer aus dem Flugzeug«, sagte sie lediglich.

»Ich habe Roy gesagt, dass er mit diesen Geschwüren nicht fliegen soll«, echauffierte sich Cassie, sobald sie in der Luft waren.

»Aber er war natürlich wie immer nur arrogant und hat gesagt, ich soll mich um meine eigenen Angelegenheiten kümmern. Wenn Mike seinetwegen ums Leben gekommen ist ...« Sie konnte ein Schluchzen kaum unterdrücken.

»Das darfst du nicht mal denken.« Glen legte ihr tröstend die Hand auf den Arm. »Lass uns lieber davon ausgehen, dass es ihnen gut geht.«

»Wenn Mike überlebt hat, wird er nie wieder fliegen.«

»Da hast du wahrscheinlich recht. Nach Bills Tod war er ziemlich am Ende. Um ehrlich zu sein, dachte ich schon da nicht, dass er je wieder in ein Flugzeug steigen würde. Aber er ist ein sehr engagierter Arzt, die Patienten kommen bei ihm immer an erster Stelle.«

Sie flogen eine Weile schweigend, blickten aus dem Fenster und hingen ihren Gedanken nach. Immer wieder verscheuchte Cassie das Bild vor ihrem inneren Auge, wie Roy und Mike schwer verletzt am Boden lagen, attackiert von Fliegen und Ameisen. Lange würden sie nicht durchhalten.

Glen sah wieder aus dem Fenster. »Ich hoffe, wir haben sie nicht übersehen«, sagte er stirnrunzelnd.

»Barrow Creek liegt etwa einhundert Meilen vor uns, also müssten sie irgendwo in diesem Abschnitt sein.« Cassie sah aus ihrem Seitenfenster auf den Highway. »Wir haben Glück, dass kein Verkehr herrscht, aber es wäre natürlich gut, wenn jemand vorbeigekommen ist.« Sie war sicher, dass die beiden Hilfe brauchten.

Konzentriert ließen sie ihre Blicke über die öde, trockene Landschaft gleiten.

Plötzlich kam Leben in Glen. »Ich glaube, ich sehe das Flugzeug!«, rief er und zeigte nach links.

Cassie fokussierte ihren Blick. »Wo? Ich sehe nichts.« Glen musste sich irren. Doch in diesem Moment bemerkte sie auf der roten Erde und dem grauen Gestrüpp etwas Weißes. Sie flog tiefer, um sich zu vergewissern, und erkannte schließlich das Flugzeug, das teilweise von Ästen verdeckt war.

Dann sah sie Mike, der ihnen zuwinkte, und eine Welle der Erleichterung überwältigte sie. »Da ist Mike!«, rief sie. »Er lebt!«

»Ein Glück«, stieß Glen hervor, auch er wirkte erleichtert. Er beugte sich leicht vor. »Das Heck des Flugzeugs sieht intakt aus. Ich bezweifle aber, dass das auch für die Nase und das Fahrwerk gilt.«

Das fürchtete Cassie auch. Sie hatte ihre schlimmste Angst für sich behalten, dass das Flugzeug nach dem Unfall explodiert war, und war jetzt zutiefst erleichtert, dass dieses Szenario nicht eingetreten war.

Sie kreiste noch eine Runde und landete dann mit der Schnauze in Richtung Süden auf dem Stuart Highway. Kaum hatte sie den Motor abgestellt, rannten sie beide zur Unfallstelle.

Cassie hätte Mike am liebsten umarmt, hielt sich aber zurück. »Alles okay?«, fragte sie und ließ prüfend den Blick über ihn gleiten.

»Ja, mir geht es gut. Ich bin nur etwas wackelig auf den Beinen.« Er blickte zu Roy, den er aus dem Cockpit geholt und auf eine Krankentrage in den Schatten neben dem Flugzeug gelegt hatte. »Er ist stabil, aber es geht ihm nicht gut. Ich glaube, ein Geschwür ist geplatzt. Ich habe ihm etwas gegen die Schmerzen injiziert, aber er muss schnell ins Krankenhaus, damit er operiert werden kann.«

Cassie bedachte Roy mit einem wütenden Blick. »Dann los«, sagte sie.

Glen hatte kurz das Flugzeug inspiziert. Der Schaden am Fahrwerk war offensichtlich. Es sah schlimm aus, würde aber hoffentlich zu reparieren sein. »Ihr hattet großes Glück«, sagte er zu Mike, während er prüfte, ob Benzin aus dem Tank tropfte.

»Ja, ich weiß. Jetzt hilf mir mal mit der Trage, Glen«, bat Mike.

Als Roy in Cassies Flugzeug verladen war, wandte Cassie sich an Mike. »Sind Sie bereit, wieder in ein Flugzeug zu steigen?«

Mike atmete tief durch. »Es gibt tausend Dinge, die ich lieber tun würde, aber es hilft ja nichts«, sagte er ernst. »Ich muss bei Roy bleiben.«

Cassie nickte ihm aufmunternd zu. »Okay, dann wollen wir mal.« Sie kletterte ins Cockpit und startete den Motor.

»Da vorne kommt ein Viehtransporter«, wisperte Glen neben ihr. Die Straße war gerade und der Truck groß und nicht zu übersehen. Ein voll beladener Viehtransporter konnte nicht schnell abbremsen, daher musste Cassie zügig handeln.

»Ich sehe ihn.« Sie gab Gas, steuerte direkt auf den Transporter zu. Konzentriert beobachtete sie, wie die Distanz zwischen ihnen sich immer weiter verringerte. Ihr Puls stieg, als sie noch einmal maximal beschleunigte, aber sie war sicher, dass sie rechtzeitig in die Luft steigen würden.

»Schaffen wir das?«, flüsterte Glen hörbar besorgt neben ihr.

»Das werden wir gleich herausfinden«, sagte Cassie lächelnd und zog das Höhenruder nach oben. Sie konnte nur hoffen, dass Mike die Augen geschlossen hatte.

Das Flugzeug hob ab, und Cassie atmete tief durch, als sie über den Truck hinweg waren. Der Fahrer hupte wild, und auch Glen stieß einen Seufzer der Erleichterung aus.

Sobald sie sich auf Flughöhe befanden, funkte Cassie Jeannie an.

»Sag den beiden, wie erleichtert ich bin«, bat Jeannie, nachdem Cassie ihren Bericht beendet hatte. »Ich kümmere mich darum, dass das Flugzeug abgeholt wird und dass bei eurer Landung hier für Roy ein Krankenwagen bereitsteht. Wie geht es ihm?«

»Nicht gut«, entgegnete Cassie, die immer noch wütend auf ihn war. »Bis gleich.«

Kapitel 12

»Wie geht es dem Patienten?«, rief Glen über die Schulter nach hinten.

»Er ist wieder bewusstlos.« Mike klang besorgt. »Ich überwache seine Vitalwerte, sein Puls ist schwach. Wenn wir nicht bald am Stützpunkt sind, schafft er es vielleicht nicht.«

»Ich fliege, so schnell ich kann.« Cassie bereute ihre Worte, als sie Mikes Miene sah. »Bei größtmöglicher Sicherheit«, fügte sie hinzu. »Keine Sorge.«

»Geben Sie einfach Ihr Bestes«, sagte Mike erschöpft. »Und ich gebe meins, um Roy am Leben zu halten.«

Wenige Meilen vor dem Stützpunkt funkte Cassie Jeannie noch einmal an, um sich zu vergewissern, dass der Krankenwagen bereitstand. Jeannie informierte sie auch darüber, dass ein Arzt der Flying Doctors aus Darwin sich um den Patienten in Tennant Creek gekümmert hatte. Die Landung verlief reibungslos, Roy wurde sofort von Mike ins Krankenhaus begleitet.

Nachdem Cassie mit Jeannie und Kirra gesprochen und ihre vielen Fragen beantwortet hatte, fuhr sie mit dem Auto zum Krankenhaus. Dort wurde Roy gerade operiert. Mike tigerte im Wartezimmer umher, er sah furchtbar aus.

»Roy kommt wieder in Ordnung, oder?«, fragte sie.

»Ehrlich gesagt ist das nicht sicher«, gestand Mike. »Wir können jetzt nur abwarten. Der Arzt, der ihn operiert, ist ganz neu hier. Ich kenne ihn noch nicht persönlich, aber er hat als Chirurg einen guten Ruf.«

»Soweit ich weiß, hatte Roy schon länger Probleme mit Magengeschwüren«, merkte Cassie bemüht diplomatisch an.

Mike seufzte. »Ich weiß. Er hat es aber nie zugegeben, im Gegenteil, er hat es sogar abgestritten, also konnte ich nichts für ihn tun. Heute Morgen allerdings sah er nicht gut aus. Ich habe ihn gefragt, ob er überhaupt fliegen kann, aber er hat meine Bedenken einfach beiseitegewischt.« Mike zuckte die Schultern. »Ich hätte auf mein Bauchgefühl hören sollen, denn ich hatte so eine Ahnung, dass etwas passieren würde.« Er fuhr sich mit den Fingern durch die Haare und atmete tief durch.

Cassie sah, dass seine Hände zitterten. »Und dann ist Ihr größter Albtraum wahr geworden, nicht?«, sagte sie sanft.

Mike nickte.

Ihre Wut auf Roy kochte über. »Ich habe Roy gesagt, dass genau das passieren wird, aber er meinte nur, ich solle mich um meine Angelegenheiten kümmern.« Sie erzählte ihm von dem Gespräch. »Es ist ein Wunder, dass er das Flugzeug heute überhaupt auf den Boden gebracht hat«, schloss sie. »Wir sind alle furchtbar erleichtert, dass es Ihnen gut geht.«

Mike starrte vor sich hin, und Cassie war mit einem Mal nicht sicher, ob ihre Worte überhaupt zu ihm durchgedrungen waren.

»Es geht Ihnen doch gut, oder?«, hakte sie nach.

»Ich kann nicht darüber sprechen, Cassie.« Mike stand auf und lief zum Fenster.

»Natürlich. Tut mir leid«, sagte sie ehrlich. Sie verstand, dass er das Geschehen in Gedanken nicht noch einmal durchleben wollte. »Möchten Sie mit mir zum Stützpunkt fahren und später wiederkommen, wenn Roy fertig operiert ist?«, schlug sie vor.

»Nein, ich würde mir dort sowieso nur Sorgen machen, da

kann ich genauso gut hierbleiben. Die Operation kann Stunden dauern, ich bleibe also wahrscheinlich die ganze Nacht hier.«

»In Ordnung.« Cassie erhob sich ebenfalls. »Kirra und ich übernehmen morgen so viele Einsätze wie möglich. Morgen Abend komme ich her und schaue, wie es Roy geht.«

»Drücken Sie ihm die Daumen, das wird er brauchen.«

Cassie nickte. »Kann ich noch irgendetwas für Sie tun, bevor ich gehe? Ihnen vielleicht etwas zu essen holen oder einen Kaffee?«

»Nein, danke, ich besorge mir später etwas.«

Cassie machte sich auf den Weg. Während der gesamten Rückfahrt dachte sie an Mike. Sie hoffte sehr, dass er nicht an einer verzögerten Schockreaktion auf den Unfall litt.

Gleich nach ihrem Dienstbeginn am nächsten Morgen rief Jeannie im Krankenhaus an. Roy hatte die Operation gut überstanden, er lag auf der Intensivstation, sollte aber später am Tag auf eine normale Station verlegt werden, falls sein Zustand sich besserte. Sie sprach auch mit Mike, der den Rest des Tages im Krankenhaus bleiben wollte. Er hatte tatsächlich die ganze Nacht dort verbracht und in einem der Arztzimmer ein paar Stunden geschlafen.

»Mike klingt völlig erschöpft«, erzählte Jeannie Cassie im Anschluss. »Ich hoffe, er kommt heute Abend hierher, um sich auszuruhen.«

»Das hoffe ich auch. Aber immerhin lenkt die Sorge um Roy ihn von dem Unfall ab, das ist vielleicht gar nicht so schlecht.«

»Vielleicht. Und solange er sich im Krankenhaus aufhält, kann er sich zumindest für eine Weile von jedem Flugzeug fernhalten.«

Cassie und Kirra übernahmen die Einsätze an diesem Tag. Sie konnten alle Fälle selbst behandeln, nur ein Patient brauchte einen Arzt. Er hatte klaffende Wunden am Arm, nachdem er sich in einem Stacheldrahtzaun verfangen hatte. Sie luden ihn in das Flugzeug und brachten ihn zum Krankenhaus.

Nach der Arbeit fuhr Cassie zum Einkaufen in die Stadt und hielt dann am Krankenhaus, um nach Roy zu sehen. Die Empfangsdame teilte ihr auf Nachfrage die Station mit, auf der er lag, doch als Cassie vor seinem Zimmer ankam, war die Tür zwar geöffnet, der Vorhang um sein Bett aber zugezogen. Sie wappnete sich für einen feindseligen Empfang und trat vorsichtig einen Schritt in das Zimmer hinein.

»Hallo! Suchen Sie jemanden?«, fragte in diesem Moment eine tiefe Stimme aus dem Flur.

Cassie wandte sich um. Die Stimme gehörte zu einem großen, attraktiven Mann mit sandblondem Haar und blauen Augen, die lebhaft funkelten, als er ihren Blick erwiderte. Er trug einen weißen Arztkittel, und um seinen Hals hing ein Stethoskop.

»Oh, ja«, brachte Cassie hervor. »Ich möchte zu Roy Turner.«

»Na, dann sind Sie hier richtig.« Er zeigte auf den Vorhang. »Ich bin Doktor Chris Peterson.«

»Das Namensschild, der Kittel und das Stethoskop haben Sie längst verraten.«

Er lachte. »Verstehe. Ich habe Mr Turner operiert.«

»Wie geht es ihm?«

»Er wird sich vollständig erholen, muss sich aber eine ganze Weile schonen.«

»Ich bin froh, dass er wieder gesund wird, aber das mit dem Schonen wird ihm nicht gefallen.«

»Er hat keine Wahl.« Doktor Peterson musterte sie, und ein Lächeln breitete sich auf seinem Gesicht aus. »Sie kommen mir bekannt vor ... Sie sind ... Cassandra Granger, nicht wahr?«

»Ja, genau. Woher wissen Sie das?« Cassie war sicher, dass sie ihn noch nie zuvor gesehen hatte. Einen so gut aussehenden Mann hätte sie garantiert nicht vergessen.

Er grinste. »Ihnen ist doch sicher bewusst, dass Sie berühmt sind! Meine Cousine hat auch am Powder Puff Derby in den Vereinigten Staaten teilgenommen. Glückwunsch zum Sieg! Sie sind eine Inspiration für Pilotinnen auf der ganzen Welt.«

Cassie lächelte. »Vielen Dank. Das freut mich zu hören.«

»Es ist die Wahrheit«, beteuerte Doktor Peterson. »Meine Cousine sagt, Sie sind wirklich fantastisch.«

»Das ist nett von ihr, aber bei diesem Rennen haben sich alle Frauen bemerkenswert gut geschlagen«, erwiderte Cassie. »Wir haben uns mit Stürmen herumgeplagt, und durften im Gegensatz zu den Männern keine Navigationsausrüstung benutzen. Wenn wir vom Kurs geweht wurden, konnten wir uns nur mithilfe von Karten orientieren, und das ist nicht leicht. Aber ich will mich nicht beschweren, das Rennen hat trotz all der Schwierigkeiten und Hindernisse unheimlich viel Spaß gemacht. Ich würde, ohne zu zögern, noch einmal an den Start gehen.«

»Sie verdienen großen Respekt. Ich hoffe, Sie genießen ihn auch.«

»Danke, aber leider steht uns Pilotinnen noch ein weiter Weg bevor, bis man uns den Respekt entgegenbringt, den wir verdienen.« Cassie kam der Gedanke, dass Roy hinter dem Vorhang anlässlich ihrer Worte vermutlich die Augen verdrehte.

»Das ist äußerst schade und muss sich ändern«, sagte Doktor Peterson.

»Ja. Ich bin sehr froh, dass ich die Stelle als Pilotin bei den Flying Doctors antreten konnte.«

»Das ist wunderbar. Dann werde ich Sie ja ab jetzt häufiger sehen.«

»Bestimmt. Alice Springs ist nicht besonders groß.«

»Das meinte ich nicht. Ich bin hier der Bereitschaftsarzt, für den Fall, dass der Arzt am Stützpunkt nicht für einen Einsatz zur Verfügung steht. Ich freue mich schon darauf, Patienten im Outback zu besuchen.«

»Im Moment haben wir nur ein Flugzeug, also werde ich Doktor Monroe zu den Einsätzen fliegen. Sollte er aus irgendwelchen Gründen verhindert sein, wäre ich Ihre Pilotin.«

»Das wäre großartig«, rief Chris hörbar erfreut. »Meine Cousine wird begeistert sein, wenn ich ihr erzähle, dass Sie mich fliegen! Da Sie und ich neu in der Stadt sind, finde ich, wir sollten mal zusammen Kaffee trinken oder abends etwas essen gehen.«

»Finden Sie, ja?« Cassie hob eine Augenbraue.

»Wie gesagt, wir sind beide neu in der Stadt. Und ich würde gern mehr über Sie und das Powder Puff Derby erfahren.«

»Ach, also wären der Kaffee oder das Abendessen dazu gedacht, Informationen zu sammeln«, entgegnete Cassie mit einem koketten Lächeln.

»Na ja ... nicht nur«, gestand Chris und grinste selbstbewusst.

Cassie genoss es, mit dem hübschen Arzt zu tändeln. »Also schön, vielleicht. Wir werden sehen.«

»Na gut.« Chris verabschiedete sich und ging weiter.

Cassie lächelte immer noch, als sie den Vorhang um Roys Bett zur Seite zog, doch das änderte sich schlagartig, als sie Mike erblickte und ihr bewusst wurde, dass er und Roy jedes Wort mit angehört hatten.

Sie spürte, dass sie errötete. »Ich wusste nicht, dass Sie hier sind«, sagte sie zu Mike.

»Tut mir leid.« Auch Mike fühlte sich sichtlich unwohl. »Wir haben nicht absichtlich gelauscht.«

»Schon gut.« Cassie wechselte eilig das Thema. »Wie geht es Ihnen, Roy?« Sie bemerkte Blumen auf seinem Nachttisch, also hatte er schon Besuch gehabt.

»Ich werd's überleben, wie es scheint«, sagte er ausdruckslos.

»Freut mich zu hören.«

Roy wandte sich an Mike. »Kann ich mal unter vier Augen mit Miss Granger sprechen?«

Cassie war überrascht. Vermutlich würde er ihr wieder nur Gemeinheiten an den Kopf werfen, sie hoffte bloß, dass er ihr damit nicht ihre gute Laune vermieste.

Mike stand auf. »In Ordnung«, sagte er, warf Roy aber einen warnenden Blick zu. »Ich hole mir einen Kaffee. Möchten Sie auch einen, Cassie?«

»Nein, danke.« Als Mike weg war, setzte Cassie sich auf den frei gewordenen Stuhl. »Was wollten Sie denn besprechen?« Gespannt wartete sie auf die Antwort.

»Wollen Sie gar nicht sagen: ›Ich hab's Ihnen doch gesagt‹?«

»Das ist bestimmt nicht nötig. Sie wissen, dass Sie großes Glück hatten.«

»Ja, das weiß ich.« Er senkte kurz den Blick. »Ich möchte mich bedanken für das, was Sie getan haben.«

Cassie musterte ihn erstaunt. »Das ist schon …«

»Ich bin noch nicht fertig«, unterbrach Roy sie, jetzt schon wieder in der ihm üblichen unwirschen Art. »Dass ich so schnell hierhergebracht wurde, hat mir das Leben gerettet. Doktor Peterson sagt, wenn ich nur eine Stunde später hier angekommen wäre, würde meine Schwester jetzt meine Beerdigung planen.«

»Mike meinte auch, dass es sehr kritisch war, aber Sie haben es geschafft.« Cassie lächelte.

»Und das habe ich zum größten Teil Ihnen zu verdanken«, sagte Roy und wandte eilig den Blick ab. Es fiel ihm offenbar nicht leicht, diese Worte auszusprechen.

Er klang aufrichtig, auch wenn das in Cassies Ohren ganz neue Töne waren. »Ich habe nur getan, wofür ich hergekommen bin, Roy. Nicht mehr, nicht weniger«, sagte sie ernst.

»Und ich habe es Ihnen nicht leicht gemacht! Ich hatte diese festgefahrene Vorstellung in meinem Kopf, dass Frauen nicht fliegen sollten und Sie sowieso nur auf öffentliche Anerkennung aus sind, aber ... ich habe mich geirrt. Sie haben von Anfang an professionell gearbeitet, und obwohl Sie eine Frau sind, hatten Sie kein Problem damit, sich die Hände schmutzig zu machen. Wie ich gehört und gesehen habe, sind Sie außerdem eine gute Pilotin, und wie Doktor Peterson schon sagte: Sie verdienen Respekt. Den habe ich Ihnen nicht gezeigt. Ich habe Ihnen nicht einmal eine Chance dazu gegeben. Ich bin altmodisch und muss mich vielleicht ein bisschen anpassen. Meinen Sie, wir könnten einen Waffenstillstand vereinbaren?« Er sank erschöpft in seine Kissen, wirkte aber entspannter, als Cassie ihn je gesehen hatte.

»Von meiner Seite aus gab es nie einen Kampf, also: Ja, natürlich. Ich möchte einfach nur als Teil des Teams akzeptiert werden.«

»In Ordnung.«

»Also, wie geht es Ihnen?«

»Ich habe Schmerzen, aber die habe ich auch verdient.« Er verzog das Gesicht zu einem schiefen Grinsen.

Cassie freute sich, dass Roy sich ihr öffnete und sie eine normale Unterhaltung führten. »Sie werden es eine ganze Weile langsam angehen lassen müssen. Wie werden Sie damit zurechtkommen?«

»Das wird die Hölle, aber ich habe keine Wahl. Meine Schwester hat mich eben besucht, sie besteht darauf, sich in dieser Zeit um mich zu kümmern. Glauben Sie mir, das wird schlimmer als alle Schmerzen, die ich gerade spüre.«

Cassie lächelte. »Es klingt, als würde sie streng auf Sie achtgeben, und das ist gut so.«

»Sie wird mir sicher nicht erlauben, auch nur ein einziges Bier zu trinken.«

Das würde in der Tat schwer für ihn werden. »Und wie sieht es damit nach der Genesung aus? Dürfen Sie dann wieder Bier trinken? Natürlich in Maßen?«

»Laut Doktor Peterson nicht ein einziges in den kommenden Monaten. Danach zu besonderen Anlässen mal eins oder zwei, aber mehr nicht.«

»Wenn Sie dadurch gesund bleiben, ist es das wert.«

»Das wird sich mit der Zeit zeigen.« Er stöhnte. »Hören Sie mal, Sie und der Doc haben sich ja verdammt gut verstanden«, wechselte er dann plötzlich das Thema.

»Sie meinen Doktor Peterson? Wir haben uns doch nur zwei Minuten unterhalten«, entgegnete Cassie zurückhaltend.

»Ja, er war ganz schön schnell mit seiner Frage nach einer Verabredung.«

»Er wollte bloß freundlich sein, weil wir beide neu in der Stadt sind.«

»Das war doch nur ein Vorwand. Der Typ war vollkommen hingerissen von Ihnen«, sagte Roy.

»Ich bin wieder da«, sagte Mike in diesem Moment und trat mit einer Tasse Kaffee in der Hand zu ihnen. Sein Blick wanderte zwischen ihnen hin und her.

Für Cassie kam er genau im richtigen Moment, die Unterhaltung war doch sehr persönlich geworden.

»Hast du dich benommen, Roy?«

»Ich habe gerade gesagt …«, begann Roy.

»Ich muss jetzt gehen, ich habe Einkäufe im Wagen, und

es ist noch sehr heiß«, sagte Cassie eilig und stand auf. »Jeannie und Kirra kommen Sie morgen besuchen, Roy, aber ich soll Ihnen heute schon Grüße und Genesungswünsche ausrichten.«

»Danke. Danke auch, dass Sie vorbeigekommen sind.«

»Es freut mich, dass Sie auf dem Weg der Besserung sind«, erwiderte Cassie.

»Können Sie mich vielleicht mit zurücknehmen?«, fragte Mike. »Ich möchte meinen Wagen am Stützpunkt holen.«

»Natürlich.«

»Ich komme später noch mal vorbei, Roy«, sagte Mike.

»Nein, heute Abend nicht, Mike. Du brauchst Schlaf – und ich auch.«

»In Ordnung. Dann sehen wir uns morgen.«

Mike und Cassie verließen zusammen das Zimmer. Im Flur trafen sie erneut auf Doktor Peterson.

»Sollte sich Roys Zustand über Nacht verschlimmern, sagen Sie mir bitte sofort Bescheid«, wandte Mike sich an den Arzt.

»Das mache ich«, versicherte Doktor Peterson. Dann lächelte er Cassie an. »Ich hoffe, Sie bald wiederzusehen.«

Cassie nickte lediglich zur Antwort.

Auf dem Weg zum Stützpunkt war Mike sehr still.

»Sie brauchen wirklich eine Mütze Schlaf«, merkte Cassie an. »Sie wirken hundemüde.«

»Bin ich auch«, stimmte er zu. »Ich bin zutiefst erleichtert, dass Roy überlebt hat, auch wenn ich es ehrlich gesagt kaum glauben kann. Das liegt nur daran, dass Sie ihn so schnell ins Krankenhaus gebracht haben. Er verdankt Ihnen sein Leben.«

»Dafür hat er mir gedankt, aber das wäre nicht nötig gewesen.«

»Wollte er deshalb allein mit Ihnen sprechen?«

»Ja. Er hat sich auch für sein Verhalten mir gegenüber entschuldigt und um Waffenruhe gebeten. Ein Glück, dass ich da schon saß.«

»Er steckt voller Überraschungen. Ich bin froh, dass er seine Meinung geändert hat.«

Kapitel 13

»Wie geht es Roy?«, rief Jeannie, kaum dass Cassie am nächsten Morgen die Zentrale betreten hatte.

»Er ist auf dem Weg der Besserung.« Cassie schenkte sich Tee aus der Kanne ein, die Jeannie bei ihrer Ankunft gekocht hatte. Sie war stets die Erste hier, obwohl sie aus der Stadt kam, denn sie stand morgens ohnehin sehr früh auf, um ihre Vögel in der Voliere zu füttern. Für sie war das die schönste Art überhaupt, einen Tag zu beginnen.

Jeannie bot ihr eine Scheibe Bananenbrot an, das sie am Vorabend gebacken hatte. »Ich hoffe, er war dir gegenüber nicht unhöflich. Immerhin hast du ihm das Leben gerettet.«

»Nein, ganz im Gegenteil, er hat sich entschuldigt und Besserung gelobt.« Cassie biss in die saftige Brotscheibe.

Jeannie sah sie erstaunt an. »Stand er noch unter Einfluss des Narkosemittels?«

»Gut möglich.« Cassie grinste. »Aber nein, ich glaube nicht. Wir haben uns tatsächlich normal unterhalten, zum allerersten Mal. Es war nett.«

Jeannie schüttelte verwundert den Kopf. »Es geschehen tatsächlich noch Zeichen und Wunder. Was ist mit Mike? Hat er die Nacht wieder im Krankenhaus verbracht?«

»Nein, wir sind zusammen hergefahren.«

»Guten Morgen«, rief Mike, der in diesem Moment das Gebäude betrat. Sein Haar war noch feucht von der Dusche, und seine Augen strahlten.

»Sie sehen erholt aus«, stellte Cassie fest.

»Ich bin eingeschlafen, sobald mein Kopf auf dem Kissen lag, und erst wieder aufgewacht, als die Sonne schon aufgegangen war.« Er gähnte. »Ist das Bananenbrot? Ich liebe Bananenbrot.«

»Bedien dich«, bot Jeannie an, und er griff sofort zu.

»Hat Doktor Peterson sich schon mit Neuigkeiten zu Roys Zustand gemeldet?«

»Nein, bisher nicht, aber es ist sicher ein gutes Zeichen, dass er noch nicht angerufen hat.«

»Und gibt es schon Neuigkeiten über die Bergung des zweiten Flugzeugs?«

»Soviel ich weiß, ist ein Truck vor Ort, vielleicht ist es mittlerweile sogar schon aufgeladen und auf dem Weg hierher. Glen hat mit der Transportfirma gesprochen. Er ist seitdem zuversichtlich, alles reparieren zu können.«

»Gut.« Mike sah sich um. »Wo ist Kirra?«

»Als ich gestern Abend gerade gehen wollte, ging ein Anruf für sie ein«, erzählte Jeannie. »Es war die Nachbarin ihrer Mutter, die sagte, Dot sei krank. Ich habe Kirra mit in die Stadt genommen, sie wollte mich heute Morgen anrufen, um mich wissen zu lassen, ob sie zur Arbeit kommen kann oder nicht.«

»Das klingt aber nicht gut«, sagte Mike. »Ich hoffe, ihre Mutter wird schnell wieder gesund. Lass mich wissen, wenn sie einen Arzt braucht, und sag Kirra, sie kann heute zu Hause bleiben, wenn ihre Mutter sie braucht. Wir kommen heute auch ohne sie zurecht.«

Jeannie runzelte die Stirn. »Du weißt, dass ihre Mutter nichts von der Medizin weißer Männer hält, aber Kirra weiß sicher zu schätzen, dass du ihr Zeit gibst, sich um sie zu kümmern.«

Das Funkgerät leuchtete auf.

»Los geht's.« Jeannie setzte den Kopfhörer auf und nahm den Anruf entgegen.

Cassie wandte sich an Mike. »Ich mache das Flugzeug startklar. Denken Sie, Sie können wieder fliegen? Falls Sie ein paar Tage brauchen, wird das jeder verstehen.«

»Ich komme damit klar«, sagte Mike schnell. »Heute ist ein neuer Tag, und da draußen sind Patienten, die mich brauchen.«

»In Ordnung.« Cassie bewunderte seinen Mut. Sie machte sich auf den Weg zum Hangar.

Jeannie gab die Details des eingegangenen Notrufs an Mike weiter, und er bat sie, später noch einmal im Krankenhaus anzurufen und sich nach Roy zu erkundigen. »Sag mir Bescheid, falls sich sein Zustand verschlechtert. Andernfalls besuche ich ihn, so schnell ich kann, abhängig davon, was der Tag so bringt.«

»Wohin fliegen wir?«, fragte Cassie über den Lärm der Maschine hinweg, sobald Mike hinten im Flugzeug Platz genommen hatte und sie über die Startbahn rollten.

»Zum Barrow Creek Hotel«, rief Mike. »Der Anruf kam von der Frau des Besitzers, Marjorie Everett. Ihr Mann Burt ist bei dem Versuch gestürzt, auf das Dach des Hotels zu klettern. Marjorie vermutet, dass seine Beine gebrochen sind und er möglicherweise noch Prellungen hat.«

»Autsch.«

Das Flugzeug hob ab, und Mike schwieg, während sie an Höhe gewannen. »Burt ist ein Unglücksrabe«, rief er schließlich.

Cassie sah über die Schulter zurück. »Verstehe.«

Plötzlich tauchte Mike hinter ihr auf und kletterte auf den Copilotensitz. Cassie beobachtete überrascht, dass er sich anschnallte.

»Es ist so anstrengend, sich von dahinten aus mit Ihnen zu unterhalten«, erklärte er.

»Das stimmt.«

»Ein Gespräch könnte mich ablenken.«

»Ja, bestimmt.« Cassie freute sich, dass er sich zu ihr gesetzt hatte. »Erzählen Sie mir von Burt und Marjorie.«

»Marjorie hat ihn heute Morgen gefunden. Sie ist aber nicht sicher, wann er vom Dach gefallen ist.«

»War er bei Bewusstsein?«

»Ja.«

»Das muss heute Morgen gewesen sein. Er würde doch nicht im Dunkeln versuchen, aufs Dach zu klettern, oder?«

»Was Burt angeht, ist nichts unmöglich. Er macht ziemlich viele dumme Sachen, wenn er betrunken ist.«

»Was denn für Sachen?«

»Ach, davon gibt es so einige, aber an eine erinnere ich mich besonders gut: Vor etwa einem Jahr brachte ein Farmer ihn an einem sehr heißen Nachmittag zurück ins Hotel, mitten am Tag, splitterfasernackt. Marjorie hatte ihn seit dem Morgen vermisst und war außer sich vor Sorge. Sie hatte sogar den Aborigine-Clan aus der Gegend nach ihm suchen lassen und war kurz davor, die Polizei zu verständigen, als der Farmer mit Burt auftauchte. Er sagte, er hätte Burt zwischen seinen Schafen auf der Weide gefunden, mit nichts als den Stiefeln am Leib. Er habe zunächst gedacht, er halluziniere.« Mike schwieg einen Moment. »Marjorie ließ mich kommen, um Burts schwere Sonnenbrände zu versorgen. Der Schlimmste davon war in einer besonders empfindlichen Region, wenn Sie verstehen, was ich meine.«

Cassie keuchte auf, musste dann aber lachen. »Entschuldigung, das ist eigentlich nicht witzig, aber irgendwie auch schon. Warum läuft er denn nackt durch die Gegend?«

»Er behauptete, er müsse wohl schlafgewandelt sein und trage nie einen Schlafanzug.« Mike lachte. »Damals war das nicht witzig, aber wenn ich jetzt daran denke, muss ich immer lachen. Er sah aus wie ein gegarter Hummer.«

»Das kann ich mir leider nur zu gut vorstellen.« Cassie kicherte.

»Er hat wochenlang gelitten. Er konnte keine Kleidung tragen, weil sie an der verbrannten Haut rieb, vor allem in den empfindlichen Bereichen. Also ist er nackt herumgelaufen, was bedeutete, dass er stets hinter der Theke bleiben musste, wo man ihn nur von der Hüfte aufwärts sah. Er hat Getränke eingeschenkt, Marjorie hat die Gläser eingesammelt und die Kühlschränke nachgefüllt. Wie ich gehört habe, haben die Gäste es ihm nicht leicht gemacht.«

»Er ist vermutlich von allen verspottet worden«, sagte Cassie.

Mike grinste. »Das wurde auch nicht besser dadurch, dass sich die Geschichte vom nackten Barkeeper herumsprach, und ab diesem Zeitpunkt war es dann immer richtig voll. Es war gut fürs Geschäft, aber für Burt war es ziemlich demütigend.«

»Das kann ich mir gut vorstellen.«

»Und dann haben die Gäste noch einen draufgelegt und sind selbst nackt in den Pub gekommen. Marjorie war nicht sehr angetan und hat damit gedroht, den Laden zu schließen.« Mike lachte erneut auf.

Cassie freute sich darüber, sie hatte ihn noch nie so gelassen im Flugzeug erlebt. Es erlaubte ihr, sich ein Bild von dem Mann zu machen, der er vor seinem Unfall mit Bill gewesen sein musste. Sie unterhielten sich angenehm, bis sie zur Landung ansetzte. Erst da wurde Mike doch wieder blass.

Cassie brachte das Flugzeug im roten Staub vor dem Barrow Creek Hotel zum Stehen, einem einfachen, von der Straße zurückgesetzten, einstöckigen Gebäude. Seitlich davon standen eine Windmühle und ein großer Wassertank. Abgesehen davon gab es hier nur meilenweit offenes Land.

Mike bemerkte, dass Burt unter einem provisorischen Sonnendach auf dem Boden neben dem Hotel lag. Die Anwohner hatten versucht, ihn in den Pub zu tragen, doch er hatte gedroht, sie umzubringen, sollten sich seine Schmerzen weiter so verschlimmern. Also hatten sie einen Unterstand mitsamt Plane gebaut, damit er keinen Sonnenstich erlitt.

»Er ist doch nicht nackt, oder?«, fragte Mike Marjorie, als ihm der Gedanke kam, dass das Sonnendach auch zur Wahrung der Privatsphäre errichtet sein könnte.

»Das ist nicht lustig. Ich habe Shorts an«, brummte Burt vom Boden. »Wird auch Zeit, dass du kommst, Doc. Die verfluchten Ameisen lassen mich nicht in Ruhe.« Sein Tonfall wechselte von schroff zu weinerlich. »Ich werde doch wieder laufen können, oder?«

»Lass mich dich erst mal untersuchen.« Mike trat zu ihm und bemerkte, dass Burt der Mund offen stehen blieb, als auch Cassie über ihm erschien. »Das ist meine Pilotin, Cassandra Granger. Cassie, das sind Burt und Marjorie Everett.« Er deutete auf die beiden Aborigines hinter Marjorie. »Und Billy und Teddy.«

»Hallo«, grüßte Cassie mit einem Lächeln in die Runde. Mit der Vorstellung von einem nackten Burt im Hinterkopf fiel es ihr schwer, ihn überhaupt richtig anzusehen.

»Helft ihr mir gleich, Burt auf eine Liege zu hieven?«, bat Mike Billy und Teddy, bevor er begann, Burts Bein abzutasten.

Burt stieß eine ganze Reihe von Flüchen aus und schob Mikes Hand weg. Die Aborigines wichen zurück.

»Halt den Mund, Burt!«, fuhr Marjorie ihn an. »Ich schwör's dir, sonst …« Sie blickte peinlich berührt zu Cassie.

»Ist schon in Ordnung, ich habe schon Schlimmeres gehört«, sagte Cassie. »Wir behandeln oft Patienten mit furchtbaren Schmerzen.«

»Die schlechte Nachricht ist, dass du zwei gebrochene Beine hast, Burt«, erklärte Mike. »Die gute ist, dass es saubere Brüche sind. Trotzdem müssen sie gerichtet werden. Das heißt, du musst ins Krankenhaus. Und sechs Wochen lang einen Gips von den Knöcheln bis zu den Oberschenkeln tragen.«

»Verdammter Mist«, brummte Burt, der vermied, zu seiner wütenden Frau zu sehen.

Mike bereitete eine Spritze mit Schmerzmitteln vor. Sein Blick fiel auf eine Leiter, die neben dem Pub lag. »Wann bist du gefallen?«

»Ich weiß es nicht.« Burt stöhnte, als Mike ihm die Nadel in den Oberschenkel führte. »Wahrscheinlich irgendwann am frühen Morgen. Ich erinnere mich, dass es noch dunkel war.«

»Warum wolltest du überhaupt im Dunkeln aufs Dach klettern?«

»Einer der Gäste hat gesagt, er hätte meine Autoschlüssel hinaufgeworfen!«, stieß Burt hervor.

»Du hast damit gedroht, nach Wycliffe Well zu fahren, um deine Schulden nach dieser dummen Wette mit Jack Snodgras einzulösen, und du warst betrunken«, blaffte Marjorie. »Deswegen hat Mick Murphy dir erzählt, er hätte deine Schlüssel aufs Dach geworfen, dabei hatte ich sie die ganze Zeit. Wir hatten befürchtet, du würdest dich sonst auf der Straße umbringen, aber stattdessen hättest du dich fast hier umgebracht, du alter Dummkopf.«

Burt senkte beschämt den Blick. »Jetzt ist es sowieso zu spät.«

»Ich habe deine dummen Mätzchen so satt«, zischte Marjorie. »Jetzt muss ich wieder die ganze Arbeit machen. Und du wirst wochenlang auf Krücken laufen. Erwarte bloß nicht, dass ich dich bediene, denn dafür wird mir die Zeit fehlen.«

»Ich kann auch auf Krücken Drinks servieren«, versuchte Burt sie zu besänftigen.

»Das werden wir ja sehen.« Marjorie verschränkte die Arme vor der Brust. »Wie lange wird er im Krankenhaus sein, Doc?«

»Wahrscheinlich nur ein paar Tage.«

»Bei dem Nutzen, den seine Anwesenheit mir hier bringt, könnt ihr ihn genauso gut einfach dabehalten«, sagte Marjorie wütend und stapfte davon.

Auf dem Rückflug nach Alice Springs saß Mike hinten neben Burt. »Es wäre wahrscheinlich klug, mit dem Trinken aufzuhören, Burt«, sagte er. »Sonst bringst du dich wirklich eines Tages noch um.«

»Ich weiß.« Burt war jetzt ruhiger, die Injektion hatte seine schlimmsten Schmerzen betäubt. »Ich habe gehört, Roy ist im Krankenhaus. Stimmt das?«, wechselte er das Thema.

Mike wunderte sich längst nicht mehr darüber, wie schnell sich Neuigkeiten im Outback verbreiteten. »Ja, das stimmt.«

»Ist es wahr, dass er bei dem Versuch, zu landen, abgestürzt ist?«

»Er hat die Maschine schon noch auf den Boden gebracht, aber dann ist er vor Schmerz in Ohnmacht gefallen, und wir sind im Gebüsch gelandet.«

»Vor Schmerz?«

Normalerweise sprach Mike nicht über die Leiden anderer Patienten, aber er fand, dass Burt wachgerüttelt werden musste. »Er hatte Magengeschwüre, die geplatzt sind.«

Burt war sichtlich betroffen. »Oh, das ist gar nicht gut. Er trinkt auch ganz gern mal einen über den Durst, nicht?«

»Ja, und das hat die Geschwüre verschlimmert. Lass dir das eine Lektion sein, Burt.«

Burt senkte den Blick. »Du hast ja recht, Doc. Außerdem ... wenn ich Marjorie weiter so enttäusche, packt sie noch ihre Koffer und geht.«

»Ja, sie war schon sehr wütend. Es würde mich nicht wundern, wenn das deine letzte Chance sein sollte.«

»Meinst du?«, fragte Burt besorgt.

»Sie ist mit ihrer Geduld offenbar am Ende.«

Mike und Cassie waren erst seit einer Stunde wieder am Stützpunkt, als der nächste Notruf einging. Er kam vom Verwalter des Ormiston Gorge Campingplatzes.

»Ein junger Mann ist beim Wandern ausgerutscht, und sein Bein ist zwischen Felsen eingeklemmt«, fasste Jeannie für Mike zusammen. »Sein Knöchel ist möglicherweise verstaucht, und er hat einige Schnittverletzungen. Ein Wildhüter und einige Camper versuchen, sein Bein zu befreien.«

»In Ordnung, wir machen uns sofort auf den Weg«, entschied Mike.

Er gab Cassie Bescheid und setzte sich wieder auf den Co-pilotensitz, dann flogen sie auch schon gen Westen über die MacDonnell Ranges. »Unser Ziel ist Ormiston Gorge, eine wunderschöne Schlucht mit Wasserstelle, die bei Touristen sehr beliebt ist«, erklärte Mike. »Leider verletzen sie sich oft beim Wandern in der Gegend.«

»Ich liebe Schluchten«, sagte Cassie. Ihre Stimme klang sehnsuchtsvoll. »Haben Sie Ihre Badehose dabei?«

»Meine Badehose?« Mike runzelte die Stirn.

»Ich habe immer einen Badeanzug und ein Handtuch in meiner Tasche«, erklärte Cassie lächelnd. »Wenn eine Wasserstelle oder ein Fluss in Reichweite ist, muss man das doch nutzen und sich abkühlen.«

»Ich muss zugeben, Ormiston Gorge ist ein wunderbarer Ort zum Schwimmen«, sagte Mike, der erfolglos versuchte, sich Cassie nicht sofort in einem Badeanzug vorzustellen. »Zu dieser Jahreszeit ist der Wasserstand niedrig, aber abkühlen kann man sich trotzdem.«

»Perfekt!«

»Bis zur Ormiston Gorge sind es etwa achtzig Meilen. Es gibt dort einen Campingplatz, und in der Nähe ist eine Landebahn, aber die ist sehr rau, wie die Umgebung.«

»Keine Sorge, das schaffe ich«, versicherte Cassie.

»Das ist wirklich ein atemberaubender Ort«, rief sie wenig später, als Ormiston Gorge in ihrem Sichtfeld auftauchte. Sie konnte den Blick kaum von den zerklüfteten Felswänden lösen, die das Wasserloch umgaben und in unzähligen Farben schimmerten: Rostorange, Rot, Grau und Schattierungen von Ockergelb, durchzogen von grünen Tupfern an den Stellen mit Pflanzenbewuchs. Und diese makellose Schönheit wurde im stillen Wasser sogar noch reflektiert.

»Ja, das ist es«, stimmte Mike zu.

Unmittelbar nach der Landung rannte ein Wildhüter auf sie zu. »Doktor Monroe!«, rief er winkend. »Hier entlang, bitte!«

Mike und Cassie folgten ihm am Wasser entlang.

»Steckt der Patient noch immer fest?«, fragte Mike, bevor sie sich an den Aufstieg machten.

Der Wildhüter blieb stehen. »Ja … leider. Sein Bein ist fest eingekeilt. Es ist geschwollen, das macht es nicht leichter. Zwei andere Camper meißeln an den Felsen herum, aber sie kommen nur langsam und mit großer Anstrengung voran.«

»Wie weit ist es bis dorthin?«

»Fünfzehn Minuten.« Der Wildhüter zeigte nach oben.

»Dann führen Sie mich hin.« Mike wandte sich an Cassie. »Sie können unten warten, wenn Sie möchten.«

»Ich komme mit. Vielleicht kann ich mich nützlich machen.«

Sie folgten eine Viertelstunde einem felsigen Pfad, dann erreichten sie den Verletzten. Er hatte den Wanderweg verlassen, um ein Foto zu machen, und war zwischen zwei Felsbrocken getreten. Neben ihm arbeiteten zwei Camper mit Hammer und Meißel, um den Stein um seine Beine herum abzutragen. Sie waren noch nicht weit gekommen.

»Ich bin Doktor Monroe«, stellte Mike sich vor und setzte seine Tasche neben dem jungen Mann ab, den er auf etwa zwanzig schätzte. Er hatte offensichtlich große Schmerzen, schwitzte stark und wirkte panisch. »Wie heißen Sie?«

»Quentin Pritchard«, antwortete er keuchend.

»Okay, Quentin, dann schauen wir mal, was wir tun können.«

Er bemerkte die Kamera des jungen Mannes zehn Fuß unter ihnen und bat die Camper, ihre Arbeit zu unterbrechen, um sich Quentins Bein anzusehen. Er diagnostizierte einige Schürf- und Schnittwunden, konnte aber nicht einschätzen, ob etwas gebrochen war. Er befragte Quentin zu möglichen Allergien und spritzte ihm ein Schmerzmittel. »Sie sitzen ja tatsächlich ganz schön in der Klemme«, sagte er. »Ich werde gleich etwas Öl auf Ihr Bein schmieren, das könnte helfen, es rauszubekommen.«

»Sie meinen ... Sie wollen es herausziehen?« Der junge Mann erschrak sichtlich.

»Die Spritze wird gegen den Schmerz helfen.«

»Gibt es keine andere Möglichkeit?«

»Ich fürchte nicht. Diese Felsen sind zu massiv, um sie aufzubrechen.«

Quentin schwankte, blieb aber bei Bewusstsein.

Mike goss Öl auf das Bein des jungen Mannes und beobachtete, wie es zwischen den Felsen und seiner Haut entlanglief. »Okay«, sagte er zu dem Verletzten. »Tief durchatmen.«

Quentin kam seiner Aufforderung nach, und dann zog Mike ihn hoch. Der Schmerzensschrei hallte durch die Kluft, aber das Bein glitt heraus. Gleich darauf wurde der junge Mann ohnmächtig.

Die Camper starrten ihn besorgt an.

»Ist er ... tot?«, fragte der jüngere, den Cassie auf etwa siebzehn Jahre schätzte.

»Nein«, versicherte sie ihm. »Er ist nur in Ohnmacht gefallen, aber er wird gleich wieder zu sich kommen.«

»Das Gelände ist zu steil und steinig, als dass wir ihn auf einer Trage befördern könnten, also müssen wir ihn stützend nach unten bringen, sobald er wieder bei Bewusstsein ist«, sagte Mike zu den Campern und dem Wildhüter. »Es wird nicht leicht, aber wenn wir langsam gehen, schaffen wir das. Wenn wir einen einigermaßen ebenen Untergrund erreicht haben, hole ich eine Trage aus dem Flugzeug.«

»Das kann ich auch machen«, bot Cassie an und begann gleich mit dem Abstieg.

»Seien Sie vorsichtig«, warnte Mike.

»Natürlich!«, rief sie.

Als der junge Wanderer wieder zu sich kam, hatte Mike sein Bein schon untersucht, die Wunden gesäubert und verbunden.

»Willkommen zurück, Quentin.«

Quentin setzte sich auf. »Ich fühle mich nicht gut.«

»Ich weiß, aber wir werden Sie jetzt nach unten bringen.«

»Ich kann nicht«, stieß Quentin überfordert aus.

»Doch, Sie können. Wir vier helfen Ihnen, wir werden Sie den ganzen Weg über stützen. Und wir machen ganz langsam«, sagte Mike. »Der Knöchel ist nur verstaucht, nicht gebrochen, also können Sie ihn auch ein wenig belasten.«

Fünfundvierzig Minuten später befand sich Quentin wieder sicher auf dem Campingplatz.

»Sie haben Glück, Sie müssen nicht ins Krankenhaus«, erklärte Mike.

»Und es muss auch nichts genäht werden?«, fragte Quentin erleichtert.

»Nein. Sie haben ziemlich viele Prellungen, aber die Schnittwunden sind alle oberflächlich. Sie brauchen in den nächsten fünf Tagen jeden Tag einen frischen Verband, ich lasse Material hier. Danach können Sie Luft an die Wunden lassen. Ich muss betonen, dass die Wunden sauber und trocken gehalten werden müssen, also dürfen Sie in den nächsten fünf Tagen auf keinen Fall ins Wasser gehen.«

»Aber wir können eine Runde schwimmen, oder?«, fragte Cassie hoffnungsvoll, nachdem sie sich verabschiedet hatten.

»Was soll ich dazu sagen? Wir haben schließlich keine Wunden, um die wir uns Sorgen machen müssten«, entgegnete Mike lachend.

Cassie strahlte. »Ich ziehe mir schnell den Badeanzug an.«

»Wo haben Sie denn jetzt die Badehose her?«, fragte Cassie, als Mike durchs Wasser auf sie zuwatete. Sie konnte nicht umhin, seinen muskulösen Körper zu bewundern.

»Ob Sie es glauben oder nicht, Quentin hat sie mir geliehen«, entgegnete Mike.

»Ach, der Arme.« Cassie lachte. Das Wasser war herrlich erfrischend. »So muss das Leben sein«, fügte sie seufzend hinzu. »Ich kann immer noch nicht fassen, wie schön es hier ist.«

»Das ist es wirklich.« Mike schwamm zu ihr. »Das mit dem Schwimmen war eine hervorragende Idee.«

»Ja, oder?« Cassie ließ sich auf dem Rücken im Wasser treiben. Sie bemerkte, dass Mike sie seltsam ansah.

»Was ist?«

Er wandte schnell den Blick ab. »Nichts.«

»Nein, ich sehe doch, dass Sie etwas beschäftigt. Also raus damit!«

»Ich habe gerade gedacht, dass ich sofort wieder losgeflogen wäre, nachdem ich Quentin versorgt hatte und gar nicht auf die Idee gekommen wäre, schwimmen zu gehen. Also danke, dass Sie mir gezeigt haben, dass es in Ordnung ist, auch mal eine Weile innezuhalten und sich zu entspannen.«

»Gern geschehen. Ich werde dafür sorgen, dass Sie das öfter machen, wenn wir an solche Orte kommen.« Sie grinste und spritzte ihn nass.

Mike spritzte zurück und lachte.

Als ihre Blicke sich kurz begegneten, wurden ihre Mienen ernst.

Mike war der Erste, der wegsah. »Wir sollten besser los. Vielleicht ist schon der nächste Notruf eingegangen.«

Cassie nickte. »Es war schön hier, aber Sie haben recht. Wir sollten uns auf den Rückweg machen.«

Kapitel 14

»Was für ein wunderschöner Abend«, sagte Cassie. Sie setzte sich an das Lagerfeuer und betrachtete die Milliarden Sterne am Himmel. Seit die Sonne untergegangen war, war die Luft angenehm kühl.

»Ja, allerdings.« Mike rührte in einem gusseisernen Topf, der über dem Feuer hing.

Sie waren zu einer Geburt in einer Aborigine-Missionsstation in Hermannsburg gerufen worden, achtzig Meilen westlich von Alice Springs. Diese hatte ihren Namen von deutschen Missionaren, die hier eine lutherische Mission für den Clan der Arrernte errichtet hatten.

Der Vater des neugeborenen Babys, Godfrey Fitzsimmons, war Engländer und zwei Jahre zuvor während eines nachmittäglichen Sturms zufällig auf die Mission gestoßen. Die Aborigines hatten ihn in den Clan aufgenommen und ihm den Namen Gurumarra gegeben, was übersetzt Trockengewitter bedeutet. Er war Töpfer und Künstler, das Land inspirierte ihn. Er verliebte sich in Jedda, eine der Aborigine-Frauen, und heiratete sie. Nun hatten die Wehen zweieinhalb Wochen zu früh eingesetzt und damit Godfreys Vorhaben durchkreuzt, sie in ein Krankenhaus in Alice Springs zu bringen, statt auf die Aborigine-Hebammen zu vertrauen. Diese waren zwar eingesprungen, aber Godfrey hatte es mit der Angst zu tun bekommen, als die Geburt viel länger dauerte als erwartet. Selbst die Hebammen waren besorgt gewesen, also hatte er schließlich die Flying Doctors gerufen.

Cassie und Mike waren am späten Nachmittag angekommen, und zwei Stunden später war das Kind geboren. Mike hatte bei der sehr schwierigen Steißgeburt geholfen. Danach war er hinausgegangen, und Cassie hatte das Baby gebadet und die Mutter gewaschen. Da wurde es bereits dunkel, und es stand außer Frage, dass sie hier übernachten würden. Allerdings hatte Cassie nicht damit gerechnet, dass Mike ihr Abendessen zubereiten würde.

»Das riecht gut«, kommentierte sie und deutete auf den Topf. »Was wird das?«

»Vielleicht ist es besser, wenn du das nicht weißt, aber ich garantiere dir, dass es schmeckt«, sagte Mike mit einem neckischen Grinsen.

Je mehr Zeit sie miteinander verbrachten, desto öfter ließ er auch seinen Sinn für Humor aufblitzen, und in diesem Fall war Cassie sicher, dass er sie aufzog. Außerdem hatte er ihr mittlerweile das Du angeboten, was Cassie nur zu gerne angenommen hatte. »Ich habe schon Dinge gegessen, die du dir gar nicht vorstellen kannst. Mich bringt nichts so leicht aus der Fassung.« Sie war sicher, dass er nichts allzu Ekliges kochte.

»Ach, wirklich?«, fragte er herausfordernd.

»Ja, wirklich. Ich habe schon Raupen, Heuschrecken und Würmer gegessen ...«

»Und was ist mit Fliegenlarven?«

Cassie blinzelte. »Du meinst ...«

»Ja. Sie sollen eine gute Proteinquelle sein.«

Cassie war nicht überzeugt. »Die kochst du aber gerade nicht wirklich, oder?«

»Du hast gesagt, du würdest alles essen.«

Cassie zögerte, doch dann bemerkte sie das Funkeln in seinen Augen. »Immer her damit«, sagte sie.

»Gleich.« Mike wandte sich wieder dem Topf zu.

»Mutter und Kind sind wohlauf«, berichtete Cassie. »Godfrey hat uns übrigens angeboten, dass wir auf seinem Wohnzimmerboden übernachten. Ich habe das Angebot abgelehnt, ich möchte lieber unter den Sternen schlafen, aber vielleicht geht es dir ja anders.«

»Ich schlafe auch lieber draußen.« Mike lachte leise.

»Was ist daran so lustig?«

»Ach, es fällt mir einfach schwer, mir dich in diesen einfachen Verhältnissen vorzustellen. Aber ich wette, wenn du morgen früh aufwachst, siehst du so glamourös aus, als hättest du in einem Luxushotel übernachtet.«

»Du liebes bisschen, das sind aber hohe Erwartungen.« Cassie stimmte in sein Lachen ein. »Aber im Ernst, nichts ist besser als im Outback unter den Sternen zu schlafen.«

»Das sehe ich genauso. Deswegen habe ich immer Schlafsäcke im Flugzeug. Kirra und ich haben schon viele Nächte am Lagerfeuer verbracht. Ich finde, das ist einer der Vorteile unserer Arbeit. Es macht dir doch nichts, mit mir an einem Lagerfeuer zu übernachten, oder? Ich werde mich auf die andere Seite legen.«

»Natürlich macht es mir nichts aus. Solange es für dich okay ist, mir einen Schlafsack zu leihen. Meiner liegt hinten in meinem eigenen Flugzeug.«

»Kein Problem.«

»Als ich die Hilfspakete für das Rote Kreuz verteilt habe, habe ich viele Nächte in der Wildnis verbracht, manchmal bei einem Clan, oft aber auch allein. Dann habe ich einfach die Sterne betrachtet und dabei den Geräuschen der Natur gelauscht.«

»Hattest du nie Angst, so ganz allein?«

»Nie. Meistens habe ich mich nicht allzu weit von den Clans entfernt. Sie wussten, dass ich da war, und ich bin sicher, dass sie manchmal nachts nach mir geschaut haben, um sicherzugehen, dass alles in Ordnung ist. Ich habe sie nie gesehen, ihre Anwesenheit aber gespürt.«

Mike reichte ihr einen Teller mit Essen. »Du siehst das vielleicht anders, aber ich finde das ganz schön mutig von dir. Australien ist ein großes Land, es braucht Mut, um allein da draußen in der Wildnis zu sein.«

»Und werde ich auch Mut brauchen, das hier zu essen?«, fragte Cassie lächelnd. Sie betrachtete das Gericht eingehend. »Ich sehe keine Fliegenlarven, das ist doch schon mal gut.«

»Es ist Ziegenfleisch«, gab Mike zu. »Godfrey hält Ziegen, weil er nicht gern Wildtiere isst. Er baut auch Gemüse an und hat uns großzügig damit versorgt.«

»Sehr gut.« Cassie war erleichtert.

Godfrey erschien in der Tür seiner Hütte und rief nach Mike.

Zwei Minuten später kam Mike wieder. »Schau mal, was ich hier habe.« Er hielt eine Flasche Bier hoch. »Das hat Godfrey uns gegeben, um auf die Geburt des Babys anzustoßen. Er sagt, sie haben einen Namen für ihre Tochter gefunden.«

»Oh, welchen denn?«

»Kylie.«

»Wie schön. Kylie bedeutet doch auch Bumerang, oder?«

»Ja, genau.«

»Dann lass uns auf sie anstoßen. Es geht doch nichts über ein kühles Bier, wenn es heiß ist.«

»Oh ja, und es kommt direkt aus Godfreys Kühlschrank.« Mike öffnete die Flasche. »Er hatte aber keine Gläser, nur winzige Tassen. Ich hoffe, das macht dir nichts?«

»Gar nicht.« Cassie schob sich einen Bissen Essen in den Mund und kaute. »Das schmeckt gut«, sagte sie.

»Du klingst überrascht.«

»Nein, bin ich nicht. Du scheinst viele Dinge gut zu können, und ich wette, es gibt sogar noch viel mehr zu entdecken.«

Mike schenkte das Bier in die Tassen und reichte Cassie eine. »Gleichfalls, Cassie. Du bist eine sehr talentierte Frau.«

»Zum Wohl«, sagte sie, und sie stießen an.

»Hm, das tut gut.« Sie seufzte. »So lässt es sich aushalten, nicht?«

Mike sah sie mit einem leichten Stirnrunzeln an.

»Was ist?«, fragte Cassie neugierig.

»Du überraschst mich immer wieder.«

»Wirklich?«

»Ja. Als ich am Tag deiner Ankunft am Stützpunkt gesehen habe, wie du dort von Reportern umschwärmt wurdest wie eine Königin von ihren Untertanen, habe ich dir einen Monat gegeben, bevor du kündigst.«

Cassie lachte herzlich. »Es gefällt mir, dass du mich mit einer Königin vergleichst«, sagte sie süffisant.

»Wenn mir jemand erzählt hätte, dass wir nur Wochen später zusammen an einem Lagerfeuer sitzen, Ziegeneintopf essen und Bier trinken, hätte ich denjenigen für verrückt erklärt.«

»Man sollte Menschen niemals nach ihrem Äußeren beurteilen«, erinnerte Cassie ihn.

»Ja, die Lektion habe ich gelernt.«

»Du hast keine Ahnung, wie viele Menschen glauben, eine Frau, die als Pilotin arbeitet, müsste wie ein Mann gekleidet sein. Ich verstehe das einfach nicht.«

»Du siehst jedenfalls ganz und gar nicht wie ein Mann aus. Aber es geht mir nicht so sehr um das Pilotendasein, sondern vielmehr um das Outbackleben. Absatzschuhe, Seidenstrümpfe und roter Staub passen einfach nicht zusammen.«

»Ach, sag bloß.« Sie hob ihren Fuß und zeigte ihm ihren staubigen Stiefel.

»Na schön, ich hab's verstanden«, lenkte Mike ein. »Außerdem scheinst du eine dieser Frauen zu sein, an der selbst ein Kartoffelsack wie ein Ballkleid aussieht.«

Cassie lachte erneut. »Schön wär's. Meinen Sinn für Mode habe ich meiner Mutter zu verdanken. Auch wenn wir auf einer Rinderfarm gelebt haben und von uns erwartet wurde, mit anzupacken, achtete sie immer darauf, dass ich zu gewissen Anlässen nach der neusten Mode gekleidet war, vor allem, wenn wir Besuch hatten oder zu Veranstaltungen gingen. Und sie hat keine einzige Minute mit Nähen verbracht, sie besitzt nicht einmal eine Nähmaschine. Einmal im Monat musste mein Dad sie nach Darwin fliegen, damit sie einkaufen gehen konnte. Wenn er sich weigerte, machte sie ihm das Leben schwer.«

Godfrey trat zu ihnen ans Lagerfeuer. »Die Mutter und das Baby schlafen«, verkündete er. Er hatte einige der älteren Frauen davongescheucht, weil seine Frau so müde gewesen war.

»Das wundert mich nicht«, sagte Mike. »Jedda hat es verdient, sich auszuruhen, nach allem, was sie geleistet hat. Und auch das Baby wird müde von der Geburt sein. Aber Sie können mich heute Nacht jederzeit rufen, wenn irgendetwas ist.«

»Das mache ich, Doc, aber es wird jetzt sicher alles gut sein. Wenn Sie oder Miss Granger irgendetwas brauchen, sagen Sie mir Bescheid.«

»Machen wir«, sagte Mike.

»Danke für das Bier und das Essen«, fügte Cassie hinzu.

»Sehr gerne. Gute Nacht.«

Cassie sah Godfrey auf dem Weg zu seiner Hütte nach. »Er ist ja wahrscheinlich noch keine sechzig, aber so ausgelaugt, wie er ist, sieht er aus wie hundert.«

»Er ist achtundsechzig«, erzählte Mike.

Cassie war überrascht. »Das ist nicht gerade jung, oder?«

»Vor allem, wenn man bedenkt, dass er gerade zum ersten

Mal Vater geworden ist. Und Jeddas Qualen heute haben auch ihren Tribut gefordert.«

Cassie schüttelte den Kopf. »Wie wird es erst sein, wenn ein Kleinkind hier herumläuft? Dann wird er wissen, was es heißt, erschöpft zu sein.«

»Wahrscheinlich nicht, solange sie im Clan leben. Alle werden dabei helfen, Kylie aufzuziehen. So ist es hier üblich.«

»Das stimmt. Die Pflichten werden geteilt.« Cassie sah zu den Kindern, die immer noch zusammen mit einigen Hunden draußen herumliefen. Von Zeit zu Zeit kam eines zu ihr und berührte fasziniert ihr goldenes Haar. Sie war es gewohnt, daher störte es sie nicht.

Mike beobachtete sie, erstaunt, dass sie es kaum zu bemerken schien und sich schon gar nicht beschwerte.

Sie unterhielten sich noch eine ganze Weile über die Aborigines und ihre Bräuche. Mike entpuppte sich als äußerst sachkundig und konnte Cassie, trotz all ihrer Erfahrung, noch Neues vermitteln. Sie genoss es, seiner tiefen, flüsternden Stimme zu lauschen, es hatte fast etwas Hypnotisches. Vielleicht war das aber auch dem sternklaren Himmel und dem lodernden Feuer geschuldet. Schließlich krochen sie in ihre Schlafsäcke. Das Feuer prasselte lebendig, Mike hatte Holz nachgelegt. Sie lagen einander gegenüber und betrachteten die Sterne. Schließlich verschwanden auch die Kinder und die Hunde, und Mike und Cassie waren allein. Die Grillen zirpten in den Büschen um sie herum, dazu erklangen die vielen unverwechselbaren Geräusche des Outback, wenn es Nacht wird. Manchmal war das Rascheln trockener Blätter zu hören, wenn ein Emu oder Känguru vorbeizog. Einmal kam ein neugieriger Dingo in ihre Nähe.

Cassie schaute zu Mike. Hinter den tänzelnden Flammen sah sie ihn gedankenverloren in den Himmel starren. Als hätte er ihren Blick auf sich gespürt, wandte er den Kopf, und sahen sich im Schein des Feuers unverwandt an. Cassie genoss diesen sehr intimen Augenblick.

»Das hier ist etwas, das ich missen würde, wenn ich es zuließe, dass die Angst mich von meinem Beruf als fliegender Arzt abhält«, sagte Mike schließlich.

»Du könntest von Alice Springs oder jedem anderen Ort aus rausfahren und irgendwo dein Lager aufschlagen«, schlug Cassie vor, auch wenn sie hoffte, dass er seinen Beruf nie aufgeben würde.

»Wahrscheinlich schon. Aber dann könnte ich die Patienten nicht mehr sehen, die weit außerhalb wohnen.«

»Vergiss nicht die Nachteile, die das Schlafen unter freiem Himmel mit sich bringt«, merkte Cassie an.

»Und die wären?«

»Die Sonne und die Fliegen werden uns zu lächerlich früher Stunde wecken.«

Mike lächelte. »Stimmt. Aber das ist es wert.«

Cassie sah wieder zu den Sternen auf und bewunderte die Schönheit des Nachthimmels.

»Es ist schön, das hier mit dir zu erleben, Cassie Granger«, sagte Mike leise.

Cassie war überrascht. »Mir geht es genauso, Doktor Mike Monroe«, erwiderte sie, und ihre Blicke trafen sich erneut.

Ein grollendes Donnern weckte Cassie. Regentropfen prasselten auf ihr Gesicht. Sie richtete sich auf und bemerkte kalte Asche dort, wo das Feuer gewesen war. Der Platz, an dem Mike gelegen hatte, war leer. Es war schon hell, aber die Sonne schien nicht, und auch die Fliegen waren nicht da. Am Himmel standen dunkle Wolken, was Cassie erschwerte, die Uhrzeit zu schätzen.

Sie blickte zu Godfreys Haus, aus dem Mike in diesem Moment mit der Arzttasche in der Hand heraustrat. Jedda erschien mit Kylie auf dem Arm in der Tür, sie winkte lächelnd. Der Anblick der beiden war wunderschön.

Cassie stieg aus dem Schlafsack und rollte ihn zusammen. Der Regen wurde stärker, und so eilte sie zum Flugzeug und legte den Schlafsack hinein, direkt neben Mikes. Kurz darauf trat Mike zu ihr.

»Guten Morgen. Das Wetter sieht nicht so gut aus, oder?« Er wirkte nervös.

»Nein. Wir sollten unbedingt abheben, bevor der Boden zum Sumpf wird und wir wer weiß wie lange hier festsitzen.«

»Es ist zu gefährlich, durch einen Sturm zu fliegen!«, rief Mike entsetzt.

»Wir dürfen hier nicht festsitzen, Mike. Nicht mit dem einzigen Flugzeug, das für Notfälle verfügbar ist.«

»Du hast recht.« Mike nahm seufzend seine Arzttasche und setzte sich auf den Sitz im Cockpit. Cassie ging eilig einmal um das Flugzeug herum und führte die Vorflugkontrolle aus, bevor sie sich zu ihm gesellte und den Motor startete. Vollkommen durchnässt überprüfte sie die Bedienelemente und rollte schließlich die Startbahn entlang, die eigentlich nur aus einem Stück mit Unkraut übersäter Freifläche bestand.

Der Regen wurde noch stärker. Cassie stellte fest, dass der Schlamm schon jetzt an den Reifen des Flugzeugs klebte. »Uns bleibt wirklich nicht viel Zeit, bis dieser Boden zu matschig für den Abflug ist.«

»Hast du denn freie Sicht?«, fragte Mike. »Ich kann kaum etwas erkennen.«

»Ja, ich sehe gut«, versicherte Cassie. Das stimmte zwar nicht ganz, aber das würde sie nicht zugeben. »Die Startbahn ist frei, keine Sorge.«

»Frei bis auf die Million Kängurus«, sagte Mike. »Und vielleicht auch einige Hunde.«

»Die suchen gerade allesamt Unterschlupf vor dem Regen und dem kommenden Gewitter«, versuchte Cassie ihn zu beruhigen.

Der Start gelang, bald schon waren sie in der Luft, und Mike umklammerte die Seiten seines Sitzes so fest, dass seine Knöchel weiß hervortraten, während das Flugzeug weiter in den Himmel stieg. Als sie sich auf Flughöhe befanden, atmete Cassie tief durch, was man von Mike nicht behaupten konnte. Er beobachtete mit entsetzter Miene die Blitze, die fürchterlich nah wirkten.

»Und wie glamourös findest du mich jetzt heute Morgen?«, fragte Cassie, der durchaus bewusst war, dass ihr nasses Haar platt an ihrem Kopf klebte.

»Was?«, fragte Mike verwirrt.

»Gestern meintest du, ich würde heute Morgen sicher glamourös aussehen. Ich wette, das würdest du jetzt gern zurücknehmen.«

»Oh, du siehst ... na ja, niemand sieht glamourös aus, nachdem er vom Regen durchnässt wurde, aber du siehst gut aus«, erwiderte Mike.

»Das war aber diplomatisch.« Cassie lächelte. »Wenn man bedenkt, dass ich aussehe wie ein begossener Pudel.«

Mike blickte sie von der Seite an. »Nein, tust du nicht. Deine Haut glitzert«, sagte er leise.

Cassie wusste nicht, worauf er hinauswollte. »Glitzert?«

»Ja, von den Tropfen. Das sieht frisch aus.«

»Du meinst ... nass.«

In diesem Moment spaltete ein Blitz den Himmel direkt vor dem Flugzeug.

Cassie zuckte zusammen und schloss ihre Hände fester um den Steuerknüppel.

»Oh Gott.« Mike drückte sich in den Sitz. »Wir schaffen es nicht bis zum Stützpunkt, oder?«

»Doch, wir schaffen es«, erwiderte Cassie bestimmt. »Der Flug könnte etwas rau werden, aber wir werden heil ankommen.«

Das Flugzeug wurde immer wieder von Turbulenzen erschüttert, und Cassie hatte Mühe, es waagerecht in der Luft zu halten. Sie bemühte sich aber, das zu verbergen, Mike war ohnehin blass wie ein Gespenst.

»Bist du schon mal in einem Gewittersturm geflogen?«, fragte Mike.

»Natürlich, schon oft. Im Territory stürmt es ständig, vor allem in der Regenzeit. Normalerweise singe ich mich durch die Stürme hindurch.«

»Du singst?«, rief Mike ungläubig.

»Ja, das hilft. Kennst du das Lied *Hit the Road Jack* von Ray Charles?«

Mike starrte sie an, als wäre sie verrückt geworden, aber das hielt Cassie nicht ab. Sie begann lauthals zu singen.

»*Hit the road, Jack, and don't you come back no more, no more, no more, no more. Hit the road, Jack, and don't you come back no more.*«

Mike saß immer noch reglos neben ihr, sie spürte seinen fassungslosen Blick auf sich.

»Komm, sing mit«, ermutigte sie ihn. »*Hit the road, Jack, and don't you come back no more, no more, no more, no more. Hit the road, Jack, and don't you come back no more.* Na los, komm schon, Mike! So geht es weiter: *Whoa, woman, oh woman, don't treat me so mean, you're the meanest old woman that I've ever seen. I guess if you say so, I'll have to pack my things and go. That's right …*«

Zu ihrer Erleichterung fiel Mike schließlich ein und sang den Refrain mit, zuerst leise, doch dann wurde auch er lauter.

»Hit the road, Jack, and don't you come back no more, no more, no more, no more.«

Cassie setzte zur nächsten Strophe an.

»Now baby, listen baby, don't ya treat me this way,
cause I'll be back on my feet someday.
Don't care if you do 'cause it's understood,
you ain't got no money, you just ain't no good.«

Mike übernahm. *»Well, I guess if you say so,*
I'll have to pack my things and go.«

»That's right«, sang Cassie, bevor sie den Refrain gemeinsam angingen.

Vor ihnen leuchteten Blitze auf, und es donnerte, doch sie sangen so laut, dass sie es kaum bemerkten.

Als der letzte Ton verklungen war, überraschte Mike Cassie, indem er ein Lied von Frank Sinatra anstimmte.

»Fly me to the moon,
let me play among the stars ...«

Cassie lächelte und sang mit.

»Let me see what spring is like on Jupiter and Mars.
In other words, hold my hand, in other words, baby, kiss me ...«

Die Stunde Flugzeit war im Nu vorbei. Als Cassie in Alice Springs landete, sangen sie gerade *Everybody loves Somebody* von Dean Martin.

Es hatte aufgehört zu regnen, aber die Rollbahn war nass. Als sie sich abschnallten, fing Cassie Mikes Blick auf.

»Das hat Spaß gemacht, oder?«, fragte sie. »Und ich meine damit nicht das Fliegen im Gewitter.«

»Ich kann gar nicht glauben, dass wir das gerade gemacht haben! Wir müssen verrückt sein. Niemand wird uns glauben, dass wir auf dem Flug durch ein Gewitter lauthals gesungen haben.«

»Es hilft aber, oder? Man hört auf, über das Unwetter nachzudenken.«

»Na ja, nicht vollständig, aber bis zu einem gewissen Grad hat es tatsächlich geholfen.« Mike lachte. »Stell dir mal vor, wir machen das mit Patienten an Bord.«

»Vielleicht wüssten sie das Konzert ja zu schätzen«, sagte Cassie, als sie in die Zentrale traten.

Mike lachte. »Der Donner hat meinen grässlichen Gesang übertönt, aber ich bin mir nicht sicher, ob ich das einem Patienten zumuten würde.«

Jeannie und Kirra starrten sie mit offenen Mündern an.

»Was ist los?«, fragte Mike.

»Haben wir richtig gehört? Habt ihr ... gesungen, während ihr in dem Gewitter da draußen unterwegs wart?«

»Haben wir«, antwortete Cassie, als Mike es nicht tat. »Es hat Spaß gemacht.«

»Ja, das stimmt. Sind Notrufe eingegangen?«, fragte Mike, jetzt wieder geschäftsmäßig.

»Nein, aber Glen war gerade hier. Das zweite Flugzeug ist repariert. Er wird es nachher aus dem Hangar holen.«

»Das ist gut. Wie geht es Roy?«

»Sehr gut. Der Arzt untersucht ihn gleich noch. Roy hofft, dass er morgen entlassen wird, hadert aber noch mit der Aussicht, zu seiner Schwester zu ziehen. Er ist bestimmt ein eher anstrengender Patient, daher wird das Krankenhauspersonal vermutlich nichts dagegen haben, ihn sobald als möglich gehen zu lassen.«

»Ja, das kann gut sein.« Mike ging in sein Büro und schloss die Tür.

Jeannie und Kirra sahen zu Cassie.

»Wir dachten, bei dem Wetter würde er als Wrack hier ankommen«, wisperte Jeannie. »Dass er gesungen hat ... Das ist kaum zu glauben.«

»Ich singe immer, wenn ich durch einen Sturm fliege«, erklärte Cassie. »Das hilft mir, und da dachte ich, es könnte ihm auch helfen. Und das hat es auch. Er hatte immer noch Angst, und wenn ich ehrlich bin, ich auch. Es war ein heftiges Unwetter, und die Instrumente haben zwischendurch ein bisschen verrücktgespielt, aber ich habe versucht, das alles nicht zu zeigen. Gott sei Dank ist alles gut gegangen.«

»Du bist eine Wunderheilerin, Cassie.«

»Nicht wirklich. Ich wette, Mike zittert gerade in seinem Büro wie Espenlaub, als verzögerte Reaktion, aber wir sind heil hier angekommen, und zum Glück müssen wir noch nicht sofort wieder los. Bis zum nächsten Abflug wird der Sturm wahrscheinlich ganz aus der Gegend gezogen sein. Und in der Zwischenzeit werde ich schnell duschen und mich wieder herrichten.«

Kapitel 15

»Der Nachmittag war bisher relativ ruhig«, sagte Jeannie, als Kirra und Cassie aus einer Klinik in der Stadt zurückkehrten, wo sie medizinisches Material abgeholt hatten. Jeannie hatte ein paar Anrufe von Menschen mit kleineren Beschwerden entgegengenommen, bei denen sie Auskunft hatte erteilen können, Notrufe waren nicht eingegangen. »Das Wetter scheint die Farmer alle in den Häusern zu halten.«

»Hallo! Ist hier jemand?«, rief in diesem Moment eine männliche Stimme, und ein sandblonder Kopf sah zur Hintertür herein. »Darf ich reinkommen?«

»Ja, treten Sie ein«, sagte Jeannie zu dem attraktiven Mann und ging auf ihn zu. »Kann ich Ihnen behilflich sein?«

»Ich suche nach …« Der Mann ließ den Blick aus seinen strahlend blauen Augen durch den Raum schweifen. Als er Cassie sah, leuchteten seine Augen auf und er lächelte breit.

»Hallo, Doktor Peterson«, sagte sie, als sie ihn erkannte.

»Hallo, Cassandra«, erwiderte er fröhlich.

Cassie bemerkte amüsiert, dass Jeannie sie mit offenem Mund anstarrte. »Jeannie, Kirra, darf ich euch Doktor Chris Peterson vorstellen?«, sagte Cassie. »Er ist Roys Arzt.«

»Oh, da hat Roy aber Glück«, merkte Jeannie an. »Und ich hatte Pech, dass ich nicht schon im Krankenhaus auf Sie gestoßen bin.«

Chris lachte verlegen.

»Hallo«, grüßte Kirra erfreut. »Sind Sie neu in der Stadt?«

»Doktor Peterson ist erst seit Kurzem in Alice Springs.«

»Ja, noch keine zwei Wochen«, fügte er hinzu.

»Ich wette, das Krankenhauspersonal hat sich sehr über die Verstärkung gefreut, Doktor Peterson«, sagte Kirra.

Daran zweifelte Cassie nicht. Sie konnte sich gut vorstellen, wie die Schwestern um seine Aufmerksamkeit konkurrierten.

»Ja, dort herrschte Personalmangel …«

Mikes Bürotür öffnete sich, und er trat in den Empfangsbereich, sichtlich überrascht, den Kollegen zu sehen. »Hallo«, sagte er stirnrunzelnd. »Ist alles in Ordnung mit Roy?«

»Ja, es geht ihm gut. Er macht beachtliche Fortschritte und scharrt schon mit den Hufen, das Krankenhaus zu verlassen. Vielleicht kann ich ihn morgen in die Obhut seiner Schwester übergeben. Sie hat versprochen, sicherzustellen, dass er sich ausruht, und offen gestanden glaube ich, die Schwestern werden erleichtert sein, wenn er fort ist. Er ist ein anspruchsvoller Patient.«

»Das kann ich mir denken, aber bei Helen wird er mit diesem Verhalten nicht durchkommen, glauben Sie mir«, sagte Mike. »Sie wird ihn an der kurzen Leine halten.«

»Das ist gut zu wissen.«

»Können wir Ihnen irgendwie helfen?«

»Nein.« Chris' Blick wanderte zu Cassie. »Ich bin gekommen, um diese schöne Frau zu sehen.«

»Ach so.« Die Enttäuschung war Mikes Stimme deutlich anzuhören.

»Was kann ich denn für Sie tun, Doktor Peterson?«, fragte Cassie.

»Bitte, nennen Sie mich Chris. Sie können mir die Ehre erweisen, mit mir im Stuart Arms Hotel zu Abend zu essen. Heute ist dort Curry-Abend.«

»Oh.« Cassie fühlte sich überrumpelt, denn sie hatte nicht erwartet, dass er die Einladung vor Zuschauern wiederholen würde.

»Ich habe eine Schwäche für Madras-Curry und Lamm-Curry. Ich hoffe, Sie auch.«

Cassie blickte zu Jeannie und Kirra. Sie war sicher, dass sie nicht verstanden, dass sie auch nur eine Sekunde zögerte.

»Mir ist bewusst, dass nicht jeder Curry mag ...«, fügte er hinzu.

»Ich schon«, sprang Jeannie enthusiastisch ein.

»Ich auch«, platzte es aus Kirra heraus.

Chris lächelte, hielt den Blick jedoch weiterhin auf Cassie gerichtet. »Ich hoffe, Sie auch«, sagte er ein wenig unsicher.

»Ich habe nichts gegen ein gutes Curry einzuwenden«, gab sie zu.

»Sind die Currys im Hotel gut, Doktor Monroe?«, fragte Chris.

»Ja«, antwortete Mike steif.

»Großartig.« Er wandte sich wieder an Cassie. »Ich esse nicht gern allein, also, was sagen Sie zu einer Verabredung?«

»Ja, in Ordnung. Das wäre nett.«

Chris war hocherfreut. »Wunderbar. Ich hole Sie um sechs Uhr ab.«

»Ich kann in die Stadt kommen, das würde Ihnen eine weitere Fahrt innerhalb kurzer Zeit hierher ersparen«, bot sie an.

»Auf gar keinen Fall. Ein Gentleman holt eine Dame zu einer Verabredung ab.« Er zwinkerte Jeannie zu, die daraufhin kicherte.

»In Ordnung. Dann bis um sechs.«

»Gut. Bis dann.« Er nickte den anderen Frauen zu. »Es war nett, Sie kennenzulernen«, sagte er charmant. »Auf Wiedersehen, Doktor Monroe.«

Mike nickte und ging mit ernster Miene zurück in sein Büro, wo er die Tür hinter sich schloss.

»Was für ein Prachtkerl«, schwärmte Jeannie, kaum dass die

Tür hinter Chris ins Schloss gefallen war. »Du bist ein Glückspilz, Cassie.«

»An mein Krankenbett dürfte er jederzeit kommen«, merkte Kirra an.

»Stell dich hinten an, Kirra.« Jeannie stieß sie mit dem Ellbogen an. »Ich hab ihn zuerst gesehen.«

»Hört auf, ihr zwei«, sagte Cassie grinsend. »Ich bin einfach dankbar, dass er nicht hier war, als Mike und ich heute Morgen angekommen sind und ich aussah wie ein nasser Wischmopp.«

Jeannie und Kirra lachten.

»Das ist nicht witzig«, sagte Cassie, die die Vorstellung grässlich fand.

»Er scheint dir ja wirklich zu gefallen. Aber wer könnte dir das verdenken«, zog Jeannie sie auf.

»Ich kenne ihn doch kaum. Trotzdem, es wäre ein Desaster gewesen, wenn er mich in dem Zustand angetroffen hätte!« Sie machte sich auf den Weg zu ihrer Wohnung, wohl wissend, dass Jeannie und Kirra immer noch lachten.

Dann kam Mike aus dem Büro. »Ich bin in meiner Wohnung, falls ihr mich braucht«, beschied er knapp.

»Okay«, sagte Jeannie. »Alles in Ordnung?«

»Ja, warum?«

»Nur so«, erwiderte Jeannie. »Der neue Arzt scheint nett zu sein, nicht wahr?«

»Ich kenne ihn nicht gut genug, um mir ein Urteil bilden zu können, aber in Medizinerkreisen hat er einen guten Ruf.«

»Ich meinte, persönlich.«

»Er scheint mir ein bisschen zu sehr von sich selbst überzeugt«, sagte Mike und ging.

Jeannie verdrehte die Augen. »Da ist wohl jemand eifersüchtig.«

»Glaubst du?«

»Ja. Ich glaube, unsere Cassie ist dem guten Mike ein wenig ans Herz gewachsen.«

»Ich wette, jeder Mann, der sie trifft, verliebt sich in sie«, sagte Kirra.

»Das schmeckt wirklich sehr gut!«, sagte Cassie, nachdem sie den ersten Bissen Madras-Curry probiert hatte. Zufrieden ließ sie ihren Blick über die Gäste schweifen, darunter Familien, Paare und Männer, die mit ihren Arbeitskollegen zusammensaßen.

Als sie Chris ansah, bemerkte sie, dass er sie eingehend musterte. »Was ist? Habe ich etwas am Kinn?« Sie tupfte sich mit einer Serviette ab.

»Nein, ich habe nur die Aussicht genossen«, erwiderte er lächelnd. »Ich denke, dass jeder Mann in diesem Raum mich gerade beneidet.«

Cassie wusste, dass sie gut aussah. Sie trug eine kurzärmelige mintgrüne Spitzenbluse, die ihre grünen Augen betonte, und einen weißen Leinenrock. Die Haare hatte sie sich hochgesteckt. Sie war es gewohnt, bewundert zu werden, und machte sich normalerweise nichts daraus. Aber der Blick aus Chris' blauen Augen war so intensiv, dass sie errötete.

»Das Curry ist wirklich gut«, wechselte er das Thema.

»Ja. Es kommt mir so authentisch vor, wo es doch in einem Hotel mitten in Australien serviert wird.«

»Eine der Krankenschwestern hat mir erzählt, dass einer der Köche Inder ist und einmal in der Woche Curry kocht.«

»Oh, wahrscheinlich hat die Schwester gehofft, Sie würden sie zu einem Essen hier einladen.« *Und da ist sie bestimmt nicht die Einzige*, dachte Cassie bei sich.

Chris wirkte überrascht. »Daran habe ich gar nicht gedacht. Ich habe sie nur gefragt, ob sie ein Lokal in der Stadt kennt, in dem man gut essen kann. Dabei hatte ich unser Gespräch im Hinterkopf.« Er sah sich um. »Dem Andrang nach zu urteilen ist der Curry-Abend hier in der Mitte Australiens sehr beliebt.«

Es amüsierte Cassie, dass er anscheinend überhaupt nicht bemerkte, wie viele Herzen er brach. »Sie haben gesagt, Sie sind noch nicht lange hier – wo sind Sie aufgewachsen?«, fragte sie neugierig.

»Im Westen. Ich habe meine Kindheit in Broome verbracht, wurde aber in Perth zum Arzt ausgebildet. Und Sie?«

Cassie erzählte ihm ihre Geschichte.

Chris hob erstaunt die Augenbrauen. »Sie sind auch Krankenschwester?«

»Ja.«

»In welchem Krankenhaus wurden Sie ausgebildet?«

»Im Royal Darwin Hospital. Und Sie?«

»Im Armadale Kelmscott District Memorial Hospital in Perth.«

»Es wäre schon ein verrückter Zufall gewesen, wenn wir die Ausbildung im selben Krankenhaus gemacht hätten, nicht?«, fragte Cassie.

»Ja, aber ein schöner Zufall.«

»Sind Sie immer so charmant?«, wagte sie zu fragen.

»Sie finden mich charmant?« Chris lächelte, und seine Augen funkelten.

»Sie wissen ganz genau, dass Sie charmant sind.« Cassie trank einen Schluck Wein und beschloss, das Thema zu wechseln. »Der Wein ist gut, nicht?«

»Stimmt.« Chris trank einen Schluck. »Wie kam es denn dazu, dass aus der Krankenschwester eine Pilotin wurde?«

Cassie erzählte ihm von ihrem Traum, als Pilotin zu arbeiten, und dem Anruf des Präsidenten der Flying Doctors im Anschluss an ihre Siegesrede.

»An wie vielen Rennen haben Sie teilgenommen?«, fragte Chris.

»Bisher waren es sechs. Ich liebe es, Luftrennen zu fliegen. Das Powder Puff Derby war anstrengend, hat aber unheimlich viel Spaß gemacht«, erzählte Cassie begeistert.

»Sie müssen als Pilotin sehr talentiert sein.«

»Talent braucht man, aber man muss auch etwas Glück haben, fragen Sie mal Ihre Cousine. Bei einem Rennen kann in sechs Tagen viel passieren, unter anderem können mechanische Schwierigkeiten auftreten.«

»In Celias Maschine hat der Motor Probleme gemacht, deswegen musste sie am fünften Tag aus dem Wettbewerb aussteigen. Sie war schrecklich enttäuscht, wird aber nächstes Jahr wieder antreten.«

»Das ist gut. Ich kenne jede Schraube und jede Mutter in meinem Flugzeug, und ich halte es immer gut in Schuss, aber man kann sich nicht gegen jede Eventualität wappnen. Manche Dinge haben einfach mit Glück zu tun, zum Beispiel das Wetter.«

»Sind Sie mit Ihrem eigenen Flugzeug hergeflogen?«

»Ja, es steht im Hangar der Flying Doctors.« Sie trank noch einen Schluck Wein. »Und was hat Sie nach Alice Springs verschlagen?«

»Ich habe zwei Jahre in einer Praxis in Port Hedland gearbeitet. Dort leben noch viel weniger Menschen als hier, ich bin also an kleine Orte gewöhnt. Ich wollte einfach eine Abwechslung zu Perth, und der Unterschied zu Alice Springs könnte nicht stärker sein.«

»Das stimmt, zumindest für den Teil der Stadt, den ich kennengelernt habe. Ich hoffe, ich habe bald mal Zeit, den Ort näher zu erkunden.«

»Das hoffe ich auch. Die Krankenschwestern haben mir

schon einige Dinge empfohlen, die man hier machen kann. Wussten Sie, dass es ein Freiluftkino gibt?«

»Nein, das wusste ich nicht.«

»Außerdem soll es in der Gegend viele wunderschöne Orte zum Picknicken geben. Ich finde, wir sollten sie gemeinsam erkunden.«

»Ach ja?« Sein Selbstbewusstsein amüsierte Cassie.

»Ja, wir sind doch beide neu in der Stadt.«

»Das stimmt.«

»Also sehen Sie das genauso?«

»Das habe ich nicht gesagt, aber vielleicht könnten wir uns ja irgendwann mal einen Film zusammen ansehen.«

»Und ich finde, wir sollten picknicken.«

Cassie blickte ihn skeptisch an, und er fügte eilig hinzu: »Ich bringe das Essen und den Wein mit.«

»Das Angebot klingt verlockend.« Cassie war nicht bereit, jedem seiner Vorschläge zuzustimmen.

»Denken Sie darüber nach«, bat Chris.

»Das mache ich. Haben Sie denn noch Familie in Perth?«

»Ja, meine Eltern und mein älterer Bruder leben dort. Ich hoffe, dass ich sie an Weihnachten besuchen kann, wenn ich dann nicht im Krankenhaus zum Dienst eingeteilt werde. Und Sie in Darwin?«

»Meine Eltern und einen Bruder, er ist verheiratet. Ich vermisse sie, also fliege ich wahrscheinlich auch über Weihnachten hin, wenn ich freibekomme.«

»Ich hoffe wirklich, dass ich ein paar Tage nach Hause kann, da mein Bruder an Heiligabend heiratet und ich seine Hochzeit nicht verpassen möchte. Werden Sie mit Ihrem Flugzeug nach Hause fliegen?«

»Das hängt davon ab, wie viele Tage ich freibekomme. Wenn ich die kleine Maschine nehme, brauche ich zwei Tage.«

»Waren Sie schon mal in Broome?«

»Ja, letztes Jahr. In der Gegend habe ich während der Trockenzeit mit meinem Flugzeug Hilfspakete für das Rote Kreuz ausgeliefert, unter anderem auch einmal in Broome. Ein hübscher Ort, und die Küste ist umwerfend schön.«

Chris starrte sie an. »Sie führen ein sehr interessantes Leben, Miss Granger. Und vollbringen noch dazu gute Taten für die Clans im Outback. Ich kann mir nicht vorstellen, dass Alice Springs Ihr Interesse lange fesseln wird.«

»Ich kann nicht in die Zukunft sehen, aber bislang genieße ich die Herausforderung, an abgelegene Orte zu fliegen. Ich wusste, worauf ich mich einlasse, als ich hergekommen bin, und ich liebe den Outback. Doktor Monroe und ich haben die letzte Nacht in einer Aborigine-Mission achtzig Meilen westlich von hier verbracht, es war einfach zu dunkel, um zurückzufliegen. Wir haben in Schlafsäcken unter den Sternen geschlafen. Ich habe es sehr genossen, dort am Lagerfeuer zu liegen, mit Millionen von Sternen über uns. Es gibt nichts Besseres.« Innerlich sah sie plötzlich Mike vor sich, wie er auf der anderen Seite des Lagerfeuers lag.

»Das klingt sehr romantisch, ich beneide Doktor Monroe fast ein bisschen«, sagte er. »Warum konnten Sie nicht im Dunkeln zurückfliegen?«

»Es ist zu gefährlich, ebenso wie am frühen Morgen, weil das genau die Zeit ist, zu der Emus und Kängurus fressen. Ab etwa zehn Uhr ist das Starten und Landen sicherer, wenn die Tiere Schutz vor der sengenden Sonne suchen.«

»Verstehe.« Chris schwieg nachdenklich. »Bedeutet das, wenn ich als Arzt einspringe, besteht die Chance, dass Sie und ich auch Nächte an einem Lagerfeuer unter den Sternen verbringen?«

Cassie schmunzelte. »Vielleicht.«

Er strahlte. »Die Aussicht, als Arzt im Outback zu arbeiten, wird mit jeder Minute verlockender.«

Cassie lachte. »Es gibt auch Nachteile.«

»Ich sehe keinen einzigen.«

»Man muss sich mit Millionen Fliegen und anderen Kriechtieren herumplagen.«

»Das ist ein kleiner Preis für eine Nacht unter den Sternen mit so einer schönen Frau«, sagte Chris.

Kapitel 16

»Es wird heute heiß und staubig in Coober Pedy«, sagte Cassie zu Mike, der neben ihr im Cockpit der De Havilland saß. Ein heißer Nordwind rüttelte die Maschine durch und wirbelte Staubspiralen über die Landschaft.

»Ja, vermutlich«, murmelte Mike. Er sah aus seinem Seitenfenster und schien in Gedanken versunken.

Cassie fragte sich, ob er an den Patienten dachte, zu dem sie unterwegs waren. Ein Minenarbeiter war in einen Minenschacht gefallen und hatte vermutlich einen Oberschenkelbruch sowie eine Nackenverletzung davongetragen.

Eine Weile flogen sie schweigend über die rote, mit Mulga-Büschen gespickte Erde, offenes Land mit wenigen Anhaltspunkten. Cassie entdeckte ein halbes Dutzend wilder Kamele und kleine Herden wandernder Rinder sowie einige Kängurus und Emus.

»Alles in Ordnung?«, fragte sie Mike, als dieser weiterhin schwieg.

»Ja.« Er streifte sie mit einem kurzen Blick. »Alles bestens.«

Cassie wollte ihn nicht bedrängen. Die Minuten verstrichen nur zäh.

Schließlich wandte Mike sich ihr zu. »Hattest du gestern einen schönen Abend?«, fragte er.

Die Frage war mehr als nur beiläufig, er hatte offenbar darüber nachgedacht.

»Ja, es war sehr nett. Das Essen war hervorragend. Sunil weiß wirklich, was er tut.«

»Sunil?«

»Der indische Koch.«

Mike runzelte die Stirn. »Du hast ihn kennengelernt?«

»Ja, Chris hatte eine Frage zum Essen, da kam er aus der Küche und hat sich vorgestellt. Sunil ist erst seit sechs Monaten in Australien, aber sein Englisch ist erstaunlich gut. Er ist ein äußerst netter Mann, sehr höflich und bescheiden.«

Mike schwieg wieder eine Weile, dann wollte er wissen, ob der Speisesaal des Hotels gut besucht gewesen sei.

»Er war bis auf den letzten Platz besetzt. Der Curry-Abend ist wirklich beliebt, zum Glück hatte Chris einen Tisch reserviert.«

Mike sah wieder aus dem Fenster, und das Schweigen zwischen ihnen zog sich in die Länge. Cassie war nicht gewillt, von sich aus mehr von ihrer Verabredung zu erzählen, doch seine Neugier war noch nicht gestillt. »Und was hältst du von Doktor Peterson?«

»Wie meinst du das?«

»Du hast dir doch sicher eine Meinung zu ihm gebildet.«

»Ach so, nun, er ist ein netter Mann«, antwortete sie ausweichend.

Wie erwartet reagierte Mike missgestimmt. »Nett? Mehr fällt dir dazu nicht ein?«

»Er hat auch einen guten Sinn für Humor, ist ein Gentleman, ehrlich, gut aussehend, aufgeschlossen …«

»Okay, okay. Ich verstehe«, bremste Mike sie. »Du magst ihn.«

Cassie lächelte. »Wir haben uns gut verstanden, und das Gespräch war sehr angenehm. Es hat sich als Vorteil erwiesen, dass wir beide einen medizinischen Hintergrund haben.«

Mike zuckte mit den Schultern. »Kann ich mir vorstellen«, sagte er missmutig, dann wandte er sich ab.

Doch so leicht wollte Cassie ihn nicht davonkommen lassen. »Hast du denn schon eine Meinung von ihm?«

Mike sah wieder zu ihr. »Ich kenne ihn nicht persönlich, aber er scheint ein kompetenter Arzt zu sein.«

»Er hat Roy das Leben gerettet«, erinnerte Cassie ihn.

»Ja, das hat er. Aber soweit ich es bisher mitbekommen habe, scheint er mir sehr von sich selbst überzeugt zu sein.«

Cassie lachte.

»Das findest du amüsant? Ich hätte gedacht, so etwas schreckt eher ab.«

»In diesem Fall ist das Gehabe nur Teil seines Charmes und recht harmlos«, sagte Cassie. »Wenn ich ihn arrogant fände, würde ich nicht mit ihm ausgehen.«

Mike schnaubte.

»Triffst du dich mit einer der Frauen aus Alice Springs?«, fragte Cassie, die schon länger neugierig auf sein Privatleben war.

»Das habe ich mal ... Aber jetzt schon länger nicht mehr.«

»Das überrascht mich.«

»Warum?«

»Alle Patientinnen, die wir besuchen, sind hingerissen von dir. Ich wette, die Hälfte ihrer Symptome sind erfunden, nur um deine Aufmerksamkeit zu erregen.«

»Das bildest du dir bloß ein.« Mike errötete leicht.

»Nein, tue ich nicht.«

Wieder schwieg Mike, und Cassie ließ ihn gewähren. »Ich hätte mich einmal beinahe mit einer Frau verlobt, aber daraus ist nichts geworden«, sagte er schließlich und rutschte unruhig auf seinem Sitz herum.

»Hatte das mit dem zu tun, was Bill Burns passiert ist?« Die Frage war sehr persönlich, es war gut möglich, dass er sie nicht beantworten würde.

»Damals habe ich das nicht verstanden, aber ich glaube, dass es tatsächlich viel damit zu tun hatte.«

»Hast du dich von ihr zurückgezogen?«

»Ja, und wenn ich ehrlich bin, war ich extrem launisch. Ich konnte mir keine glückliche Zukunft für mich vorstellen und habe mich gefragt, was das Leben für einen Sinn hat.«

Cassie überraschte das nicht. »Manche Menschen sind nach solchen Nahtoderfahrungen fest entschlossen, das Beste aus ihrem Leben zu machen, andere hingegen leiden unter dem Überlebensschuld-Syndrom. Vielleicht war das bei dir auch der Fall?«

»Ich war glücklich, am Leben zu sein«, erklärte Mike. »Aber ich war auch wie gelähmt vor Angst. Es ist nicht sehr männlich, so etwas zuzugeben, oder?«

Cassie wusste seine Ehrlichkeit zu schätzen. In ihren Augen machten ihn seine Gefühle menschlicher, sie fühlte sich ihm näher. »Es gibt ja kein Regelbuch, in dem steht, welche Gefühle wir nach bestimmten Geschehnissen haben sollten und welche nicht. Manchmal wird es mit der Zeit besser, manchmal durch professionelle Hilfe.«

»In Alice Springs gibt es keine professionelle Hilfe, also bleibt mir nur, auf meine eigene Art und Weise mit meinen Problemen umzugehen. Und das beinhaltet, dass ich mich ihnen jeden Tag stelle und in ein Flugzeug steige.«

»Dafür bewundere ich dich sehr«, gestand Cassie. Einen Moment lang trafen sich ihre Blicke, doch dann sah Mike wieder aus dem Fenster.

Einige Minuten flogen sie schweigend weiter.

»Hat Kirra dir gesagt, was mit ihrer Mutter los ist?«, fragte Mike schließlich. Jeannie hatte ihm ausgerichtet, dass Kirra erneut nicht zur Arbeit kommen konnte, weil es ihrer Mutter nicht gut ging, aber keine Details genannt.

»Nichts Genaues«, sagte Cassie. »Aber Jeannie meinte, Kirras

Mutter wird oft schwindlig, vielleicht hat es damit zu tun. Soweit ich weiß, hat sie auch eine Sehschwäche.«

»Ich habe ihr eine Brille besorgt, aber Kirra meint, sie weigert sich, sie zu tragen.«

»Es wundert mich, dass Kirra dich noch nicht gebeten hat, ihre Mutter zu untersuchen und zu behandeln.«

»Wahrscheinlich würde sie das gern, aber ihre Mutter hält nichts von der Medizin der Weißen, und sie ist sehr stur.«

»Wie ist sie denn sonst so?«

»Dot kann schwierig sein, aber an einem guten Tag kann es auch ganz nett mit ihr sein. Sie hat einen wunderbar trockenen Humor. Leider kommt er nicht oft zum Vorschein.«

»Warum besuchst du sie nicht einfach mal?«, schlug Cassie vor. »Dann kannst du dir vielleicht ein Bild machen, ohne dass sie es mitbekommt.«

»Das ist eine gute Idee. Das mache ich nachher, auch wenn ich bezweifle, dass sie mich nicht durchschauen wird. Sie ist eine gewiefte alte Dame.«

»Sie klingt interessant. Wäre es in Ordnung, wenn ich mitkomme? Ich würde sie gern kennenlernen.«

»Wenn du möchtest, gerne.«

»Hallo, Kirra«, grüßte Mike, als diese die Tür zum Haus ihrer Mutter öffnete. »Cassie und ich waren in der Stadt und dachten, wir kommen mal vorbei und besuchen dich und deine Mutter. Wie geht es ihr?«

»Nicht besonders gut, aber sie möchte keinen Arzt sehen«, wisperte Kirra.

»Ich weiß«, erwiderte Mike. »Wir sind nur zu Besuch.« Er zwinkerte Kirra zu.

Sie zuckte mit den Schultern. »Kommt rein.«

»Hallo, Dot«, sagte Mike fröhlich. Sie saß am Küchentisch,

und sah gebrechlicher aus als beim letzten Mal, als er sie gesehen hatte. Im Laufe der Monate war ihr Haar außerdem vollständig weiß geworden.

»Was machen Sie hier?«, blaffte Dot mit einem bösen Blick zu ihrer Tochter, die neben Cassie in der Tür stand. »Wer diese Frau?«

»Ich bin vorbeigekommen, um Ihnen unsere neue Pilotin vorzustellen«, behauptete Mike. »Das ist Cassie Granger. Cassie, diese grantige alte Frau ist Kirras Mum Dot.«

»Ich nicht grantig und nicht alt. Und auch nicht dumm.« Dot sah wieder böse zu Kirra. »Ich keinen Arzt brauchen«, beharrte sie wütend.

»Das ist gut, denn er hat sowieso keine Zeit, dich zu untersuchen«, antwortete Kirra.

Dot starrte Mike an. »Sie hübscher Kerl, aber mir egal, warum Sie hier. Sie wieder gehen.«

»Kommen Sie schon, Dot«, sagte Mike gutmütig, obwohl er wusste, dass es schwer war, gegen sie anzukommen, wenn sie solch schlechte Laune hatte.

Cassie hatte das Szenario bisher schweigend beobachtet und beschloss, dass es Zeit war, einzuschreiten. Sie trat zu dem Tisch und setzte sich auf einen Holzstuhl neben die alte Frau. »Es ist meine Schuld, dass wir hier sind, Dot. Ich wollte Sie kennenlernen. Kirra erzählt uns ständig von Ihnen, und es ist schön, mir jetzt ein Gesicht zu Ihrem Namen vorstellen zu können.« Sie setzte ein entwaffnendes Lächeln auf.

»Oh, ja.« Dot musterte sie misstrauisch. »Sie fliegen, ja?«

»Genau.«

»Warum?«

»Weil ich gerne fliege.«

Dot schnaubte, dann erschien ein seltsamer Ausdruck in ihrem Gesicht, sie wirkte ein wenig desorientiert.

Cassie nahm ihre Hand und drückte sie. Die Haut fühlte sich trocken an, und sie zitterte. »Es ist so schön, Sie endlich kennenzulernen«, sagte sie und suchte ihren Blick.

Dot entzog ihr die Hand.

»Puh. Es ist ganz schön heiß hier drin, oder?«, merkte Cassie an, der aufgefallen war, dass die alte Frau gar nicht schwitzte. »Könnte ich ein Glas Wasser haben, Kirra? Und vielleicht möchte deine Mutter auch eins.«

Dot zuckte desinteressiert mit den Schultern.

»Bei der Hitze ist es wichtig, viel zu trinken, Dot«, erwähnte Cassie so beiläufig wie möglich.

»Sie reden wie Kirra«, erwiderte Dot verärgert.

»Na ja, sie hat aber recht. Wenn ich nicht genug trinke, bekomme ich immer einen trockenen Mund, trockene Lippen und Augen, und ich muss viel zu selten zur Toilette. Und dann bekomme ich die Bibberitis.«

Dot merkte auf. »Was das?«

Cassie machte das Bibbern nach, und die alte Dame lächelte. »Ich fange an zu zittern«, erklärte Cassie, »und mir wird schwindlig. Es ist nicht sehr angenehm.« Sie beugte sich zu Dot vor und flüsterte: »Und mein Urin wird braun und stinkt.«

Dot wirkte überrascht, aber sie lächelte immer noch. »Vielleicht ich Bibberitis«, sagte sie.

»Glauben Sie?«, fragte Cassie.

Kirra verteilte Gläser mit Wasser an ihre Mutter, Cassie und Mike.

»Wasser nicht lecker«, klagte Dot.

»Das stimmt, aber man kann einen Schuss Sirup dazugeben«, schlug Cassie vor. »Welche Sorte mögen Sie gern?«

»Ich wissen nicht«, erwiderte Dot, nun wieder griesgrämiger.

»Mum hat irgendwo etwas Orangensirup.« Kirra wühlte in

einem Schrank. Sie fand die Flasche und gab etwas davon in das Wasser ihrer Mutter.

»Hast du auch Eis da, Kirra?«, fragte Cassie.

»Ja, ich glaube, im Kühlschrank.«

»Gut, dann könntest du das auch noch dazugeben«, schlug Cassie vor.

Kirra fand Eis und gab ein Stück davon in das Glas ihrer Mutter.

»Probieren Sie das mal, Dot«, ermunterte Cassie sie. »Ich wette, das schmeckt besser.«

Dot blickte sie skeptisch an, probierte aber. »Das gut!« Sie trank noch einen Schluck.

Kirra starrte Cassie mit großen Augen an.

»Trinken Sie das, Dot, dann bekommen Sie keine Bibberitis mehr«, erklärte Cassie.

»Gut.« Dot wandte sich an Kirra. »Warum du mir nichts verraten von Bibberitis?«, fragte sie vorwurfsvoll. »Du Krankenschwester!«

Kirra sah zu Mike, der sich sichtlich bemühte, nicht zu lachen.

»Das habe ich in der Schwesternschule nicht gelernt«, entgegnete Kirra.

Dot verdrehte die Augen und leerte ihr Glas fast vollständig.

»Gut, Dot. Wir müssen jetzt weiter. Wenn Sie mich brauchen, komme ich sofort, das wissen Sie ja«, sagte Mike.

»Ich brauchen Sie nicht«, erwiderte Dot stur.

»In Ordnung, das ist Ihre Entscheidung. Auf Wiedersehen«, verabschiedete sich Mike.

»Auf Wiedersehen, Cassie«, sagte Dot. »Sie mich noch mal besuchen kommen?«

»Das mache ich«, versprach Cassie erfreut.

»Doc nicht«, schob Dot hinterher.

Mike verdrehte die Augen und folgte Cassie und Kirra in den Vorgarten.

»Ich hatte doch recht mit der Annahme, dass sie dehydriert war, oder?«, fragte Cassie Mike.

»Ja, hattest du.«

»Sie weigert sich immer, Wasser zu trinken«, erzählte Kirra. »Ich bin nie auf die Idee gekommen, Sirup hinzuzugeben.«

»Halt nach weiteren Symptomen Ausschau, Kirra, aber ich glaube, wenn sich ihr Flüssigkeitshaushalt normalisiert, wird das schon viel zur Besserung beitragen.«

»Das mache ich«, versprach Kirra. »Danke, euch beiden.«

»Gern geschehen.«

Mike und Cassie gingen zum Auto.

»Sollen wir Fish and Chips essen, wenn wir schon mal in der Stadt sind?«, fragte er.

»Das klingt gut«, sagte Cassie. Ein milder Wind wehte, es wurde allmählich angenehm draußen. »Gerne auf der Wiese vor Anzac Hill.« Die Sonne sank, und am Himmel leuchteten die Farben des Sonnenuntergangs.

»Das ist eine sehr gute Idee«, stimmte Mike zu.

»Bei Fish and Chips muss ich an Danny denken«, sagte Cassie. Sie saßen auf der Wiese, von wo aus in der Ferne die große Leinwand des Freiluftkinos zu sehen war, auf der ein Film lief. »Wie geht es ihm?«

»Ich habe gestern Abend mit seiner Mutter gesprochen. Er nimmt nicht zu, ich fürchte, er muss zu einem Spezialisten nach Adelaide.«

»Oh, das sind keine guten Neuigkeiten.«

»Nein. Aber ich bin sicher, dass ihm geholfen werden kann. Du hast das vorhin sehr gut hinbekommen bei Dot«, wechselte Mike das Thema.

»Das liegt daran, dass sie nicht weiß, dass ich Krankenschwester bin«, entgegnete Cassie mit einem kecken Grinsen.

»Das allein reicht nicht. Du hast gute soziale Fähigkeiten. Die Menschen vertrauen sich dir schnell an. Haben du die Bibberitis öfter?«, fragte Mike gespielt ernst.

Cassie lachte. »Nein, aber hin und wieder. Wenn ich in der Hitze schwer arbeite, vergesse ich manchmal zu trinken. Dann merke ich irgendwann, dass mir schummrig wird. Das passiert vielen.«

»Das stimmt.«

Sie aßen einige Minuten schweigend und genossen die kühle Brise am Rand des Hügels.

»Ich halte dich doch nicht von einem Rendezvous mit Mr Wundervoll ab, oder?«, fragte Mike plötzlich.

»Sehr witzig. Und nein, tust du nicht.«

»Bist du diese Woche noch mit ihm verabredet?«

»Bisher nicht, aber ich halte dich auf dem Laufenden«, zog Cassie ihn auf.

»Oh, ja, bitte«, erwiderte Mike sarkastisch, doch er grinste und biss dann in seinen Fisch.

Cassie fand ihn in verrückten Momenten unheimlich attraktiv, so wie jetzt. Sie wandte den Blick ab. »Schaust du eigentlich manchmal Filme?«, fragte sie.

»Ich habe schon sehr lange keinen mehr gesehen«, gestand Mike.

»Dann solltest du das mal tun. In Darwin war ich ab und zu mal im Freiluftkino. Es macht Spaß, unter den Sternen einen Film zu gucken.«

»Ich werde es mir merken.«

»Wenn du niemanden hast, der dich begleitet, komme ich gern mit«, bot Cassie leichthin an.

Mikes Mundwinkel hoben sich. »Das ist nett von dir.«

»So bin ich. Nett«, sagte Cassie mit einem warmen Lächeln.

Ein paar Sekunden sahen sie sich tief in die Augen, dann wandte Mike den Blick ab, und Cassie fragte sich, ob er dieselbe Anziehungskraft empfand wie sie. Falls ja, war er gut darin, es zu verstecken.

»Ich schätze, wir sollten jetzt zurück zum Stützpunkt«, sagte er.

»Ja, es war ein langer Tag«, stimmte Cassie widerwillig zu.

Kapitel 17

»Guten Morgen, Jeannie«, Mike sah sich um. »Wo ist Cassie?« Normalerweise kam sie früh in die Zentrale und trank eine Tasse Tee mit Jeannie. »Hat sie verschlafen?«

Jeannie warf einen Blick auf ihre Armbanduhr. »Sie war vor gut eineinhalb Stunden hier und hat versprochen, um acht zurück zu sein, also sollte sie demnächst kommen.«

»Zurück? Von wo? Ihr Auto steht vor der Tür.«

»Das Geräusch da draußen kommt von ihrem Flugzeug. Sie fliegt eine Runde mit Doktor Peterson. Er war überglücklich, als sie ihm versprochen hat, ein paar Fassrollen zu machen, was auch immer das bedeutet.«

Mike erstarrte. »Wie kann man nur so unverantwortlich sein?«

Als die Hintertür aufging, wirbelte er herum, doch es war Kirra, die eintrat.

»Guten Morgen«, sagte sie. »Ist das Cassies Flugzeug, das da draußen so akrobatisch durch die Luft fliegt?«

»Was zum Teufel hat sie vor, will sie sich umbringen?« Mike stöhnte. »Funk sie an, Jeannie, und sag ihr, sie soll sofort landen.«

»Das kann ich nicht ohne triftigen Grund«, entgegnete Jeannie. »Sie ist eine erfahrene Pilotin, und sie fliegt ihre Privatmaschine.«

»Mal abgesehen von der Gefährlichkeit der Manöver ist sie doch sicher eine Gefahr für Passagierflugzeuge, die am Flughafen landen wollen!«

»Sie ist sehr verantwortungsbewusst, Mike«, ergriff Jeannie weiter Partei für Cassie. »Sie steht in Kontakt mit dem Kontrollturm und hat sich vorher versichert, dass vor acht Uhr dreißig kein Flugverkehr herrscht.«

Mike schnaubte. »Trotzdem riskiert sie ihr Leben – und das von Doktor Peterson.« Er stürmte in sein Büro und knallte die Tür hinter sich zu.

Jeannie und Kirra sahen sich erstaunt an.

»Ich glaube, seine übertriebene Reaktion hängt weniger mit dem zusammen, was Cassie tut, als mit dem, was er erlebt hat. Aber da ist noch etwas anderes«, wisperte Jeannie.

»Was denn?«

»Ich glaube, er hat sich in Cassie verliebt. Er hat es sich nur noch nicht eingestanden.«

Kirra starrte sie an. »Das könnte aber kompliziert werden. Sie hat Gefallen an Doktor Peterson gefunden, und das kann man ihr nicht verdenken.«

»Ja. Dem armen Mike steht Liebeskummer ins Haus, aber daran können wir nichts ändern.«

Kurz darauf sahen sie Cassie und Doktor Peterson plaudernd und lachend zum Parkplatz gehen.

»Sie verstehen sich offenbar großartig, oder?«, merkte Jeannie an.

»Ja, sie geben ein hübsches Paar ab.«

Sie verschwanden aus dem Sichtfeld des Fensters.

Zehn Minuten später, pünktlich um acht Uhr, betrat Cassie umgezogen die Zentrale. »Guten Morgen, die Damen«, sagte sie fröhlich.

Jeannie kam zum wiederholten Male der Gedanke, dass sie ein echter Sonnenschein war. »War es schön?«

»Ja, ich fühle mich richtig belebt.«

»Das sieht man«, bestätigte Jeannie.

»Wie hat denn dem Doc der Flug gefallen?«, fragte Kirra.

»Sehr gut. Er überlegt, ob er nicht auch ein paar Flugstunden nehmen soll.«

»Du bist in letzter Zeit oft mit ihm ausgegangen«, merkte Kirra mit einem vielsagenden Grinsen an.

»Wir haben uns ein paarmal getroffen, ja, aber wir arbeiten beide auch viel. Deswegen sind wir heute so früh geflogen. Apropos beschäftigt: Hat schon jemand angerufen?«

»Noch nicht«, sagte Jeannie. »Dir bleibt vielleicht noch Zeit für eine Tasse Tee, wenn du eine willst.«

»Sehr gerne.« Cassie sah sich um. »Ist Mike da?«

»Er ist in seinem Büro.« Seine Stimmung erwähnte sie nicht, sie wollte Cassie nicht die gute Laune verderben. In diesem Moment kündigte die Lampe des Funkgeräts einen eingehenden Anruf an. »Ah, es geht los.«

»Also, Cassie, sag schon, küsst der hübsche Doktor gut?«, fragte Kirra unverblümt.

»Was denkst du denn?«, fragte Cassie zurück, und sie lachten.

Mikes Bürotür schwang auf, und er trat hinaus. Er warf Cassie einen finsteren Blick zu, doch bevor er etwas sagen konnte, reichte Jeannie ihm einen Zettel mit Notizen. Er las sie und wandte sich dann an Cassie. »Könntest du vielleicht warten, bis Roy wieder einsatzfähig ist, bevor du versuchst, dich umzubringen, Cassie?«, stieß er grimmig hervor.

Jeannie hielt den Atem an, und auch Cassie war sichtlich überrascht. »Wie bitte?«

»Los jetzt, wir werden gebraucht.« Mike nahm seine Arzttasche und ging zur Hintertür. Die Frauen starrten ihm mit offenem Mund nach.

Schließlich fragte Cassie Jeannie leise: »Was war das denn?«

»Jede Menge Sorge mit einem Schuss Eifersucht.«

Cassie runzelte verwirrt die Stirn. »Willst du damit sagen ...«

»Vergiss es, du solltest jetzt gehen«, sagte Jeannie und schob sie in Richtung Tür.

»Wohin müssen wir?«, fragte Cassie, während sie die Instrumente im Cockpit überprüfte.

»Hermannsburg. Godfrey Fitzsimmons macht sich Sorgen um Kylie. Vor allem aber hat er Angst, dass Jedda die Heilerin des Aborigine-Clans bittet, die Kleine zu behandeln.«

»Oje. Aber ich kann ihn verstehen. Ich respektiere die Heilmethoden der Aborigines, aber Kylie ist sehr klein und verletzlich«, sagte Cassie, während sie mit dem Flugzeug über die Bahn rollte. »Wissen wir, worum genau es geht?«

»Nein, nur dass Kylie viel weint und er schreckliche Angst hat, es könnte etwas Ernstes sein.«

»Es könnte sich auch einfach um eine Kolik handeln«, merkte Cassie an.

»Das ist sogar sehr wahrscheinlich. Aber vergiss nicht, dass Godfrey fast siebzig und Kylie sein erstes Kind ist. Ich kann mir gut vorstellen, dass er bei der kleinsten Kleinigkeit panisch wird. Ein Ausschlag oder eine leicht erhöhte Temperatur würden bei ihm wahrscheinlich schon zu einem Nervenzusammenbruch führen. Trotzdem bin ich froh, dass er uns gerufen hat. Kylie ist noch sehr klein, da können wir kein Risiko eingehen.«

Als sie in der Luft waren und Reisegeschwindigkeit erreicht hatte, beschloss Cassie offen mit ihm zu sprechen. »Wärst du so nett, mir zu erklären, warum du glaubst, ich würde mich selbst umbringen wollen?«

Mike schwieg, sein Kiefer mahlte. »Ich finde es einfach unverantwortlich, Kunstflugfiguren zu fliegen, wenn man die einzige Pilotin am Stützpunkt ist«, stieß er schließlich hervor.

Cassie atmete tief durch. »Ich weiß, was ich tue, und ich benutze dafür meine eigene Maschine«, gab sie zurück.

Mike betrachtete sie von der Seite, und sein Ausdruck wurde weicher. »Ich weiß. Aber solange Roy außer Gefecht gesetzt ist, brauchen wir dich noch dringender als sonst. Es tut mir leid, vielleicht habe ich ein bisschen überreagiert ...«

»Ja, vielleicht, ein kleines bisschen.« Cassie lächelte. »Aber du hast recht. Ich werde keine Loopings, Rollen oder Turns mehr fliegen ... bis Roy wieder arbeitet.«

»Turns?«

»Eine steile Kehrtwende um die eigene Achse.«

»Um Himmels willen«, rief Mike entsetzt.

Cassie lachte.

»Das ist nicht witzig«, sagte er angespannt.

»Nein, im Gegensatz zu deiner Reaktion.«

Mike schüttelte den Kopf. »Komm nicht auf die Idee, so was mit mir an Bord zu machen.«

»Das würde mir im Traum nicht einfallen«, sagte Cassie und grinste breit.

»Kylie ist vollkommen gesund«, versicherte Mike den besorgten Eltern, nachdem er das Baby untersucht und Jedda und Godfrey einige Fragen gestellt hatte. »Sie hat zugenommen und sieht gut aus.«

»Aber sie schreit jeden Abend stundenlang«, entgegnete Godfrey stirnrunzelnd. »Das ist doch sicher nicht normal.«

»Wenn sie eine Kolik hat, schon, dann hat sie einen aufgeblähten Bauch.«

»Wodurch wird so was denn verursacht?«, fragte Godfrey beunruhigt.

»Um ehrlich zu sein, weiß das niemand genau, aber es gibt einige Theorien dazu. Manche Ärzte glauben, dass die Verdauung einfach eine schwierige neue Aufgabe für den Magen-Darm-Trakt des Babys ist. Andere glauben, es passiert, wenn die Mutter blähende Lebensmittel zu sich nimmt, die sich auch auf die Milch auswirken. So oder so, es wird vorübergehen, das kann ich Ihnen versichern. Ich verstehe auch, dass Kylies Geschrei Sie ängstigt. Beruhigen Sie sie einfach, so gut Sie können, aber machen Sie sich nicht verrückt. Es wird alles gut. Und sprechen Sie gerne mal mit Jeannie, sie hat drei Kinder und hat sicher einen guten Rat.«

»In Ordnung, Doktor Monroe«, sagte Godfrey. »Danke, dass Sie gekommen sind. Ich wollte einfach nicht, dass die Aborigines Kylie irgendetwas geben, das vielleicht schädlich sein könnte.«

»Nun, Sie dürfen nicht vergessen, dass die Aborigines sich schon seit Tausenden von Jahren um Babys kümmern. Vielleicht haben sie ja ein Mittel, das hilft.«

»In Bezug auf Kylie möchte ich lieber kein Risiko eingehen, da rufe ich lieber Sie.«

»Roy! Was machst du denn hier?«, fragte Mike bei ihrer Rückkehr zum Stützpunkt. Er war ehrlich überrascht, ihn dort zu sehen.

»Ich bin hier, um euch mitzuteilen, dass ich wieder fliegen kann«, erklärte Roy. Er wartete schon seit einer Stunde und hatte sich in einem langen Gespräch mit Jeannie und Kirra lautstark über seine Schwester aufgeregt, die ihn wie einen Pflegefall behandelte und ihn damit fast in den Wahnsinn trieb. Die beiden hatten sich köstlich darüber amüsiert.

»Bist du sicher?«, wollte Mike wissen.

»Ja, ich war gerade erst beim Arzt.«

Mike war nicht überzeugt. Vermutlich hatte Roy Doktor Peterson so lange bearbeitet, bis dieser ihm bescheinigt hatte, dass es ihm gut genug ging, um wieder zu arbeiten. »Das erscheint mir etwas früh«, wandte er ein.

»Allerdings sehen Sie gut erholt aus.« Cassie lächelte Roy zu.

Mike musste ihr recht geben. Roy hatte abgenommen, und seine Haut hatte eine gesunde Farbe.

»Ich fühle mich auch gut. Und das Rauchen habe ich auch aufgegeben.«

»Das freut mich sehr. Aber es ist doch sicher noch zu früh, um nach einer so schweren Operation wieder zu arbeiten«, fuhr Mike fort.

»Die Operation ist mehr als drei Wochen her, und ich drehe langsam durch«, brummte Roy. »Wenn ich nur noch einen einzigen Tag mit meiner Schwester verbringen oder eine Schüssel Eiercreme mit püriertem Obst essen muss, begehe ich vermutlich einen Mord.«

»Helen hat sich sehr gut um dich gekümmert«, erwiderte Mike amüsiert. »Besser, als du es je selbst getan hast.«

»Aber das wird sich jetzt ändern, nicht wahr, Roy?«, ermutigte Cassie ihn.

»Ja, ich werde von jetzt an gut auf mich achten. Ich muss nur zurück ins Flugzeug.«

Mike war nicht sicher, ob das die richtige Entscheidung war, die Erinnerungen an den Unfall waren noch sehr frisch.

»Du musst noch nicht mit mir fliegen, Mike. Erst wenn du dich sicher genug fühlst«, merkte Roy verlegen an. »Aber ich verspreche dir, dass ich nicht fliegen werde, wenn ich mich nicht zu hundert Prozent fit fühle.«

»Einverstanden«, stimmte Mike schließlich zu. Roy war eindeutig verzweifelt, und Mike hoffte, dass er seine Lektion gelernt hatte. »Hast du eine Bescheinigung von Doktor Peterson, dass du wieder arbeitsfähig bist?«

»Ich habe ihn um eine gebeten, weil ich wusste, dass du eine haben willst. Hier.« Roy reichte sie ihm grinsend. »Er meinte, ich hätte sehr gute Selbstheilungskräfte.«

Mike studierte das Papier. »In Ordnung. Du kannst wieder arbeiten, aber erst mal nur auf kurzen Strecken, bis ich sicher bin, dass du auch einen längeren Flug schaffst. Einverstanden?«

»Ja, das ist in Ordnung.« Roy war sichtlich erleichtert.

»Du kannst am Montag anfangen. Aber ich möchte nicht, dass du irgendwelche Wartungsarbeiten an der Maschine durchführst. Das überlässt du Glen, verstanden?«

»Ja. Danke, Mike.« Roy strahlte jetzt. »Helen wird das zwar nicht gefallen, aber ich ziehe heute wieder hierher in meine Wohneinheit.«

»Fährst du jetzt gleich noch mal in die Stadt?«, fragte Kirra.

»Ja, warum?«

Kirra wandte sich an Mike. »Darf ich mitfahren und nach meiner Mutter sehen?«

»Ja, natürlich«, sagte Mike.

»Danke. Ich komme auch mit Roy wieder zurück.« Sie folgte ihm durch die Hintertür hinaus.

»Roy läuft ja richtig federnd«, kommentierte Cassie. »Und er sieht wirklich gut erholt aus.«

»Ich werde darauf achten, dass er es noch eine Weile ruhig angehen lässt«, erklärte Mike. »Er hat Glück, dass er noch lebt, ich möchte nicht, dass er irgendetwas tut, das einen Rückfall verursachen könnte.«

»Das kann ich verstehen.«

Jeannie trat aus ihrem Büro. »Tut mir leid, aber ihr werdet bei einem Unfall auf der Barkly Farm gebraucht. Zwei Arbeiter sind durch das Dach einer Heuscheune gefallen. Beide haben gleich mehrere Verletzungen.«

Sie reichte Mike einen Zettel mit den Details.

»Liegt die Farm in der Nähe des Barkly Highway?«, fragte Cassie.

»Ja, ein kleines Stück abseits der Straße, hundertfünfzig Meilen östlich von Tennant Creek«, sagte Mike.

Am späten Nachmittag blickten Cassie und Mike am Stützpunkt dem Krankenwagen hinterher, in dem sich ihre Patienten nun befanden. Beide Männer hatten Knochenbrüche davongetragen, einer zudem noch eine Gehirnerschütterung.

»Es war ein langer Tag«, sagte Mike müde.

»Allerdings«, stimmte Cassie zu.

»Hast du heute Abend schon was vor?«, fragte er auf dem Weg zu ihren Wohnungen.

»Nein. Und viel zu essen habe ich auch nicht mehr im Kühlschrank.«

»Ich auch nicht. Wie wär's mit einem Abendessen im Pub in der Stadt?«

Cassie freute sich über den Vorschlag. »Das wäre nett. Ein kalter Drink wäre auch herrlich.«

»Darauf habe ich auch Lust. Ich könnte gerade morden für ein Bier, aber zuerst gehe ich unter die kalte Dusche.«

»Das war eine gute Idee«, sagte Cassie und biss in ihren Fisch im Bierteigmantel.

»Ja, das war es wirklich.« Mike schnitt ein Stück von seinem Steak ab. »Darf ich noch einen Vorschlag machen?«

»Natürlich, welchen denn?« Insgeheim hoffte Cassie, er würde ihr weitere gemeinsame Essen im Stuart Arms Hotel vorschlagen.

»Lass uns einen Abend lang nicht über die Arbeit sprechen. Ich finde, nach dem Tag heute haben wir uns das verdient.«

»Das stimmt. Einverstanden«, sagte Cassie leicht enttäuscht.

Der Nachmittag war sehr anstrengend gewesen und die Verletzungen der Farmarbeiter gravierend. »Worüber sollen wir denn sprechen?«

»Erzähl mir doch, wie das mit der Schulausbildung auf einer Rinderfarm läuft«, schlug Mike vor. »Ich nehme an, du bist nicht jeden Tag zu einer Schule gegangen, oder?«

Cassie freute sich über sein Interesse an ihrem Leben. »Nein, das ging nicht. Deswegen sind mein Bruder und ich über Funk von der School of the Air unterrichtet worden. Jeden Tag von acht bis zwölf Uhr. Die anderen Schüler und unsere Lehrer haben wir nur einmal im Jahr bei der Abschlussfeier in Katherine gesehen. Dad hat uns dann extra dafür in die Stadt geflogen, Mum kam auch mit und ging shoppen oder unterhielt sich mit den anderen Müttern, und am Ende flog Dad uns wieder nach Hause.«

»Du hast mal gesagt, dass dein Vater deine Mutter einmal im Monat zum Einkaufen nach Darwin geflogen hat. Warum haben sie das nicht in Katherine gemacht? Das war doch sicher näher.«

»Ja, viel näher, der Flug nach Darwin dauert drei Stunden! Aber die Einkaufsmöglichkeiten in Katherine sind laut meiner Mum zu begrenzt, ihrer Meinung nach gibt es dort zu wenig Auswahl, vor allem in Bezug auf Damenmode.« Cassie grinste. »Zum Glück liebt Dad das Fliegen, daher hat ihm die weite Strecke nie etwas ausgemacht. In Darwin hat er sich dann immer mit Freunden getroffen. Mum war wirklich glücklich, als wir alle in die Stadt zogen und sie so viel shoppen gehen konnte, wie sie wollte.«

»Der Umzug von einer Rinderfarm in die Stadt muss für dich und deinen Bruder eine sehr große Veränderung gewesen sein.«

»Mein Bruder war zu der Zeit auf einem Internat in Adelaide, aber nach unserem Umzug kam er nach Hause und machte seinen Abschluss in Darwin. Und ich war froh, dass ich gar nicht erst ins Internat musste. Was ist mit dir? Bist du in Babinda zur Schule gegangen?«

»Ja, dort gab es eine Grundschule und eine Highschool, aber für das Medizinstudium musste ich nach Brisbane umziehen.«

»Hast du vor deiner Anstellung bei den Flying Doctors in einem Krankenhaus oder in einer Praxis gearbeitet?«

»Ich habe ein Jahr lang in einem Krankenhaus in Brisbane gearbeitet und dann achtzehn Monate in einem Krankenhaus in Sydney, aber das Stadtleben gefiel mir nicht. Ich bin in einem kleinen Ort aufgewachsen und fühlte mich wie ein Fisch auf dem Trockenen. Sydney ist sehr groß und geschäftig, dort gibt es zu viel Beton und zu viele Menschen. Die Stadt ist ganz nett, vor allem der Hafen ist wunderschön, aber der persönliche Kontakt, den ich vom Land kenne, geht in so einer großen Stadt verloren. Irgendwann sehnte ich mich danach, wieder in einen kleineren Ort zu ziehen. Bei den Flying Doctors hatte ich die Wahl zwischen Alice Springs und Cloncurry. Ich habe mich für Alice Springs entschieden, weil dort dringender ein Arzt gebraucht wurde.«

»Und bereust du es?«

»Nein, ich bin hier ziemlich zufrieden.«

»Das klingt gut. Was ist mit Familie? Möchtest du heiraten und Kinder haben?«

Mike betrachtete sie nachdenklich. »Ja, aber vorher müssen gewisse Dinge passieren, nicht wahr?«

»Was für Dinge?« Cassie wollte nur zu gern wissen, wie er darüber dachte.

»Ich muss die richtige Frau treffen, und wir müssen uns ineinander verlieben. Wir müssen die gleichen Dinge wollen und uns auf gewisse Sachen einigen.«

Das klang nach einer Standardantwort. »Zum Beispiel?«, hakte Cassie nach.

»Wir müssen beide eine Familie gründen wollen, und es müsste für sie in Ordnung sein, dass ich durch die Gegend fliege und nicht unbedingt immer zu Hause bin, um ihr mit unserer riesigen Kinderschar zu helfen.«

Cassie stutzte. »Eine riesige Kinderschar?«

»Ja, ich möchte eine große Familie. Mindestens zehn Kinder. Damit muss sie einverstanden sein. Ein Dutzend wäre noch besser, wenn sie sich das vorstellen kann.«

Cassie lachte.

»Was ist denn daran so witzig? Ich mag Kinder«, sagte Mike.

»Ich weiß, aber ich wünsche dir viel Glück dabei, eine Frau zu finden, die sich damit einverstanden erklärt, dir ein Dutzend Kinder zu gebären.« Sie war sicher, dass er scherzte, aber diese Seite an ihm gefiel ihr.

»Vielleicht ist sie ja eine gute Katholikin.«

»Tja, vielleicht. Aber ich fürchte eher, dass du ewig Junggeselle bleiben wirst.«

»Oh, das wäre traurig.« Mike grinste. »Vielleicht muss ich meine Erwartungen herunterschrauben.«

»Das glaube ich auch, und zwar ziemlich stark.«

Mike lachte.

Cassie fand es schön, ihn so entspannt zu erleben.

»Was ist mit dir?«, fragte Mike. »Wünschst du dir ein Leben mit Mann und Kindern?«

»Vielleicht eines Tages. Allerdings würde ich bei zwei, höchstens drei Kindern die Grenze ziehen.«

»Und wenn Mr Wundervoll ein halbes Dutzend möchte?« Er klang mit einem Mal verunsichert.

»Das sollte er dann besser mit seiner Frau abklären«, sagte sie ruhig.

Mike starrte sie an. »Hat er eine?«

»Nicht dass ich wüsste«, erwiderte Cassie. »Ich meinte seine zukünftige Frau.«

»Das könntest du sein.« Mike bedachte sie mit einem intensiven Blick, und mit einem Mal schien alle Leichtigkeit von ihm gefallen zu sein. »Er wirkt ziemlich vernarrt in dich.«

Cassie konnte nicht leugnen, dass seine Eifersucht ihr schmeichelte. »Wir sind nur ein paarmal miteinander ausgegangen. Es ist nichts Ernstes«, sagte sie ehrlich.

Mike füllte Cassies Glas mit Wein auf. Als er den Blick hob, war seine Miene ernst. »Wenn man vom Teufel spricht.«

Cassie wandte den Kopf und sah Chris auf sie zukommen.

»Hallo, Cassie«, sagte er. »Was für ein Zufall, dich hier zu treffen.« Er wandte sich an Mike. »Doktor Monroe«, grüßte er knapp. »Entschuldigung, störe ich gerade bei … einem Rendezvous?«

Cassie blickte zu Mike, der sich sichtlich unwohl fühlte. »Nein, wir hatten einen anstrengenden Arbeitstag und sind zum Abendessen in die Stadt gefahren«, erklärte sie schließlich. »Bist du auch zum Essen hier?«

»Ich wollte bloß eine Flasche Wein holen. Eigentlich wollte ich sie mit zum Stützpunkt nehmen und sie mit dir trinken.«

»Ach, wirklich?« Cassie bemerkte, dass Mike die Zähne zusammenbiss. »Wie du siehst, trinken Mike und ich gerade schon Wein, aber vielleicht ein anderes Mal«, sagte sie, um ihm die Anspannung zu nehmen.

»Also gut«, sagte Chris enttäuscht. »Hast du Samstagabend Zeit? Vielleicht können wir einen Film ansehen. Im Moment läuft *Vom Winde verweht.*«

»Ja, wenn es mit der Arbeit passt. Ich habe Dienst. Am besten rufst du kurz vor sechs in der Zentrale an und fragst, ob ich da bin.«

»In Ordnung. Einen schönen Abend, wir sehen uns dann hoffentlich Samstag.«

Cassie nickte.

»Guten Abend, Doktor Monroe.« Damit ging Chris davon.

Cassie fing Mikes Blick auf. »Sag es nicht.«

»Da geht ein gebrochener Mann«, merkte Mike dann doch mit einem verlegenen Lächeln an.

Cassie lachte. »So weit würde ich nicht gehen.«

Kapitel 18

Im Laufe der nächsten beiden Tage bemerkte Cassie eine Veränderung bei Mike. Es begann am Morgen nach ihrem Essen im Hotel. Er war höflich, aber distanziert. Da bei der Arbeit nichts Ungewöhnliches vorgefallen war, fragte sie sich, ob sie ihn vor den Kopf gestoßen hatte, als sie Chris' Frage, ob es sich um ein Rendezvous handelte, verneint hatte.

Das stimmte sie nachdenklich. War es vielleicht doch ein Rendezvous, und ihr war das nur nicht bewusst gewesen? Sie beschloss, das Thema anzusprechen. Die Gelegenheit dazu ergab sich auf dem Rückflug von der Aldinga Farm, wo Mike Tony Sinclairs Stirn mit mehreren Stichen genäht hatte, nachdem dieser durch einen hervorstehenden Ast vom Pferd gestoßen worden war.

»Darf ich dich etwas fragen, Mike?«, setzte sie an.

»Sicher.«

»Vorgestern ... Als wir im Stuart Arms Hotel gegessen haben ... War das ein Rendezvous?«

Mike wirkte überrascht. »Was soll die Frage?«

»Nun ... Zu dem Zeitpunkt habe ich nicht darüber nachgedacht, selbst nach Chris' Frage nicht. Deshalb habe ich gesagt, dass wir bloß als Arbeitskollegen nach einem anstrengenden Tag zusammen etwas essen. Aber jetzt bin ich nicht sicher. Stimmte das?«

»Ja, das stimmte«, erwiderte Mike abweisend.

Aber Cassie war noch nicht fertig. »Hast du dich von seiner Frage angegriffen gefühlt?«

»Überhaupt nicht. Aber ich hatte schon den Eindruck, dass er denkt, dass ich mich in seinem Revier bewege.«

»Ich bin nicht ›sein Revier‹!«, erklärte Cassie bestimmt. »Und es gibt keinen Grund für ihn, das zu glauben. Ich habe mich nur gefragt, ob es dich getroffen hat, dass ich abgestritten habe, ein Rendezvous mit dir zu haben.«

»Natürlich nicht.«

Sie schwiegen eine Weile. Irgendetwas zwischen ihnen hatte sich verändert. Cassie konnte nur noch nicht benennen, was.

Schließlich fasste sie sich ein Herz: »Hast du jemals darüber nachgedacht, mich um ein Date zu bitten?«

Mike sah sie erneut an und öffnete den Mund, schloss ihn aber wieder, ohne etwas zu sagen.

Cassie war enttäuscht, bemühte sich aber, das nicht zu zeigen. Hoffentlich würde die Stimmung zwischen ihnen jetzt nicht noch seltsamer werden. »Entschuldigung. Ich hätte nicht fragen sollen. Vergiss es einfach.«

»Aus reiner Neugier, Cassie: Wenn ich dich um ein Date bitten würde, würdest du zusagen?«

Cassie freute sich über die Frage, über die sie auch schon nachgedacht hatte. Sie wählte ihre Worte mit Bedacht. »Ich müsste darüber nachdenken«, antwortete sie schließlich, »aber nur, weil wir auch Arbeitskollegen sind.«

»Verstehe«, sagte Mike und blickte mit verschlossener Miene aus dem Fenster.

Cassie aber wollte es nicht dabei belassen. Sie hatte das Thema auf den Tisch gebracht und wollte ehrlich sein. »Ich lehne mich jetzt mal etwas aus dem Fenster und gestehe, dass ich dich sehr attraktiv finde«, sagte sie in der Hoffnung, damit nicht zu weit zu gehen. Gespannt wartete sie auf seine Reaktion, aber er sah immer noch hinaus. »Wie stehst du zu mir ... als Frau, nicht als Kollegin?«, wagte sie sich vor.

Nun wandte Mike sich ihr zu, sein Blick war eindringlich. »Ich bin nicht aus Stein, natürlich fühle ich mich zu dir hingezogen«, gab er zu.

Cassies Herz schlug schneller, dennoch bemühte sie sich weiterhin äußerlich um Ruhe. »Und was hältst du davon, wenn Arbeitskollegen sich auf eine romantische Beziehung einlassen?«, hakte sie nach.

Mike schwieg eine Weile nachdenklich, die Stille zwischen ihnen dehnte sich aus.

»Ich denke, es könnte unser Arbeitsleben verkomplizieren, aber das ist nur meine Meinung«, beschied Cassie, als er nichts sagte, denn leider dachte er vermutlich genau das.

»Das stimmt«, gab Mike widerstrebend zu.

»Es sollte allerdings kein Problem sein, wenn wir hin und wieder nach einem anstrengenden Tag zusammen etwas essen, oder?«

»Nein, ich wüsste nicht, was dagegenspräche.« Mike klang ein wenig erleichterter.

»Und ich spreche bestimmt für uns beide, wenn ich sage, dass wir willensstark genug sind, unsere Gefühle und die gegenseitige Anziehung ignorieren zu können, als Kollegen.«

»Ich kann mich kontrollieren, wenn du es kannst«, spielte Mike mit einem Scherz die Situation herunter.

Cassie klapste ihm spielerisch auf den Arm. »Ich werde mein Bestes geben«, sagte sie lächelnd. Wieder schwiegen sie eine Weile, dann fügte Cassie ernst hinzu: »Ich bin froh, dass wir das geklärt haben.«

»Ich auch«, stimmte Mike zu. »Ich finde aber, diese Unterhaltung sollte unter uns bleiben. Einverstanden?«

»Einverstanden.«

»Wie war es heute auf der Arbeit?«, fragte Chris, als er am Samstagabend mit Cassie in die Stadt fuhr. Sie waren auf dem Weg ins Freilichtkino, um sich *Vom Winde verweht* anzusehen, und er hatte Sandwiches und eine Flasche Wein dabei.

»Gut«, antwortete Cassie ausweichend. Sie konnte nicht aufhören, an ihr Gespräch mit Mike vom Abend zuvor zu denken und an die Tatsache, dass er sich genauso zu ihr hingezogen fühlte wie sie sich zu ihm. Auf gemeinsamen Flügen oder bei Patientenbesuchen hatte sie schon manchmal gemerkt, dass er sie auf eine gewisse Weise ansah, und sich gefragt, ob er romantische Gefühle für sie hegte. Nun wusste sie es mit Gewissheit. Nachdem sie über ihre Gefühle gesprochen hatten, hatte sich erneut etwas verändert. Sie fühlte sich ihm näher, und die Chemie zwischen ihnen war heute deutlich zu spüren gewesen.

»Im Krankenhaus sind während meiner Schicht keine Notrufe eingegangen. Daraus schließe ich, dass Doktor Monroe alle Fälle selbst übernehmen konnte.«

»Genau. Heute standen überwiegend Folgeuntersuchungen bei Patienten an, die er in den letzten vierzehn Tagen behandelt hat, und ein paar kleinere Verletzungen, die zum Teil genäht werden mussten. Ins Krankenhaus musste aber niemand. Mike setzt sich sehr für seine Patienten ein, die aus den verschiedensten Gründen nicht in die Stadt kommen können, um ärztliche Hilfe in Anspruch zu nehmen, und sie verehren ihn.«

Chris betrachtete sie nachdenklich. »Du bewunderst ihn, nicht wahr?«

»Er ist ein sehr engagierter Arzt, und das ist durchaus bewundernswert«, erwiderte Cassie. »Aber sein ganzes Leben dreht sich um die Arbeit. Er hat sieben Tage in der Woche Bereitschaft, vierundzwanzig Stunden am Tag, er hat also nie Zeit für sich selbst.«

»Das muss anstrengend sein. Gerade vor dem Hintergrund

muss er doch wütend auf mich gewesen sein, dass ich vor ein paar Tagen euer Abendessen gestört habe.«

»Es war ein Abendessen, Chris. Keiner von uns hatte etwas im Kühlschrank, da war es nach dem langen Tag einfach und angenehm, auswärts zu essen.« Mike war nicht froh über die Störung gewesen, aber das wollte sie in diesem Moment nicht zugeben.

»Macht ihr das oft?«

Cassie konnte seine Eifersucht förmlich spüren, war aber nicht überrascht. Chris hatte aus seinen Gefühlen für sie nie einen Hehl gemacht. »Wir haben uns schon ab und zu Fish and Chips geholt, aber es war das erste Mal, dass wir im Hotel gegessen haben.« Sie hoffte, es würde nicht das letzte Mal gewesen sein.

Chris blickte sie nachdenklich an.

»Wir gehen nicht miteinander aus, falls du das denkst«, sagte Cassie in dem Bemühen, ihre Beziehung nach außen auf jeden Fall rein professionell wirken zu lassen.

»Ich wollte nicht neugierig sein, aber ich habe einfach das Gefühl, dass er mehr von dir will. Nicht dass ich ihm das vorwerfen könnte.«

Cassie wusste, worauf er hinauswollte. »Wir verstehen uns als Kollegen, und das ist auch gut so, schließlich verbringen wir viel Zeit miteinander. Darüber hinaus hat er auch eine sehr gute Arbeitsbeziehung zu Kirra und Jeannie.«

»Und Roy kommt zurück«, erinnerte Chris sie.

»Ja, am Montag.«

»Du weißt, was das bedeutet, oder?«

»Dass wir wieder zwei Flugzeuge zur Verfügung haben.«

»Genau. Und vielleicht werden das eine und andere Mal zwei Ärzte gebraucht.« Seine Augen funkelten, und er grinste verschwörerisch.

»Doktor Peterson! Du hast doch Roy wohl nicht erlaubt, wieder zur Arbeit zu gehen, nur, damit du als fliegender Arzt eingesetzt werden kannst, oder?«

»Natürlich nicht, das wäre ethisch nicht vertretbar. Aber ich habe durchaus darüber nachgedacht, dass ich vielleicht bald die Gelegenheit bekomme, wieder mit dir zu fliegen.« Er zwinkerte ihr zu, und Cassie schüttelte amüsiert den Kopf.

»Willst du noch Wein?«, fragte Chris Cassie während des Films. Vor der Leinwand waren etwa hundert Stühle und Decken auf einer großen Wiese verteilt, die meisten von Freundesgruppen, Paaren und Familien belagert. Chris und Cassie saßen auf Liegestühlen nebeneinander, die Sandwiches hatten sie schon gegessen. Es war eine angenehm milde Nacht, und am Himmel über ihnen funkelten unzählige Sterne. Eigentlich war der Schauplatz romantisch, doch Cassie fühlte sich unbehaglich, so, als sollte sie eigentlich nicht hier sein.

»Besser nicht«, sagte sie, da sie die Wirkung des Alkohols spürte.

»Ist ja nur noch ein Schluck«, beharrte Chris und goss den Rest aus der Flasche in ihr Glas.

Schweigend schauten sie auf die Leinwand. Chris griff nach ihrer freien Hand. Cassie blickte auf die miteinander verschränkten Finger und dachte an Mike. Sie spürte das Bedürfnis, ihre Hand zurückzuziehen, beinahe war es, als wäre sie Mike untreu. Doch das war lächerlich.

»Hat dir der Film gefallen?«, fragte Chris auf dem Rückweg zum Stützpunkt.

»Ja. Ich habe ihn schon einmal gesehen und das Buch von Margaret Mitchell gelesen, aber ich fand ihn trotzdem gut. Er entspricht historisch angeblich den Tatsachen.«

»Das habe ich auch gehört.« Chris schwieg einen Moment.

»Vielleicht bilde ich mir das nur ein, aber du wirkst heute Abend irgendwie abgelenkt. Beschäftigt dich irgendetwas?«

»Nein ... nicht wirklich. Ich habe heute ein bisschen Heimweh, also werde ich gleich zu Hause anrufen, wenn ich wieder am Stützpunkt bin«, gab Cassie vor.

»Sind deine Eltern noch nicht im Bett?« Es war beinahe Mitternacht.

»Dad geht nie vor Mitternacht schlafen. Vor meiner Abreise aus Darwin musste ich ihm versprechen, dass ich jederzeit anrufe, wenn etwas ist. Dass ich mich regelmäßig melde, ist ihm wichtig.« Der Gedanke an ihren Vater brachte sie zum Lächeln.

»Ihr steht euch sehr nahe, nicht wahr?«

»Ja, wir haben eine ganz besondere Verbindung, auch wegen unserer gemeinsamen Leidenschaft fürs Fliegen.«

Chris parkte den Wagen am Stützpunkt und bestand darauf, Cassie zur Tür ihrer Wohnung zu bringen. Als sie an Mikes Wohneinheit vorbeikamen, bemerkte sie, dass bei ihm noch Licht brannte. Hoffentlich öffnete er jetzt nicht die Tür und sah sie mit Chris.

»Also dann, gute Nacht. Danke für den schönen Abend, Chris«, sagte sie leise vor ihrer Wohnungstür.

»Zeit mit dir zu verbringen ist für mich immer ein Vergnügen. Ich hoffe, wir können bald wieder zusammen ausgehen.«

Cassie nickte lächelnd, zögerte aber, ihm eine Zusage zu geben.

»Ich lasse dich jetzt in Ruhe, wenn du noch zu Hause anrufen willst«, sagte Chris. Er beugte sich vor, doch Cassie ließ nicht mehr als einen flüchtigen Kuss zu und zog sich eilig zurück. »Gute Nacht«, sagte sie.

Sie blickte von ihrem Fenster aus seinem Wagen nach, und ging dann zum Telefon im Empfangsbereich der Zentrale.

»Hallo, Dad«, sagte sie, sobald er das Gespräch annahm.

»Cassie, Liebes. Wie wunderbar, von dir zu hören. Ich habe gerade noch an dich gedacht. Ist alles in Ordnung?«

»Ja, alles in Ordnung. Ich hatte nur ein wenig Sehnsucht und dachte, ich rufe mal an.«

»Ich freue mich. Wir vermissen dich sehr.«

Cassie hörte ihm seine Emotionen an, und beinahe kamen ihr selbst die Tränen.

»Gefällt dir die Arbeit noch?«, fragte Edwin.

»Ja, die Arbeit ist wunderbar, aber ich darf dich und Mum doch trotzdem vermissen, oder?«

»Natürlich. Warst du heute Abend aus?«

»Ja, ich war mit einem Arzt aus dem Krankenhaus im Freiluftkino. Wir haben uns *Vom Winde verweht* angesehen.«

»Ach, wie schön. Deiner Mutter wird es gefallen, dass du einen hübschen Arzt triffst, solange er dich wie eine Königin behandelt.«

Cassie lachte. »Es ist nichts Ernstes, Dad.«

»Na schön. Übrigens bin ich noch aus einem anderen Grund froh, dass du anrufst. Es gibt Neuigkeiten, die dich interessieren könnten.«

»Und zwar?«

»Ich habe am Dienstag im Golfclub Hadley Gresham getroffen. Er hat sich ein neues Flugzeug gekauft.«

»Noch eins? Was stimmt denn nicht mit seiner Cessna Skymaster?«

»Na ja, die Skymaster hat mehrere Treibstofftanks, und das hat sich als problematisch erwiesen. Man fliegt mit ihr zwar sicher, aber ich glaube, die Konstrukteure wollen das System durch etwas Höherwertiges und viel Unkomplizierteres ersetzen.«

»Und was hat er sich gekauft?«

»Eine zweimotorige Beechcraft Model 95. Sie hat zwei Vierzylindermotoren, die auf einer Höhe von siebentausendfünfhundert Fuß auf eine Geschwindigkeit von zweihundert Meilen pro Stunde kommen.«

»Oh, die würde ich gern mal fliegen!« Cassie war begeistert.

»Das dachte ich mir. Er möchte dir die Gelegenheit dazu geben.«

Cassie traute ihren Ohren nicht. »Wirklich?«

»Ja. Die Maschine steht im Moment in Singapur. Er weiß, dass du schon Fernflüge absolviert hast, und hat gefragt, ob du Interesse hättest, die Beechcraft für ihn zu holen. Er schafft es wegen beruflicher Verpflichtungen nicht selbst, und ich kann auch nicht. Wenn Geoff nicht hier ist, trage ich die Verantwortung. Ich habe Hedley gesagt, dass ich dich frage, es aber unwahrscheinlich ist, dass du Urlaub bekommst, weil ein Pilot am Stützpunkt in Alice Springs ausgefallen ist.«

»Zumindest Letzteres sollte kein Problem sein. Roy kommt am Montag zurück zur Arbeit, wird es aber eine Weile langsam angehen lassen müssen. Wann möchte Mr Gresham das Flugzeug denn haben?«

»Das ist einigermaßen flexibel, aber innerhalb der nächsten vier Wochen sollte es schon sein. Er hat bereits einen Käufer für die Cessna gefunden und bietet an, dass du mit einem Passagierflugzeug nach Singapur fliegst, um dann von dort die Beechcraft nach Darwin zu bringen. Du könntest in Jakarta, Semarang, Surabaya, Denpasar und Sumba nachtanken. Für die Entfernungen zwischen diesen Orten reicht jeweils eine Tankfüllung locker aus. Von Surabaya bis Denpasar sind es zum Beispiel nur zweihundertsechsundsechzig Meilen. Du könntest dir diesen Halt auch sparen, aber sicher ist sicher.«

»Ja, natürlich. Ich würde es wirklich liebend gern machen, Dad, aber ich muss das hier erst absprechen. Ich hatte schon gehofft, um Weihnachten herum ein paar Tage freizubekommen und nach Hause zu fliegen. Aber von hier ist es ja nicht weit bis Singapur, ich könnte die Maschine vielleicht kurz vorher holen und dann über Weihnachten in Darwin bleiben. Ich sage dir Bescheid, sobald ich etwas weiß, in Ordnung?«

»Natürlich, Liebes. Es wäre wunderbar, dich an Weihnachten hier zu haben. Deine Mutter würde sich riesig freuen.«

»Wie geht es ihr? Schläft sie schon?«

»Es geht ihr gut, aber sie vermisst dich. Und ja, sie schläft schon. Es ist offenbar sehr anstrengend, mein ganzes Geld beim Kauf von Kleidung auszugeben.«

Cassie konnte sich genau vorstellen, wie ihr Vater jetzt lächelte und dabei die Augen verdrehte. »Und wie geht es Mark und den Kindern?«

»Deinem Bruder geht es gut, und deine Neffen und Nichten wachsen wie Unkraut. Du wirst sie nicht wiedererkennen. Die kleine Maribelle läuft jetzt und hat acht Milchzähne, und es kommen noch mehr.«

»Du meine Güte!«

»Sie ist ein kleiner Wirbelwind. Wenn sie hier zu Besuch ist, muss deine Mutter immer alle Zierfigürchen verstecken, auf die hat Maribelle es abgesehen.«

Cassie wusste, wie sehr ihre Mutter an ihrer Innendekoration hing. »Bitte sag Mark, er soll mir ein paar Fotografien schicken, Dad.«

»Ich hoffe ja, du triffst sie alle persönlich an Weihnachten. Und dass das mit Hadleys Flugzeug klappt.«

»Das hoffe ich auch.« Allein bei dem Gedanken wurde Cassie ganz aufgeregt. »Wenn Roy so gesund ist, wie er behauptet, glaube ich nicht, dass Doktor Monroe etwas dagegen hat, dass ich Urlaub nehme.«

»Sag mir einfach Bescheid, Liebes«, sagte Edwin.

»In Ordnung, ich melde mich. Ich hab dich lieb, Dad. Hoffentlich sehen wir uns bald. Gute Nacht.«

»Gute Nacht. Pass auf dich auf. Ich hab dich auch lieb.«

Am Sonntagmorgen steckte Cassie den Kopf zur Tür der Zentrale herein. »Bist du da, Mike?«, rief sie.

»Ja.« Er trat aus seinem Büro.

»Hat jemand angerufen?«, fragte sie. An Wochenenden, wenn Jeannie freihatte, nahm er die Anrufe entgegen.

»Nein, bislang ist es ruhig.« Er warf einen Blick auf die Uhr. »Aber es ist ja auch erst halb zehn«, fügte er resigniert hinzu.

Cassie fand es nicht gerecht, dass er jeden Sonntag Bereitschaftsdienst hatte. Er hatte nie frei! »Ich hätte da eine Idee«, sagte sie fröhlich.

»Und zwar?« Mike musterte sie interessiert.

»Hättest du Lust, in der Ormiston Gorge zu schwimmen?«

Mike lächelte. »Das klingt tatsächlich gut.«

»Ich wette, Roy langweilt sich in seiner Wohnung. Er könnte sich hierhinsetzen und Anrufe entgegennehmen und uns über Funk Bescheid geben, falls wir gebraucht werden.«

»Das ist eine gute Idee. Ich frage ihn.«

»Ich hole meinen Badeanzug«, sagte Cassie und eilte davon, bevor er noch etwas sagen konnte.

»Ich kann einfach nicht glauben, wie schön es hier ist!« Cassie lief zum Wasser und blickte staunend über die Farben der Felsen. »Aber warum ist es so leer? Wo sind denn alle?« Der Campingplatz war so gut wie unbewohnt, niemand hielt sich im Wasser auf, sie hatten die Schlucht ganz für sich.

»So leer habe ich es hier noch nie erlebt, aber bald ist Weihnachten, vielleicht fahren alle schon nach Hause zu ihren Familien.« Außerdem war es furchtbar heiß.

Bei dem Gedanken an Weihnachten kamen Cassie ihre Pläne in den Sinn, doch es war noch zu früh, um sie anzusprechen. Sie würde abwarten, wie es Roy ging, wenn er am nächsten Tag wieder zur Arbeit kam.

Sie wateten tiefer in das kühle Wasser und sprangen dann hinein.

»Das ist himmlisch.« Cassie ließ sich auf dem Rücken treiben.

»Das ist es«, stimmte Mike zu, der neben ihr schwamm. »Schon wieder eine gute Idee von dir, Cassie.«

»Ja, oder? Wenn man fliegen kann, ist nichts wirklich außer Reichweite.«

»Da ist was dran. Trotzdem ist es auch gefährlich.«

»Alles birgt irgendein Risiko, Mike. Denk nur an all die Verletzungen, die wir auf den Farmen behandeln. Manche sind grässlich, aber keine davon ist im Flugzeug entstanden. Natürlich birgt das Fliegen Risiken, aber man muss sie im Verhältnis sehen.« Cassie schwamm zu einem Bereich, der von einem vorstehenden Felsenstück überschattet wurde, Mike folgte ihr. Sie stellten sich auf ein Riff, das so hoch war, dass Cassies Schultern gerade aus dem Wasser ragten.

»Hast du nie Angst, wenn du fliegst?«, fragte Mike ernst.

»Nein. Ich warte die Maschine regelmäßig und verstehe, wie sie funktioniert. Außerdem habe ich ziemlich viel Erfahrung. Natürlich ist das alles keine hundertprozentige Garantie dafür, dass nichts passiert, aber ich denke lieber positiv. Mein Vater und mein Onkel fliegen zeit ihres Lebens unfallfrei.«

Mike stand jetzt sehr nah neben ihr, so nah, dass ihr Herz schneller schlug. Er sah ihr tief in die Augen, und Cassie spürte mit einem Mal das unbändige Verlangen, von ihm geküsst zu werden.

»Es ist unglaublich ruhig hier, nicht wahr?«, fragte sie atemlos, ohne ihren Blick von seinem zu lösen.

»Ja, das ist es«, sagte er rau. »Als wären wir beide die einzigen Menschen auf der Welt.«

Cassies Puls beschleunigte sich. Plötzlich spürte sie etwas an ihrem Bein. Mit einem lauten Kreischen sprang sie auf und warf sich in Mikes Arme, klammerte sich an ihn und zog die Beine hoch. »Etwas hat mein Bein gestreift«, stieß sie hervor. »Das könnte ... ein Krokodil gewesen sein!«

»In dieser Schlucht gibt es keine Krokodile. Wahrscheinlich war es ein Aal. Sie leben in Felsennähe.«

Cassie sah aufmerksam ins Wasser, konnte aber nichts erkennen. »Sicher?«

»Vielleicht war es auch einfach nur ein Fisch. Du musst keine Angst haben«, sagte Mike heiser. Er fing Cassies Blick auf und sah ihr tief in die Augen. Doch er ließ sie nicht los, sondern verstärkte seinen Griff um sie.

»Oh«, hauchte Cassie. Ihr Blick wanderte von seinen Augen zu seinem Mund, und ihre Lippen fanden einander. Der Kuss begann zaghaft und forschend, doch schnell wurde er tief und leidenschaftlich, und schien ewig anzudauern. Es war mehr, als Cassie sich je hätte erträumen können, und sie wollte, dass es nie aufhörte.

Als sich ihre Lippen schließlich doch voneinander lösten, blickte Mike ihr wieder in die Augen. »So viel zu unserer Willenskraft.« Er grinste.

Cassie grinste zurück. »Da müssen wir uns mehr Mühe geben.«

»Aber noch nicht jetzt«, sagte Mike, und dann trafen sich ihre Lippen erneut.

Kapitel 19

Cassie schlenderte zu Roy, der an seinem Flugzeug stand, nachdem er von einer kurzen Tour mit Mike zurückgekehrt war. Mike war bereits zum Telefonieren in die Zentrale gegangen.

»Wie fühlst du dich nach den ersten Tagen im Dienst?« Sie hatte die Flüge mit Mike vermisst, verstand aber, dass Roy die Zeit in der Luft brauchte. Cassie konnte kaum glauben, wie sehr er sich verändert hatte. Er war ein völlig anderer Mensch, und so hatte sie gerne zugestimmt, als er ihr im Verlauf der Woche das Du angeboten hatte.

»Es ist großartig, wieder zu fliegen«, erklärte er glücklich. »Ich habe es so sehr vermisst, ich habe nachts sogar schon geträumt, ich säße an den Bedienelementen.«

»Das kann ich gut nachvollziehen. Hattest du noch mal Bauchschmerzen?«

»Nein, aber ich achte auch darauf, was ich esse, und ich werde heute Abend nicht in den Pub gehen, auch wenn all meine Freunde da sind und ich für ein Bier morden könnte. Außerdem hält Helen bestimmt an der Tür Wache.«

Cassie lächelte. »Du wirst sicher schon bald wieder Bier trinken können, solange du es damit nicht übertreibst.« Sie liefen zusammen zur Zentrale. »Wird Mike dich nächste Woche längere Strecken fliegen lassen?«

»Ja, er ist zufrieden damit, wie ich diese Woche zurechtgekommen bin. Natürlich ist er nervös, aber das war er ja auch schon, bevor ich am Steuer ohnmächtig geworden bin.«

»Saß er vorne bei dir?«

»Am Montag beim ersten Flug nicht, aber danach zu meiner großen Überraschung schon. Wahrscheinlich will er mich im Blick behalten.«

»Das war wohl eher um seinetwillen als um deinetwillen«, erklärte Cassie.

»Das verstehe ich nicht.«

»Er sitzt schon seit einer Weile immer neben mir im Cockpit. Das macht es wesentlich einfacher, sich zu unterhalten, und das wiederum lenkt ihn von seinen Ängsten ab. Es klingt fast unglaublich, aber als du im Krankenhaus warst, sind wir durch einen Gewittersturm geflogen. Mike und ich haben lautstark gesungen und den Sturm übertönt.«

»Wirklich?« Roy starrte sie an.

»Ja, Ehrenwort. Ich habe das schon oft zur Beruhigung gemacht.«

Roy lachte. »Das muss ich auch mal ausprobieren.«

»Wir waren uns aber einig, dass wir das nicht tun, wenn Patienten an Bord sind. Es wäre grausam, ihr Leiden unnötig zu verschlimmern.«

Roy lachte erneut. »Mir wurde mal gesagt, ich hätte eine Stimme wie Bing Crosby.«

»Wirklich?«, fragte Cassie erstaunt.

»In meinen Träumen«, gestand Roy.

Sie lachten noch immer, als sie die Zentrale betraten.

»Ich gehe kurz für eine Tasse Tee in meine Wohnung«, sagte Roy zu Jeannie. »Gib mir Bescheid, wenn ich gebraucht werde.«

»In Ordnung. Im Moment ist das Funkgerät still«, erwiderte Jeannie. Als er zur Hintertür hinausgegangen war, sagte sie zu Cassie: »Es ist schön zu sehen, dass ihr beide so gut miteinander auskommt.«

»Ja, das ist wirklich schön. Roy hat einen guten Sinn für Humor, wenn er seinen Panzer einmal abgelegt hat.«

»Den hat er wirklich.«

»Ist Mike in seinem Büro?« Die Tür war offen, aber von hier aus konnte Cassie seinen Schreibtisch nicht sehen.

»Ja. Er hat gerade telefoniert, aber ich glaube, er ist fertig. Möchtest du mit ihm sprechen?«

»Ja.«

»Warte mal … ich glaube, du hast Besuch.« Jeannie deutete mit dem Kopf in Richtung Hintertür.

»Besuch?« Cassie drehte sich um und bemerkte, dass Chris die Zentrale betreten hatte. »Hallo«, sagte sie überrascht. Sie hatte ihn die ganze Woche nicht gesehen.

»Ich hoffe, es stört dich nicht, dass ich mitten am Tag vorbeischaue, aber ich habe heute frei. Ich wollte dich etwas fragen und dachte, ich mache das lieber persönlich als am Telefon.«

»Worum geht es denn?«

»Möchtest du heute Abend mit mir zu Abend essen?«

»Ähm«, stammelte Cassie. »Heute Abend …«

»Hast du schon etwas vor?« Chris' Stimme spiegelte seine Enttäuschung.

Cassie konnte ihn nicht anlügen. »Na ja … nein … habe ich nicht«, stammelte sie, dachte jedoch an Mike.

»Wir könnten ins Stuart Arms Hotel, da ist heute wieder Curry-Abend, ich habe schon einen Tisch reserviert. Ich weiß, das war etwas übergriffig, aber der Curry-Abend ist so beliebt, ich wollte nicht, dass alles ausgebucht ist.«

»Oh … okay«, sagte Cassie, um ihn nicht zu enttäuschen. Und vielleicht war es ja auch genau die Gelegenheit, die sie brauchte, um ihm zu sagen, dass Mike und sie etwas füreinander empfanden. Natürlich wollten sie versuchen, ihre Beziehung wegen der Arbeit nicht zu vertiefen, und diese Woche war so viel zu tun gewesen, dass sie ihre Gefühle nicht weiter hatten erforschen können. Mike hatte den Großteil der Zeit mit Roy verbracht, während Cassie mit Kirra geflogen war.

»Ich hole dich ab.«

Cassie zwang sich zu einem Lächeln, als er die Zentrale verließ.

»Du wirkst nicht besonders begeistert, Cassie«, kommentierte Jeannie.

Cassie wusste nicht, was sie antworten sollte.

Jeannie senkte die Stimme. »Hast du dich in jemand anderen verliebt?«

Cassie warf einen Blick zu Mikes Büro. »Ich weiß nicht, was du damit sagen willst.«

»Doch, das weißt du«, beharrte Jeannie.

Cassie ignorierte sie, klopfte an Mikes offene Tür und trat dann ein. »Kann ich dich kurz sprechen, Mike?« An seiner Miene erkannte sie, dass er Chris' Einladung zum Abendessen mitbekommen hatte. Sie fühlte sich schuldig, am liebsten hätte sie ihm gesagt, dass sie nicht mit Chris ausgehen wollte, doch sie fand die Worte nicht.

»Natürlich, nimm Platz.« Mike ging zur Tür und schloss sie. »Was ist los?« Er setzte sich auf seine Schreibtischkante und widerstand nur mit Mühe dem Bedürfnis, sie zu berühren.

»Ich würde mir gerne ein paar Tage freinehmen.«

Mike war bestürzt. Damit hatte er nicht gerechnet. »Darf ich fragen, wofür?« Hoffentlich wollte sie nicht mit Chris Peterson verreisen.

»Ein Freund meines Vaters möchte, dass ich ein Flugzeug für ihn aus Singapur nach Darwin fliege, und ich würde das wirklich gerne machen.«

»Oh«, sagte Mike. »Das ist eine weite Strecke für einen allein.«

»Nicht wirklich. Es sind insgesamt nur etwas mehr als zweitausend Meilen. Ich bin schon weitaus größere Distanzen geflogen. Ich würde zwischenlanden, um nachzutanken.«

»An welchen Zeitraum hattest du denn gedacht?«

»Ich würde gerne los, sobald Roy wieder längere Strecken mit dir fliegen kann.«

»Ich habe ihn diese Woche sehr genau beobachtet, er scheint jetzt schon in der Lage dazu zu sein.«

»Ich weiß, dass ich noch nicht lange hier bin und es viel verlangt ist, aber ich werde die Zeit wieder reinarbeiten, indem ich nach meiner Rückkehr volle Wochenenden arbeite.«

»Wie würdest du denn nach Singapur kommen?«

»Ich würde mit einem Passagierflug nach Darwin fliegen und von da aus einen Flieger nach Singapur nehmen. Auf dem Rückflug könnte ich zum Beispiel in Jakarta, Semarang, Surabaya, Denpasar und Sumba tanken, bevor ich wieder in Darwin lande.«

»Das klingt ja schon nach einem richtig durchdachten Plan.«

»Wie gesagt, ich bin schon viel weitere Strecken geflogen. Und ich freue mich riesig über die Möglichkeit, eine neue Beechcraft zu fliegen.«

Für Mike war offensichtlich, wie sehr sie sich auf die Reise freute. Wie könnte er sie da enttäuschen? »Wie viele Urlaubstage bräuchtest du?«

»Ungefähr zwei Wochen, weil ich im Anschluss gerne noch über Weihnachten ein paar Tage bei meinen Eltern bleiben würde, wenn das in Ordnung ist.«

Sie schwiegen eine Weile, beide in Gedanken bei ihrem Kuss in der Ormiston Gorge.

»Ich werde dich vermissen«, sagte Cassie leise. Sie hatte Schmetterlinge im Bauch, wenn er ihr so nahe war wie jetzt.

»Ich werde dich auch vermissen.« Mike konnte nicht zugeben, dass er sich schreckliche Sorgen um sie machen würde, weil sie die weite Strecke allein bewältigen wollte. »Ist es in Indonesien nicht gefährlich für eine weiße Frau ohne Begleitung?«

»Ich halte nur an, um nachzutanken, du musst dir keine Sorgen um mich machen.«

»Das werde ich trotzdem«, entgegnete er.

Cassie stand auf. Er nahm ihre Hand und zog Cassie in seine Arme.

»Du kannst dich an die Planung machen«, sagte er heiser. Er brachte die Worte kaum über die Lippen, denn eigentlich wollte er sie nicht gehen lassen.

»Danke, Mike. Das bedeutet mir wirklich viel. Und ich werde gut zurechtkommen, das verspreche ich dir.«

»Ich wünschte, ich könnte das glauben.«

»Ja, das kannst du.« Cassie gab ihm einen kurzen Kuss und sah ihm tief in die Augen.

Mike stand auf und küsste sie leidenschaftlich.

Irgendwann lösten sie sich voneinander, und als Cassie ihn gerade bitten wollte, später am Abend in ihre Wohnung zu kommen, klopfte es an der Tür.

Mike trat hinter seinen Schreibtisch. »Herein«, rief er.

Jeannie öffnete die Tür, ihr Blick wanderte zwischen ihnen hin und her. »Auf der Ross River Farm gab es einen Notfall, möglicherweise ein Herzinfarkt.«

»Ich fliege dich hin, Mike«, bot Cassie schnell an.

»Dann wärst du nicht rechtzeitig zu deinem Rendezvous heute Abend zurück«, hielt Mike dagegen.

»Das spielt keine Rolle«, sagte Cassie und eilte auch schon aus der Tür.

»Wir können dich ins Krankenhaus bringen, wenn du möchtest, Dermot, aber ich bin mir ziemlich sicher, dass es sich um eine Verdauungsstörung handelt«, sagte Mike nach der Untersuchung, bei der Dermots Frau ihm über die Schulter geblickt hatte.

»Bist du sicher, Doc? Ich dachte wirklich, ich würde sterben.« Er lag auf einer langen Holzsitzbank auf der vorderen Veranda seines Hauses, den Kopf auf ein Kissen gebettet. Er trug eine helle, bunte Latzhose ohne Hemd darunter.

»So sicher, wie ich mir nur sein kann, Dermot. Ich habe dich schon essen gesehen, erinnerst du dich?«

»Ich wusste doch, dass es kein Herzinfarkt ist, du alter Spinner«, erklärte Clover. Dermots Frau war das Gegenteil von ihrem Mann, klein und mit vollem Haar, das sie heute hochgesteckt trug. Was ihr an Körpergröße fehlte, machte sie mit ihrer forschen Art wett. »Du schlingst dein Essen runter wie ein Schwein, da ist es kein Wunder, dass du Verdauungsprobleme bekommst«, brummte sie.

»Nun, Clover, es war richtig von Dermot, uns anzurufen«, widersprach Mike. »Verdauungsstörungen fühlen sich oft wie ein Herzinfarkt an. Da geht man besser auf Nummer sicher.«

Clover stemmte eine Hand in die Hüfte und zeigte mit dem Finger auf ihren Mann. »Vielleicht gewöhnt er sich jetzt endlich an, langsamer zu essen«, sagte sie und lief in die Küche.

Dermot versuchte mühevoll, seinen riesigen Körper aufzurichten. Mike half ihm. »Ehrlich, Doc«, stöhnte er. »Es hat sich angefühlt, als hätte mir jemand ein Messer in die Brust gestoßen«, sagte er mit einer Hand auf dem Herzen.

»Ich weiß, dass du das nicht hören willst, aber Clover hat recht«, sagte Mike.

»Ich habe immer recht!«, rief Clover aus der Küche.

Dermot verzog das Gesicht. »Sie hat ein Gehör wie eine Fledermaus«, wisperte er.

Mike unterdrückte ein Grinsen. »Du musst weniger und langsamer essen. Deine schmerzenden Knie würden es dir auch danken, wenn du ein paar Pfund abnimmst.«

»Verstehe, Doc. Hast du auch ein Mittel gegen nörgelnde Ehefrauen?« Er blickte zu Cassie. »Entschuldigen Sie, Miss, aber Clover macht mich wahnsinnig. Je mehr sie nörgelt, desto hastiger esse ich, bloß, damit ich schnell von ihr wegkomme.«

»Das habe ich gehört, Dermot O'Riley!«, rief Clover.

»Natürlich hast du das!«, rief Dermot zurück.

»Du möchtest wohl mit den Hunden zusammen draußen essen!«

»Das würde mir gar nichts ausmachen«, sagte Dermot leise.

Cassie lauschte den Sticheleien amüsiert. Sie ließ ihren Blick aus dem Fenster schweifen und genoss den Ausblick auf den Lake De Burgh, einen riesigen See, zwanzigtausend Hektar groß, der vom Playford River gespeist wurde. Aus der Luft sah er prächtig aus. »Sie haben ein schönes Zuhause hier, Mr O'Riley«, sagte sie jetzt. »Und Ihre Landebahn ist die beste, auf der ich seit meinem ersten Arbeitstag bei den Flying Doctors aufgesetzt habe.«

»Danke. Ich weiß, wie viel eine gute Start- und Landebahn wert ist, ich habe ein Flugzeug hinten im Hangar.«

»Wirklich? Was denn für eins?«

»Eine Piper Cherokee. Der Motor ist im Moment auseinandergenommen, weil ich die Kolben ersetze, aber es ist ein feines kleines Flugzeug.«

»Ich habe auch eine Piper Cherokee«, sagte Cassie stolz. »Und Sie haben recht: Es ist eine großartige kleine Maschine.«

»Cassie hat kürzlich ein Luftrennen damit gewonnen«, fügte Mike hinzu.

»Ehrlich?« Dermot war sichtlich begeistert. »Davon habe ich gar nichts mitbekommen. Aber wir haben ja auch keinen Fernseher, nur eine Musiktruhe. Aber herzlichen Glückwunsch, das ist wunderbar. Sie müssen eine talentierte Pilotin sein.«

»Danke«, sagte Cassie, die sich auch freute, dass Mike das Rennen erwähnt hatte. Fröhlich blickte sie über den See. »Angeln Sie hier eigentlich?«, wechselte sie das Thema.

»Natürlich. Ich würde verrückt werden, wenn ich nicht angeln gehen könnte. Ich genieße das Alleinsein.« Er deutete in Richtung Küche und zwinkerte Cassie zu.

»Was fangen Sie?«

»Überwiegend Barramundi und Leichhardts Knochenzüngler.«

Clover kehrte mit einem Tablett zurück und schenkte allen Tee ein. Sie deutete zum Fenster. »Ich bin eine passionierte Vogelbeobachterin, und am See gibt es immer eine Menge wunderschöner Vögel zu sehen«, sagte sie und gab damit preis, dass sie noch mehr von ihrer Unterhaltung mitbekommen hatte. »Zum Beispiel viele verschiedene Entenarten. Man kann sie gut essen, sie sind eine nette Abwechslung zu Fisch. Tatsächlich habe ich gerade sogar eine im Ofen. Warum bleiben Sie beide nicht zum Essen?«

»Das ist eine gute Idee, Clover«, sagte Dermot. »Ich freue mich über die Gesellschaft.«

Mike sah zu Cassie. »Ich fürchte, Cassie ist fürs Abendessen schon verplant.«

Clover reichte Cassie eine Tasse. »Aber der Plan kann doch sicher noch geändert werden, nicht wahr, Liebes?«

»Natürlich. Wir können doch zu einem Entenbraten nicht Nein sagen, oder?«, sagte Cassie lächelnd zu Mike, während sie den Hauch eines schlechten Gewissens in Bezug auf Chris beiseiteschob. »Danke für die Einladung.«

Mike war sichtlich erfreut.

»Wir freuen uns immer über Gesellschaft«, sagte Clover.

»Die haben wir viel zu selten, und es ist nett, mal jemand anderen als nur einander anschauen zu können.« Sie blickte naserümpfend zu ihrem Mann.

Dermot verdrehte die Augen.

»Ich funke Jeannie an, nachdem ich meinen Tee getrunken habe, und sage ihr, dass wir erst spät zurückkommen. Sie soll auch Doctor Peterson Bescheid geben«, sagte Mike und bedachte Cassie mit einem langen Blick.

»Das war köstlich, Clover«, sagte Cassie, als ihr Teller leer war. »Sie sind eine wunderbare Köchin.« Sie hatten draußen auf der Veranda gegessen, wo eine angenehme Brise wehte. Zwei Hunde schliefen unter dem Tisch.

Mike stimmte ihr zu.

»Danke«, sagte Clover, die bereits das Geschirr einsammelte.

»Sie glauben doch wohl nicht, ich hätte sie wegen ihres sanften Gemüts geheiratet, oder?«, warf Dermot ein.

»Die beiden werden auch sicher nicht denken, ich hätte dich wegen deines Charmes oder Scharfsinns geheiratet«, schoss sie zurück. »Wo wir gerade dabei sind, weshalb habe ich dich doch gleich geheiratet? Ich kann mich einfach nicht erinnern.«

»Du hattest 'nen Braten in der Röhre.«

Zur Antwort erhielt Dermot nur einen bitterbösen Blick.

Auf diese Art hatten sie sich während des gesamten Abendessens geneckt, sehr zu Mikes und Cassies Erheiterung. Doch nun war es Zeit für den Aufbruch.

»Es war wunderbar bei euch, aber wir sollten uns auf den Heimweg machen«, sagte Mike. »Wir möchten vor Einbruch der Dunkelheit wieder am Stützpunkt in Alice Springs sein.«

»Die Landebahn am Flughafen ist doch beleuchtet, oder?«, fragte Dermot.

»Ja, aber wir vermeiden es, wenn möglich, in der Dunkelheit zu fliegen«, erklärte Cassie.

»Nun, wir haben Ihre Gesellschaft jedenfalls sehr genossen«, sagte Clover.

»Und wir Ihre Gastfreundschaft«, fügte Cassie hinzu. »Es war eine unerwartete, aber wunderbare Überraschung.«

»Jederzeit«, sagte Clover. »Es war nett, Sie kennenzulernen, Cassie.«

»Komm bald mal wieder und bleib für ein paar Tage, Doc. Du angelst doch auch gern, dazu kommst du sicher nicht oft«, schlug Dermot vor.

»Das mache ich«, versprach Mike.

»Die beiden sind ein skurriles Paar«, sagte Cassie, als sie Fluggeschwindigkeit erreicht hatten. »Sind sie immer so?«

»In deiner Anwesenheit haben sie sich noch zurückgehalten«, erklärte Mike.

»Sie mögen einander nicht besonders, oder?«

»Ganz im Gegenteil. Sie könnten nicht ohneeinander leben.«

»Bist du sicher?«

»Ja. Ich erinnere mich an ein Mal, als Clover krank war, da ist Dermot vor Sorge fast durchgedreht. Ein anderes Mal habe ich ihn ins Krankenhaus gebracht, und sie hat alle fünf Minuten dort angerufen, um zu fragen, wann er nach Hause kommt. Sie hat das Personal in den Wahnsinn getrieben.«

»Dann haben sie aber eine interessante Art, sich ihre Zuneigung zu zeigen.«

»Sie sind seit fünfundvierzig Jahren verheiratet.«

»Ich möchte nicht so enden«, sagte Cassie. »Ich hoffe, mein Mann und ich sind nett zueinander.«

»Jeder hat wohl seine Art, Zuneigung auszudrücken.« Er schwieg einen Moment, dann sah er Cassie eindringlich an, als er sagte: »Es wundert mich übrigens, dass du einverstanden warst, zum Essen zu bleiben. Mr Wundervoll wird sicher enttäuscht sein.«

»Ich muss mich bei ihm entschuldigen, aber eigentlich wollte ich auch gar nicht mit ihm Essen gehen. Er hat mich irgendwie unter Druck gesetzt damit, dass er schon reserviert hatte. Ich habe mich verpflichtet gefühlt.«

»Oh«, sagte Mike. »Ich dachte, du magst ihn, du bist schon so häufig mit ihm ausgegangen.«

»Ich mag ihn auch, und wir haben viel gemeinsam, aber ich merke einfach, dass ich die ganze Zeit an dich denken muss«, gestand Cassie.

Mike nahm ihre Hand und drückte sie. »Und ich denke die ganze Zeit an dich. Aber wir haben abgemacht, uns nicht auf eine romantische Beziehung einzulassen, weil wir zusammenarbeiten.«

Cassie drückte seine Hand. »Das funktioniert aber nicht wirklich, oder?«

»Nein, und darüber müssen wir uns Gedanken machen«, sagte Mike.

»Vielleicht wird uns der Abstand guttun«, erwiderte Cassie.

»Ja, vielleicht. Auch wenn ich es nicht glaube. Versprich mir, dass du dich von unterwegs meldest. Ich werde mir Sorgen um dich machen. Allein die Vorstellung, wie du allein die weite Strecke über das Meer fliegst, macht mir furchtbare Angst.«

»Du musst dir keine Sorgen machen. Aber gut, versprochen«, sagte Cassie. »Ich funke die Zentrale von unterwegs aus an.«

Kapitel 20

»Hast du etwas von Cassie gehört?«, fragte Mike Jeannie sofort, als er gegen zehn Uhr von einem Patientenbesuch zurückkehrte. Jeannie wusste, dass er in den drei Tagen seit ihrer Abreise kaum geschlafen hatte.

»Heute noch nicht«, antwortete Jeannie. »Aber es ist noch früh am Morgen, in Indonesien sogar noch früher.«

»Dann wissen wir nicht, ob sie sicher in Jakarta gelandet ist, und wenn ja, ob sie sicher wieder abgehoben hat. Vielleicht stimmt irgendetwas nicht«, rief Mike.

Jeannie entging die Angst in seiner Stimme nicht. »Oder vielleicht ist auch alles in Ordnung«, hielt sie dagegen. »Wir können doch nicht vom Schlimmsten ausgehen.«

»Sie hätte uns längst kontaktieren müssen«, beharrte Mike.

»Du weißt doch, wie schwierig das bei ihrem letzten Versuch war, wegen der Distanz und des Rauschens. Sie wollte es das nächste Mal über ein Telefon versuchen, aber vielleicht ist das nicht möglich. Wir müssen einfach geduldig sein und ihr Zeit geben.«

Mike schien nicht überzeugt, machte sich aber auf den Weg in sein Büro. In diesem Moment leuchtete die Lampe des Funkgeräts auf.

»Cassie! Wie schön, deine Stimme zu hören!«, rief Jeannie erfreut. Es rauschte in der Leitung, sie musste sich konzentrieren.

»Das kann ich nur zurückgeben«, erwiderte Cassie.

Mike kam in Jeannies Büro geeilt.

»Guten Morgen, Cassie!«, rief er erleichtert. »Alles in Ordnung? Wo bist du?«

»Mir geht es gut. Ich bin vor einer Stunde in Jakarta losgeflogen und jetzt auf dem Weg nach Semarang«, rief Cassie, doch ihre Antwort war undeutlich.

Mike und Jeannie hörten das Summen des Flugzeugmotors im Hintergrund.

»Ich habe letzte Nacht im Flugzeug geschlafen und bin bei Sonnenaufgang losgeflogen«, rief Cassie.

»Ist das Wetter okay?«, fragte Mike.

»Das Wetter?«

»Ja. Es ist doch nicht windig, oder?«

»Es ist schon windig und heiß und feucht, aber das ist einfach typisch für Indonesien. Ich freue mich schon darauf, wieder in der Ormiston Gorge zu schwimmen, sobald ich zurück bin.«

Bei ihren Worten trat ein Lächeln auf Mikes Gesicht, das Jeannie nicht entging.

»Wie geht es Roy?«, fragte Cassie.

»Sehr gut. Er ist jetzt auch mal wieder eine lange Strecke geflogen«, erzählte Mike.

»Gut. Grüßt ihn und Kirra von mir. Ich melde mich, wenn ich in Semarang bin. Der Ort ist für seine Frühlingsrollen bekannt, die muss ich unbedingt probieren.« Sie lachte.

»Pass gut auf dich auf«, sagte Mike ernst.

»Mach ich!«, rief Cassie.

»Wiederhören«, verabschiedete sich Jeannie.

»Bis bald. *Over and out*.«

»Na also. Jetzt kannst du dich entspannen. Es geht ihr gut«, sagte Jeannie zu Mike, der immer noch die Stirn runzelte.

»Du hast doch gehört, was sie gesagt hat. Sie hat zwar gelacht, aber es ist windig und feucht. Das gefällt mir nicht, bis

Australien ist es noch weit.« Er ging in sein Büro und schloss die Tür.

Jeannie sorgte sich um ihn. Er verbrachte zu viel Zeit in seinem Büro, schottete sich ab und machte sich verrückt. Sie hatte Hinweise darauf gefunden, dass er sogar die letzte Nacht dort verbracht hatte, nur für den Fall, dass Cassie sich meldete. Und er hatte zugegeben, dass er seit ihrer Abreise stundenlang in seiner Wohnung umherlief, weil er nicht schlafen konnte. Folglich sah er furchtbar aus und hatte dunkle Ringe unter den Augen.

Kirra trat nun durch die Hintertür, sie hatte das medizinische Material im Flugzeug nachgefüllt. Durch das Fenster sah Jeannie, dass Roy und Glen sich unterhielten. Ob sie über Cassie sprachen?

»Kirra, Cassie hat uns gerade angefunkt. Sie ist unterwegs nach Semarang auf Java«, informierte Jeannie die Kollegin.

»Dann verläuft ihre Reise also nach Plan«, sagte Kirra erleichtert.

»Ja, scheint so.« Jeannie blickte skeptisch zu Mikes Bürotür.

»Was ist?«, wisperte Kirra.

»Mike ist immer noch ein nervliches Wrack, trotz ihres Anrufs. Ich mache mir wirklich Sorgen um ihn.«

»Er ist verliebt, oder?«, sagte Kirra.

Jeannie grinste vielsagend.

»Was ist los, Mike? Du siehst aus, als hättest du ein Gespenst gesehen«, sagte Jeannie, als sie am nächsten Morgen die Zentrale betrat.

»Ich habe gerade die Wettervorhersage gehört: Ein Zyklon bewegt sich auf die Nordwestküste von Australien zu«, erzählte Mike panisch. »Wir müssen Cassie warnen.«

Jeannie musterte ihn. Sein Zustand gefiel ihr nicht, er schien seine Angst nicht im Griff zu haben. »Sie wird die Wetterberichte mit Sicherheit verfolgen«, gab sie beruhigend zurück. Sie hatten noch keine Nachricht, ob Cassie in Semarang angekommen oder von dort wieder losgeflogen war, das machte die Sache nicht besser.

»Versuch, sie zu erreichen«, bat Mike dennoch.

»In Ordnung.« Er würde ohnehin keine Ruhe geben, ehe er mit Cassie gesprochen hatte, also ging sie zum Funkgerät und versuchte, Kontakt herzustellen. »Ich komme nicht durch«, sagte sie nach mehreren Versuchen. »Ich würde ja weitermachen, aber wir müssen die Frequenz für Notrufe freihalten.«

Mike war sehr blass. »Ich halte das nicht aus«, stieß er hervor, dann ging er.

Roy und Kirra betraten Jeannies Büro.

»Du siehst angespannt aus. Was ist los?«, fragte Roy. »Du hast doch keine schlechten Nachrichten?«

»Nein. Das Problem ist, dass ich nichts von Cassie gehört habe, dabei wollte sie sich eigentlich melden. Mike hat gerade erzählt, dass sich ein Zyklon auf die Nordwestküste Australiens zubewegt. Roy, du als Pilot weißt doch bestimmt, ob Cassie Unwetterwarnungen mitbekommen würde.«

»Ein guter Pilot sucht sich immer aktuelle Wetterberichte für die Strecke heraus, die er fliegen will. Also ja: Das hat Cassie sicherlich getan.«

»Wäre sie denn in dieser Region davon betroffen?«

Roy trat an die Karte von ganz Australien, die an der Wand angebracht war. Dann sah er sich den Wetterbericht über den Zyklon an. »Das ist gut möglich«, sagte er schließlich. »Aber Cassie ist eine kluge Frau. Wahrscheinlich würde sie in Surabaya oder Denpasar landen und warten, bis das Gröbste vorüber ist. Wenn sie nicht schon dort ist.«

»Was, wenn sie schon wieder in der Luft ist, in Richtung Sumba oder sogar Darwin?«, fragte Jeannie ängstlich.

Roy sah wieder auf die Karte. »Dann könnte sie in großen Schwierigkeiten stecken«, wisperte er. »Starker Wind könnte sie vom Kurs abbringen, und sie könnte die Insel Sumba verfehlen. Wenn das passiert, bräuchte sie viel Glück, um noch in Kupang auf Timor landen zu können.«

Diese Einschätzung verunsicherte nun auch Jeannie. Sie ging zum Funkgerät und versuchte erneut, Cassie zu kontaktieren. Leider erfolglos.

Der Tag zog sich hin. Bei jedem eingehenden Anruf hoffte Jeannie, dass es Cassie war, wurde aber jedes Mal enttäuscht. Wenn Mike nicht gerade den Wetterbericht prüfte, schritt er in seinem Büro auf und ab, während Roy und Kirra die Einsätze flogen, die zum Glück allesamt keine Notfälle waren.

Schließlich kontaktierte Mike den Flughafen in Semarang. Es gab einige sprachliche Schwierigkeiten, aber letztendlich gelang es ihm, sein Anliegen vorzubringen. Die Neuigkeiten waren durchwachsen. Er fand heraus, dass Cassie schon am Vortag dort gelandet war und getankt hatte, dann jedoch wieder losgeflogen war. Sie hatte versuchen wollen, nach Denpasar zu gelangen, obwohl das Wetter nicht das beste gewesen war. Mike kontaktierte den Flughafen vor Ort, doch dort war sie nicht gelandet.

In den Wettervorhersagen wurde jetzt immerzu über den Zyklon Audrey berichtet, der in seiner Intensität der Stufe fünf entsprach und über der Timorsee an der nordaustralischen Küste wütete. Alle Küstenstädte wurden gewarnt und gebeten, Vorkehrungen zu treffen, oder sie wurden evakuiert. Man ging davon aus, dass der Zyklon in der Nacht zwischen Kununurra und Darwin auf Land treffen würde. Am Stützpunkt machten sich alle große Sorgen, dass Cassie sich innerhalb seiner Reichweite befand. Mike quälte die Vorstellung, wie das Flugzeug umhergeworfen wurde, als wäre es aus Papier. Ein inneres Bild, wie sie lauthals sang, um ihre Angst zu vertreiben, verfolgte ihn.

Am Nachmittag kontaktierte Roy die Flughäfen in Surabaya und noch einmal in Denpasar, doch Cassie war an keinem der beiden gelandet. Jeannie beschloss, dass es an der Zeit war, Cassies Vater anzurufen. Sie hoffte, dass er etwas von seiner Tochter gehört hatte. Er freute sich über die Kontaktaufnahme, doch die Anspannung war auch ihm anzuhören. Er erzählte, dass sich in Darwin alle auf den Zyklon vorbereiteten. Er machte sich schreckliche Sorgen, nachdem auch sein Kontakt zu Cassie abgebrochen war, zuletzt hatte auch er auf ihrem Weg nach Semarang mit ihr gesprochen. Sie versprachen, einander Bescheid zu geben, sobald einer von ihnen etwas hörte.

Jeannie erzählte Mike von dem Gespräch.

»Ich hätte sie nicht gehen lassen sollen«, erwiderte Mike, den Kopf in den Händen vergraben. »Ich hätte ihr nie freigeben dürfen.«

»Du konntest doch gar nicht wissen, dass ein Zyklon kommen würde!«

»Ich fühle mich aber verantwortlich, und daran wird sich nichts ändern«, entgegnete Mike gereizt.

Mikes Hand zitterte, als er am nächsten Morgen den Flughafen Umbu Mehang Kunda in Sumba anrief und fragte, ob Cassie dort gelandet sei. Der Wind heulte, er konnte die Person am anderen Ende der Leitung kaum verstehen.

»Was hast du herausgefunden?«, fragte Jeannie, als er auflegte.

»Alle Flüge von der und auf die Insel wurden wegen des starken Windes abgesagt.«

»Vielleicht hat sie es ja vorher noch dorthin geschafft. Oder sie ist irgendwo anders gelandet«, wandte Jeannie ein. »Darauf sollten wir vertrauen.«

»Wenn das so wäre, hätte sie irgendwen kontaktiert, entweder uns oder ihre Eltern!«, rief Mike.

Jeannie wusste nichts zu entgegnen. »Vielleicht hat sie Probleme mit dem Funkgerät«, überlegte sie.

Roy trat zu ihnen. »Das kann sein. Ich bin in der Air Force oft über Indonesien geflogen. Auf Sumatra, Java und Timor gibt es viele Wälder und Vulkanberge.«

»Sie hat behauptet, sie wäre schon öfter an sehr schwierigen Orten im Top End gelandet«, sagte Mike, der sich verzweifelt an die Hoffnung klammerte.

»Indonesien ist noch etwas anderes«, wandte Roy ein.

»Willst du damit sagen, dass sie … abgestürzt sein könnte?«

»Nein, das will ich nicht sagen. Sie hat bewiesen, dass sie eine sehr fähige Pilotin ist.«

Mike vergrub den Kopf wieder in den Händen. »Auch eine fähige Pilotin hat in einem Zyklon nur begrenzte Möglichkeiten«, murmelte er gequält.

Darauf fiel auch Roy keine Antwort ein.

»Wir haben noch keine Erklärung dafür, warum sie den Funkkontakt abgebrochen hat, aber wir müssen davon ausgehen, dass es ihr gut geht«, beharrte Jeannie. Sie schluckte schwer. »Ich weigere mich, etwas anderes zu denken.« Sie sah auf ihre Armbanduhr. »Wenn Cassies Vater allerdings bis fünf Uhr heute Nachmittag nichts von ihr hört, wird er sie als vermisst melden«, berichtete sie.

»Oh, verdammt.« Mike schlug mit der Faust auf den Schreibtisch. »Das kann doch alles nicht wahr sein.« Danach rührte er sich nicht mehr, er schien tief in Sorge und Reue versunken.

Roy legte Jeannie tröstend den Arm um die Schultern, und sie gingen zusammen in ihr Büro.

»Ich glaube, wenn ein Notruf eingeht, sollte Doktor Peterson einspringen«, sagte Jeannie. »Mike kann in seinem Zustand niemanden behandeln. Das wird er erst wieder können, wenn wir etwas von Cassie gehört haben.«

»Falls wir etwas von ihr hören«, wisperte Roy. »Es sieht nicht gut aus, oder?«

»Sag das bitte nicht«, bat Jeannie.

»Ich möchte ja glauben, dass es ihr gut geht, aber ich bin Realist.«

Jeannie seufzte schwer. »Wir müssen Frank Majors, den Vorsitzenden der Flying Doctors, davon in Kenntnis setzen, dass Cassie vermisst wird«, sagte sie.

»Ja, das stimmt. Soll ich das machen?«

»Wenn es dir nichts ausmacht. Ich fürchte, mir würde die Stimme brechen.«

Roy nickte.

Das Lämpchen am Funkgerät leuchtete auf, und Jeannie nahm eilig den Anruf entgegen.

Sie hörte dem Anrufer zu, dann schüttelte sie den Kopf, als Zeichen für Roy, dass auch dieses Mal die Hoffnung vergeblich gewesen war. Es war nicht Cassie am Apparat.

Als Chris Peterson später am Nachmittag gebeten wurde, einem Patienten auf einer Schaffarm zu helfen, war er aufgeregt. Er erreichte den Stützpunkt in der Erwartung, Cassie zu sehen. Seit dem geplatzten Abendessen hatte er nicht mehr mit ihr gesprochen, aber er hatte viel zu tun gehabt und vermutete, dass es ihr ähnlich ergangen war.

Mit einem breiten Lächeln betrat er die Zentrale. »Wo ist Cassie?«, fragte er sofort, er freute sich auf den Flug mit ihr.

Mikes Bürotür war geschlossen, Roy bereitete seine Maschine für den Flug vor, und Kirra war schon an Bord, also blieb

Jeannie keine andere Wahl, als ihm die schlechten Nachrichten zu überbringen.

»Cassie ist nicht hier, Doktor Peterson. Sie ist vor ein paar Tagen nach Singapur geflogen, um für einen Freund ihres Vaters ein Flugzeug nach Australien zu bringen«, erklärte sie.

»Singapur!«, rief Chris überrascht. »Wann kommt sie zurück?«

»Sie wollte Weihnachten ein paar Tage mit ihrer Familie verbringen und danach wiederkommen.« Jeannie schwieg einen Moment. »Leider haben wir den Funkkontakt zu ihr verloren.«

Chris war verwirrt. »Wie meinen Sie das, den Funkkontakt verloren? Ist irgendetwas schiefgegangen? Ihr geht es doch gut, oder?«

»Wir hoffen es. Über der Timorsee herrscht wegen des Zyklons schlechtes Wetter, wir hoffen, dass sie entweder auf Java oder Timor gelandet ist. Das wissen wir aber erst, wenn wir etwas von ihr hören.«

»Ich kann das gar nicht glauben.« Chris fuhr sich durch sein helles Haar.

»Wir auch nicht.« Jeannies Blick zuckte zu Mikes Bürotür. »Wir sind alle aufgebracht und besorgt.«

»Wann haben Sie zuletzt von ihr gehört?«

»Vorgestern, da hatte sie Jakarta gerade verlassen und befand sich auf dem Weg nach Semarang. Seitdem haben wir nichts von ihr gehört, aber laut der Flughafenauskunft ist sie dort gelandet und dann direkt nach Denpasar aufgebrochen. Dort ist sie, soweit wir wissen, nicht gelandet. Der Funkkontakt war nicht gut, als wir mit ihr gesprochen haben, es hat gerauscht, aber wir konnten sie hören. Wir hoffen, dass es ihr gut geht und dass wir nur deswegen nichts von ihr gehört haben, weil ihr Funkgerät kaputt ist. Diese Ungewissheit ist das Schlimmste.«

»Ja, das ist furchtbar! Hat ihre Familie denn Kontakt zu ihr?«

»Leider nicht. Ihr Vater macht sich große Sorgen. Wenn er bis heute Abend nichts von ihr hört, meldet er sie als vermisst.«

Chris war fassungslos.

»Ich hoffe, es macht Ihnen nichts aus, Mike zu vertreten. Er ist vollkommen durcheinander und kann in diesem Zustand niemanden behandeln.«

»Nein, nein … natürlich nicht. Ich fliege jetzt besser los«, sagte er.

Jeannie nickte, und er verließ die Zentrale.

Kapitel 21

»Wir wissen leider nichts Neues, Mr Granger, aber wir hoffen, dass Sie etwas gehört haben«, sagte Jeannie am nächsten Morgen zu Cassies Vater. Der Kontakt zu Cassie war vor nunmehr drei Tagen abgebrochen.

»Ich habe in der Tat etwas gehört, und das stimmt mich zuversichtlicher.«

»Was denn?«

»Es gibt von einem Schiff, das gestern auf Lombok Zuflucht vor der rauen See gesucht hat, die Meldung, dass es schwachen Funkkontakt mit einem Piloten hatte. Das Rauschen und der Wind waren sehr laut, aber sie haben einen Notruf nicht ausgeschlossen und die indonesischen Behörden informiert.«

»Und Sie glauben, das war Cassie?«, fragte Jeannie hoffnungsvoll.

»Ja. Es ist natürlich nur eine Vermutung, das weiß ich, aber ich muss einfach daran glauben, dass mein Mädchen am Leben ist. Ich habe sie bei der australischen Flugbehörde als vermisst gemeldet in der Hoffnung, dass Maßnahmen ergriffen werden, um sie zu finden.«

Mr Granger war die Anspannung deutlich anzuhören, auch wenn er auf Jeannie erstaunlich gefasst wirkte. »Und wie geht es jetzt weiter?«

»Normalerweise würde ein australisches Suchflugzeug, oder gleich mehrere, das gesamte Gebiet zwischen Semarang und Darwin absuchen, aber die Flugbehörde gestattet aufgrund des Zyklons keine Luft- oder Seesuche. Natürlich bin ich darüber enttäuscht und wütend, aber ich weiß auch, dass es nicht recht wäre, das Leben anderer zu gefährden. Es macht mir Mut, dass der Zyklon inzwischen bedeutend schwächer geworden ist, er wurde auf Stufe 2 heruntergestuft. Zudem besteht die Möglichkeit, dass er nach Westen über den Indischen Ozean abzieht, das wäre wirklich ein Segen.«

»Sie kennen Cassie und ihre Fähigkeiten gut. Was glauben Sie, ist passiert, Mr Granger?«, wagte Jeannie zu fragen.

»Cassie ist eine der besten Pilotinnen, die ich kenne. Und sie ist vernünftig. Ich denke, sie ist irgendwo gelandet. Ich weiß nur nicht, warum sie sich nicht über Funk melden kann. Wenn sie an einem Flughafen wäre, hätte sie uns angerufen, also muss sie sich an einem abgelegenen Ort befinden. Es ist ein Geduldsspiel, und das zu ertragen, ist für uns alle sehr schwer.«

»Ja, die Ungewissheit ist wirklich das Schlimmste. Wir machen uns alle furchtbare Sorgen, vor allem Doktor Monroe. Er gibt sich die Schuld, weil er Cassie Urlaub gewährt hat.«

»Nein, das sollte er nicht. Wann immer Cassie sich etwas in den Kopf setzt, ist sie nicht davon abzubringen. Wie ich sie kenne, wird sie auf jeden Fall versuchen, über Weihnachten nach Hause zu kommen. Ich habe ein bisschen Sorge, dass sie vielleicht ein unnötiges Risiko eingegangen ist, damit das gelingt. Ich hoffe, dass dem nicht so ist, aber tief im Inneren spüre ich, dass genau das passiert ist.«

Seine Worte beunruhigten Jeannie.

»In vier Tagen ist Heiligabend, wir werden es bald wissen, Mrs Batson.«

»Wir hoffen alle das Beste, Mr Granger, und ich hoffe sehr, dass Sie bald einen Anruf von ihr erhalten.«

»Danke. Ich lasse es Sie wissen, sobald ich etwas höre.«

»Danke. Auf Wiederhören.«

Jeannie entschied sich, Mike nicht zu erzählen, dass Cassie

möglicherweise ein Risiko eingegangen war, um an Weihnachten zu Hause zu sein.

»Ich habe Mike heute noch nicht gesehen«, sagte Jeannie zu Kirra, als diese am nächsten Morgen die Zentrale betrat. Sie warf einen Blick auf ihre Uhr. »Es sieht ihm nicht ähnlich, zu spät zur Arbeit zu kommen, aber er schläft in letzter Zeit schlecht, vielleicht hat er heute verschlafen.«

In diesem Moment steckte Chris Peterson seinen Kopf zur Hintertür herein. »Gibt es Neuigkeiten?«

»Nein. Ich habe gestern mit Cassies Vater gesprochen. Er hat auch noch nichts gehört. Er hat sie vorgestern Abend als vermisst gemeldet.«

Die Eingangstür wurde geöffnet, und ein junger Mann trat ein. Jeannie erkannte John Brady als einen Reporter der Centralian Advocate, und ihr wurde mulmig zumute. Das Letzte, was sie hier gebrauchen konnten, waren neugierige Journalisten.

»Guten Morgen, Mrs Batson«, sagte er. »Dürfte ich Sie um eine Stellungnahme zu der Situation rund um Miss Granger bitten?«

John Brady war immer höflich und nicht viel älter als einer von Jeannies Söhnen, deshalb ließ sie Milde walten. »Sie wird vermisst, mehr wissen wir nicht«, antwortete sie ausweichend.

»Was hat sie in Indonesien gemacht?«

»Woher wissen Sie, dass sie dort war?«

»Das wurde in den Northern Territory News berichtet. Also hat mein Boss mich hergeschickt, ich soll herausfinden, ob es Neuigkeiten gibt.«

»Oh.« Jeannie überlegte, wie viel sie sagen konnte. »Sie hat für einen Freund ihres Vaters ein Flugzeug abgeholt. Wir hatten über Funk Kontakt zu ihr, aber jetzt können wir sie nicht mehr erreichen. Deswegen hat ihr Vater sie als vermisst gemeldet. Cassie ist eine exzellente Pilotin, und es gibt sicher eine Erklärung für den unterbrochenen Funkkontakt. Vielleicht das schlechte Wetter. Also kommen Sie bloß nicht auf die Idee, gleich einen Nachruf zu schreiben«, sagte sie streng.

»Das mache ich nicht.« Brady schloss sein Notizbuch.

»So, das war's. Ich glaube, Sie sollten jetzt gehen«, sagte Chris Peterson bestimmt.

John Brady nickte und verließ die Zentrale.

»Hoffentlich habe ich nicht zu viel verraten.« Jeannie war sicher, dass Frank Majors ein Gespräch mit der Presse nicht gutheißen würde. Er hatte mehrfach angerufen und betont, dass er keine Stellungnahme abgegeben hatte und das auch erst tun würde, wenn sie gesicherte Informationen hatten.

»Ist Mike in seinem Büro?«, fragte Kirra später, als sie mit Doktor Peterson und einem Patienten von einem Einsatz zurückkam. Der Patient war in den wartenden Krankenwagen verladen worden, und Chris folgte ihm in seinem Auto zum Krankenhaus.

»Nein, er ist noch nicht reingekommen.« Jeannie wurde allmählich unruhig. Es war beinahe Mittagszeit, er konnte doch nicht den ganzen Vormittag schlafen. »Ich sehe mal in seiner Wohnung nach.«

Doch in diesem Moment kam Roy ins Büro. »Wo ist Mike hingefahren?«

»Wovon redest du?«, fragte Jeannie. »Ich dachte, er ist noch in seiner Wohnung.«

»Sein Auto steht nicht auf dem Parkplatz. Und wenn ich darüber nachdenke, glaube ich auch nicht, es heute Morgen überhaupt schon gesehen zu haben.«

Jeannie war verwirrt. Ihr war das fehlende Auto nicht aufgefallen, als sie zur Arbeit gekommen war, aber sie war mit ihren Gedanken auch woanders gewesen. »Seltsam. Wo könnte er denn sein?« Sie schob die Tür zu seinem Büro auf. Beim Anblick des aufgeräumten Schreibtischs schrillten ihre Alarmglocken, dann entdeckte sie eine Notiz, die gut sichtbar auf dem Tisch lag. Mit einem unguten Bauchgefühl begann sie zu lesen. »Oh, nein«, rief sie, kaum dass sie geendet hatte.

»Was ist los?«, fragte Kirra besorgt.

»Mike ... ist zu einer Buschwanderung aufgebrochen.« Jeannie blickte von Roy zu Kirra. »Ihr glaubt doch nicht ... dass er sich etwas antun könnte?«

»Er ist wirklich durch den Wind, aber ich bezweifle, dass er so weit gehen würde«, entgegnete Roy.

»Ja, du hast recht. Was rede ich nur! Aber das sieht ihm einfach überhaupt nicht ähnlich. Er bewahrt sonst in Krisen immer einen kühlen Kopf.«

»Dieses Mal ist sein Herz betroffen«, wandte Kirra ein.

»Was meinst du?«, fragte Roy.

»Er ist in Cassie verliebt, und ich glaube, sie auch in ihn«, behauptete Jeannie. »Du hast doch bestimmt gemerkt, wie es zwischen den beiden knistert.«

»Ich habe sie nicht so oft zusammen erlebt, seit ich wieder hier bin«, gab Roy zu.

»Mike gibt sich die Schuld für das, was Cassie passiert ist«, erklärte Jeannie.

»Wie kann er denn meinen, er wäre schuld an einem Zyklon?«, fragte Roy.

»Er ist überzeugt, dass Cassie in Sicherheit wäre, wenn er ihr den Urlaub nicht bewilligt hätte.«

»Er hat sie glücklich gemacht, indem er ihr ermöglicht, etwas zu tun, was sie liebt«, widersprach Roy. »Und sie hat sich sehr darauf gefreut.«

»Ich hätte nie gedacht, dass Mike einfach plötzlich zu einer Buschwanderung aufbricht«, sagte Jeannie nachdenklich. »Meint ihr, er kommt da draußen zurecht?«

»Er ist nicht besonders buschkundig, aber ich hoffe mal, er war vernünftig genug, eine Menge Wasser, Nahrung und Sprit mitzunehmen«, sagte Roy. »Aber ehrlich gesagt bin ich nicht sicher, ob er die Aktion wirklich durchdacht hat.«

»Es ist einfach so untypisch für ihn, seine Patienten sich selbst zu überlassen. Das gibt mir zu denken«, fügte Jeannie hinzu.

»Er ist sehr engagiert, aber selbst Ärzte brauchen manchmal eine Auszeit.«

»Aber wie sollen wir ihn kontaktieren, wenn Cassie gefunden wird ... oder ...« Jeannie konnte es nicht aussprechen.

»Das können wir nicht. Wenn er Neuigkeiten wissen will, erfährt er sie bei seiner Rückkehr«, sagte Roy.

Das Funkgerät leuchtete auf, und Jeannie nahm den Anruf entgegen. Sie versuchte, sich nicht allzu große Hoffnungen zu machen, dass er von Cassie stammen könnte, doch es gelang ihr nicht.

Eine Stunde später kam Doktor Peterson herein. Er wedelte mit einer Tageszeitung und wirkte wütend.

»Was ist los?«, fragte Roy.

»Haben Sie das schon gesehen?« Er faltete die Zeitung auseinander.

Jeannie bemerkte ein großes Foto von Cassie auf der Titelseite, darunter die Schlagzeile: *Berühmte australische Pilotin vermisst, vermutlich tot.*

»Diese Berichterstattung ist unverantwortlich«, rief Chris.

Jeannie spürte einen Kloß im Hals. »John Brady kann es nicht gewesen sein, die Zeitung hier ist schon früher in Druck gegangen.«

»Der Artikel wurde von seinem Boss geschrieben, Charles Clarke«, erklärte Roy, der las. »Und ich sehe das genauso: Das ist verdammt unverantwortlich!«, fügte er verärgert hinzu. »So was zu drucken, obwohl es überhaupt keinen Beweis gibt! Ich habe große Lust, ihn anzurufen und ihm zu sagen, was ich von ihm halte.«

Jeannie erinnerte sich, dass Charles Clarke die Informationen aus den Northern Territory News hatte, und das bestürzte sie. Sie versuchte, sich Cassies Eltern und ihren Bruder bei der Lektüre von so etwas Furchtbarem vorzustellen. Es war erschütternd.

»Ich habe es Ihnen vorhin nicht gesagt, aber im Fernsehen wurde gestern Abend in den Spätnachrichten über Cassie berichtet«, sagte Chris. »Es klang beunruhigend, daher hatte ich gehofft, dass niemand von Ihnen den Bericht gesehen hat.« Er betrachtete das Foto von Cassie. »Hat jemand von Ihnen das mitbekommen?«

Roy und Kirra schüttelten die Köpfe.

»Ich auch nicht«, fügte Jeannie hinzu. Sie hatte am Vorabend gebügelt. Plötzlich kam ihr ein Gedanke. »Aber vielleicht Mike!« War er deshalb zu einer Buschwanderung aufgebrochen?

»In dem Bericht wurden ihre vielen Erfolge erwähnt. Sie war ... ist ... eine bemerkenswerte Pilotin. Aber der Beitrag war ansonsten eher pessimistisch, man ging mehr oder weniger davon aus, dass sie gegen einen Berg geprallt oder ins Meer gestürzt sein muss. Trotzdem kann ich nicht glauben, dass sie nicht gesund und munter zu uns zurückkehren wird.«

»Wir müssen daran glauben, dass sie genau das tun wird«, beharrte Jeannie, doch ihre Augen füllten sich mit Tränen. »Etwas anderes möchte ich nicht mal denken.«

Das Telefon klingelte. »Mr Majors«, rief sie erschrocken, kaum dass sie das Gespräch angenommen hatte. »Sie haben die

Zeitung gelesen ...« Sie blickte zu ihren Kollegen, die sich alle denken konnten, dass Frank Majors sehr, sehr wütend war. Die Flying Doctors konnten keine negativen Schlagzeilen gebrauchen, schon gar nicht über die erste Pilotin auf dieser Position.

Mike war in Richtung der Aborigine-Siedlung Hermannsburg gefahren, dann jedoch nach Süden auf eine einsame Straße in Richtung des Finke River abgebogen, von dem man sagte, er sei der älteste Fluss der Welt. Die meiste Zeit des Jahres war er ausgetrocknet, doch nach der Regenzeit bildeten sich viele Wasserlöcher. In dem seltenen Fall von Hochwasser floss Wasser in den Macumba River, einen der kleineren Zuflüsse zum Lake Eyre im Süden Australiens, einem Salzsee, der sich über mehrere Hundert Quadratmeilen erstreckte. Er füllte sich nur wenige Male pro Jahrhundert vollständig, und das nur, wenn Wasser von Überflutungen in Queensland den Warburton und außerdem den Cooper Creek herunterkam. Dann war der See wie verwandelt und zog Tausende von Zugvogelschwärmen an.

Es war später Nachmittag, und die Zeit verstrich langsam. Mike hatte keine Ahnung, wie viele Meilen er schon gefahren war, doch irgendwann erreichte er das Palm Valley, den einzigen Ort in Zentralaustralien, an dem Marienpalmen überlebten. Er versuchte, seinen Gedanken davonzufahren, scheiterte aber kläglich. Immerzu sah er Cassies hübsches Gesicht vor sich. Und er wollte der Zivilisation entkommen, vor allem aber der Bestätigung, dass Cassie ihr Leben verloren hatte. Dann wäre es endgültig, und das würde er nicht ertragen. Er hätte alles dafür gegeben, die Zeit zurückdrehen zu können zu dem Moment, als sie sorglos im kühlen Nass der Ormiston Gorge geschwommen waren. Er bereute es zutiefst, Cassie nicht gesagt zu haben, dass er sie von ganzem Herzen liebte. Er konnte nicht akzeptieren, dass diese Gelegenheit für immer verstrichen war.

Er hatte nächtelang nicht geschlafen und war entsetzlich müde. Schließlich parkte er das Auto und stieg aus, um sich die Beine zu vertreten. Sein Hemd war schweißnass und klebte ihm am Rücken, daher zog er es aus. Unter der heißen Sonne wirkte das sandige Flussbett so trostlos, wie er sich fühlte. Er entfachte ein Lagerfeuer und kochte sich einen Tee. Auch wenn er nicht hungrig war, zwang er sich, das Essen zu verzehren, das er mitgenommen hatte, den Geschmack allerdings nahm er nicht wahr. Er konnte sich an nichts erfreuen, nicht an der Einsamkeit, den Vögeln, der Schönheit des Outback, und war überzeugt, es auch nie wieder zu können.

Als der Abend hereinbrach, legte Mike sich unter eine Marienpalme und beobachtete, wie die Sonne langsam am westlichen Horizont sank und die Palmen sich als Silhouetten abzeichneten. Der Himmel glühte tiefgolden mit leuchtend roten Streifen, aber noch immer konnte er die Schönheit der Natur nicht genießen. Irgendwann kam die Dämmerung und mit ihr Millionen von Sternen, die wie silberner Staub auf einer schwarzen Samtdecke schimmerten.

Stundenlang starrte Mike in den Himmel und dachte an den Abend, als er ein Lagerfeuer entfacht und zusammen mit Cassie die Sterne betrachtet hatte. Sie war erst vor Kurzem in sein Leben getreten, doch sie hatte es für immer verändert. Leise und ungebeten rollten Tränen über Mikes Wangen. Schluchzer krochen seine Kehle hinauf, schließlich rollte er sich zusammen und ließ seinen Gefühlen freien Lauf. Er befand sich am Tiefpunkt seines Lebens, überließ dem Schmerz die Führung. Nachdem er ihn tagelang unterdrückt hatte, fühlte es sich nun an, als würde ein Damm brechen.

Am nächsten Morgen wurde Mike vom Summen der Fliegen und einer unbarmherzigen Sonne geweckt. Kurz fragte er sich, wo er war, doch dann kam die Erinnerung zurück. Er lag auf dem Boden neben der Asche des Feuers, das er am Nachmittag zuvor entfacht hatte. Mühsam setzte er sich auf, erinnerte sich daran, wie aufgelöst er gewesen war. Er fühlte sich immer noch zutiefst erschöpft, mental und körperlich.

Da er großen Durst verspürte, ging er zurück zu seinem Holden FJ und nahm den Wasserbehälter aus dem Kofferraum. Er war beinahe leer, außerdem hatte er nur noch sehr wenig Essen übrig. Er konnte kaum glauben, dass er Alice Springs so schlecht vorbereitet verlassen hatte, und doch konnte er sich nicht überwinden, zurückzukehren. Er trank aus dem Wasserbehälter und aß die restlichen Lebensmittel.

Die Sonne brannte heiß herunter, also suchte er nach etwas Schatten unter der nächsten Marienpalme. Sein Herz lag wie ein Stein in seiner Brust, und er fühlte sich so mutlos wie noch nie zuvor. Er ertappte sich bei dem Wunsch, bei dem Flugzeugabsturz mit Bill Burns gestorben zu sein, denn dann hätte er den Schmerz eines gebrochenen Herzens nicht kennenlernen müssen. Er schwor sich, sich nie wieder zu verlieben.

Mike döste in der frühen Nachmittagssonne, als jemand gegen seinen Fuß trat. Er öffnete die Augen und blinzelte gegen das gleißende Licht. Er brauchte einige Augenblicke, um zu erkennen, dass er von einer Gruppe Aborigine-Jäger umgeben war, sechs junge Männer, spärlich bekleidet und mit Speeren und Schlagstöcken bewaffnet. Sie starrten ihn argwöhnisch an. Er warf einen Blick zu seinem Holden und sah, dass alle vier Türen und der Kofferraum geöffnet waren und zwei junge Männer hineinspähten. Sie hatten schon einige Dinge herausgeholt, unter anderem den Wasserbehälter und den Benzinkanister. Beim Gedanken an seine Arzttasche auf dem Rücksitz durchfuhr Mike eine Welle der Panik.

»Hey!«, rief er. »Raus da!« Er kam auf die Beine und ruderte wild mit den Armen, während er auf den Holden zurannte in der Hoffnung, sie damit zu verscheuchen. Einer der Aborigines hinter ihm warf seinen Speer und traf damit den Benzinkanister. Durch das Loch lief sogleich Sprit aus.

Mike wirbelte erschrocken herum und hob in einer Geste der Kapitulation die Hände, um nicht auch von einem Speer getroffen zu werden. Die Mienen der Aborigines waren finster.

»Bitte lassen Sie mir mein Auto«, sagte er, so ruhig wie möglich. »Ich bin Arzt ... Mediziner. Ich brauche mein medizinisches Material, um Menschen in Not zu helfen.«

Die Blicke der jungen Männer waren so intensiv, dass er sich wie aufgespießt fühlte. Dann schrie plötzlich einer der Männer wütend in der Sprache der Arrernte, begleitet von wilden, drohenden Gesten. Mike blieb so aufrecht wie möglich stehen und versuchte, sich seine Angst nicht anmerken zu lassen, auch wenn seine Knie zitterten und sein Mund trocken war. Er war nicht sicher, was sie ihm sagen wollten, vermutlich war er in dieser Gegend nicht willkommen. Er hoffte nur, sie würden ihn wegfahren lassen.

Dann plötzlich bedeutete einer von ihnen mit einer Geste, den Speer einzusammeln, und sie liefen abrupt davon. Immer wieder blickten sie über die Schulter zu Mike zurück, während sie das trockene Flussbett überquerten, am anderen Ufer drehten sich alle zu ihm um und starrten ihn finster an.

Mikes Herz raste. Dies war offensichtlich die Aufforderung an ihn, zu gehen. Er sammelte seine Habseligkeiten ein, bis auf den nun leeren Benzinkanister, und warf sie in den Kofferraum. Dann stieg er in den Wagen und fuhr auf einer wenig genutzten Straße in Richtung Stuarts Well. Erschrocken stellte er fest, dass der Tank beinahe leer war. Einige Meilen später, als er gerade die James Ranges erreichte, stotterte sein Motor, dann kam das

Auto zum Stehen. Er stieg aus, immer noch zitternd, aber dankbar, am Leben zu sein.

Nachdem er einige Minuten in der heißen Sonne gestanden hatte, fiel ihm ein, dass auch im Wasserbehälter nur noch wenige Schlucke waren. Außerdem hatte er nichts mehr zu essen. Zum Glück befand sich etwa fünf Meilen entfernt auf der Hauptverkehrsstraße das Stuarts Well Roadhouse. Dort würde er Nahrung, Wasser und Sprit bekommen, auch wenn er keinen Kanister für dessen Transport mehr hatte. Auch für ihn als Arzt war ein Halt am Roadhouse nicht ungewöhnlich, wo Jim Flaherty, der Besitzer, gerne örtliche Neuigkeiten gegen die neuesten Nachrichten aus Alice Springs tauschte. Mike war jedoch nicht nach belanglosen Plaudereien zumute. Er wollte nicht in ein Gespräch verwickelt werden, denn Jim würde ihn ganz sicher fragen, was ihn hierhergeführt hatte. Und gerade darüber wollte Mike nicht nachdenken. Andererseits brauchte er dringend Wasser und Essen, also hatte er keine andere Wahl, als sich zum Roadhouse zu begeben.

Mike wusste jedoch, dass Jim jeden Nachmittag zwischen drei und fünf Uhr ein Nickerchen hielt. In dieser Zeit kümmerte sich seine Tochter um den Laden und sein Sohn verkaufte den Sprit. Sadie war fünfzehn und introvertiert, sie sprach nur sehr ungern mit Kunden. Frederick war siebzehn, gelangweilt vom Leben im Roadhouse, und zählte die Tage, bis er es endlich verlassen konnte. Ihre Mutter Carol war an einem Schlangenbiss gestorben, als Sadie noch ein kleines Kind gewesen war. Sadie hatte auf dem Rasen unter der Wäscheleine gespielt, während ihre Mutter die Wäsche aufhing, als die Schlange sich ihr näherte. Ihre Mutter Carol bemerkte es und schob sich, ohne zu zögern, vor Sadie, und die Schlange biss sie. Sie war schon tot, als Jim sie fand.

Mike machte sich zu Fuß auf den Weg und erreichte schließlich erschöpft und erhitzt gegen halb vier das Roadhouse. Er schlüpfte ins Geschäft und kaufte Konservendosen mit Essen, frisches Obst und Wasser. Sadie bediente ihn, ohne ein Wort zu sagen, auch wenn sie ihn ganz sicher erkannte. Mike entschied kurzerhand, dass das mit dem Sprit nicht so wichtig war. Irgendwann würde er Jim nach einem Benzinkanister fragen müssen, doch das konnte warten.

Zum Glück war Frederick draußen nirgendwo zu sehen, sodass Mike sich auf einem kaum genutzten Pfad davonschleichen konnte.

Kapitel 22

Glen Wilkinson stürmte in die Zentrale. »Habt ihr schon gehört? Der Zyklon hat sich endlich nach Westen verzogen, über den Indischen Ozean!«, rief er.

»Das klingt gut«, sagte Jeannie. »Und was bedeutet das für den Norden Australiens?«

»Es bedeutet, dass es an der Timorsee wahrscheinlich nur noch ein bisschen windig ist. Ich sollte direkt losfliegen und mich auf die Suche nach Cassie machen. Ich bin sicher, dass sie nichts dagegen hätte, wenn ich dafür ihr Flugzeug benutze.«

»Ich weiß nicht, Glen.« Jeannie zögerte. »Ich weiß dein Hilfsangebot zu schätzen, aber ich kann dir leider nicht genehmigen, Cassies Maschine zu fliegen. Wenn sie in Australien verschwunden wäre, wäre das etwas anderes.«

Glen begann, im Büro auf und ab zu laufen. »Diese Untätigkeit ist schlimm«, brummte er. »Ich möchte einfach irgendetwas machen.«

»Wenn doch nur Mike hier wäre!« Jeannie war ebenfalls unruhig, ihrer Meinung nach sollte er derjenige sein, der hier die schwierigen Entscheidungen fällte. Frank Majors rief zwar regelmäßig an, aber sie wollten ihn nicht mit jeder Frage belästigen. »Wo könnte er bloß sein?« Sie hatte nicht erwartet, dass er über Nacht fortbleiben würde, und machte sich allmählich Sorgen.

»Soll ich doch mal Frank Majors fragen?«, schlug Glen vor. »Vielleicht erlaubt er mir, ein Flugzeug der Flying Doctors zu nutzen.«

»Er hat schon gesagt, dass es Aufgabe der Küstenwache ist,

nach Cassie zu suchen. Außerdem möchte ich mich nicht auch noch um dich sorgen müssen. Wo würdest du denn überhaupt mit der Suche anfangen?«

»Bisher wissen wir, dass sie zuletzt am Flughafen in Semarang gesehen wurde, aber nicht in Denpasar gelandet ist. Ich würde im Gebiet zwischen diesen beiden Orten anfangen zu suchen.«

Das Telefon klingelte.

»Hallo, Mrs Batson«, hörte sie Edwin Grangers Stimme am anderen Ende der Leitung.

Jeannies Herz schlug schneller. »Hallo, Mr Granger. Ist Cassie aufgetaucht?«, fragte sie hoffnungsvoll.

»Leider noch nicht, aber die indonesischen Behörden haben gerade bestätigt, dass sie in Denpasar gelandet ist, sie hat dort vor fünf Tagen nachgetankt.«

Jeannie war verwirrt. »Das verstehe ich nicht. Mike hat man gesagt, sie sei nicht in Denpasar gelandet«, erwiderte sie.

»Anscheinend waren aufgrund des sehr schlechten Wetters nur wenige Angestellte im Dienst, und auch die Abläufe wurden nicht immer korrekt eingehalten. Außerdem gab es bei Doktor Monroes Anruf sprachliche Schwierigkeiten. Aber sie ist definitiv dort gelandet und hat getankt, vermutlich ist sie noch am selben Tag weitergeflogen, aber gesichert ist das nicht. Bislang gibt es auch noch keine Bestätigung dafür, dass sie auf Sumba gelandet ist. Trotzdem ist es schon mal eine riesige Erleichterung, dass sie bis nach Denpasar gekommen ist.«

»Ja, das ist es! Unser Mechaniker hat gerade angeboten, Cassies Flugzeug zu leihen und damit nach ihr zu suchen, aber das konnte ich natürlich nicht genehmigen. Was halten Sie von der Idee?«

»Bitte danken Sie ihm für das Angebot, aber ich hoffe, dass das nicht nötig sein wird. Die indonesische Behörde hat Suchflugzeuge losgeschickt, und morgen um diese Zeit wird die australische Küstenwache sich an der Suche beteiligen. Und ich habe Vertrauen in mein Mädchen. Ich spüre tief in meinem Inneren, dass es ihr gut geht.«

Jeannie stimmten seine Worte optimistisch. »Dann ist das sicher auch der Fall.«

»Ich rufe Sie wieder an, wenn ich mehr weiß«, sagte Edwin.

»Danke, das weiß ich sehr zu schätzen. Und da spreche ich für uns alle.«

Mike lief in der sengenden Hitze zurück zu seinem Auto. Als er endlich dort ankam, konnte er sich kaum noch auf den Beinen halten. Er legte sich in den Schatten unter einen Felsvorsprung am Fuß der James Ranges, trank eine Flasche Wasser und aß eine Banane. Danach schloss er die Augen und ruhte sich aus.

Als er sie wieder öffnete, stand die Sonne bereits tief am Horizont. Er konnte das Gefühl nicht abschütteln, dass über ihm eine dunkle Wolke hing, die ihm jegliche Motivation nahm, sich der Welt zu stellen. Ihm war bewusst, dass er depressiv war und um die Frau trauerte, die er liebte, aber er wusste nicht, was er dagegen tun sollte. Als Arzt konnte er nicht ewig so weitermachen, aber andererseits konnte er in seinem Zustand auch niemandem helfen.

Er sammelte Holz und entfachte ein Lagerfeuer, um sich einen Tee zu kochen, doch selbst das kostete ihn Anstrengung. Er war erschöpft, weil seine Gedanken einfach nicht zur Ruhe kamen, nicht einmal im Schlaf. Ständig wurde er von Albträumen verfolgt, in denen Cassie abstürzte. Sie waren qualvoll, und er entkam ihnen nicht.

Die Zeit verrann. Mike lag mit geschlossenen Augen am Lagerfeuer, spürte aber mit einem Mal, dass er nicht allein war. Kurz darauf waren Stimmen zu hören.

»Cassie«, murmelte er im Halbschlaf und richtete sich auf. Als sein Kopf klarer wurde, nahm er wahr, dass Aborigines an sein Lager traten. Doch dieses Mal waren es keine Jäger, sondern offenbar Familien: drei Männer, ungefähr zwischen dreißig und vierzig Jahren alt, drei jüngere Frauen und mehrere Kinder verschiedenen Alters. Mike war auf der Hut. Einer der Männer trug ein kleines Kind auf dem Arm, die Frau neben ihm wirkte besorgt. Er trat in den Feuerschein, die anderen stellten sich um ihn herum, deuteten auf das Kind und diskutierten. Mike war verwirrt, vor allem, weil sie genauso plötzlich wieder in die Dunkelheit verschwanden, wie sie aufgetaucht waren.

»Was sollte das denn?«, murmelte er, war aber zu erschöpft, um darüber nachzudenken, also legte er sich wieder hin und schlief weiter.

Als Mike am nächsten Morgen erwachte, waren die Aborigines wieder da, unter ihnen auch der Mann mit dem kleinen Mädchen auf dem Arm. Er ging direkt zu Mike, während ein anderer Mann auf ihn deutete und nachdrücklich etwas in der Sprache der Arrernte sagte.

Bevor Mike reagieren konnte, trat auch eine der Frauen vor, wahrscheinlich die Mutter, nahm das kleine Mädchen aus den Armen des Vaters und setzte es vor Mike ab. Das Kind sah ihn aus verweinten braunen Augen unsicher an.

Mike war klar, dass es seine Hilfe benötigte, sah sich in seinem Zustand aber nicht in der Lage, jemanden ärztlich gut zu versorgen. Aber er konnte doch nicht einem Kind Hilfe verweigern! Mühsam richtete er sich auf und untersuchte das Bein des Mädchens. Es war stark entzündet, vermutlich war sie von Ameisen oder einem Insekt gebissen worden, die Bisse hatten gejuckt, sie hatte sich gekratzt und dabei die Haut aufgerissen, und nun hatte sich der Bereich entzündet. Die Entzündung breitete sich aus und würde ohne Behandlung vereitern.

Mike holte seine Arzttasche aus dem Holden und badete die Wunde in einem wohltuenden Antiseptikum, bevor er eine Creme auftrug, die gegen den Juckreiz half. Dann legte er einen Verband um die Wunde, damit das Mädchen sie nicht mehr berührte oder daran kratzte.

Die Aborigines beobachteten jede seiner Handlungen mit nervenzermürbendem Interesse. Gleichzeitig diskutierte einer der Männer mit der Mutter, vermutlich über ihre gescheiterten Heilungsversuche. Mike bemühte sich zu erklären, dass die Wunde am nächsten Tag gesäubert und noch einmal mit Creme versorgt werden musste, konnte aber nur hoffen, dass jemand in der Gruppe ihn verstand. Ohne ein weiteres Wort liefen sie davon, und dafür war er dankbar.

Am Vormittag rief Jeannie bei Edwin Granger an. »Ich weiß, Sie haben gesagt, Sie melden sich bei uns, aber wir sind schrecklich nervös und konnten nicht mehr warten. Gibt es was Neues?« Insgeheim hoffte sie, dass er immer noch optimistisch war, doch er antwortete mit tonloser Stimme.

»Auf einer Insel im Norden von Sumba wurde ein Wrackteil angespült.«

Jeannie keuchte auf. »Von einem Flugzeug?«

»Davon geht man aus.«

»Aber doch sicher nicht von Cassies Maschine?«

»Das muss noch untersucht werden, aber das war nicht die Nachricht, die wir hören wollten.«

Jeannie wusste nicht, was sie sagen sollte. »Es tut mir sehr leid«, brachte sie hervor. »Aber dieses Wrackteil könnte doch von allem Möglichen kommen. Vielleicht stammt es von einem Schiff oder von einem anderen Flugzeug.«

»Das hoffen wir, vor drei Wochen ist offenbar ein Flugzeug an der Küste von Neuguinea abgestürzt. Trotzdem sind wir alle hier, meine Frau, mein Sohn und meine Schwiegertochter, völlig aufgelöst. Ich habe seit sechs Tagen nichts von Cassie gehört, und es kostet mich enorm viel Kraft, die anderen aufzumuntern und positiv zu denken, Mrs Batson. Auch wenn ich mich schäme, es zuzugeben, ich breche langsam unter der Last zusammen, vor allem, da morgen Heiligabend ist und Cassie vorhatte, an Weihnachten zu Hause zu sein.«

»Dafür müssen Sie sich doch nicht schämen. Für uns ist die Situation ja schon schwer, ich möchte mir gar nicht vorstellen, wie es für Sie und Ihre Familie sein muss.«

»Wir klammern uns an die Hoffnung auf positive Nachrichten, doch mit jeder Stunde, in der wir nichts hören, schwindet die ein wenig mehr. Ich war mir sicher, dass Cassie inzwischen die Küste Australiens erreicht und sich bei uns gemeldet haben würde.«

»Wir müssen versuchen, weiterhin positiv zu denken«, beharrte Jeannie.

»Sie haben recht, aber das ist nicht so einfach.« Er stieß einen Seufzer aus. »Wie geht es denn Doktor Monroe? Ich hoffe, er gibt sich nicht immer noch die Schuld?«

»Ehrlich gesagt weiß ich das nicht. Er war in einem fürchterlichen Zustand und ist vor zwei Tagen zu einer Buschwanderung aufgebrochen. Seitdem haben wir nichts von ihm gehört. Wir hätten nicht damit gerechnet, dass er so lange wegbleibt, und machen uns große Sorgen.«

»Oh, das tut mir leid! Aber wenn ich ehrlich bin, ist mir auch nach einer Buschwanderung. Obwohl das vermutlich nicht helfen würde, ich würde mir im Busch genauso große Sorgen machen wie hier.«

»Ich wette, Mike geht es genauso. Vor manchen Dingen

kann man nicht davonlaufen. Trotzdem hoffe ich weiterhin, ihm bei seiner Rückkehr die gute Neuigkeit überbringen zu können, dass Cassie endlich angekommen ist.«

Edwin Granger schwieg einen Moment. »Sie wissen, dass Amelia Earhart Cassies Idol war«, sagte er schließlich. »Sie ist 1937 über dem Pazifik in der Nähe der Howlandinsel verschwunden. Bis heute wird über ihr Verschwinden spekuliert. Ich hoffe sehr, dass meine Tochter nicht dasselbe Schicksal erleidet.«

Mike saß gedankenverloren am Feuer und starrte in die züngelnden Flammen, als die Aborigines zurückkehrten. Sie schreckten ihn aus seinen düsteren Gedanken, er hatte sie in der Dunkelheit nicht kommen sehen. Erstaunt bemerkte er, dass unter ihnen dieses Mal auch ein Ältester war. Der Mann war ungefähr zwischen sechzig und siebzig, sein Bart und seine Haare waren von grauen Strähnen durchzogen. Die Mutter des kleinen Mädchens brachte es zu Mike und zeigte auf das Bein, offenbar wollte sie, dass er die Wunde noch einmal untersuchte. Der Verband war schmutzig, Mike löste ihn und betrachtete das Bein im Schein des Feuers. Es sah schon besser aus, wie er mit Genugtuung bemerkte. Er badete es erneut, trug Creme auf und legte einen sauberen Verband an. Die Mutter lächelte Mike glücklich an und tätschelte seinen Arm. Auch das Mädchen schenkte ihm ein schüchternes Lächeln. Mike war zufrieden, brachte aber kein Lächeln zustande, selbst wenn er gewollt hätte.

Zu seiner Überraschung zogen die Aborigines nicht gleich weiter, sondern entfachten ein Stück entfernt ein zweites, noch viel größeres Feuer. Beim Anblick einiger Pflanzenknollen, eines toten Kängurus und eines kleinen Warans ging ihm auf, dass sie ein Fest feiern wollten. Er war nicht in der Stimmung für

Gesellschaft, konnte aber ohne Sprit nicht davonfahren. Als die Aborigines begannen zu tanzen und zu singen, beschloss Mike, ein Stück zu laufen, doch in diesem Moment setzte sich der Älteste zu ihm. Auch ohne dass er ein Wort sprach, spürte Mike seine eindrucksvolle Ausstrahlung sofort. Im flackernden Feuerschein bemerkte Mike die Narben auf seinen Beinen, Armen und dem Oberkörper. Zu jeder anderen Gelegenheit wäre er neugierig gewesen und hätte mehr darüber und über das Leben des Mannes wissen wollen, aber seine Offenheit lag unter seiner Verzweiflung begraben.

»Sie helfen Lowanna sehr gut«, stieß der Mann schließlich schroff hervor.

Mike war überrascht. »Sie sprechen gut Englisch.«

»Ich arbeiten für weiße Männer vor lange Zeit.«

Mike nickte und starrte ins Feuer.

»Was machen Sie hier, Medizinmann?«, fragte der Älteste schließlich.

Mike wusste nicht, wie er das erklären sollte, außerdem fehlte ihm die Energie. Er stieß lediglich einen Seufzer aus und blickte weiter in die Flammen. Doch er spürte den Blick des Ältesten auf sich, und selbst von der Seite kam es Mike vor, als würde er direkt in seine Seele blicken. »Sie *Sorry-Business*?«

Mike wusste nur zu gut, was er meinte. Die Aborigines benutzten diesen Ausdruck im Zusammenhang mit Toten oder Verlust. »Wenn ich ehrlich bin, weiß ich das nicht so genau. Jemand, der … mir wichtig ist, wird vermisst.«

»Ah«, sagte der Älteste. »Frau von Medizinmann?«

»Meine Pilotin. Ich bin ein fliegender Arzt. Sie ist in ein anderes Land geflogen, sehr weit weg … und nicht zurückgekehrt.« Mikes Stimme brach.

»Frau von Medizinmann goldenes Haar?«

Mike traute seinen Ohren nicht. »Sie kennen Cassie?«

»Alle Menschen sprechen von Frau. Gute Frau.«

Offenbar hatte sich die Kunde von Cassie und ihren Hilfspaketen unter den Clans verbreitet, vielleicht sogar in ganz Australien. »Ja, das ist sie.« Mike blickte ins Feuer.

»Frau helfen vielen Aborigine-Kindern, überall. Medizinmann ehren sie.«

Offenbar wollte er sagen, Mike müsse ihr Andenken ehren. Der Gedanke schmerzte.

Die Stille zwischen ihnen dehnte sich aus. Die Aborigines hatten aufgehört zu tanzen und bereiteten jetzt geschäftig das Essen vor. Mike wurde übel, er wollte nur noch fort. Doch gerade als er aufstehen wollte, ergriff der Älteste wieder das Wort.

»Frau nicht rübergehen in Geisterwelt«, sagte er aus heiterem Himmel.

Mike wirbelte herum, doch der Mann blickte in die Dunkelheit, als könnte er etwas erkennen, was Mike nicht sah. »Wollen Sie damit sagen ... dass Cassie lebt?« Angespannt hielt er den Atem an.

Der Älteste wandte sich ihm langsam zu und sah ihn eindringlich an, aus seinen glänzenden schwarzen Augen sprach Weisheit und Wissen. Mike atmete heftig. Der Älteste nickte, sagte jedoch nichts mehr, und bevor Mike ihm weitere Fragen stellten konnte, stand er auf und ging zu den anderen Aborigines.

Mikes Herz raste. Er hatte unendlich viele Fragen, die Antworten darauf würde er aber vermutlich nicht im Busch erhalten. Wieder starrte er ins Feuer und wagte zu hoffen, dass der Älteste recht hatte und Cassie lebte. Er hatte den Instinkten der Aborigines schon immer vertraut, doch davon auszugehen, dass Cassie am Leben war, erforderte schon eine ganze Menge Vertrauen.

Mike wusste, dass das Roadhouse in Stuarts Well geschlossen war und er bis zum nächsten Tag warten musste, aber in seinem Kopf wirbelten die Gedanken durcheinander, und mit einem Mal konnte er es kaum erwarten, nach Alice Springs zurückzufahren. Er fragte sich immer wieder, ob Cassie in Darwin war, um Weihnachten mit ihrer Familie zu feiern. Er wollte es unbedingt glauben, und er hatte noch nie erlebt, dass sich ein Ältester in spirituellen Belangen irrte. Als weißer Mann verstand er nicht, wie sie zu ihrem Wissen kamen, doch er hatte gelernt, es zu respektieren.

Mehr als eine Stunde später kam das kleine Aborigine-Mädchen zu ihm. Mit ausgestreckten Armen bot sie ihm ein Stück gegartes Kängurufleisch an. Er war eigentlich zu aufgeregt, um zu essen, doch er wollte die Aborigines nicht beleidigen, indem er es ablehnte. Er dankte ihr, und sie rannte zu ihrer Mutter zurück.

Als die Aborigines ihr Mahl beendet hatten, löschten sie ihr Feuer und liefen davon. Mike sah zu den Sternen und dem Mond auf und dachte an Cassie. Schließlich schlief er ein, dieses Mal voller Hoffnung.

Kapitel 23

Edwin Granger saß in seinem Arbeitszimmer und brütete über Landkarten, als das Telefon klingelte. Er nahm Anrufe mittlerweile grundsätzlich nur noch hier entgegen, da seine Frau, sein Sohn und seine Schwiegertochter jedes Mal eine Achterbahnfahrt der Gefühle durchliefen, wenn es läutete. Sie machten sich Hoffnung, dass es Cassie sein könnte, doch dann waren es zu ihrer Enttäuschung immer nur Geoff oder Freunde und Bekannte, die wissen wollten, ob es Neuigkeiten gab.

Edwin warf einen Blick auf die Wanduhr. Es war nach zehn am Abend, ungewöhnlich spät für einen Anruf. Nachdem er sechs Nächte kaum geschlafen hatte, versucht er, nicht abzuheben. Aber es bestand immer noch die Möglichkeit ...

»Hallo, Dad!«

Edwins Herz machte vor Freude einen Satz. »Cassie! Du bist wohlauf«, rief er, und seine Augen füllten sich mit Tränen.

»Natürlich bin ich das.« Sie klang fröhlich, wenn auch müde.

»Es ist so ... wunderbar, deine Stimme zu hören«, entgegnete er stockend.

»Es ist auch schön, deine Stimme zu hören, Dad.«

»Wo bist du?«

»Ich wurde etwas vom Kurs abgewehrt und bin letztendlich in Wyndham gelandet.«

Edwin fiel ein Stein vom Herzen. Sie war in Australien und noch dazu nicht allzu weit entfernt. »Warum hast du dich denn nicht gemeldet, Darling? Wir sind alle verrückt vor Sorge, seit der Nachricht mit dem Zyklon.«

»Ich wusste nichts von einem Zyklon, bis ich von Wind und Regen durchgeschüttelt wurde.«

Edwin war überrascht. »Warum nicht? Du hättest die entsprechenden Wetterberichte doch bekommen müssen.«

»Ich hatte keinen Funkkontakt.«

Edwin konnte nicht glauben, dass das Funkgerät kaputt gegangen war, das Flugzeug war neu. »Warum? Was ist passiert?«

»Na ja, das Wetter war schon in Semarang schlecht, als ich gelandet bin, ein Gewitter zog auf. Ich habe das Flugzeug verlassen, um die Waschräume aufzusuchen, und gerade als ich wieder aus dem Gebäude kam, ist ein Blitz in die Rollbahn eingeschlagen. Zum Glück stand ich auf einer Gummimatte.«

»Was?« Edwin blieb beinahe das Herz stehen.

»Die Motoren waren unbeschädigt, aber ich habe erst unmittelbar vor dem Abflug bemerkt, dass das Funkgerät nicht reibungslos funktioniert.«

Edwins Gedanken rasten. »Und die Instrumentenanzeige?«

»Was ist damit?«, fragte Cassie ausweichend.

Edwin kannte seine Tochter gut genug, um zu wissen, dass sie ihm etwas verschwieg. »Haben die Instrumente denn alle richtig funktioniert?«

»Zum größten Teil.«

Er keuchte. Vermutlich stimmte auch das nicht ganz, aber sie hatte die Reise unbedingt fortsetzen wollen. »Was bedeutet das?«

»Es bedeutet: zum größten Teil.« Dann wechselte Cassie das Thema. »Dad, die Beechcraft ist eine wunderbare Maschine. Sie reagiert sehr fein, hat eine sehr hohe Rollgeschwindigkeit und eine unglaubliche Beschleunigung auf der Startbahn. Sie ist richtig sportlich. Trotz des furchtbaren Wetters und einiger Herausforderungen habe ich es wirklich genossen, sie zu fliegen.«

»Das ist schön, Darling. Jetzt musst du nur noch nach Hause kommen.«

»Keine Sorge. Die Motoren funktionieren, und das Fahrwerk ist in Ordnung. Was brauche ich mehr?« Sie lachte, und Edwin war nicht sicher, ob sie ihn auf den Arm nahm oder nicht.

Cassie wurde wieder ernst. »Als ich in Denpasar gelandet bin, wollte ich euch anrufen, aber die Telefonverbindungen vor Ort waren beeinträchtigt, und ich wollte nicht herumstehen und warten, während sie das Problem lösten, also bin ich sehr früh am nächsten Morgen weitergeflogen. Irgendwie gab es dann überall Schwierigkeiten mit der Technik. Jetzt weiß ich, dass es am Zyklon lag. Das hier ist die erste Gelegenheit, die ich habe, irgendwo anzurufen. Tut mir außerdem leid, dass es zu so später Stunde ist.«

»Und wenn es mitten in der Nacht wäre, wäre mir das auch egal. Das weißt du doch. Hast du nicht auf Sumba nachgetankt?«

»Doch, aber wie sich herausstellte, nicht am Hauptflughafen. Ich hatte keine Ahnung, dass es zwei Flughäfen gibt, ich bin einfach gelandet, als ich eine Landebahn entdeckte. Dort habe ich dann gewartet, bis das Schlimmste vorüber war. Ich habe wirklich noch nie einen solchen Sturm und so viel Regen gesehen.«

Edwin seufzte und sprach ein stummes Dankesgebet, dass sie diese Tortur überlebt hatte. »Ich wusste tief in meinem Herzen, dass es dir gut geht, und du klingst richtig zufrieden und fröhlich«, sagte er, überwältigt von Erleichterung.

»Es war ein ziemliches Abenteuer, aber ich bin auch froh, wenn ich morgen nach Hause komme. Ich kann dir gar nicht sagen, wie sehr ich mich auf Mums Truthahn und ihren Weihnachtspudding mit Brandy-Butter freue.«

»Und wir freuen uns darauf, dich hier zu haben. Das wird das beste Weihnachtsfest aller Zeiten, versprochen. Komm heil hier an.« Edwin liefen Tränen über die Wangen.

Nachdem sie das Gespräch beendet hatten, nahm Edwin sich einen Moment, um sich zu sammeln, bevor er ins Wohnzimmer ging. Der Anblick dort war derselbe wie immer in den letzten Tagen: seine Frau, sein Sohn und seine Schwiegertochter saßen mit sorgenvoller Miene beisammen, die Enkel schliefen bereits in einem der Gästezimmer. Der Weihnachtsbaum stand in der Ecke, so wie jedes Jahr. Er war schon vor Wochen geschmückt worden, doch bislang hatte es an Weihnachtsstimmung gemangelt. Das würde sich nun ändern.

Edwin klatschte in die Hände, um die Aufmerksamkeit auf sich zu lenken. »Genug Däumchen gedreht!«, rief er. »Unser Mädchen kommt morgen nach Hause, also solltet ihr mal mit den Vorbereitungen für das Festessen anfangen, denn sie freut sich schon sehr darauf«, fügte er fröhlich hinzu.

Jane, Mark und Susan sahen ihn mit einer Mischung aus Trauer und Mitleid an, als wolle er nur ihre gedrückte Stimmung heben, wie so oft in den letzten Tagen.

»Ich meine es ernst: Cassie hat gerade angerufen und gesagt, dass sie morgen nach Hause kommt, also macht euch an die Arbeit«, sagte Edwin lächelnd.

Mark reagierte als Erster. »Sie hat angerufen?«

»Allerdings.«

Alle sprangen auf, Susan kreischte, und Jane begann vor Erleichterung zu weinen.

Sie umklammerte Edwins Hände. »Ihr geht es wirklich gut?«, fragte sie schluchzend.

»Ja. Sie ist in Wyndham gelandet, übernachtet dort und fliegt beim ersten Tageslicht morgen los.«

Jane umarmte ihren Mann fest.

Mark und Susan stürmten zu ihnen und schlangen die Arme um sie, alle lachten und weinten gleichzeitig.

»Warum haben wir so lange nichts von ihr gehört?«, wollte Jane wissen.

Edwin berichtete, was Cassie erzählt hatte. »Offenbar ist nichts nach Plan verlaufen, aber ihr kennt ja Cassie. Für sie ist es dadurch umso abenteuerlicher«, schloss er. »Sie klang glücklich, aber müde.«

»Und wir sind in der Zwischenzeit um Jahre gealtert.« Jane wischte die Tränen fort.

»Ja, allerdings«, stimmte Edwin zu. »Es war nicht leicht, optimistisch zu bleiben, aber wir hätten es wissen sollen.« Er warf einen Blick auf seine Armbanduhr und überlegte, ob die Zentrale in Alice Springs wohl noch besetzt war. »Ich muss noch ein paar Anrufe erledigen«, sagte er.

»Oh, du meine Güte, wir haben noch wahnsinnig viel zu tun«, rief Jane und machte sich eilig auf den Weg in die Küche, wo sie mit den anderen fröhlich über das Menü für das Weihnachtsessen sprach.

»Mrs Batson, ich bin froh, dass ich Sie noch im Büro erwische«, hörte Jeannie Edwin Grangers Stimme sagen, als sie das Gespräch annahm.

»Wir sind alle noch hier. Aber ich wollte gerade gehen«, gab sie zu. Normalerweise wäre sie schon seit Stunden zu Hause, doch sie war länger geblieben, für den Fall, dass es Neuigkeiten von Cassie gab oder Mike zurückkehrte.

»Ich wollte Ihnen mitteilen, dass Cassie in Sicherheit ist. Ihr geht es gut, und sie wird morgen Nachmittag zu Hause sein.«

Jeannie kreischte auf, was ihr eigentlich gar nicht ähnlichsah. »Entschuldigen Sie«, sagte sie. »Ich weiß gar nicht, wo das herkam.«

»Ist schon in Ordnung. Bei uns gab es auch Geschrei«, erzählte Edwin.

Jeannie rief Roy und Kirra zu, dass es Cassie gut ging, und daraufhin kreischte auch Kirra. Dann umarmte sie Roy, der ihre Zuneigungsbekundung ausnahmsweise mal zuließ.

»Wo ist Cassie jetzt?«, fragte Jeannie.

»In Wyndham.« Er erzählte ihr kurz von den Geschehnissen. »Ich werde hier auf der Landebahn der Jabiru Airlines auf sie warten, und der Moment, in dem ihre Maschine aus den Wolken auftaucht, wird der glücklichste Augenblick meines Lebens«, schloss er.

»Das kann ich mir gut vorstellen. Ich freue mich sehr, auch für Ihre Familie. Sie sind bestimmt außer sich vor Freude.«

»Das ist noch untertrieben. Dass unser Mädchen an Weihnachten bei uns sein wird, ist das beste Geschenk überhaupt.« Er schwieg einen Moment. »Apropos Rückkehr: Ist Doktor Monroe inzwischen wieder da?«

»Nein, leider nicht. Wir machen uns zunehmend Sorgen. Heute Nachmittag haben wir bei der Polizei in Alice Springs gefragt, ob wir ihn als vermisst melden sollen, aber offenbar geht das offiziell nicht, weil er aus freien Stücken gegangen ist, ohne uns ein Datum für seine Rückkehr zu nennen. Trotzdem ... Wenn er nicht in den nächsten ein, zwei Tagen wiederkommt, schicken wir einen Suchtrupp los.«

»Das ist eine gute Idee. Und immerhin werden Sie ihm gute Nachrichten überbringen können, wenn Sie ihn finden, das sollte ihn aufmuntern. Cassie wird Sie sicher morgen anrufen wollen. Sind Sie in der Zentrale?«

»Ja, ich bin morgen hier. In den letzten Jahren war es an Weihnachten immer recht ruhig. Roy hat angeboten, am ersten Weihnachtstag bis etwa vier Uhr am Funkgerät zu sitzen, falls Notrufe eingehen.« Sie wusste, dass er insgeheim auf Neuigkeiten von Cassie oder Mike hoffte. »Dann wird er den Rest des Tages mit seiner Schwester verbringen. Wenn jemand dringend ärztliche Hilfe braucht und in der Zentrale niemand antwortet, wird das Krankenhaus kontaktiert. Sollte dann ein Arzt gebraucht werden, fliegt Roy ihn hin. Ich komme am zweiten Weihnachtstag wieder her.«

»Ich bin mir sehr sicher, dass Cassie morgen anruft, vor allem, wenn ich ihr erzähle, dass Sie sich alle große Sorgen gemacht haben.«

»Ich freue mich darauf, mit ihr zu sprechen. Danke vielmals, dass Sie uns Bescheid gesagt haben. Jetzt können wir alle ein frohes Weihnachtsfest feiern.« Sie verschwieg, dass für ein wirklich frohes Weihnachtsfest noch fehlte, dass Mike wohlbehalten wiederkam.

»Ja, das können wir. Frohe Weihnachten, Mrs Batson.«

»Frohe Weihnachten, Mr Granger. Grüßen Sie Cassie von uns allen.«

»Das mache ich. Und danke, dass Sie in Kontakt mit mir geblieben sind.«

»Cassie ist uns in der kurzen Zeit hier sehr ans Herz gewachsen. Sie ist eine ganz besondere Frau und eine Inspiration für alle, die sie treffen«, sagte Jeannie.

»Ja, das ist unser Mädchen«, erwiderte Edwin stolz. Er legte auf und rief direkt seinen Bruder Geoff an. Auch er würde heilfroh sein, dass es Cassie gut ging.

Mike öffnete nach Stunden die Augen. Wie immer galt sein erster Gedanke Cassie, doch diesmal war er nicht mehr von Trauer geprägt. Es gab einen Hoffnungsschimmer, dass sie am Leben war, und daran klammerte er sich. Sein Magen krampfte dennoch, und das würde gewiss auch so bleiben, bis er sicher wusste, dass es ihr gut ging.

Es war immer noch dunkel, das Lagerfeuer war beinahe erloschen. Die Dämmerung würde in wenigen Stunden hereinbrechen, und kurz darauf würde Jim das Roadhouse öffnen. Mike würde eine Tasse Tee trinken, bevor er sich auf den Weg dorthin machte, doch zuerst brauchte er neues Holz, um das Lagerfeuer anzufachen. Da der Mond teilweise von Wolken verdeckt war, konnte er nicht viel sehen, und so lief er auf der Suche nach Holz vorsichtig im Kreis.

Er fand nur wenige Stöcke und entschied, noch ein ganz kleines Stück weiterzugehen, bevor er aufgab. Und dann stolperte er plötzlich über einen Stein. Er versuchte noch, sich abzufangen, um nicht mit dem Gesicht zuerst auf dem Boden aufzuprallen, doch sein anderer Fuß landete auf einem weiteren Stein und rutschte zur Seite ab, sein Knöchel knickte ein, Mike fiel und schlug mit voller Wucht auf dem roten, sandigen Boden auf. Ein Geräusch erklang, wie das Knacken eines Zweiges. Es dauerte einen Moment, bis ihm bewusst wurde, dass es von einem brechenden Knochen gekommen war. Er stand unter Schock, bemerkte den Schmerz nicht. Ein paarmal atmete er tief durch, und dann kam der Schmerz. Mit voller Wucht, entsetzlich stark, und Mike wurde schwindlig. Mühsam kämpfte er sich in eine sitzende Position und tastete sein Bein ab. Er keuchte, als er etwas Klebriges fühlte und verstand, dass es sein Blut war. Seine Finger suchten nach der Verletzung und ertasteten etwas Scharfes. Als ihm aufging, dass es ein Knochen war, schrie er verzweifelt auf. Ein Stück seines Wadenbeines, so vermutete er, stach aus seiner Haut hervor.

Mike legte sich wieder hin und fluchte laut. Seine Lage hätte nicht schlimmer sein können. Die Aborigines waren fort, es gab niemanden, der ihm helfen konnte. Er war ganz allein mit einer fürchterlichen Verletzung, ein ganzes Stück von seiner Arzttasche und seinem Auto entfernt. Im Dunkeln. Er hatte nicht einmal Sprit, aber er konnte ohnehin nicht laufen oder fahren. Und bald würde die Sonne aufgehen, dann würde es unerträglich heiß werden.

Mike brauchte Stunden, um sich unter größten Schmerzen zu seinem Holden zu ziehen. Als er ihn endlich erreichte, dämmerte es bereits, und die Fliegen waren zu Scharen unterwegs. Sie rochen Blut, und es war so gut wie unmöglich, sie von der Wunde fernzuhalten, die im Tageslicht noch schlimmer aussah, als er sich hätte vorstellen können. Er war erschöpft, dehydriert und hatte Schwierigkeiten, bei Bewusstsein zu bleiben.

Er packte den Griff der hinteren Autotür, sammelte den letzten Rest seiner Kraft, um sich daran in den Stand zu ziehen. Er schwankte, kämpfte gegen die Bewusstlosigkeit an, und schließlich gelang es ihm, die Tür zu öffnen und sich auf den Rücksitz zu hieven. Dann fiel er um und kam auf dem Sitz zum Liegen, bevor alles schwarz wurde.

Später irgendwann hörte er das Summen der Fliegen, die über seine Wunde krabbelten. Er öffnete die Augen – der Anblick war Übelkeit erregend. Er scheuchte sie fort, dann tastete er nach einer Flasche Wasser und trank durstig daraus. Er bekam seine Arzttasche zu fassen und säuberte die Wunde, bevor er einen Verband anlegte. Ihm war klar, dass er operiert werden musste, doch daran konnte er jetzt nicht denken. Er wühlte in seiner Tasche nach Schmerzmitteln und spritzte sie sich. Dann ließ er sich wieder zurücksinken und wartete auf Linderung.

Kapitel 24

Edwin schluckte schwer, als die Beechcraft Travel Air am weiten blauen Himmel auftauchte, ihre Flügel glitzerten in der Sonne. Cassie war sechs Tage verschollen gewesen, und dies war der Moment, den er sich jeden einzelnen Tag davon ausgemalt hatte, auf den er gehofft und von dem er sogar geträumt hatte. Als sie gelandet war und aus dem Cockpit stieg, war er mehr als bereit, sie in die Arme zu schließen und festzuhalten. Er war sehr stolz auf seine Tochter, aber die Sorge in den letzten Tagen hatte ihren Tribut gefordert, und er zwang sich, eine tapfere Miene aufzusetzen.

»Hallo, Dad«, sagte sie aufgeregt und erwiderte seine Umarmung. Sie würde es nie zugeben, doch sie hatte unterwegs mehr als einmal Angst gehabt. Einmal war der Wind auf Sumba so stark gewesen, dass sie das Flugzeug hatte festbinden müssen, damit es nicht von der Rollbahn flog, die Bäume hatten schräg im Wind gestanden, und es hatte beinahe horizontal geregnet.

»Du glaubst gar nicht, wie gut dein Anblick tut, mein Mädchen. Ich habe schon Dankesgebete für deine Rückkehr gesprochen.«

Auch wenn er sich große Mühe gab, seine Gefühle zu verbergen, hörte Cassie das Beben in seiner Stimme und bemerkte die Tränen in seinen Augen. »Ach, Dad«, sagte sie liebevoll. »Ich habe dich vermisst.«

Edwins Lippen bebten, und er konnte nichts sagen, daher umarmte er sie erneut fest.

»Wie geht es allen zu Hause?«, wechselte Cassie schnell das Thema, bevor sie beide vollends in Tränen ausbrechen würden.

»Deine Mutter war damit beschäftigt, Minzpasteten zu backen, als ich heute Morgen losgefahren bin. Und die anderen können es auch nicht erwarten, dich zu sehen.«

»Dieses Jahr wird Weihnachten ganz besonders«, erwiderte Cassie glücklich.

»Allerdings.«

»Hat Hadley Gresham mit euch besprochen, ob sein Flugzeug in einem eurer Hangars untergebracht werden soll? Oder irgendwo anders?«

»Erst einmal werden wir es hier unterbringen, zumindest, bis das Funkgerät repariert ist. Ich hatte dem Kontrollturm Bescheid gegeben, dass du heute kommst, und dem Personal die geschätzte Ankunftszeit genannt.«

»Das war gut, danke. Ich habe eine Liste aufgestellt mit allem, was repariert werden muss«, sagte Cassie und reichte sie ihm. »Aber die Mechaniker sollten am besten eine vollständige Instandhaltung durchführen.«

Edwin warf einen Blick auf die Liste. »Oh, Cassie, mir wird ganz anders.«

»Du weißt doch, dass ich nicht alle Instrumente zum Fliegen brauche«, versicherte Cassie ihm. Sie hatte einige Dinge bewusst nicht aufgeschrieben, um ihren Vater zu schonen.

»Das mag sein, aber du bist meine Tochter, da fühle ich mich einfach besser, wenn ich weiß, dass alles im Flugzeug funktioniert und du in Sicherheit bist.«

»Hier bin ich, sicher und wohlbehalten, weil du mir das Fliegen so gut beigebracht hast.« Sie legte den Arm um ihn, als sie zum Terminal liefen. »Wo ist Onkel Geoff?«

»In seinem Büro. Er wird sich sehr freuen, dich zu sehen.«

»Noch nie hat mir ein Glas Wein so gut geschmeckt, Mum«, sagte Cassie später am Nachmittag. Sie saß mit ihrer Mutter am Küchentisch und plauderte über Familie und Freunde, während sie einen kräftigen Cabernet Sauvignon aus dem Weinanbaugebiet Margaret River tranken. Es tat gut, sich zu entspannen.

»Geht mir genauso«, stimmte Jane zu, die sich endlich wieder beruhigt hatte.

»Wir essen erst in frühestens einer Stunde, oder?«, fragte Cassie.

»Ja«, antwortete Jane. »Aber ich werde nicht sehr lange brauchen, um die Salate zu den Garnelen, Austern und Schnappern zuzubereiten.« In der Familie wurde an Heiligabend traditionell ein Festmahl aus Meeresfrüchten zubereitet.

»Kann ich dir helfen?«, bot Cassie an.

Jane wusste, dass Cassie müde war, nachdem Mark, Susan und die Kinder ihnen einen turbulenten Besuch abgestattet hatten. Alle hatten sich riesig gefreut, sie zu sehen. Sie würden am nächsten Tag für das große Weihnachtsfestessen wiederkommen, zusammen mit Onkel Geoff und Tante Lucy, heute Abend aber würden sie nur zu dritt sein. »Nein, erhol du dich nur.«

»Ich sollte mal in der Zentrale in Alice Springs anrufen und fragen, wie es ihnen geht.« Cassie stand auf.

In diesem Moment erschien Edwin im Türrahmen. »Hast du gerade gesagt, du willst in Alice Springs anrufen?«, fragte er.

»Ja. Ich möchte mit Mike sprechen, ich meine, Doktor Monroe, und natürlich allen anderen. Ich würde ihnen gern frohe Weihnachten wünschen und mich erklären.«

»Ja. Deine Arbeitskollegen haben sich auch große Sorgen gemacht, ich habe in der letzten Woche ein paarmal mit Mrs Batson gesprochen.«

»Am meisten Angst hat sicher Mike gehabt. Er hat schon

mehrere Notlandungen miterlebt, deswegen hat ihm die Vorstellung, dass ich allein so eine weite Strecke fliege, gar nicht behagt, auch wenn ich ihm versichert habe, dass ich das nicht zum ersten Mal mache. Er hat aber gemerkt, dass ich das unbedingt machen wollte, deswegen hat er mir netterweise freigegeben.«

Cassies Vater zögerte. »Dann sollte ich dir sagen, dass er wahrscheinlich nicht am Stützpunkt ist«, erklärte er schließlich.

»Ja, das kann gut sein, er bemüht sich sehr um seine Patienten.«

»Er besucht keine Patienten, Darling. Er ist vor einer Weile zu einer Buschwanderung aufgebrochen, und als ich das letzte Mal angerufen habe, war er noch nicht wieder zurück.«

Cassie runzelte die Stirn. »Wie?« Mike verdient ganz sicher eine Auszeit, aber dass er sich hatte freinehmen wollen, war ihr neu.

»Er war offenbar vollkommen durcheinander und ist einfach losgezogen. Ohne sich zu verabschieden oder zu erklären, er hat bloß eine Notiz hinterlassen.«

Cassie schüttelte den Kopf. »Das sieht ihm überhaupt nicht ähnlich! Warum war er denn so durcheinander?«

Ihr Vater suchte ihren Blick. »Nun, als der Kontakt zu dir abgebrochen ist, ist er vom Schlimmsten ausgegangen.«

Cassie starrte ihn an. »Willst du etwa sagen, er dachte, ich wäre abgestürzt?«

»Die Zeitungen haben Artikel veröffentlicht, in denen stand, dass du vermisst wirst und vermutlich ums Leben gekommen bist.«

Cassie schluckte. »Nicht ernsthaft, oder?«

»Doch, leider schon. Es war schrecklich.«

»Das tut mir furchtbar leid! Es muss grässlich für euch beide gewesen sein.« Sie sah den Schmerz in den Augen ihrer Mutter. »Aber ich verstehe es nicht. Mir ging es doch gut. Die Redakteure hatten nicht das Recht, zu schreiben, dass ich vielleicht tot bin, ohne irgendwelche Beweise dafür zu haben. Das ist vollkommen unverantwortlich.«

»Im Fernsehen lief sogar ein Beitrag über dein Leben und deine Erfolge«, fügte Edwin hinzu.

»Es klang wie eine Grabrede, und der Sprecher hat in der Vergangenheitsform geredet, als wärst du ...« Jane schluchzte auf.

»Das wusste ich nicht!« Cassie empfand tiefes Mitleid mit ihren Eltern.

»Doktor Monroe hat sich verantwortlich gefühlt, weil er dir freigegeben hat«, sagte Edwin. »Mrs Batson meinte, er sei untröstlich gewesen.«

Cassie war fassungslos. »Wie lange ist er schon fort?«

»Drei oder vier Tage. Mrs Batson und alle anderen sind beunruhigt, weil eine Buschwanderung vollkommen untypisch für ihn ist und er keinen Kontakt zu ihnen aufnimmt, nicht einmal, um sich nach Patienten zu erkundigen. Sie hatten erwartet, er würde noch am selben Tag wiederkommen, deswegen machen sie sich immer größere Sorgen.«

»Ich kann mir gar nicht vorstellen, dass er seine Patienten so lange alleinlässt«, sagte Cassie stirnrunzelnd. »Darf ich das Telefon in deinem Arbeitszimmer benutzen, Dad? Ich muss wissen, was los ist.«

»Natürlich, Liebes.«

»Hallo, Jeannie«, sagte Cassie.

»Cassie! Wie schön, deine Stimme zu hören«, rief Jeannie. »Wir sind alle unglaublich erleichtert, dass du heil zu Hause angekommen bist, aber du hast uns einen ordentlichen Schrecken eingejagt.«

»Das habe ich verstanden, und es tut mir leid«, entgegnete

Cassie ehrlich. »Den größten Schrecken habe ich offenbar Mike eingejagt.«

»Ja. Er war am Boden zerstört bei dem Gedanken, dir könnte etwas zugestoßen sein. Hat dein Vater dir von der Buschwanderung erzählt?«

»Ja. Wann ist er aufgebrochen?«

»Ich habe die Notiz am Sonntagmorgen gefunden. Aber selbst davor war er in einer schlechten Verfassung. Er hat von Anfang an Angst gehabt, und es wurde nicht besser, als die Meldung von dem Zyklon kam und in den Zeitungen stand, dass du möglicherweise ums Leben gekommen bist. Er ist vom Schlimmsten ausgegangen.«

»Ich kann immer noch nicht glauben, dass sie das gedruckt haben«, stieß Cassie wütend aus.

»Wir machen uns wirklich Sorgen um Mike, Cassie, weil es unwahrscheinlich ist, dass er genug Essen und Wasser mitgenommen hat, um so lange durchzuhalten. Und wir haben keine Ahnung, wo er ist. Wenn er keinen Sprit mehr hat, hängt er vielleicht irgendwo fest.«

»Wenn er kein Wasser mehr hat, wird er in der Hitze auch nicht lange überleben.«

»Das stimmt. Wir glauben, wenn es ihm gut ginge, wäre er schon zurück.«

»Habt ihr bei den Rasthäusern am Highway nachgefragt, ob er dort Sprit, Lebensmittel und Wasser gekauft hat?«

»Das hat Roy gemacht. Aber niemand hat Mike gesehen. Ich habe auch mit ein paar Farmen Kontakt aufgenommen, bei denen er möglicherweise gehalten haben oder zumindest vorbeigefahren sein könnte. Niemand hat ihn gesehen. Um ehrlich zu sein, habe ich schreckliche Angst um ihn. Es ist nicht ungewöhnlich, dass Leute im Outback ums Leben kommen.«

»Ich sollte zurückfliegen und ihn suchen«, sagte Cassie spontan.

»Nein, du bleibst in Darwin und feierst Weihnachten mit deiner Familie. Sie alle haben dich fürchterlich vermisst. Roy hat einen Freund mit eigenem Flugzeug gebeten, nach Mike zu suchen, er selbst kann es nicht. Der Freund wird am zweiten Weihnachtstag mit der Suche beginnen, wenn Mike bis dahin nicht zurück ist.«

»Das könnte zu spät sein«, merkte Cassie besorgt an. »Ich nehme den ersten Flug nach Alice Springs und mache mich selbst auf die Suche nach ihm. Ich habe mich entschieden, also versuch nicht, mich davon abzubringen«, sagte sie entschlossen.

»Cassie, deine Familie freut sich, den ersten Weihnachtstag mit dir zu feiern!«, wiederholte Jeannie. Du solltest ihnen das nicht nehmen, nach all der Angst um dich, die sie ausgestanden haben.«

»Der erste Weihnachtstag ist auch nur ein Tag. Davon wird es viele weitere geben. Wenn Mike verletzt ist oder mitten im Nirgendwo ohne Benzin oder Wasser feststeckt, könnte er in Lebensgefahr schweben. Meine Familie wird das verstehen. Ich bin hoffentlich morgen bei euch, wenn nicht schon früher.«

Cassie rief sofort am Flughafen in Darwin an. An diesem Abend gab es keine Flüge mehr, doch sie buchte den ersten Flug nach Alice Springs am nächsten Morgen.

Als sie aus dem Arbeitszimmer ihres Vaters kam, stand er im Flur. Ein Blick in sein Gesicht verriet ihr, dass er ihren Anruf mitbekommen hatte.

»Ich muss dorthin, Dad. Es tut mir leid, aber Mike könnte in echten Schwierigkeiten stecken, und Roy kann nicht mit dem Flugzeug der Flying Doctors nach ihm suchen. Er kann nicht einmal mein Flugzeug nehmen, weil immer ein Pilot für Notfälle bereitstehen muss.«

»Das verstehe ich. Aber deine Mutter wird enttäuscht sein.«

»Ich weiß, und das tut mir leid! Aber wir haben immerhin den heutigen Abend. Ich komme, so schnell ich kann, zurück, versprochen.«

»Ich weiß, es geht mich nichts an, aber ist Doktor Monroe für dich mehr als nur dein Vorgesetzter?«

»Ja, das ist er«, gestand Cassie. »Ich bin mir nicht sicher, was genau zwischen uns passiert, aber wir sind mehr als nur Arbeitskollegen.« Sie hatte sich in Mike verliebt, aber das wollte sie ihrem Vater nicht verraten, solange sie nicht wusste, was Mike für sie empfand.

»Cassie!«, rief Roy, als sie die Zentrale betrat. »Wie schön, dich zu sehen! Jeannie hat mich schon informiert, dass du kommst! Dabei wolltest du Weihnachten doch eigentlich mit deiner Familie verbringen.«

»Ja, nachdem ich gestern mit Jeannie gesprochen hatte, musste ich einfach herkommen. Ich muss nach Mike suchen.« Ihr Blick fiel auf ein Hühnchen-Sandwich, das auf einem Teller neben dem Funkgerät stand. Roy bot ihr die Hälfte an, sie nahm sie dankbar entgegen und biss hungrig hinein.

Es war ein trister Ersatz für das Essen ihrer Mutter, aber es würde reichen.

»Er war krank vor Sorge um dich«, sagte Roy. »Deswegen ist er in den Busch gegangen.«

»Hat er das überhaupt schon mal allein gemacht?«

»Nicht, seit ich hier bin.«

»Wir müssen ihn finden, Roy. Ich bin mir ziemlich sicher, dass irgendetwas nicht stimmt. Ich kann es nicht erklären, es ist einfach mein Bauchgefühl.«

»Geht mir genauso«, sagte Roy. »Ich halte während meiner Flüge mit Chris Peterson schon die ganze Zeit Ausschau nach Mikes Holden und fliege unterschiedliche Routen, um eine größere Fläche abzusuchen. Mike kennt sich im Busch nicht aus. Wenn er nicht genug Wasser, Essen und Sprit mitgenommen hat, könnte er große Probleme haben. Außerdem kann es sein, dass er verletzt ist. Ich wollte schon mit meinem Auto nach ihm suchen, aber als einziger Pilot konnte ich nicht weg.«

Cassie machte die Vorstellung von einer möglichen Verletzung zu schaffen. »Ich war viel zu lange weg«, merkte sie reuevoll an.

»Ich habe die Wetterberichte aus dem Norden verfolgt.« Er suchte ihren Blick. »Ganz ehrlich, Cassie: Du hast die Gefahr heruntergespielt, wir wissen beide, dass du großes Glück hattest, heil angekommen zu sein.«

Cassie erwiderte seinen Blick. Sie rang mit sich, wie offen sie ihm gegenüber sein wollte. »Du hast ja keine Ahnung«, sagte sie schließlich leise. »Ich bin nur nach Gefühl geflogen, nachdem ein Blitz die meisten meiner Instrumente und das Funkgerät zerstört hat.«

»Das erklärt, warum wir dich nicht erreichen konnten«, sagte Roy.

»Offen gestanden hat auch die Kraftstoffanzeige nicht mehr funktioniert. Ich musste berechnen, wie viel Sprit ich noch bis zum nächsten Halt hatte. Wenn ich zu weit vom Kurs geweht worden wäre, wäre ich jetzt nicht hier«, gestand sie und lächelte ihn verschwörerisch an. »Aber das bleibt unter uns, ja? Jetzt hat es oberste Priorität, Mike zu finden.«

In diesem Moment kam Jeannie herein. »Cassie! Ich kann nicht glauben, dass du hier bist!« Sie umarmte sie fest. »Ich habe gerade mit meiner Familie gegessen, wollte dich aber unbedingt begrüßen und nachsehen, ob Mike wieder da ist.« Sie wandte sich an Roy. »Immer noch kein Lebenszeichen von ihm?«

»Nichts. Aber es irritiert mich immer noch, dass er nirgendwo zum Tanken gehalten hat«, sagte er.

»Ja, das ist wirklich seltsam«, sagte Cassie. »Ein Grund mehr, sich direkt auf den Weg zu machen. Roy, ist der Hangar offen? Ich möchte mein Flugzeug herausholen, sobald ich mich umgezogen habe.«

»Er ist abgeschlossen, aber ich rufe schnell Glen an. Er kann in ein paar Minuten hier sein.«

»Stört es ihn nicht, an Weihnachten aus seiner Familie geholt zu werden?«

»Nein, gar nicht. Er ist genauso besorgt um Mike wie wir.«

»Du solltest in Begleitung fliegen, Cassie.« Jeannie blickte zu Roy.

»Du kannst dir gar nicht vorstellen, wie gern ich mitkommen würde, aber ich muss hierbleiben, falls ein Notruf eingeht«, erklärte Roy enttäuscht.

»Das ist wirklich schade, vier Augen sehen mehr als zwei«, meinte Cassie. »Aber du wirst hier gebraucht, falls das Leben von jemand anderem auf dem Spiel steht.«

»Ja. Ich zeige dir auf einer Karte die Gebiete, in denen ich schon Ausschau nach ihm gehalten habe«, sagte Roy. »Das ist das Mindeste, was ich tun kann.«

»Danke. Ich brauche Karten und medizinisches Material.«

»Ich hole dir gleich alles«, bot Roy an.

»Ich habe Sandwiches mitgebracht. Truthahn und Schinken.« Jeannie stellte einen großen Essenskorb auf den Tisch. »Es ist auch Obst und ein wenig Weihnachtskuchen drin.«

»Oh, wunderbar, danke. Ich habe gerade die Hälfte von Roys Lunch vertilgt, weil ich am Verhungern war, Roy wird sicher auch noch Hunger haben.« Sie lächelte ihn an.

»Ich kann mir noch ein Sandwich machen«, erwiderte er zuvorkommend.

»Nein, nimm dir eins hiervon.« Cassie öffnete den Korb und holte ein Sandwich heraus. »Sieht aus, als wäre hier genug für eine ganze Armee drin.«

»Mike hat sicher auch Hunger, wenn du ihn gefunden hast«, sagte Jeannie.

»Ich hole jetzt die Sachen, dazu noch Wasser und Sprit«, sagte Roy.

»Und ich bleibe am Funkgerät«, versprach Jeannie. »Sag mir Bescheid, wenn du Mike gefunden hast … für den Fall, dass er einen Krankenwagen braucht.« Ihre Stimme brach, und sie schluckte schwer. »Entschuldigt. Das ist der Schlafmangel. Die letzten Tage waren einfach anstrengend.«

Cassie legte den Arm um Jeannies Schultern. »Ich habe euch allen Angst eingejagt, das tut mir leid. Aber es geht mir gut. Und ich bin sicher, dass wir Mike finden und es ihm auch gut gehen wird.«

»Ich hoffe es sehr.« Jeannie schniefte.

Cassie küsste sie auf die Wange. »Ich bringe Mike sicher und wohlbehalten nach Hause«, versprach sie.

»Wenn das jemand kann, dann du«, sagte Jeannie.

Glen half Cassie, ihr Flugzeug aus dem Hangar zu holen und aufzutanken.

»Ich komme mit«, sagte er dann bestimmt. »Wenn Mike verletzt ist, kannst du ihn nicht alleine tragen.«

»Danke, Glen. Aber es ist Weihnachten, und du hast Familie.«

»Du hast deine Familie doch auch an Weihnachten allein gelassen, um Mike zu suchen, oder nicht?«

»Ja«, räumte Cassie ein. »Sie hatte Verständnis dafür, auch wenn alle natürlich traurig waren.«

»Meine Familie wird auch Verständnis dafür haben. Meine

Frau macht sich genauso große Sorgen um Mike wie ich. Jeder in dieser Stadt mag ihn.«

»Danke, Glen. Ich bin dankbar für deine Unterstützung.«

Cassie hatte gerade den Motor angeworfen und war bereit zum Start, als Jeannie wild winkend auf das Flugzeug zugerannt kam, Roy dicht auf den Fersen.

»Was ist denn da los? Mach mal die Tür auf«, bat Cassie Glen.

Jeannie war sehr aufgeregt, und Cassie sah, dass sie etwas rief, konnte sie über den Lärm des Motors hinweg aber nicht hören.

»Was ist los?«, rief Glen, als sie die Maschine erreicht hatte.

»Jim Flaherty vom Stuarts Well Roadhouse hat mich gerade über Funk kontaktiert. Er glaubt, dass Mike irgendwo dort in der Gegend ist.«

Glen gab Cassie die Information weiter.

»Frag sie, ob Jim ihn gesehen hat«, bat Cassie aufgeregt.

Glen kam ihrer Bitte nach. »Nein«, wiederholte er Jeannies Antwort, »aber er sagt, seine Tochter hätte Mike im Laden bedient.«

»Das ist doch mal eine großartige Neuigkeit! Dann fliegen wir nach Stuarts Well.«

»Jim meint, Mike sei zu Fuß unterwegs gewesen. Deswegen glaubt er, dass er noch irgendwo in der Gegend ist.«

»Zu Fuß? Das ist seltsam«, kommentierte Cassie. »Sein Auto war sicher in der Nähe. Er hat nicht um Hilfe gebeten, oder?«

»Nein, er hat nur Essen und Wasser gekauft!«, rief Jeannie.

»Nun, das sind gute Neuigkeiten«, sagte Cassie nachdenklich. »Dann scheint es ihm gut zu gehen.«

»Das war vor drei Tagen, aber Jims Tochter hat es eben erst erzählt«, rief Jeannie noch. »Seitdem haben sie ihn nicht mehr gesehen. Ich weiß nicht, was das bedeutet, aber zumindest haben wir einen Hinweis auf seinen Verbleib.«

»Danke, Jeannie«, sagte Glen und schloss die Tür.

Cassie rollte über die Startbahn. Sobald sie in der Luft waren, fragte sie Glen, was seiner Meinung nach geschehen war.

Glen beugte sich über eine Karte. »Ich denke, wenn sein Auto den Geist aufgegeben hätte, hätte er Jim um Hilfe gebeten. Deswegen glaube ich, dass er in der Nähe sein Lager aufgeschlagen hat und allein sein will.«

Cassie überlegte. »Aber er muss doch wissen, dass alle am Stützpunkt sich Sorgen um ihn machen. Das kann ihm doch nicht egal sein, ich halte ihn nicht für egoistisch oder ignorant.«

»Ich auch nicht. Allerdings passt es auch nicht zu ihm, zu einer Buschwanderung aufzubrechen.«

»Ja, und das lässt mich zu dem Schluss kommen, dass irgendetwas nicht stimmt. Was genau das ist, werden wir wohl erst erfahren, wenn wir ihn gefunden haben.«

Kapitel 25

»Beide Spuren sind frei«, rief Glen, den Blick konzentriert auf den Stuart Highway gerichtet, als sie über der Umgebung des Stuarts Well Roadhouse kreisten.

»Na dann.« Cassie landete und lenkte die Maschine zu einem offenen Bereich der Raststätte, in dem normalerweise Trucks hielten. Als sie aus dem Flugzeug kletterten, stand Jim Flaherty schon zur Begrüßung bereit.

Jim war vom ersten Augenblick an entzückt von Cassie. Ihre Attraktivität und die Tatsache, dass sie Pilotin war, beeindruckten ihn. Er hatte Zeitung gelesen und sie im Fernsehen gesehen, und begegnete ihr nun beinahe ehrfürchtig.

»Also haben Sie es aus Indonesien doch wieder hierhergeschafft«, sagte er rundheraus. »Alle dachten, es wäre um Sie geschehen.«

»Es gab ein paar Probleme zu bewältigen, aber dadurch ist es noch nicht mal ansatzweise um mich geschehen«, konterte Cassie entrüstet.

»Ich habe noch nie eine Pilotin getroffen.« Plötzlich war Jim sich seiner schäbigen Shorts und des ärmellosen, aufgeknöpften Hemdes nur allzu bewusst. Seine Füße, die die Farbe der roten Erde angenommen hatten, auf der sie standen, steckten in abgetragenen Sandalen. Er fummelte an den Knöpfen seines Hemdes herum.

»Nun, jetzt schon«, sagte Cassie ein wenig ungeduldig, während sie argwöhnisch seinen Sohn beobachtete, der in die Fenster des Flugzeugs spähte.

Glen schritt ein. »Mike könnte in ernsten Schwierigkeiten stecken, Jim«, kam er direkt zur Sache. »Wir müssen ihn finden, also sag uns bitte, was du weißt.«

Jim räusperte sich. »Nun, ich hielt gerade mein Nickerchen, weil ich ja immer bei Sonnenaufgang aufstehe und härter arbeite als eine Termite im Holzstapel. Da kam Mike in den Laden, und Sadie bediente ihn.«

»Wann war das?«

»Wir glauben, es war vor drei Tagen, aber wir sind nicht ganz sicher. Hier draußen kann man die Tage schlecht auseinanderhalten.«

Glen war unzufrieden. »Mike kann inzwischen überall sein.« Er wandte sich an den schlaksigen Jungen, der jetzt gegen das Fahrgestell des Flugzeugs klopfte. »Hast du sein Fahrzeug gesehen, Frederick? Er fährt einen cremefarbenen Holden FJ.«

»Frederick!«, bellte Jim, als der Junge nicht antwortete. »Glen hat dich gefragt, ob du Mikes Holden gesehen hast.«

»Was?« Der Junge kratzte sich am Kopf. »Ich hab's dir doch schon gesagt, Dad. Ich hab nichts gesehen.«

Jim verdrehte die Augen, während Frederick zum Heck des Flugzeuges lief.

»Du weißt, dass Sadie sehr in sich gekehrt ist, Glen«, sagte Jim verlegen. »Sie spricht nicht mit Leuten, darum hat sie keine Informationen von Mike bekommen. Aber sie hat ihn schon oft gesehen, deshalb hat sie ihn erkannt. Sie sagt, er hat Konservendosen, Obst und Wasserflaschen gekauft, aber nicht einmal versucht, sich mit ihr zu unterhalten, was mir etwas seltsam vorkam.«

»Hat sie sein Auto gesehen?«, fragte Glen.

»Nein. Als er den Laden verließ, ist er nicht zum Highway gelaufen, und sie hat kein Fahrzeug gesehen oder gehört, also muss er zu Fuß gekommen sein. Deswegen denke ich, dass er vielleicht in der Gegend ein Lager aufgeschlagen hat. Eine andere Erklärung habe ich nicht.«

»Wieso hat Sadie dir das erst jetzt erzählt?«, hakte Glen nach.

»Wahrscheinlich hätte sie es gar nicht erwähnt, wenn ich Frederick nicht noch mal gefragt hätte, ob er Mike gesehen hat.«
Der Junge war immer noch auf das Flugzeug konzentriert und völlig desinteressiert an der Unterhaltung.

»Frederick ist ziemlich zerstreut, wie man sieht«, sagte Jim, »daher war ich recht unnachgiebig bei der Frage, ob er sich daran erinnert, dass Mike hier gewesen ist.«

»Glauben Sie, er könnte außer Sichtweite geparkt haben?«, fragte Cassie. »Wir müssen jede Möglichkeit in Erwägung ziehen.«

»Wenn, dann hätte er am Ladenfenster vorbeifahren müssen, um zum Highway zu gelangen, und Sadie ist sicher, dass er das nicht getan hat. Wenn niemand da ist, ist es hier stiller als auf dem Friedhof, also hätte sie den Motor sicher gehört, selbst wenn sie durch das Fenster nichts gesehen hätte.«

Cassie ließ den Blick über das Gelände hinter der Raststätte schweifen. Das Buschland dort war mit alten Reifen, Felgen, Kübeln, Holzstapeln und Spielzeug, mit dem die Flaherty-Kinder vor Jahren gespielt hatten, gespickt, doch ihr Blick blieb an einer kaum auszumachenden Schneise zwischen den Bäumen und Büschen hängen. »Ist das dahinten ein Weg, Jim?«, fragte sie.

»Ja.«

»Wohin führt er?«

»Zu den James Ranges. Wenn man dem Pfad folgt, gelangt man irgendwann zum Finke River. Von da aus kann man Richtung Hermannsburg oder Richtung Kings Canyon abbiegen. Allerdings wird der Weg kaum benutzt.«

Cassies Herz machte bei der Erwähnung von Hermannsburg

einen Satz, und sofort erschien ein Sternenhimmel und ein romantisches Lagerfeuer vor ihrem inneren Auge. »Kann man auf dem Pfad irgendwo mit einem Flugzeug landen?«

»Nein. Das geht nur in Hermannsburg oder am Kings Canyon, der Pfad am Finke River ist dafür zu holprig und schmal.«

»Dürften wir deinen Wagen leihen, um den Pfad abzufahren, Jim?«, fragte Glen.

»Mein Wagen ist eine launische alte Klapperkiste, mit der nur ich zurechtkomme, deswegen verleihe ich ihn eigentlich nicht«, entgegnete Jim.

»Wir wären Ihnen unheimlich dankbar, Mr Flaherty«, drängte Cassie und zwang sich zu einem Lächeln. »Und wenn Mike sein Lager fußläufig aufgeschlagen hat, müssen wir wahrscheinlich nicht mehr als ein paar Meilen bewältigen.«

Jim konnte einer so hübschen Frau keinen Wunsch abschlagen. »Nun, wenn Sie sich das zutrauen, in Ordnung. Aber nur, wenn Sie mich Jim nennen.« Er errötete.

»Dad!«, mischte Frederick sich ein. »Ich darf dein Auto nie fahren«, klagte er.

»Nein, und das bleibt auch so, bis du weißt, wie man es repariert«, fuhr Jim ihn an. Dann wandte er sich wieder an Cassie, und seine Stimme wurde weicher. »Mein Auto steht hinten, ich hole die Schlüssel.« Er blickte misstrauisch zu seinem Sohn, und Cassie hatte den Eindruck, dass er seine Schlüssel irgendwo versteckt hielt.

»Ich hole Wasser und die Arzttasche aus dem Flugzeug«, sagte Glen.

Frederick spähte ihm über die Schulter. »Darf ich mich mal in das Flugzeug setzen?«, fragte der Junge.

»Ganz sicher nicht«, rief Cassie entsetzt. »Bitte fass mein Flugzeug nicht an«, fügte sie streng hinzu. »Mir wäre wohler, wenn du dich davon fernhältst.«

»Du hast die Dame gehört, Frederick«, bellte Jim. »Geh zurück zur Raststätte und erledige deine Aufgaben.«

Frederick stapfte schmollend davon.

»Sie haben doch ein Auge auf mein Flugzeug, oder, Jim?«, bat Cassie, die dem neugierigen Jungen nicht traute.

»Natürlich«, sagte Jim stolz. »Ist mir eine Ehre.«

»Ich habe das Gefühl, dass Mike irgendwo auf diesem Pfad ist, Glen«, sagte Cassie in Jims Auto, das in der Tat so alt und klapprig war, dass sie Sorge hatte, es könnte schon nach wenigen Metern auseinanderfallen. Jim hatte Glen eine Menge Anweisungen gegeben, wie er den Kombi fahren musste, die er nun zu befolgen versuchte.

»Ich weiß es nicht. Wenn er hier ist und zu Fuß zum Roadhouse gegangen ist, kann er nicht mehr als ein paar Meilen entfernt sein.«

»Ich habe Angst vor dem, was wir finden könnten«, gestand Cassie leise, und ihr Magen verkrampfte sich.

»Ich auch«, gab Glen zu.

Auf dem holprigen Pfad kamen sie nur unerträglich langsam voran. Während Glen sich darauf konzentrierte, die tiefen, sandigen Schlaglöcher zu umfahren, suchte Cassie mit dem Blick das Gebüsch auf beiden Seiten ab und hielt nach Mikes Auto Ausschau. Schließlich erreichten sie den Fuß der Gebirgskette, wo der Pfad nach links abbog.

Glen hielt an. »Wir sind mindestens fünf Meilen gefahren. Wenn Mike zu Fuß unterwegs war, muss er seinen Holden währenddessen irgendwo in der Nähe des Pfads abgestellt haben. Aber hier ist er nicht, also muss er die Gegend inzwischen verlassen haben.«

»Wir werden über Hermannsburg und den Kings Canyon

fliegen müssen, um weiter nach seinem Auto zu suchen«, sagte Cassie entmutigt. »Ich dachte wirklich, er wäre hier.«

»Ich auch.« Glen versuchte, den Rückwärtsgang einzulegen, damit er drehen konnte, doch das Getriebe knirschte.

Cassie blickte nach rechts, aber dort versperrten Felsen den Blick. Glen neben ihr kämpfte weiterhin fluchend mit der Gangschaltung und schaffte es schließlich, den Rückwärtsgang einzulegen. Langsam rollte das Fahrzeug zurück. In diesem Moment bemerkte Cassie etwas Glänzendes, das nicht recht in die Landschaft zu passen schien.

»Warte«, wies sie Glen aufgeregt an. »Ich glaube, da drüben ist irgendetwas.« Sie deutete nach rechts.

»Wo?« Glen folgte ihrem Fingerzeig. »Ja, da glänzt irgendwas. Könnte aber auch einfach die Reflexion der Sonnenstrahlen auf dem Felsen sein.«

»Oder deren Reflexion von einem Fenster oder einer verchromten Stoßstange«, merkte Cassie an und richtete sich auf.

Glen fuhr noch ein Stück zurück, um besser sehen zu können. »Du könntest recht haben. Lass uns nachschauen.«

Eilig und voller Hoffnung stiegen sie aus Jims Auto und liefen los. Als sie um den Felsen herumtraten, kam tatsächlich Mikes Holden in ihr Sichtfeld, neben den Überresten eines Lagerfeuers. Besorgt bemerkte Cassie, dass die Asche kalt wirkte.

Dann fiel ihr Blick auf die geöffnete Hintertür des Wagens, aus der Mikes Stiefel herausragte.

»Wir haben ihn gefunden!« Eine Welle der Erleichterung durchspülte Cassie, doch irgendetwas stimmte nicht. »Schläft er?« Mitten am Tag war das seltsam.

Der Blick, den Glen ihr zuwarf, zeugte von seiner tiefen Sorge, und Cassies Herz begann zu rasen.

»Mike?«, rief sie zaghaft, während sie sich dem Holden näherte. Doch sie erhielt keine Antwort, nur das Summen der

Fliegen war zu hören, sehr laut sogar, und das beunruhigte sie beide. Cassie wurde panisch.

»Lass mich zuerst nachsehen, Cassie«, bat Glen.

Bei seinen Worten überlief sie ein eiskalter Schauer.

»Warte einfach hier«, beharrte Glen.

»Ich bin Krankenschwester, ich kann damit umgehen«, entgegnete Cassie. Ihre Stimme zitterte, doch es war ihr unmöglich, nicht an Mikes Seite zu treten.

Dann kam ein blutgetränkter Verband an seinem Unterschenkel in ihr Blickfeld.

»Oh Gott!«, rief Cassie. »Er ist verletzt.«

Glen lief um den Wagen herum und öffnete die andere hintere Tür. Mikes Augen waren geschlossen, seine Haut wirkte grau. Neben ihm lag eine leere Wasserflasche. »Mike«, sagte er vorsichtig. Er erhielt keine Antwort. Waren sie zu spät gekommen?

Cassie konnte Glen die Gedanken an seinem Gesicht ablesen, aber sie weigerte sich, sie zu akzeptieren. Sie riss die Vordertür auf. »Mike!«, sagte sie mit Nachdruck über den Sitz, legte eine Hand auf seine Brust und schüttelte ihn sanft. »Wach auf.«

Mike stöhnte auf, und Glen und Cassie sackten vor Erleichterung ein wenig zusammen.

»Gott sei Dank«, sagte Glen. »Ich hole das Wasser und die Arzttasche.«

Cassie beugte sich weiter über den Sitz und sprach ruhig mit Mike. »Es wird alles gut, Mike«, sagte sie sanft und streichelte seine schlaffe Hand. Sie würde gleich nach seiner Wunde sehen und konnte nur hoffen, dass sich keine Infektion in seinem Körper ausgebreitet hatte.

»Cassie«, wisperte Mike durch ausgetrocknete Lippen. »Du lebst!«

Ihr Herz schlug schneller. »Ja, ich bin's. Ich bringe dich ins

Krankenhaus.« Sie war beunruhigt, weil er trotz der Hitze nicht schwitzte, es war sehr heiß im Auto. Das bedeutete, dass er gefährlich dehydriert war. Sie maß seinen Puls. Er war bedrohlich langsam.

»Wasser«, murmelte er heiser.

»Glen holt welches. Er ist gleich hier. Kannst du dich aufsetzen?«

Mike schaffte es kaum, den Kopf zu schütteln.

Glen trat heran und reichte Cassie die Arzttasche. Dann hielt er Mike die Wasserflasche an die Lippen, während er mit der anderen Hand seinen Kopf hob und stützte. »Langsam!«, wies Glen ihn an, als er zu gierig trank und sich verschluckte. »Wir haben genug Wasser dabei.«

Nachdem Mike getrunken hatte, legte Glen seinen Kopf wieder ab. Mike stöhnte auf, er hatte offenbar furchtbare Schmerzen.

Cassies Blick fiel auf die geöffnete Arzttasche auf dem Boden neben ihm. Er hatte offenbar alle Schmerzmittel verbraucht. Zum Glück hatten sie starke Medikamente dabei.

»Wir müssen dich hier wegbringen, Mike. Hast du noch Sprit für ein paar Meilen?«, fragte Glen.

Mike schüttelte leicht den Kopf.

Glen wandte sich an Cassie. »Wir sollten ihn so wenig wie möglich bewegen. Ich fahre mit Jims Fahrzeug zum Rastplatz und hole Benzin für dieses Auto, einverstanden? Kommst du zurecht?«

»Ja. Ich werde seine Wunde säubern und den Verband wechseln«, sagte Cassie. »Und ich gebe ihm ein starkes Schmerzmittel, dann fällt ihm der Transport sicher leichter.« Sie scheuchte die Fliegen von seinem durchnässten Verband.

»Wenn wieder Sprit in diesem Auto ist, kannst du es zum Flugzeug lenken, und ich fahre mit Jims Auto zurück. Dann müssen wir Mike erst bewegen, wenn wir ihn ins Flugzeug tragen.«

Cassie war einverstanden. So würde Mike am wenigsten leiden.

Trotz der Spritze, die Cassie ihm gegen die Schmerzen gegeben hatte, war der Rückweg für Mike qualvoll. Anschließend trugen Glen, Jim und Cassie ihn gemeinsam ins Flugzeug, wo sie es ihm so bequem wie möglich machten. Cassie sorgte sich sehr um ihn. Sein Blutdruck war erschreckend niedrig, und auch sein Puls hatte sich nicht verbessert.

Glen machte sich in Mikes Holden auf den Rückweg, und Cassie nahm Funkkontakt zur Zentrale auf, um Jeannie wissen zu lassen, dass sie Mike gefunden hatten und einen Krankenwagen benötigten. Nachdem Jim den Highway auf Verkehr überprüft hatte, hob sie ab.

Auf dem Flug sprach Cassie beständig mit Mike und versicherte ihm wiederholt, dass es ihm bald wieder gut gehen würde, doch er antwortete nicht. Unmittelbar nach der Landung wurde er in den bereitstehenden Krankenwagen verladen. Jeannie und Roy standen zur Begrüßung bereit, doch er brachte nicht einmal ein Lächeln zustande.

Beide waren sichtlich schockiert, sie hatten ihn noch nie so schwach erlebt. »Wird er wieder gesund?«, fragte Jeannie beunruhigt.

»Er muss dringend operiert werden und braucht vermutlich auch eine Bluttransfusion«, erwiderte Cassie ernst. »Aber ich hoffe, alles wird gut.«

»Das hoffe ich auch. Wo genau habt ihr ihn gefunden?«, wollte Jeannie wissen.

»Etwa fünf Meilen vom Stuarts Well Roadhouse entfernt, in der Nähe eines verlassenen Pfades. Er hatte offenbar am Fuß der James Ranges sein Lager aufgeschlagen und sich das Bein gebrochen.«

»Also ... konnte er nicht mehr laufen ... oder fahren«, sagte Jeannie.

Cassie schüttelte den Kopf. »Noch dazu war sein Tank leer, und er hatte keinen Benzinkanister dabei.«

»Das ist seltsam«, merkte Roy stirnrunzelnd an. »Wir haben doch einen Benzinkanister hier, der ist weg. Ich dachte, er hätte ihn mitgenommen.«

»Wenn du und Glen ihn nicht gefunden hättet ...«, Jeannie brachte es nicht über sich, den Satz zu beenden.

»Aber wir haben ihn gefunden. Und er wird wieder gesund«, sagte Cassie, auch wenn sie sich bei Letzterem nicht ganz so sicher war, wie sie vorgab.

»Ich habe mit Chris Peterson gesprochen. Er steht im Krankenhaus bereit, um Mike zu operieren, sobald sein Zustand stabil genug ist«, sagte Jeannie.

»Gut. Mike sagt, Chris sei ein sehr guter Chirurg, also ist er bei ihm in guten Händen.«

Kapitel 26

»Hallo, Schlafmütze«, sagte Cassie, als Mike die Augen öffnete. Sanft drückte sie seine Hand. »Wie geht es dir?«

Sie saß schon seit einer knappen Stunde an seinem Bett und wartete geduldig darauf, dass er aufwachte. Mike war zwei Stunden lang operiert worden, Chris hatte Schrauben und eine Platte in sein Bein eingesetzt. Seine Haut fühlte sich nicht mehr zu trocken an, aber er war immer noch blass.

»Schwach und schläfrig, aber ich bin am Leben, dank dir und Glen.« Er schwieg, sichtlich bewegt. »Wie habt ihr mich gefunden?«

Cassie erzählte ihm von der Suche. »Ich verstehe bloß nicht, was du da draußen gemacht hast, Mike. Ich wäre die Erste, die dir eine Pause gönnt, aber es ist so untypisch für dich, deine Patienten alleinzulassen und in die Wildnis zu ziehen.«

»Der Zyklon … Ich dachte …« Mike brachte die Worte nicht über die Lippen. Er wandte den Kopf ab und betrachtete durch das Fenster den allmählich dunkler werdenden Himmel. »Ich bin so froh, dass es dir gut geht.«

»Es war windig da oben, aber es braucht schon mehr als einen Zyklon, um mich davon abzuhalten, zu dir zurückzukommen.« Sie lächelte, doch Mike wirkte bestürzt.

»Ich hätte dich nicht gehen lassen dürfen. Du hättest sterben können …«

»Aber das bin ich nicht, Mike. Mir geht es gut, wie du siehst.« Sie versuchte, die Situation zu verharmlosen, merkte jedoch, dass er ihr das nicht abkaufte.

Sein Blick wurde hart. »Ich hätte dir nicht freigeben dürfen«, wiederholte er. »Wenn du gestorben wärst, wäre es meine Schuld gewesen. Wie hätte ich damit leben können?«

»Nein, Mike. Stürme gehören zum Fliegen dazu. Niemand kann für das Wetter verantwortlich gemacht werden.«

»Ich war nicht der Einzige, der vom Schlimmsten ausgegangen ist«, sagte er stirnrunzelnd.

»Ich weiß.«

»Aber es gab auch kein einziges Lebenszeichen von dir«, stieß Mike beinahe bitter hervor. »Warum hast du dich nicht gemeldet?«

Cassie erzählte ihm von den defekten Geräten. »Auch an allen Flughäfen waren die Verbindungen gestört«, schloss sie.

Mike jedoch ging nicht darauf ein. »Ich bin müde«, sagte er lediglich und drehte sich weg.

»In Ordnung. Dann ruh dich aus«, erwiderte Cassie, überrascht von seiner Distanziertheit. Vermutlich lag es am Schmerz und den Medikamenten. »Bis morgen.« Sie stand auf, doch Mike sah sie nicht mehr an und sagte auch nichts mehr. »Ich hoffe, du erholst dich heute Nacht gut«, fügte sie hinzu und verließ das Krankenzimmer.

»Wie geht es Mike?«, fragte Roy, kaum dass Cassie am Stützpunkt aus dem Auto stieg.

»Den Umständen entsprechend. Ich habe Chris nicht gesprochen, aber die Krankenschwester sagte, die Operation sei gut verlaufen und Mike werde sich vollständig erholen. Er wird allerdings ein paar Wochen nicht arbeiten können. Ich bin mir nicht sicher, wie er das aufnehmen wird.«

Roy musterte Cassie aufmerksam. »Du wirkst trotzdem bedrückt. Ist alles in Ordnung?«

»Ja, mir geht es gut. Es ist nur ... Mike war ein wenig kühl mir gegenüber, aber wahrscheinlich steht er noch ein bisschen neben sich. Ich hoffe, dass es ihm morgen besser geht.« Sie atmete tief durch. »Wenn du ihn morgen früh besuchen willst, kann ich währenddessen die Flüge übernehmen, dann gehe ich später am Tag«, schlug sie vor.

»Das wäre großartig.«

»Sehr gerne. Du hast dir eine Auszeit verdient«, sagte sie ehrlich. »Ich habe mich noch gar nicht dafür bedankt, dass du während meiner Abwesenheit für mich eingesprungen bist, ich weiß das wirklich zu schätzen. Ich kann mir vorstellen, dass es sehr anstrengend war, besonders, als Mike dann auch noch weg war.«

»Es war eine ungewöhnliche Zeit, vor allem, weil sich alle Sorgen um euch gemacht haben. Ich bin sehr froh, dass es euch beiden gut geht.«

»Hast du mich vermisst?«, konnte Cassie sich nicht verkneifen zu fragen.

»Bild dir bloß nichts ein«, entgegnete er grinsend.

Am folgenden Vormittag flog Cassie drei Einsätze mit Kirra und einen mit Chris Peterson, der begeistert war, sie zu sehen. Auf jeder der Farmen, die sie besuchten, wurde sie wie eine Heldin empfangen. Alle wollten alles über ihre Tour wissen und erklärten ihre Erleichterung darüber, dass es ihr gut ging. Sie spürte die Zuneigung und Anerkennung, die ihr entgegengebracht wurden, und das war ein schönes Gefühl.

Als sie zur Mittagszeit zum Stützpunkt zurückkehrte, erhielt sie einen unangenehmen Anruf von Frank Majors. Er erklärte ihr zunächst, wie besorgt er gewesen sei und wie erleichtert über ihre Rückkehr nach Australien. Doch seine Tonlage änderte sich, als er sie nachdrücklich bat, keine weiteren Überseeflüge mehr zu unternehmen, solange sie in Australien bei den Flying Doctors angestellt war. Er gab zu, rechtlich keine Handhabe zu haben, erklärte jedoch, dass dem Royal Flying Doctor Service unerwünschte, unvorteilhafte mediale Aufmerksamkeit zuteilgeworden war. Er legte ihr nahe, sich zu überlegen, wie sie das geradebiegen konnte, und sie versprach, es zu versuchen.

Am Nachmittag traf sie Roy. »Wie geht es Mike?«, wollte sie sofort wissen.

»Seine Stimmung war heute Morgen ziemlich düster«, sagte Roy. »Er ist sehr dankbar, dass ihr ihn gefunden habt, aber du hattest recht mit der Annahme, dass es ihm nicht gefällt, so lange nicht arbeiten zu können, ungefähr zwei Monate. Er hat schon überlegt, wie es trotzdem gehen könnte, aber ich habe ihn darauf hingewiesen, dass er mit seinem Gipsbein nur auf Krücken laufen und deswegen gar nicht ins Flugzeug steigen und Patienten behandeln kann. Er weiß, dass ich recht habe, aber er war gar nicht glücklich darüber. Ich habe das Gefühl, er wird uns beweisen, dass Ärzte die schlimmsten Patienten sind.«

»Da könntest du recht haben. Ich werde ihn heute Abend besuchen.«

»Hallo«, sagte Cassie fröhlich, als sie Mikes Krankenzimmer betrat. »Jeannie hat Bananenbrot für dich gebacken, das magst du doch so gerne.« Sie stellte den Teller auf seinen Nachttisch. »Sie sagt, sie kommt dich nach dem Abendessen besuchen.«

Mike sah auf das Bananenbrot. »Das war nett von ihr, aber ich habe noch gar nicht viel Appetit.«

»Das ist aber untypisch für dich.«

»Nein, ist es nicht.«

Er wirkte deprimiert, und Cassie war alarmiert. »Bist du schon mal aufgestanden?«

»Ja, ein paarmal.«

»Krücken fühlen sich komisch an, nicht?«

»Ich werde den Rat befolgen müssen, den ich Patienten immer gebe: Üben, üben, üben.« Mike sah auf seinen Gips hinunter. »Das Ding muss ich leider wochenlang tragen«, brummte er.

Cassie zog sich einen Stuhl heran. »Ich habe gestern nicht gefragt, aber wie kam es überhaupt dazu, dass du dir das Bein gebrochen hast?«

»Ich habe etwas getan, was ich wahrscheinlich hätte lassen sollen.«

»Was denn? Bist du an den Felsen geklettert?«

»Nein, nichts Abenteuerliches. Ich habe im Dunkeln Holz gesammelt, als nicht einmal der Mond schien, und bin über einen Stein gestolpert. Es ging alles sehr schnell. Ich habe noch versucht, mich abzufangen, aber es ging nicht. Ich habe sogar das Brechen des Knochens gehört.«

»Es war ein fieser Bruch«, kommentierte Cassie bei der Erinnerung an den Verbandswechsel. »Aber warum hast du überhaupt im Dunkeln Holz gesammelt? Konntest du nicht schlafen?«

Mike zögerte und wich ihrem Blick aus, begann dann aber doch zu erzählen, was ihm im Busch widerfahren war.

Cassie lauschte ihm mit zunehmendem Erstaunen. »Dein Ausflug war ereignisreich, und das meine ich nicht im positiven Sinne«, stellte sie fest, als er geendet hatte.

»Ich schaffe das nicht noch mal, Cassie«, kommentierte Mike.

»Ich hoffe doch, dass du das gar nicht musst.«

»Ich spreche nicht von dem, was mir passiert ist, Cassie.« Er senkte den Blick. »Ich kann nicht noch einmal so krank vor Sorge um dich sein«, sagte er ehrlich.

Cassie hörte den Schmerz in seiner Stimme. »Das ist lieb, aber das musst du auch nicht. Ich mache keine Überseeflüge mehr, solange ich als Pilotin für den Royal Flying Doctor Service arbeite. Frank Majors hat dem einen Riegel vorgeschoben.«

Mike musterte sie interessiert.

»Laut Frank Majors war die Berichterstattung über meinen angenommenen Tod negative Presse für die Organisation, und nun muss ich einen Weg finden, das auszubügeln. Ich werde schon noch mein eigenes Flugzeug fliegen, aber das muss in Australien sein.«

»Sprichst du von Kunstflügen und so was?«, fragte Mike vorsichtig.

»Es ist nicht so gefährlich, wie es aussieht, und ich liebe es, alles aus meiner Maschine herauszuholen. Es ist geradezu belebend«, schwärmte Cassie. »Also ganz im Ernst: Ich habe überlegt, ein paar Flugschauen zu organisieren, um Geld für die Flying Doctors zu sammeln. Was hältst du davon?«

»Nicht viel.« Mikes Miene nahm einen geplagten Ausdruck an. »In den letzten Tagen hatte ich viel Zeit zum Nachdenken, Cassie«, sagte er langsam. »Und ich bin zu dem Schluss gekommen, dass ich keine Beziehung mit dir eingehen kann, solange du darauf bestehst, dein Leben in Gefahr zu bringen. Ich kann einfach nicht damit umgehen. Es ist eine Sache, als Passagier nervös zu sein. Aber es ist zehnmal schlimmer, sich Sorgen um dich zu machen, während du dich bewusst in hochriskante Situationen bringst. Ich komme damit nicht zurecht.«

Cassie war nicht sicher, worauf er hinauswollte. Bat er sie gerade, das Fliegen aufzugeben? »Was willst du damit sagen, Mike?«, fragte sie vorsichtig.

»Ich verstehe, dass du liebst, was du tust, also muss unsere Beziehung rein professionell bleiben.«

Cassie starrte ihn an. Das konnte doch nicht sein Ernst sein! Eigentlich hatte sie ihm gerade sagen wollen, wie sehr sie ihn vermisst hatte! »Was soll sich dadurch an unseren Gefühlen füreinander ändern?«, brachte sie hervor.

»Ich muss mich emotional von dir distanzieren, das ist die

einzige Möglichkeit für mich, das auszuhalten«, sagte Mike. »Von jetzt an sind wir nur Kollegen.«

Cassie war unfähig, sich zu regen, ihre Gedanken rasten.

»Da ist ja mein Patient«, unterbrach Chris Peterson ihr Gespräch und betrat das Krankenzimmer. »Ihre Vitalwerte sehen gut aus, was großartig ist, aber Ihre Genesung braucht trotzdem noch jede Menge Zeit.«

»Es ist dennoch unnötig, dass ich weiter ein Bett in diesem Krankenhaus blockiere«, wandte Mike ungeduldig ein.

»Bei Ihrer Art von Verletzung besteht immer noch das Risiko einer Infektion, deshalb muss ich Sie für ein paar Tage zur Überwachung hierbehalten«, entgegnete Chris.

»Mir geht es gut, und ich kann mich selbst entlassen«, beharrte Mike.

»Das könnten Sie, aber würden Sie als Arzt einem Patienten empfehlen, so kurz nach der Operation das Krankenhaus zu verlassen?«

Mike schürzte die Lippen. »Als Arzt weiß ich, was das Beste für mich ist.«

»Jetzt gerade sind Sie aber Patient, und ich bin Ihr Arzt, also sollten Sie auf mich hören. Habe ich recht, Cassie?«

»Ja«, stimmte sie ihm zu.

»Außerdem bekommen Sie hier drei Mahlzeiten am Tag, und hübsche Krankenschwestern kümmern sich um Sie. Warum sollten Sie gehen wollen?«, scherzte Chris.

Mike verzog finster das Gesicht, und Cassie stand auf.

»Ich vertreibe dich doch nicht, oder?«, fragte Chris. »Ich mache nur meine Visiterunde vor dem Feierabend, Mike ist mein letzter Patient.«

»Mike muss sich ausruhen.« Cassie bemühte sich, ihre Gefühle zu verbergen. »Und es war ein langer Tag.« Sie sah zu Mike, doch der wich ihrem Blick aus. »Mach's gut«, sagte sie leise, in dem Wissen, dass es gleichzeitig ein Abschied von einer möglichen gemeinsamen Zukunft als Paar war.

»Hast du schon Pläne fürs Abendessen?«, fragte Chris, während er Mikes Patientenblatt wieder ans Bettende klemmte. »Ich wollte Fish and Chips essen. Ich würde mich freuen, wenn du mitkommst.«

»Das wäre wunderbar, aber gerne ein andermal«, sagte Cassie und verließ das Zimmer.

Mike sah ihr nach. Der Anblick schmerzte ihn, aber er musste sich schützen. Er konnte nur hoffen, dass dieses Gefühl, ihm würde das Herz herausgerissen werden, nicht auf Dauer blieb.

Kapitel 27

»Ich kann keine einzige Minute länger in der Wohnung bleiben. Ich fühle mich wie in einem Schuhkarton eingesperrt«, brummte Mike auf dem Weg ins Büro.

Mike war seit drei Tagen wieder am Stützpunkt, und seitdem waren Jeannie und Kirra ständig hin- und hergelaufen, hatten ihm Getränke und Essen gebracht, nach ihm gesehen und sich seine Beschwerden angehört. Es war anstrengend, doch Jeannie fand trotzdem, dass er sich ausruhen sollte. »Du sollst das Bein doch hochlegen«, merkte sie an.

»Ich kann es auf einem Stuhl ablegen, wenn es sein muss. Wo sind denn alle?«

»Kirra und Roy sind nach Curtain Springs aufgebrochen, sie wollen Jerry Mitchell Medikamente vorbeibringen«, sagte sie lediglich. Cassie hatte ihr erzählt, dass Mike ihre persönliche Beziehung beendet hatte, aber Jeannie war überzeugt, dass er mit ›alle‹ Cassie meinte.

Mike sah sie einen Moment lang schweigend an, als warte er darauf, dass sie fortfuhr. »Und das zweite Flugzeug?«, hakte er nach.

»Cassie fliegt Doktor Peterson zur Aldinga Farm.«

Mike war deutlich anzusehen, dass ihm nicht gefiel, wie viel Zeit Cassie mit Chris Peterson verbrachte. »Was ist denn dort passiert?« Er ließ sich auf einen Stuhl in Jeannies Büro fallen.

»Die kleine Sophie hat Fieber, und Jayne macht sich deswegen große Sorgen.«

»Wahrscheinlich zahnt sie.« Mike versuchte erfolglos, eine bequeme Position zu finden.

»Sie hat auch Ausschlag. Es könnte sich um einen Hitzeausschlag handeln, aber es könnte auch etwas anderes sein. Bei einem Baby gehen wir besser kein Risiko ein.«

Mike nickte nachdenklich.

»Und Sarah Wakefield hat heute Morgen angerufen. Zu ihrer großen Beunruhigung nimmt Danny einfach nicht zu.«

»Bevor ich …« Mike atmete tief durch. »Bevor ich in den Busch aufgebrochen bin, wollte ich Danny Wakefield einen Termin bei Doktor Felix Grundy in Adelaide beschaffen. Er ist der beste Kinderarzt im Krankenhaus dort und hat außerdem eine wunderbare Art, mit seinen jungen Patienten umzugehen. Und er ist auf Anämie im Kindesalter spezialisiert.«

»Warum rufst du dann nicht an und machst den Termin? Ich bin mir sicher, dass Cassie oder Roy Danny gern nach Adelaide fliegen«, schlug Jeannie vor.

»Ja, das mache ich gleich jetzt. Ich bin froh, wenn ich was Sinnvolles tun kann.« Mühsam stand Mike auf und humpelte auf den Krücken in sein Büro.

Ein paar Minuten später hörte Jeannie ihn am Telefon sprechen. Sie lächelte, denn er klang schon wieder mehr wie er selbst. Anschließend kam er zu Jeannie zurück und kontaktierte Sarah Wakefield, um ihr zu versichern, dass Doktor Grundy Danny helfen würde. Sarah fiel damit ein großer Stein vom Herzen, und Jeannie sah, dass es Mike ähnlich ging.

Im Laufe der nächsten Tage verbrachte Mike mehrere Stunden täglich im Büro. Er sprach über Funk mit Farmern und ihren Frauen und erteilte ihnen ärztliche Ratschläge. Wenn ein Arzt gebraucht wurde, flogen Cassie oder Roy Chris Peterson zu den Einsatzorten. Manchmal kam auch Kirra mit Medikamenten mit, die Mike verschrieben hatte. Er fand es zwar schade, seine Patienten nicht besuchen zu können, aber durch die Sprechstunden am Funkgerät stand er immerhin in Kontakt mit ihnen, was ihn auch von seinem Bein ablenkte.

Cassie gegenüber war Mike weiterhin distanziert, aber sie gingen höflich miteinander um, daher klappte die Arbeit reibungslos. Trotzdem fiel Jeannie seine Miene auf, wenn Cassie mit Chris Peterson aufbrach. Egal, wie angestrengt er sich bemühte oder versuchte, es zu leugnen, Mike liebte sie immer noch.

Auf einem Flug zur Aldinga Farm mit einer neuen Portion Milchpulver für Sophie im Gepäck fasste Kirra sich ein Herz und fragte Cassie endlich, was zwischen ihr und Mike passiert war. »Ich dachte eigentlich, du und der Doc wärt euch nähergekommen«, schloss sie.

»Sind wir auch. Aber Mike ist der Meinung, dass ich mich in hochriskante Situationen begebe, wenn ich mit meinem Flugzeug fliege. Damit kann er nicht umgehen, und deswegen kann er nicht mit mir zusammen sein«, erzählte Cassie. »Ich wünschte, er würde das anders sehen, aber ich werde das Fliegen für keinen Mann der Welt aufgeben.«

»Ich respektiere Mike, aber manchmal sind Männer einfach Idioten«, sagte Kirra rundheraus.

Cassie schmunzelte. »Da hast du vermutlich recht. Leider wird er von seiner Angst beherrscht.«

»Wenn er sich dieser Angst nicht stellt, wird er als einsamer alter Mann sterben.«

Früh am nächsten Morgen rief Cassie vom Telefon in Mikes Büro Frank Majors an. Sie erzählte ihm von ihrer Idee einer Flugschau, um Geld für den Royal Flying Doctor Service zu sammeln und ihr Ansehen aufzupolieren. Frank Majors war begeistert.

»Ich bin froh, dass Sie einverstanden sind, Mr Majors. Was halten Sie davon, wenn wir den Besuchern an dem Tag auch Rundflüge anbieten, um ein Bewusstsein zu schaffen für das, wofür wir ihre Spenden brauchen?«

»Das ist ebenfalls eine gute Idee. Aber ein Flugzeug muss immer für Notfälle bereitstehen.«

»Natürlich«, sagte Cassie. »Ich melde mich noch mal, wenn ich die Details ausgearbeitet habe.«

Roy und Mike waren während ihres Telefonats ins Büro gekommen und hatten einen Teil des Gesprächs mit angehört.

»Was ist los?«, fragte Roy. »Hast du gerade von einer Flugschau gesprochen?«

»Ja.« Sie erzählte von ihrer Idee. Ihr Blick zuckte zu Mike, doch er sah in eine andere Richtung, sein Kiefer mahlte. »Ich würde mich freuen, wenn du bei den Rundflügen hilfst, Roy, falls es dir nichts ausmacht«, bat Cassie.

»Gerne. Es ist ja für einen guten Zweck«, sagte Roy. »Ich habe Flugschauen geliebt, als ich bei der Air Force war. Kunstflugfiguren machen unglaublich viel Spaß.«

Cassie lächelte. »Ich werde allerdings die Einzige sein, die sie in meinem Flugzeug ausführt«, sagte sie freundlich. »Außerdem muss einer von uns am Boden bleiben, falls ein Notruf eingeht.«

»Na schön.«

Am Abend vor der Flugschau trat Jeannie in Mikes Büro, wo er sich Notizen zu seinen Patienten durchlas. »Ich fahre jetzt nach Hause«, sagte sie. »Ich habe dir einen Schinkensalat in den Kühlschrank gestellt. Kann ich sonst noch irgendwas für dich tun?«

»Nein. Danke, Jeannie.« Er wirkte verlegen. »Ich habe es noch gar nicht gesagt, aber ich weiß wirklich zu schätzen, was du alles für mich tust. Ich weiß, dass das für dich zusätzliche Arbeit bedeutet, dazu bist du nicht verpflichtet. Und noch dazu war ich möglicherweise hin und wieder auch ein wenig unumgänglich.«

»Das kann ich nicht bestreiten«, sagte Jeannie lächelnd. Er hatte ein großes Herz, doch ihr war aufgefallen, dass er sich immer unwohl fühlte, Hilfe anzunehmen. »Aber du tust auch viel für alle anderen, Mike. Es ist an der Zeit, dass sich auch mal jemand um dich kümmert. Wenn ich sonst nichts für dich tun kann, gehe ich nach Hause und füttere meine Truppe.«

»Eine Sache gäbe es da schon«, sagte Mike beinahe widerwillig.

Jeannie musterte ihn aufmerksam. »Was denn?«

»Es ist lästig, dass ich nicht selbst fahren kann …«

»Musst du irgendwohin?«

»Ja. Könntest du Oscar fragen, ob er mich morgen vor der Flugschau abholen kann?«

»Hast du einen Termin im Krankenhaus, von dem ich nichts weiß?«

»Nein, ich würde nur lieber während der Show nicht hier sein.« Sein Unbehagen war deutlich spürbar.

»Ich dachte, du würdest das Funkgerät übernehmen.«

»Nicht morgen.«

»Gibt es einen Grund dafür, dass du nicht hier sein willst?«

Er blickte auf. »Ich kann das nicht, Jeannie. Allein bei dem Gedanken, Kunstflugfiguren zu sehen, dreht sich mir der Magen um.«

»Du musst ja nicht zuschauen.«

»Ich möchte Cassies Flugzeug auch nicht hören, vor allem nicht, wenn sie irgendwelche Steilflüge macht.«

»Oh.« Jeannie bemerkte, dass allein das Sprechen darüber ihn belastete.

»Meinst du, Oscar würde mich abholen? Ich weiß, dass das aufdringlich ist.«

»Er wollte eigentlich die Flugschau sehen, aber es wird ihm nichts ausmachen, dich abzuholen. Möchtest du zu uns nach Hause kommen?«

»Wenn Oscar die Show sehen möchte, bitte ich Roy, mich ins Krankenhaus zu fahren, dann verbringe ich den Tag im Besucherraum. Das Personal wird nichts dagegen haben.«

»Unsinn, ich bitte Oscar, mich morgens herzufahren und dich dann mit zurückzunehmen«, sagte Jeannie. Sie lief zur Tür, hielt aber noch einmal an und drehte sich zu ihm um. »Eines noch: Morgen nicht hier zu sein, wird dich nicht davon abhalten, an Cassie zu denken.«

»Es wird mich auch nicht davon abhalten, mir Sorgen zu machen, aber zumindest höre ich die Flugzeuge dann nicht.«

»Verstehe.«

»Ich habe ein schlechtes Gewissen, dass du und deine Söhne die Show verpasst habt«, sagte Mike am nächsten Abend zu Oscar. Sie hatten den ganzen Tag zusammen im Haus verbracht.

»Die Jungs wollten eigentlich gar nicht hin«, gestand Oscar. »Sie sind in einem Alter, in dem sie lieber mit ihren Freunden Unfug treiben. Aber weißt du was? Ich fand es großartig, mit dir Schach zu spielen und Bier zu trinken. Dazu fehlt mir heutzutage oft die Zeit.«

»Ich bin froh, dass du das sagst.« Mike schwieg einen Moment. »Ich schätze, Jeannie hat dir erzählt, warum ich heute nicht am Stützpunkt sein wollte.«

»Ja, hat sie«, sagte Oscar freundlich.

»Ich bin als Passagier im Flugzeug nervös, seit das mit Bill passiert ist und dann noch das mit Roy. Es wäre mir zu viel, zu-zuschauen, wie sich ein Flugzeug überschlägt und irgendwelche Kunstfiguren fliegt.«

»Vor allem, wenn die Pilotin Cassie Granger ist«, sagte Oscar unverblümt.

Mike erwiderte seinen Blick. »Ich ertrage es einfach nicht, mir durchgängig Sorgen um sie zu machen. Das würde mich ins Grab bringen.«

»Sie ist eine exzellente Pilotin, oder? Sie hat sogar ein Rennen gegen die besten Pilotinnen der Welt gewonnen.«

»Ich zweifle nicht an ihren Fähigkeiten, sie ist sehr kompetent. Aber Flugzeuge sind Maschinen, da kann jederzeit irgendetwas schiefgehen. Ein Blitz hat ihr Funkgerät zerstört, als das Flugzeug in Indonesien auf dem Boden stand. Was, wenn der Blitz eingeschlagen hätte, während sie in der Luft war? Was, wenn er den Motor getroffen hätte und sie abgestürzt wäre?«

»Im Leben gibt es immer die Was-wäre-wenn-Fragen, oder, Mike? Und Flugzeuge werden ständig durch Unwetter geflogen. Was technische Probleme angeht, habe ich mir sagen lassen, dass Cassie eine herausragende Mechanikerin ist. Glen sagt, sie kennt jede Mutter und jede Schraube in ihrer Maschine und ist bei der Instandhaltung sehr gründlich. Laut Glen läuft der Motor ihrer Maschine reibungslos, besser geht es nicht.«

»Trotzdem …«

Oscar beugte sich vor und blickte Mike ins Gesicht. »Weißt du, nichts im Leben ist sicher«, sagte er ruhig. »Du bist Arzt, du hast das schon oft mit eigenen Augen gesehen, Mike. Ein Mensch wirkt kerngesund und munter, und dann stirbt er urplötzlich an einem Herzinfarkt oder Schlaganfall, wie Bill. Manche von uns sind dazu bestimmt, ein langes Leben zu führen, andere nicht. So ist es im Leben. Du musst in jeden Tag hineinleben und darfst dich nicht zu sehr darum sorgen, was die Zukunft bringt. Anders geht es nicht.«

»Ich wünschte, ich könnte es so sehen.«

»Es ist schwerer, wenn man jemanden sehr liebt, nicht?«

Mike sah durch das Fenster in den Garten.

»Wahrscheinlich glaubst du es mir nicht, aber bevor ich Jeannie geheiratet habe, hatte ich eine tiefgreifende Angst vor Vögeln«, fuhr Oscar fort.

»Ornithophobie«, sagte Mike erstaunt.

»Ja, ich glaube, so heißt das.«

»Aber Jeannie züchtet Vögel.« Mike konnte die große Voliere im hinteren Teil des Gartens von hieraus sehen.

»Allerdings. Sie hat beinahe hundert Finken in der Voliere. Wie du weißt, sind alle in ihrer Familie leidenschaftliche Vogelliebhaber. Ihr Vater hat Papageien, und ihr Bruder züchtet und präsentiert Wellensittiche auf Vogelschauen. Würdest du mir glauben, dass Jeannie und ich schon drei Monate miteinander ausgingen, bevor das ans Licht kam? Es war mein schlimmster Albtraum.«

»Das kann ich mir vorstellen, aber wie kann es sein, dass du das drei Monate lang nicht mitbekommen hast? Du warst doch in der Zeit bestimmt mal bei ihr zu Hause.«

»Wir fingen im frühen Winter an, miteinander auszugehen, also war es dunkel, wenn ich sie abgeholt und nach Hause gebracht habe, und seltsamerweise kam das Thema Vögel nie in unseren Gesprächen auf. Ich war vollkommen nichts ahnend, bis ich eines Sonntags zum Mittagessen eingeladen wurde. Ich saß am Esstisch, als ihr Vater mit einem großen Papagei auf der Schulter hereinkam. Ich bin fast in Ohnmacht gefallen. ›Du hast Willie noch nicht kennengelernt, oder?‹, fragte ihr Vater, während ihre Mutter einen Teller Suppe vor mich stellte. Dann flog der Vogel von seiner Schulter geradewegs auf mich zu. Er wollte wohl auf meiner Schulter landen, aber ich bin durchgedreht, weil ich dachte, er würde mich attackieren. Ich habe den Vogel auf den Suppenteller gestoßen. Er hat gekreischt, weil die Suppe heiß war, ist über den Esstisch geflohen und hat dabei eine Kristallvase in dessen Mitte zerstört. Ich bin schreiend aus dem Haus gestürmt wie ein Verrückter.«

»Oh, du liebes bisschen.« Mike konnte sich bei der Vorstellung der Szene ein Lächeln nicht verkneifen.

»Ich habe mich vollkommen gedemütigt gefühlt. Zu der Zeit hatte ich bereits darüber nachgedacht, Jeannie einen Antrag zu machen, aber das Vorhaben ist mir damit um die Ohren geflogen. Wie könnte jemand, der Angst vor allen Wesen mit Federn hat, in eine Familie von Vogelliebhabern einheiraten? Und ganz abgesehen von der Ornithophobie hatte ich ganz sicher jegliche Chance verspielt, von ihnen akzeptiert zu werden.«

»Und was ist dann passiert?«

»Ich musste erst einmal in mich gehen und habe Jeannie geschrieben, dass ich arbeitsbedingt nach Adelaide fahren müsse. Später hat sie mir erzählt, dass sie dachte, sie würde mich nie wiedersehen. In Adelaide habe ich dann ein Auto geliehen und bin an den Strand gefahren.«

»An den Strand? Wieso?«

»Ich habe mir Fish and Chips gekauft und mich auf den Sand gesetzt. Und dann wäre ich vor Angst fast gestorben – Du kannst dir bestimmt vorstellen, was passiert ist.«

»Möwen sind über dich hergefallen.«

»Ganz genau. Hunderte.«

»Warum hast du dir das angetan? Das muss doch die reinste Folter gewesen sein.«

»Ich wollte mich mit meinen Ängsten konfrontieren. ich dachte, das sei die einzige Chance auf eine gemeinsame Zukunft mit Jeannie.«

»Und was ist passiert?«

»Die Möwen haben mich tatsächlich kreischend angefallen, und ich bin schreiend über den Strand davongerannt. Aber am nächsten Tag bin ich wieder hingegangen, entschlossen, es erneut zu versuchen.«

Mike konnte das kaum glauben. »Ich bewundere deinen Mut«, sagte er ehrlich.

»Und es ist wieder das Gleiche passiert. Ich habe die Fish and Chips weggeworfen und bin geflüchtet. Am dritten Tag war ein kleiner Junge mit seinen Eltern am Strand. Während die Erwachsenen auf Liegen in der Nähe lasen, kam er und setzte sich neben mich. Ich hatte gerade die Fish and Chips geholt und dachte, er wollte vielleicht probieren. Er hat auch ein paar Pommes gegessen, doch dann begann er, sie ein, zwei neugierigen Möwen zuzuwerfen. Natürlich zog das viele weitere Möwen an, und innerhalb von Minuten waren wir von hungrigen Vögeln umgeben, die die Pommes direkt aus den Fingern des kleinen Jungen fraßen. Ich schwitzte und zitterte, aber er lachte vor Freude. Ich war beeindruckt von seinem Mut und kam mir idiotisch vor. ›Hast du keine Angst, dass sie dich beißen?‹, fragte ich ihn entsetzt. Er sah mich an, als wäre das eine Fangfrage. ›Vögel haben doch keine Zähne, du Dummkopf‹, erwiderte er kichernd. Und mir ging auf, dass er recht hatte. Es war lächerlich, vor etwas Angst zu haben, das mich nicht verletzen konnte. Ich war geheilt.« Oscar sah Mike nachdenklich an: »Ich weiß, dass deine Angst eine ganz andere ist, und du viel schrecklichere Situationen erlebt hast, aber ich will dir helfen.«

»Ich weiß. Und ich habe die Botschaft verstanden. Aber wie kam es denn überhaupt zu deiner Angst vor Vögeln?«, fragte Mike.

»Als ich etwa sechs Jahre alt war, ist ein großer Vogel in unser Haus geflogen, während meine Mutter draußen über den Zaun hinweg mit einer Nachbarin sprach. Der Vogel war verängstigt und schrie. Er suchte verzweifelt einen Weg nach draußen, aber ich dachte, er wolle mich angreifen. Ich bin von Zimmer zu Zimmer gerannt, und er schien mich zu verfolgen. Er flog gegen alles Mögliche, stieß Lampen um und schob Geschirr vom Tisch. Ich hörte das Schlagen seiner Flügel und sein Gezeter. Irgendwann bemerkte Mum den Lärm und kam wieder ins Haus. Dort fand sie mich unter dem Bett versteckt, zitternd und hysterisch schluchzend. Sie erklärte mir, dass der Vogel Angst gehabt und nur einen Weg aus dem Haus gesucht hätte, doch ich glaubte ihr nicht. Von dem Moment an konnte ich nicht mal in der Nähe eines Vogels sein. Ich bin ungelogen immer losgerannt und habe mich versteckt, wenn ein Vogel in meine Nähe gekommen ist.«

»Und wie ging die Geschichte mit Jeannie nach deiner Rückkehr nach Alice Springs weiter?«

»Ich bin zu Jeannies Haus gefahren und habe um ein Gespräch mit der ganzen Familie gebeten. Dann habe ich ihnen von dem Erlebnis in meiner Kindheit erzählt und erklärt, warum ich so irrational reagiert hatte. Sie hatten viel Verständnis. Aber Jeannie war sich nicht sicher, ob wir eine Beziehung führen konnten, wenn ich solche Angst vor Vögeln hatte, also musste ich sie davon überzeugen, dass ich meine Angst besiegt hatte. Wir gingen in den Garten, und sie nahm mich mit in ihre Voliere. Die Finken flogen hektisch herum, sie hatten Angst vor uns, aber ich hielt es aus. Die wahre Prüfung aber bestand darin, dass ihr Vater mit seinem Papagei zu mir kam. Ich muss zugeben, dass mir der Schweiß ausgebrochen ist, aber ich bin nicht weggelaufen, sondern stehen geblieben. Dieses Mal flog Willie nicht zu mir, das war gut. Ich habe sogar ein paar Erdnüsse an ihn verfüttert, um Jeannie zu beeindrucken.«

»Ich habe wirklich großen Respekt davor, dass du dich deiner Angst gestellt und sie letztendlich überwunden hast«, sagte Mike und stieß einen Seufzer aus. »Meine Geschichte ist da leider weniger erfolgreich. Ich sitze jeden Tag im Flugzeug, und meine Phobie ist kein bisschen besser geworden. Damit kann ich zwar leben, aber nicht mit der Angst, dass Cassie etwas zustoßen könnte.«

»Du scheinst sie wirklich sehr zu lieben.«

»Ja, und das macht es schlimmer. Um ehrlich zu sein, überlege ich, um Versetzung an einen anderen Stützpunkt zu bitten, sobald ich den Gips los bin.«

»Damit gibst du deine Chance auf dein Glück auf, Mike. Willst du das wirklich?«

»Es geht nicht ums Wollen. Ich sehe keine Möglichkeit, mit der Situation zurechtzukommen. Cassie ist eine Draufgängerin, und sie wird sich nicht ändern. Stell dir mal vor, ich würde sie heiraten und wir hätten Kinder, und sie vollführt weiter irgendwelche Kunststücke in der Luft. Ich würde irgendwann vor Sorge einen Herzinfarkt erleiden.«

»Ich kann dir nicht vorschreiben, wie du dein Leben führen sollst, Mike, aber lass nicht zu, dass die Angst deinem Glück im Weg steht. Das wäre schlimmer, als sich um die Zukunft zu sorgen.«

»Die Flugschau war ein voller Erfolg«, verkündete Jeannie, als Oscar Mike am Abend wieder zum Stützpunkt brachte. »Es ist eine Menge Geld zusammengekommen, und das Bild, das wir der Öffentlichkeit vermitteln konnten, war sehr positiv. Cassie ist bei den Zuschauern natürlich großartig angekommen, und sie hat sich viel Zeit für Fragen und Fotos genommen. Sie weiß, wie man Menschen begeistert, aber sie hat ja auch Übung.«

Mike war erleichtert, dass es keine Unfälle gegeben hatte. »Dann werde ich wohl morgen in der Zeitung darüber lesen. Oscar und ich hatten auch einen sehr schönen Tag, nicht wahr?«, fragte er Jeannies Mann.

»Allerdings. Ich hatte viel Spaß«, sagte Oscar. »Aber wir sollten schnell nach Hause, Jeannie. Unsere hungrigen Söhne warten schon auf das Abendessen. Ich glaube, wir holen am besten Fish and Chips. Und du bist sicher müde.« Er zwinkerte Mike zu.

»Wie ich gehört habe, hat Oscar eine ganz besondere Vorliebe für Fish and Chips«, kommentierte Mike grinsend.

Auch Jeannie grinste, sie wusste genau, worauf er hinauswollte.

Kapitel 28

»Ich war noch nie in Docker River, das wird interessant«, sagte Cassie zu Chris, als das Flugzeug von der Rollbahn in Alice Springs abhob und in den klaren blauen Himmel stieg. Sie würden dreihundertacht Meilen nach Südwesten in Richtung der Grenze nach Western Australia fliegen. Die Siedlung Docker River, die in der Sprache der Aborigines auch als Kaltukatjara bekannt war, befand sich am westlichen Ende der Petermann Ranges und war in den vergangenen Jahren für Aborigines errichtet worden, die sich zum Großteil zu den Anangu zählten und Pitjantjatjara und Ngaatjatjarra sprachen. Jeannie hatte Cassie erzählt, dass die aktuelle Einwohnerzahl auf einhundertfünfzig Menschen geschätzt werde, Tendenz steigend.

»In der Siedlung soll eine Klinik errichtet werden, und ich wurde gebeten, als Berater zu fungieren«, erzählte Chris Cassie, nachdem sie die Reiseflughöhe erreicht hatten. »Im Moment sind die Einwohner auf die Flying Doctors und Krankenschwestern angewiesen, aber die Bevölkerung wächst, und es herrscht Bedarf an medizinischem Personal vor Ort, das in einer richtigen Klinik arbeiten kann.«

»Ich wette, das würde für die Menschen, die dort leben, von großem Vorteil sein«, stimmte Cassie zu.

»Heute und morgen soll ich mir einen Eindruck von der Situation und den Einwohnern verschaffen«, sagte Chris. Er hatte keinen Hehl daraus gemacht, wie erfreut er war, dass sie über Nacht blieben. »Du schläfst doch gern unter den Sternen, oder?«

»Ja, das tue ich, vor allem in warmen Nächten. Es ist weniger schön, wenn es kalt ist, weil man ständig Holz nachlegen muss und einem dann auf der einen Seite viel zu warm und auf der anderen kalt ist.« Cassie lachte.

»Es wäre mir ein Vergnügen, dich warm zu halten«, bot Chris mit einem frechen Grinsen an.

»Das glaube ich dir, aber heute Nacht wird es ja warm.« Cassie lächelte. Sie hatte ihn auf Abstand gehalten, doch das wurde immer schwerer, je mehr Zeit sie miteinander verbrachten. Es wurde auch schwieriger, es vor sich selbst zu rechtfertigen. Er war attraktiv und charmant und hatte einen angenehmen Charakter. Er war nur einfach nicht Mike. »Der Himmel ist blau, es sollte also eine sternenklare Nacht werden«, fügte sie hinzu und dachte an eine andere sternenklare Nacht am Lagerfeuer, die sich in ihr Gedächtnis gebrannt hatte.

Schließlich entdeckten sie in der roten Landschaft mit den grünen Flecken vereinzelte Häuser. Cassie flog über die Siedlung hinweg und hielt Ausschau nach der Landebahn, die sie an Hermannsburg erinnerte. Sie war nicht asphaltiert, ebenso wie offenbar die Hauptstraße zur Siedlung. Nachdem sie inmitten einer roten Staubwolke gelandet waren, wurden sie von einem Mann begrüßt, der sich als Moses Rankin vorstellte, der Gemischtwarenhändler. »Moses reicht«, sagte er mit einem breiten Lächeln. Er war Aborigine, aber eines seiner Elternteile hatte offenbar europäische Wurzeln. Cassie schätzte ihn auf etwa vierzig Jahre. Er war von fünf Kindern umgeben, mindestens drei davon im Vorschulalter. Die vier Jungen trugen lediglich kurze Hosen, das kleine Mädchen ein Hemdkleid. Keiner von ihnen hatte Schuhe an den Füßen. Ihre Haut hatte einen helleren Ton als die von Moses, und zu Cassies Erstaunen hatte das kleine Mädchen rotes Haar.

»Sind das Ihre Kinder?«, fragte sie.

»Ja«, erwiderte Moses stolz. Er deutete auf das Haar des Mädchens. »Meine Frau ist Irin«, erklärte er grinsend. »Sie hat auch rotes Haar und leider auch das feurige Temperament dazu. Die kleine Erin kommt ganz nach ihrer Mutter.«

»Ach, bei so vielen Kindern wird die Geduld einer Mutter sicher hin und wieder überstrapaziert«, entgegnete Cassie diplomatisch. Die Kinder sprühten sichtlich vor Energie, das konnte auch anstrengend sein. »Ihre Frau ist sicher ab und an erschöpft, vermutlich hilft sie auch noch im Laden.«

Moses lachte und nickte. »Eileen kümmert sich lieber um den Laden, als sich mit den endlosen Streitereien der Kinder herumzuplagen. Und ich bin lieber draußen. So funktioniert es gut.«

Chris deutete auf einen großen Wassertank. Cassie war überrascht. Die Gegend war äußerst trocken, und auch wenn die Siedlung am Docker Creek gebaut wurde, war der immer nur nach starkem Regen mit Wasser gefüllt. »Woher kommt das Wasser, Moses? Ein Bohrloch?«, erkundigte Chris sich nach der Wasserversorgung.

»Drei. Eines ist in der Nähe des Tanks. Die anderen beiden liegen etwa eine Meile von hier entfernt.«

»Gibt es hier Elektrizität?«, fragte Cassie.

»Ja, drei Dieselgeneratoren versorgen den Ort mit Strom.«

Cassie ließ ihren Blick über die Umgebung gleiten. Sie bemerkte zwei öffentliche Telefonzellen ein Stück von der Hauptstraße entfernt, eine davon stand vor dem Gemischtwarenladen. Sie blinzelte gegen die Sonne an. »Habe ich jetzt Halluzinationen? Ist das ein Kamel dahinten ... das ein rosa Halsband trägt?«

»Ja, das ist Leila. Sie ist Freddy Wilsons Haustier. Er hat sie als kleines Fohlen gefunden, nachdem ihre Mutter erschossen wurde, und sie mit der Flasche aufgezogen. Er liebt sie wie ein Familienmitglied. Mithilfe des Halsbands kann man sie von wilden Kamelen unterscheiden, die sind hier in der Gegend eine echte Plage. Wir überlegen sogar im Moment, einen Scharfschützen mit der Beseitigung zu beauftragen. Ein besonders aggressiver Hengst versucht ständig, Leila in seinen Harem aufzunehmen, nun, da sie erwachsen ist. Freddy muss ihn mit der Schrotflinte davonjagen. Wir glauben, dass er sich schon ein paar Kugeln eingefangen hat, aber der Mistkerl kommt immer wieder.« Moses deutete auf eine Erhebung in der Landschaft, wo mehrere Kamele und Fohlen mit einem massiven Kamelhengst zusammenstanden. »Der ist wirklich ein heimtückisches Exemplar. Freddy muss neben Leila im Gehege schlafen, und fast jede Nacht kommt der Hengst vorbei und versucht, den Zaun zu durchbrechen. Bis Freddy aufgestanden ist, um einen Schuss abzufeuern, ist der Hengst schon wieder davongerannt. Leila hat Angst vor den Schüssen, vielleicht wird sie eines nachts auch davonlaufen.«

»Aber sie würde doch wiederkommen, oder?«, fragte Cassie im Hinblick auf die enge Bindung zwischen Leila und Freddy.

»Vielleicht. Das Halsband soll sie davor schützen, von einem Farmer erschossen zu werden, aber eine Garantie ist es nicht.«

Cassie und Chris legten ihre Schlafsäcke am Rand der Siedlung auf den Boden neben ein großes Feuer. Es war beinahe Mitternacht, und sie waren zum ersten Mal seit ihrer Ankunft hier allein.

»Das war ein langer Tag, nicht wahr?«, sagte Chris. Sie hatten etwa die Hälfte der Einwohner getroffen, dann hatten die Aborigines ein Festessen für sie gekocht. Nach dem Essen hatte

Moses stolz verkündet, er sei Mitglied einer Band, und seine Gitarre geholt. Die anderen drei Bandmitglieder waren mit ihren Instrumenten zu ihm gestoßen und spielten und sangen stundenlang. Irgendwann stimmte Freddy Wilson mit seinem Didgeridoo ebenfalls ein, Leila stand hinter ihm und blickte ihm über die Schulter. Chris und Cassie hatten sich großartig amüsiert und den Abend sehr genossen.

»Ja. Ich bin hundemüde.« Cassie gähnte.

Chris war enttäuscht, konnte sie aber auch gut verstehen. »Ich auch, aber der Abend war wirklich lustig.«

»Ja. Wer hätte gedacht, dass wir mitten im Nirgendwo von einer Band und dem Didgeridoo unterhalten werden? Sie waren wirklich gut.«

Als sie in ihren Schlafsäcken steckten, blickten sie in den Nachthimmel und Milliarden von Sternen hinauf. Beiden entfuhr gleichzeitig ein zufriedenes Seufzen, und sie lachten.

»Was für eine wunderschöne Nacht«, wisperte Chris nach einigen Minuten der Stille. Er hatte schon lange von diesem Moment geträumt und gehofft, dass er ihm eine romantische Gelegenheit bieten würde, Cassie seine Gefühle zu offenbaren. Er überlegte, wie er das Thema am besten anschneiden sollte, doch als er sich Cassie zuwandte, war sie schon eingeschlafen. Er seufzte enttäuscht und schloss dann selbst die Augen.

Stunden später wurden sie von einem lauten Knall geweckt. Beide setzten sich abrupt auf.

»Was war das?« Cassie starrte erschrocken in die Dunkelheit. Es war kein Licht zu sehen, und ihr Feuer bestand nur noch aus glühender Asche.

»Es klang wie ein Schuss«, sagte Chris aufgeregt.

Dann hörten sie dumpfes Getrampel, und Sekunden später

rannte ein großes, schnaubendes Tier nur wenige Fuß entfernt an ihnen vorbei.

»War das … ein Kamel?« Cassie hatte nur den dunklen Umriss gesehen und fragte sich, ob sie gerade träumte.

»Ja, das muss dieser Hengst gewesen sein, von dem Moses erzählt hat.«

»Wahrscheinlich hat Freddy auf ihn geschossen.«

»Ich bin bloß froh, dass das Kamel nicht über uns drübergetrampelt ist«, sagte Chris. Ihre Blicke kreuzten sich, und sie lachten über die absurde Situation.

»So was passiert dir nur im Busch.« Chris grinste.

»Das wird eine unvergessliche Nacht bleiben«, sagte Cassie und legte sich wieder hin.

Chris gab Holz aufs Feuer, um es wiederzubeleben, und legte sich dann ebenfalls hin. »Ich bin jetzt hellwach«, sagte er.

»Ich auch«, erwiderte Cassie. Sie schwiegen eine Weile. »Der Himmel ist schön, nicht?«, sagte sie schließlich.

»Er ist traumhaft, und du siehst im Mondlicht bezaubernder aus denn je.«

Cassie sah zu ihm und versuchte zu erkennen, ob er scherzte. »Das liegt am weichen Licht. Es schmeichelt mir«, sagte sie grinsend.

»Das stimmt nicht. Du siehst in jedem Licht schön aus. Du bist die schönste Frau, die ich je getroffen habe.«

»Ich glaube, Sie haben einen Mondstich, Doktor Peterson«, witzelte Cassie, um die Anspannung zu lockern.

Doch Chris lachte nicht. »Du musst doch inzwischen gemerkt haben, was ich für dich empfinde. Ich bin nicht sehr gut darin, meine Gefühle zu verbergen.«

Natürlich war es Cassie aufgefallen. Aber sie wusste nicht, was sie sagen sollte.

»Falls nicht: Ich habe mich in dich verliebt«, ergänzte er.

»Was redest du denn da?«, antwortete Cassie. »Das liegt an der romantischen Kulisse, dem Lagerfeuer, dem Mondlicht und den Sternen ...«

»Nein, es liegt an dir.« Er blickte sie über die flackernden Flammen hinweg an. »Ich möchte mein Leben mit dir verbringen, Cassie. Willst du mich heiraten? Willst du meine Frau werden?«

Cassie keuchte vor Überraschung und setzte sich auf. »Dich heiraten?«

Chris setzte sich ebenfalls. »Ja. Ich weiß, das ist plötzlich, aber ich werde mein Bestes geben, um dich glücklich zu machen, das verspreche ich dir.«

»Ganz im Ernst, Chris, wir kennen uns gerade mal ein paar Wochen. Es ist viel zu früh, um so ernste Themen wie Liebe und Heirat zu besprechen.«

»Möchtest du denn nicht heiraten und eine Familie gründen?«

»Doch, eines Tages ...«

»Das möchte ich auch. Ich möchte es mit dir.«

Cassie entschied sich zur Ehrlichkeit. »Du bist ein wunderbarer Mann, Chris, aber ich bin nicht in dich verliebt. Ich sage nicht, dass ich es nie sein werde, aber es braucht Zeit, bis sich diese tiefen Gefühle entwickeln.«

»Ich kann warten«, entgegnete Chris lächelnd.

Sie legten sich wieder hin, doch er drehte sich auf die Seite, stützte sich auf den Ellbogen und sah sie an. »Wenn du meine Frau wärst, würde ich dahin ziehen, wo du leben möchtest. Ich kann in jedem Krankenhaus der Welt arbeiten. Ich könnte sogar eine eigene Praxis eröffnen. Ich kann mir uns gut mit einem kleinen Jungen und einem kleinen Mädchen vorstellen, das genauso aussieht wie du. Ich kann mir vorstellen, wie du ihnen eines Tages das Fliegen beibringst.«

Cassie lächelte. »Das ist eine schöne Vorstellung.«

»Eines Tages wird es mehr als eine Vorstellung sein«, erklärte Chris bestimmt.

Cassie sah zu den Sternen auf. Sie sah nur einen einzigen Mann in ihrer Zukunft, und zu Chris' Pech handelte es sich dabei nicht um ihn.

»Cassies Flugzeug ist gerade gelandet«, rief Jeannie Mike zu, der in seinem Büro saß. Er war seit gestern sehr still gewesen, und sie wusste, es gefiel ihm ganz und gar nicht, dass Cassie und Chris die Nacht gemeinsam im Outback verbrachten. Sie hatte versucht, darüber zu sprechen, aber er hatte sich verschlossen.

Wenige Minuten später kamen Cassie und Chris durch die Hintertür.

»Hallo«, rief Cassie.

»Hallo!« Jeannie lief zu ihnen. »Wie war der Ausflug?«

Cassie sah zu Chris. »Ereignisreich.«

»Was heißt das?«, fragte Jeannie, gerade als Mike in seiner Bürotür erschien.

»Ich muss dringend duschen. Chris, erklär du das«, sagte Cassie und eilte zur Hintertür hinaus.

»Also?« Jeannie wartete gespannt auf den Bericht.

»Wo soll ich anfangen? Das Wichtigste zuerst: Die meisten Bewohner der Siedlung waren gesund, wir haben in den zwei Tagen tatsächlich alle getroffen.« Er erzählte von dem Abendessen und dem Bandauftritt. »Und dann, als wir am Lagerfeuer schliefen, hat einer der Bewohner, der ein Kamel als Haustier hält, mit einer Schrotflinte auf ein wildes Kamel geschossen, das versuchte, sein Kamel zu entführen. Wir sind von dem Lärm aufgewacht, und dann rannte das wilde Kamel auch schon direkt an unserem Lager vorbei. Und so waren wir also mitten in der Nacht hellwach und …«

»Und was?«, fragte Jeannie vorsichtig.

»Ich habe Cassie gefragt, ob sie mich heiraten will«, platzte Chris heraus.

»Moment. Wie bitte?« Jeannie starrte ihn an, und Mike erblasste.

»Sie haben ihr einen Antrag gemacht?«, fragte Jeannie ungläubig.

»Stimmt genau.« Chris strahlte.

»Was ... hat sie gesagt?« Jeannie warf einen kurzen Blick zu Mike und konnte förmlich zusehen, wie ihm das Herz brach.

»Sie hat nicht Nein gesagt, also bin ich voller Hoffnung.«

»Denkt sie ... darüber nach, ihn anzunehmen?«, wagte Jeannie zu fragen.

»Ich habe sie einfach überrascht.«

»Ja, das kann ich mir vorstellen«, sagte Jeannie.

Mike drehte sich um und ging in sein Büro zurück.

»Dann war der Ausflug ja wirklich ereignisreich«, sagte Jeannie, als das Schweigen unangenehm wurde.

»Es war wunderbar! Aber jetzt muss auch ich dringend duschen. Lassen Sie mich wissen, wenn Sie mich brauchen«, sagte er.

Kaum dass die Tür hinter ihm ins Schloss gefallen war, ging Jeannie zu Mike. Er saß hinter seinem Schreibtisch, den Blick auf Papiere gesenkt, die er vermutlich nicht wirklich wahrnahm. »Geht es dir gut?«, fragte sie vorsichtig.

»Ja, warum sollte es mir nicht gut gehen?«, fragte Mike, ohne den Blick zu heben.

»Ach, ich weiß nicht. Die Frau, die du liebst, hat gerade einen Antrag von einem anderen Mann bekommen. Ich dachte, das könnte dich vielleicht erschüttern.«

»Ich bin Realist. Ich wusste, dass das früher oder später passieren würde.«

»Du bist es, den sie liebt, nicht Chris Peterson. Das bedeutet, dass du dich gerade nicht besonders klug verhältst, oder?«, sagte Jeannie und ging davon.

Kapitel 29

Mike lag seit Stunden im Bett, doch an Schlaf war nicht zu denken. Zu viel ging ihm durch den Kopf, und er hatte eine wichtige Entscheidung zu fällen. Das aber würde ihm innerhalb der Grenzen seiner einengenden vier Wände nicht gelingen. Ungeduldig stand er auf, zog sich an und humpelte nach draußen. Nie war ihm mehr danach gewesen, durch die Gegend zu fahren, um den Kopf frei zu bekommen, doch er musste sich mit einem kurzen Spaziergang auf Krücken in der Nähe der Flugzeuge begnügen.

Der Mond war teilweise von Wolken verdeckt, aber das Licht genügte, um zu sehen, wohin er trat. Er humpelte zu dem nächststehenden Flugzeug, lehnte sich dagegen und atmete tief durch. Er dachte über sein Leben nach und darüber, wie sehr er das Outback mochte. Er bewunderte die Menschen, die versuchten, sich in der oft rauen Umgebung ihren Lebensunterhalt zu sichern. Sosehr er das Fliegen hasste, hatte er doch das Gefühl, etwas Sinnvolles zu tun, wenn er die Menschen auf dem Land behandelte. Er dachte an die vielen Male, in denen sie ihre tiefe Dankbarkeit und Erleichterung ausgedrückt hatten, nachdem das Flugzeug der Flying Doctors am Himmel erschienen und ihnen ärztliche Hilfe gebracht hatte, wenn sie diese dringend gebraucht hatten.

Mike hatte einige Minuten so dagestanden, als er ein Auto hörte, das sich dem Parkplatz näherte. Da er nicht gesehen werden wollte, trat er tiefer in die dunklen Schatten hinter dem Flugzeugflügel.

Der Parkplatz war gut beleuchtet, er erkannte Chris Petersons Auto und beobachtete, wie der Arzt ausstieg und Cassie die Tür öffnete. Er sprach mit ihr, doch Mike konnte ihre Unterhaltung nicht verstehen.

»Gute Nacht, Cassie«, sagte Chris lächelnd.

»Gute Nacht«, erwiderte sie. »Danke für diesen weiteren schönen Abend.«

»Wir können ein ganzes Leben voller schöner Abende haben, wenn du meinen Antrag annimmst«, merkte Chris an. Er nahm ihre Hand und betrachtete sie.

Cassie ahnte, dass er sich einen Verlobungsring und später einen Ehering an ihrem Finger vorstellte. Er hatte das Thema während des Essens vermieden, wofür sie dankbar gewesen war.

»Tut mir leid. Ich wollte dich nicht unter Druck setzen. Nimm dir alle Zeit, die du brauchst, um darüber nachzudenken«, sagte er, als sie nicht darauf einging.

Cassie atmete tief durch. »Ich brauche keine Zeit, um darüber nachzudenken, Chris«, sagte sie sanft.

»Du wirst meinen Antrag nicht annehmen, oder?«

»Nein. Ich liebe dich nicht, das wäre nicht richtig.« Im Licht des Parkplatzes sah sie seinen enttäuschten Gesichtsausdruck.

»Vielleicht … irgendwann«, sagte er noch ein wenig hoffnungsvoll.

»Es tut mir leid. Die Zeit wird nichts an meinen Gefühlen ändern. Du bist ein wunderbarer Mann, attraktiver als jeder Filmstar, und es ist schön, Zeit mit dir zu verbringen. Jede Frau kann sich glücklich schätzen, dich als Mann zu haben, aber ich bin einfach nicht die Richtige.«

Chris straffte die Schultern. »Ich weiß deine Ehrlichkeit zu schätzen«, sagte er. »Es wäre gelogen zu sagen, ich sei nicht enttäuscht, aber es ist mir wichtig, dass du glücklich bist. Wenn du das mit jemand anderem sein willst, dann sei es so.«

»Danke für dein Verständnis.« Cassie legte ihm die Hand auf die Schulter.

»Du liebst Mike, oder?«, fragte Chris zu ihrer Überraschung, und sie zog die Hand zurück. »Ich habe mitbekommen, wie ihr euch anschaut.«

Cassie senkte den Kopf. »Ich habe tatsächlich Gefühle für Mike«, flüsterte sie. »Aber leider gibt es für uns keine gemeinsame Zukunft.«

»Er müsste dumm sein, dich ziehen zu lassen, und so schätze ich ihn nicht ein. Gute Nacht.« Er drückte ihr einen kurzen Kuss auf die Lippen, stieg ins Auto und fuhr davon.

Cassie drehte sich zu ihrer Wohnung. Es tat ihr leid, Chris verletzt zu haben, aber da alle alleinstehenden Frauen dieser Stadt um seine Aufmerksamkeit buhlten, war sie sicher, dass er nicht lange allein bleiben würde.

Mike war tief erschüttert. Er hatte die Szene aus der Ferne beobachtet bis zu dem Moment, wo Chris Cassies Hand genommen hatte. Er stellte sich vor, wie Chris einen Verlobungsring bewunderte, den er ihr angesteckt hatte, nachdem sie seinen Antrag angenommen hatte.

Mike hatte sich weggedreht und noch im selben Moment eine Entscheidung getroffen. Er würde den Royal Flying Doctor Service verlassen und eine Stelle in einer Landpraxis in einem anderen Staat annehmen. Er hatte nicht darüber nachgedacht, wie er damit umgehen sollte, wenn Cassie sich in einen anderen Mann verliebte. Er hatte sich nicht gestattet, auch nur daran zu denken. Doch nun war es so weit, und es brach ihm das Herz.

Er humpelte auf die Rollbahn und lief in Richtung des zweiten Flugzeugs. Am liebsten wäre er einfach losgerannt, und er verfluchte sein gebrochenes Bein dafür, dass es ihm das unmöglich machte.

Als Cassie Chris' Wagen davonfahren hörte, verlangsamte sie ihren Schritt. Sie mochte noch nicht in ihre Wohnung gehen, sie brauchte noch ein wenig frische Luft, und so wandte sie sich um, um sich noch ein wenig die Beine zu vertreten. Eindrucksvoll zeichneten sich die weißen Umrisse der Flugzeuge vor dem dunklen Himmel ab wie prachtvolle Riesenvögel. Sie lief darauf zu, während sie darüber nachdachte, wie kompliziert ihr Leben geworden war. Plötzlich bemerkte sie aus dem Augenwinkel, wie sich im Schatten des zweiten Flugzeugs etwas bewegte. Ihr erster Gedanke war, dass jemand mit bösen Absichten bei den Flugzeugen herumlungerte, und das machte sie wütend. Sie marschierte auf die Maschine zu.

»Wer ist da?«, fragte sie. »Kommen Sie raus, bevor ich … mit dem Montierhebel auf Sie losgehe.« Es war das Erste, was ihr in den Sinn kam, und sie hoffte, dass der Bluff funktionierte.

»Cassie!« Mike humpelte auf sie zu.

»Ach, du bist es.« Sie legte eine Hand auf ihr rasendes Herz. »Du hättest mir fast einen Infarkt beschert«, sagte sie. »Was machst du hier draußen?«

»Ich habe bloß etwas frische Luft geschnappt.« Mike musterte sie. »Wo ist denn der Montierhebel?«

»Das war nur vorgetäuscht«, fauchte sie.

»Dann ist es ja Glück, dass es nur ich bin. Was machst du hier draußen?«

»Ich war heute Abend mit Chris unterwegs und wollte einfach noch nicht in die Enge meiner Wohnung zurück.«

»Du bist sicher aufgeregt«, sagte Mike heiser. »Glückwunsch zu deiner Verlobung.«

»Was? Ich bin nicht verlobt. Wie kommst du darauf?«

»Chris hat erzählt, dass er dir einen Antrag gemacht hat«, erwiderte Mike verwirrt.

»Das heißt nicht, dass ich ihn angenommen habe.«

»Aber ... Warum solltest du das nicht tun? Ihr scheint euch zu mögen.«

»Das stimmt, aber ich liebe jemand anderen«, sagte Cassie sanft.

Einen Moment lang herrschte angespannte Stille, sie starrten sich an.

»Damit meine ich dich«, wurde Cassie deutlicher. Gespannt wartete sie auf eine Reaktion. Leider fing das Flugzeug das Licht vom Parkplatz ab, daher konnte sie Mikes Gesichtsausdruck nicht gut erkennen. Doch er sagte nichts. »Vielleicht wäre es besser, wenn ich Alice Springs verlasse«, fügte sie hinzu, als er weiter schwieg. »Meine Anwesenheit schmerzt dich nur, und das möchte ich nicht.«

Mike stieß einen Seufzer aus. »Ich habe noch nie jemanden so geliebt wie dich, Cassie, und das wird sich nie ändern.«

Cassie musterte ihn aufmerksam. Sie kannte ihn gut genug, um zu wissen, dass seinen hoffnungsvollen Worten ein Aber folgen würde.

»Aber ich kann nicht damit umgehen, dass du dich ständig in Gefahr begibst. Das allerdings gehört zum Leben einer Pilotin dazu, vor allem, wenn sie den Adrenalinkick liebt und ihrer Maschine gerne alles abverlangt.«

»Ich weiß, dass du mir das nicht glaubst, aber ich bin keiner größeren Gefahr ausgesetzt als jemand, der Auto fährt.«

»Darin werden wir uns nie einig sein. Du weißt, wie nervös ich als Passagier bin, aber ich bin doppelt so nervös, wenn du allein fliegst, vor allem bei schlechtem Wetter. Als ich dachte, du wärst in Indonesien abgestürzt, wollte ich nur noch sterben. Ich habe mir die Schuld dafür gegeben, und ich habe es unendlich bereut, dir vor deinem Abflug nicht gesagt zu haben, wie sehr ich dich liebe. Aber ich kann diese Tortur nicht jeden Tag aushalten, ich kann nicht ständig denken, dir passiert etwas. Das würde mich früh ins Grab bringen.«

Cassie war klar, was das bedeutete. »Ich würde alles für dich tun, Mike, aber das Fliegen kann ich nicht aufgeben. Es ist ein Teil von mir. Am Boden festzusitzen würde mich wahnsinnig machen.«

»Das würde ich auch nie von dir verlangen. Aber ich kann auch nichts an meinen Gefühlen ändern. Deshalb gibt es eigentlich nur eine Lösung: Ich habe ernsthaft darüber nachgedacht, Alice Springs zu verlassen.«

Cassie war schockiert. »Und was würdest du dann machen?«

»Ich würde in einem kleinen Ort auf dem Land arbeiten, vielleicht irgendwo in Victoria oder den Blue Mountains.«

»Aber das ist doch nicht das, was du willst, Mike! Du willst Menschen im Busch helfen, in abgelegenen Orten. Und dafür musst du fliegen. Ich finde, du solltest dich diesem Problem stellen, statt davor davonzulaufen.«

»Das tue ich jeden Tag, und es hilft nichts.«

»Ich rede davon, dich dem Problem wirklich zu stellen.« Sie schwieg einen Moment. »Lern fliegen, Mike.«

»Was?« Er starrte sie ungläubig an.

»Wenn du fliegen könntest, würdest du wissen, wie Flugzeuge funktionieren und wie sicher sie sind. Wenn du lernst, wie man den Motor instand hält, hättest du mehr Vertrauen in die Maschine.«

Mike öffnete den Mund, als wolle er etwas sagen, schloss ihn aber wieder. Kein Ton kam über seine Lippen, er war sichtlich überrascht.

»Ich bin zertifizierte Ausbilderin«, fügte Cassie hinzu. »Ich könnte dir beibringen, wie du ein Flugzeug steuerst, und dir erklären, wie es funktioniert, natürlich in meiner eigenen Maschine. Warum probieren wir es nicht einfach aus? Wenn es nicht hilft und du es nicht über dich bringst, dann verlasse ich Alice Springs.«

Mike räusperte sich. »Nicht in einer Million Jahren wäre ich auf diese Idee gekommen, Cassie! Aber ich glaube nicht, dass ich mich jemals überwinden werde, mich ans Steuer eines Flugzeugs zu setzen.«

»Wir würden am Boden anfangen und erst einmal dein Vertrauen aufbauen«, sagte Cassie ruhig. »Ich bringe dir bei, was die vielen Instrumente zu bedeuten haben, und wir sprechen über die Mechanik und die unterschiedlichen Funktionen. Man muss jede Menge Praktisches lernen, bevor man in die Luft steigt. Was du mit einem Gipsbein ohnehin nicht kannst.« Sie suchte seinen Blick. »Würdest du es versuchen … für mich … für uns?«, bat sie, und bevor Mike ihr die Bitte abschlagen konnte, trat sie zu ihm und schlang die Arme um seinen Nacken.

Er ließ die Krücken fallen und nahm sie in die Arme, dann küsste er sie leidenschaftlich.

Es fühlte sich richtig an. »Ist das ein Ja?«, fragte Cassie, als sie sich schließlich voneinander lösten.

Mike seufzte. »Deine Überzeugungsmethoden sind nicht ganz fair, aber ja, ich versuche es«, sagte er. »Ich kann mir zwar nicht wirklich vorstellen, ein Flugzeug zu fliegen, aber wenn ich es dir und mir zuliebe nicht versuche, würde ich mir das nie verzeihen.«

Cassie war zutiefst erleichtert. »Ich bin mir sicher, dass dies die Lösung ist«, sagte sie lächelnd und küsste ihn noch einmal.

Wann immer Cassie in den nächsten Wochen keinen Arbeitseinsatz hatte, verbrachte sie die Zeit mit Mike an ihrem eigenen

Flugzeug. Er sah ihr bei Wartungsarbeiten zu, und sie erklärte geduldig, wie einzelne Teile funktionierten. Außerdem gab sie ihm Theoriebücher, die er lesen sollte.

Mike gefiel es, ihr so nah zu sein, dennoch quälte ihn seine Angst vorm Fliegen. Er konnte nur hoffen, dass er sie mit der Zeit und viel Informationen überwinden würde. Wenn Cassie mit Chris oder Kirra zu einer Farm unterwegs war, ging er zum Hangar und fragte Glen oder Roy Dinge, die er nicht verstand.

»Morgen soll dein Gips abgenommen werden, oder?«, fragte Roy eines Tages Ende Februar, nachdem er Mike etwas zum Thema Reifendruck erklärt hatte.

»Ja, zum Glück. Ich habe ab jetzt mehr Mitgefühl mit Patienten, wenn sie sich darüber beschweren, wie sehr die Haut unter dem Gips juckt. Da lernt man Stricknadeln sehr zu schätzen.« Es war wirklich eine Qual, und er war Jeannie dankbar, dass sie ihm ihre geliehen hatte.

Roy lachte. »Ich hatte als Jugendlicher mal einen Gips am Arm, und ich bin verrückt geworden. Nach drei Wochen habe ich ihn selbst abgeschnitten.«

»Ich war versucht«, gestand Mike. »Aber es würde nicht gut ankommen, wenn ich als Arzt das tue.«

»Nimmt Chris ihn hier ab, oder musst du nach Alice Springs?«

»Nein, das wird im Krankenhaus gemacht, ich bräuchte also jemanden, der mich hinbringt.«

»Wenn Cassie keine Zeit hat, kann ich dich fahren«, bot Roy an.

»Danke, das ist nett.«

Am nächsten Tag auf der Autofahrt sprachen sie zunächst über alles Mögliche. Mike freute sich darauf, den Gips endlich loszuwerden, auch wenn das zu seiner großen Sorge bedeutete, dass er schon bald mit den praktischen Flugstunden beginnen könnte.

Roy schien zu ahnen, was ihn beschäftigte. »Du freust dich nicht gerade auf die praktischen Unterrichtsstunden im Flugzeug, oder?«

Mike antwortete nicht.

»Du siehst müde aus. Ich nehme an, dass allein der Gedanke daran dir den Schlaf raubt. Stimmt's?«, hakte Roy nach.

»Ja. Mir graut davor«, gestand Mike.

»Dann lass es, Mike.«

»Ich muss es versuchen, Cassie zuliebe. Und für uns beide. Ich bezweifle aber, dass ihr Plan funktioniert.«

»Hat das, was du bisher gelernt hast, geholfen, deine Angst zu verringern, wenn Cassie in der Luft ist?«

»Nein. Ich verfolge immer noch die Wetterberichte, wenn sie fliegt. Ich mache mir immer noch dauerhaft Sorgen um sie.« Er schwieg einen Moment. »Manchmal wünschte ich, sie wäre nie nach Alice Springs gekommen. Dann wäre mir viel Kummer erspart geblieben.«

»Das meinst du doch nicht wirklich!« Roy musterte ihn prüfend von der Seite.

Mike zuckte mit den Schultern. »Nein, ich meine es nicht so, aber wenn sie hier als Krankenschwester arbeiten würde und nicht als Pilotin, wäre alles ganz anders. Ich wäre als Passagier zwar immer noch nervös, aber damit komme ich zurecht.«

»Ich kann nicht glauben, dass ich das jetzt wirklich über eine Frau sage, aber Cassie ist die geborene Pilotin«, sagte Roy.

Mike wusste, dass er recht hatte.

Als Mike wenige Tage später im Cockpit einen Blick auf die Instrumente warf, drehte sich ihm der Magen um, seine Handflächen waren schweißnass. »Ich glaube nicht, dass ich das kann«, sagte er zittrig.

»Wir heben nicht ab«, versicherte Cassie. »Wir starten nur den Motor und überprüfen die Instrumententafel. Du brauchst keine Angst zu haben.«

Sie hatten schon eine Vorflugkontrolle vorgenommen, doch auch da war Mike bereits angespannt gewesen.

»Setz dich«, ermunterte sie ihn. »Wir gehen durch, was du aus dem Buch gelernt hast.«

Mike setzte sich, doch als sie ihm Fragen stellte, fiel ihm nichts von dem Gelernten über Technik ein. Alles, was er sah, war die Erinnerung daran, wie der Boden sich näherte, nachdem Bill Burns zusammengebrochen war. Er begann zu zittern und kletterte aus dem Sitz.

»Ich kann das nicht«, stieß er hervor. »Ich werde nie ein Flugzeug fliegen können.«

Kapitel 30

»Okay, lass es uns noch mal versuchen, Mike«, sagte Cassie geduldig. »Du schaffst das!« Sie saßen nebeneinander im Cockpit, und sie konnte förmlich zusehen, wie die Farbe aus seinem Gesicht wich. »Ich bin direkt neben dir, es kann nichts schiefgehen«, versicherte sie ihm. Sobald das Flugzeug abhob, würde seine Selbstsicherheit steigen, davon war sie überzeugt. Er musste es nur das erste Mal hinter sich bringen.

»Ich glaube nicht«, stieß Mike heiser aus. Er zitterte, und auf seiner Stirn bildeten sich Schweißperlen.

»Jeder Pilot hat Angst, wenn er zum allerersten Mal mit dem Flugzeug abheben soll. Ich weiß noch, dass ich beim ersten Mal gezittert habe wie Espenlaub.« Eigentlich war das mehr freudige Erregung gewesen als Angst, doch dieser Zusatz würde Mike nicht helfen.

Doch Mike war nicht überzeugt. »Ich wollte es dir und uns zuliebe schaffen, Cassie, aber ich kann es einfach nicht. Es hilft mir überhaupt nicht, zu wissen, wie ein Flugzeug funktioniert. Ich kann die Situation, mich hinters Steuer zu setzen und das Flugzeug in die Luft zu bringen, nicht meistern, und das wird sich nie ändern.«

Cassie entschied, an seine Tapferkeit zu appellieren. »Vergiss nicht, dass du schon mal ein Flugzeug auf den Boden gebracht hast, ohne das geringste bisschen Erfahrung.«

»Das war eines der traumatischsten Dinge, die ich je erlebt habe. Ich würde lieber mit Augenbinde am offenen Herzen operieren, als das noch einmal zu durchleben.«

»Du musst doch auch Angst gehabt haben, als du das erste Mal jemanden aufgeschnitten hast. Ich jedenfalls hätte ganz sicher furchtbare Angst – aber wenn ich es einmal gemacht hätte, wäre es beim nächsten Mal sicher nicht mehr so schlimm.«

»Was, wenn der Patient sterben würde?«, fragte Mike freiheraus.

»So was kommt leider einfach vor, stimmt's? Denn Bill Burns ist an einem Herzinfarkt gestorben, Mike. Du hättest nichts mehr tun können, außer das Flugzeug sicher nach unten zu bringen, um dein eigenes Leben zu retten, und das hast du geschafft.«

»Und sieh dir an, was es mit mir gemacht hat! Ich bin jedes Mal ein zitterndes Häufchen Elend, wenn ich in ein Flugzeug steige. Es tut mir leid, aber das hier wird nicht funktionieren.«

»Wir belassen es für heute dabei«, entschied Cassie resigniert, um ihn nicht noch mehr aus der Fassung zu bringen. Sie war enttäuscht, aber Mike war einfach noch nicht bereit, das Flugzeug zu fliegen.

»Du siehst nicht sehr glücklich aus«, sagte Roy zu Cassie, die Mike hinterherblickte, als er mit hängendem Kopf zu seiner Wohnung lief. In den letzten Monaten waren Cassie und Roy vertrauter miteinander geworden, und Roy beobachtete ihre Bemühungen mitfühlend. »Darf ich daraus schließen, dass die Flugstunde nicht gut gelaufen ist?«

Cassie stieß einen Seufzer aus. »Nein, sie ist gar nicht gelaufen. Mike war schon mit den Nerven am Ende, als wir nur im Cockpit saßen. Ich war so sanft und geduldig, wie es nur ging, aber langsam glaube ich, dass es einfach nicht sein soll.«

»Ich habe dich noch nie so mutlos erlebt. Aber es sieht dir gar nicht ähnlich, aufzugeben«, sagte Roy.

Cassie war ihm dankbar für seine Ermutigung. »Nun, Mike

würde ich nie aufgeben, aber ich ertrage es nicht, ihn so leiden zu sehen. Ich weiß, dass er es nur mir zuliebe versucht, aber es fängt an, sich falsch anzufühlen, ihn so anzutreiben. Vielleicht war das alles doch keine so gute Idee.«

»Du hattest die besten Absichten«, erinnerte Roy sie.

»Und Mike leidet darunter. Ich muss darüber wirklich noch mal nachdenken.«

Cassie hatte gerade den Empfangsbereich betreten, als sie Jeannie Mikes Namen sagen hörte, und sie klang aufgelöst. Cassie blieb stehen und lauschte, wie sie Kirra erzählte, dass Mike vorhatte, die Flying Doctors zu verlassen und sich eine Stelle in einer Landarztpraxis zu suchen.

»Ich kann nicht glauben, dass es so weit gekommen ist«, fuhr Jeannie fort. »Er und Cassie lieben sich. Es ist schrecklich traurig, dass sie keinen Weg finden, um zusammen zu sein.«

»Warum will der Doc denn gehen?«, fragte Kirra. »Cassie wird doch nichts dagegen haben, dass er kein Pilot sein will.«

»Er sagt, er kann nicht damit leben, zuzusehen, wie Cassie sich ständig in Lebensgefahr begibt. Ich wünschte bloß, er würde ihren Fähigkeiten als Pilotin trauen, aber das kann er wegen seiner eigenen Ängste nicht.«

»Aus diesem Grund fortzugehen wäre doch verrückt, Jeannie! Cassie ist eine besondere Frau. Er sollte sie nicht verlassen.« Einen Moment herrschte Schweigen, dann fügte Kirra traurig hinzu: »Abgesehen davon würde der Doc mir fehlen, wenn er geht. Und seine Patienten würden ihn auch vermissen.«

»Ja, das wäre eine wahre Tragödie. Er ist seinen Patienten eng verbunden, und sie vertrauen ihm. Denk doch nur mal dran, wie viele Leben er hier gerettet und wie viele Babys er auf die Welt geholt hat. Ich weiß, das könnte er überall tun, aber es braucht schon eine besondere Person, um die Menschen zu verstehen, die draußen auf den Farmen leben, und auch die Schwierigkeiten, mit denen sie tagtäglich zu kämpfen haben. Es dauert, bis sie einem Vertrauen schenken. Und nicht jeder Arzt kommt damit zurecht, an einem Ort wie Alice Springs stationiert zu sein. Manche Ärzte, die vor Mike hier waren, haben nur Wochen oder höchstens ein paar Monate durchgehalten. Mike ist anders. Am Anfang ist niemand davon ausgegangen, dass ein so gut aussehender Arzt an diesem Stützpunkt bleibt, aber er hat das Gegenteil bewiesen, und umgekehrt hat ihm die Arbeit auch immer viel gegeben.«

Cassie hatte genug gehört. Sie ging in ihre Wohnung, um in Ruhe nachzudenken. Sie hatte das Gefühl, Mikes Leben zu zerstören, und das gefiel ihr nicht.

Jeannie kam am nächsten Tag wie immer früh ins Büro. Sie öffnete stets zuerst die Vorhänge und setzte den Wasserkessel auf, um eine große Kanne Tee für alle zu kochen. Manchmal stellte sie auch Bananenbrot oder Kuchen bereit, wenn sie gebacken hatte. An diesem Tag bemerkte sie einen Umschlag auf ihrem Schreibtisch, der in Cassies Handschrift an Glen adressiert war. Sie legte ihn zur Seite.

Eine halbe Stunde später trat Roy ein. »Guten Morgen«, sagte er und schenkte sich Tee ein.

Unmittelbar darauf kam auch Glen und fragte, ob Cassie die Schlüssel zum Hangar irgendwohin gelegt habe. »Ich habe gerade an ihre Tür geklopft, aber sie hat nicht reagiert.«

»Dann ist sie vielleicht spazieren gegangen, hier ist sie nicht. Aber ich habe eine Nachricht für dich gefunden.« Sie betastete den Umschlag. »Fühlt sich an, als wäre hier ein Schlüssel drin«, sagte sie und reichte ihn Glen. »Möchtest du eine Tasse Tee?«

»Nein, danke. Ich habe heute Morgen zu viel zu tun«, erwiderte Glen, der eindeutig in Eile war.

»Hat Cassie gestern Abend an ihrem Flugzeug gearbeitet?«, fragte Roy.

»Ich weiß es nicht. Sie wollte noch zu ihrem Flugzeug, also habe ich sie gebeten, abzuschließen, wenn sie fertig ist.« Damit verließ Glen das Büro.

Roy war sichtlich verwirrt. »Ich bin gegen acht Uhr zurückgekommen und habe kein Licht im Hangar gesehen«, sagte er zu Jeannie.

»Vielleicht war sie um acht schon fertig.«

»Vielleicht.«

Mike kam in die Zentrale, er sah sehr müde aus. »Guten Morgen«, sagte er gähnend.

»Guten Morgen«, erwiderte Jeannie. »Möchtest du eine Tasse Tee?«

»Nein, danke. Ich habe gerade erst einen Kaffee getrunken, in der Hoffnung, dass er mich wach macht.«

»Hast du schlecht geschlafen, oder warst du lange auf?« Jeannie hoffte, dass er den Abend mit Cassie verbracht hatte, vermutete aber, dass er eher über seine Zukunft gegrübelt hatte, und das machte ihr Sorgen.

»Ich habe schlecht geschlafen«, erklärte Mike.

In diesem Moment platzte Glen erneut durch die Tür.

»Cassies Flugzeug ist weg!«, rief er.

»Sie hat gar nicht erzählt, dass sie eine Runde drehen wollte«, sagte Jeannie.

»Sie dreht keine Runde«, erklärte Glen ernst. »Sie kommt nicht zurück.«

»Woher willst du das wissen?« Mikes Stimme spiegelte seine Sorge.

»Sie hat mir eine Nachricht hinterlassen, in der sie schreibt, dass ich ihr Auto verkaufen und das Geld für Beths Pilotenschein zur Seite legen soll.«

Die drei stöhnten auf.

»Ich hatte keine Ahnung, dass sie wegwollte«, fügte Glen aufgewühlt hinzu. »Wusste irgendeiner von euch Bescheid?«

»Nein«, sagte Jeannie, während Mike und Roy die Köpfe schüttelten, offensichtlich genauso schockiert wie sie.

»Ich dachte, sie wäre hier glücklich«, merkte Glen an. »Warum geht sie dann so plötzlich?«

Jeannie blickte zu Mike, doch er schwieg und versuchte sich nicht an einer Erklärung. »Ich weiß es nicht.«

Kirra kam herein. Ihr Lächeln gefror beim Anblick ihrer Mienen. »Was ist los?«

»Es sieht so aus, als hätte Cassie uns verlassen«, erklärte Jeannie. »Ihr Flugzeug ist fort, und sie hat Glen gebeten, ihr Auto zu verkaufen.«

Kirra starrte sie an. »Das kann nicht wahr sein. Sie würde doch niemals einfach gehen, ohne uns Bescheid zu sagen.« Sie wandte sich an Jeannie. »Oder?«

Jeannie zuckte mit den Schultern. Wenn, dann hatte etwas Drastisches Cassie dazu getrieben, auf diese Art fortzugehen.

»Ich sehe mal in ihrer Wohnung nach, ob ihre Kleidung noch da ist«, schlug Kirra vor.

»Warum sollte sie sich so heimlich davonmachen?«, fragte Mike. »Hat sie dir irgendeinen Hinweis gegeben, Jeannie?«

»Nein«, antwortete Jeannie ehrlich. »Sie hat sich um dich gesorgt, vielleicht dachte sie, dass es dir den Druck nehmen würde, wenn sie geht. Aber das ist nur geraten.«

Mike ging in sein Büro. Schon von der Tür aus entdeckte er einen ordentlich gefalteten Zettel auf seinem Schreibtisch. Instinktiv wusste er, dass es eine Nachricht von Cassie war. Schweren Herzens nahm er sie in die Hand. Kurz darauf hörte er Kirra verkünden, dass Cassie ihre Kleidung mitgenommen hatte. Er schloss seine Bürotür und faltete den Zettel auseinander.

Lieber Mike,

wenn du das hier liest, bin ich bereits fort. Es tut mir leid, dass ihr jetzt eine Pilotin weniger habt, aber ich konnte nicht riskieren, dass du meinetwegen den Stützpunkt verlässt. Alice Springs ist dein Zuhause, und deine Patienten brauchen dich. Ich bewundere dich sehr dafür, dass du den Mut aufgebracht hast, dich um unserer Beziehung willen deinen Ängsten zu stellen. Es hat mir mehr bedeutet, als du auch nur erahnen kannst. Glaub nicht eine Sekunde lang, dass du mich enttäuscht hast oder gescheitert bist, denn das bist du nicht. Es sollte einfach nicht sein. Du bist einer der einfühlsamsten Ärzte, die ich jemals kennengelernt habe, und du bedeutest deinen Patienten unheimlich viel. Darauf kannst du stolz sein.

Wir haben einige besondere Momente miteinander erlebt, die ich niemals vergessen werde. Es tut mir leid, dass ich mich nicht verabschieden konnte, doch das hätte ich nicht über mich gebracht. Ich werde euch alle vermissen, dich jedoch ganz besonders. Ich weiß, ich war nicht ganz das, was du erwartet hattest, aber ihr habt mich alle sehr herzlich aufgenommen, zuletzt sogar Roy, und dafür werde ich ewig dankbar sein. Die Menschen, die ich in meiner Zeit bei euch kennengelernt habe, sind alle sehr besonders. Ich weiß, dass du dich gut um sie kümmern wirst.

Alles Liebe

Cassie

Mike faltete den Zettel zusammen und legte ihn in eine Schublade. Seine Hände zitterten, und sein Herz zog sich schmerzhaft zusammen. Er konnte nicht glauben, dass Cassie fort war. Sie hatte ihren Traumberuf als Pilotin aufgegeben, damit er den Stützpunkt in Alice Springs nicht verließ. Das war ein immenses Opfer. Sie hatte zwar zuvor gesagt, sie würde gehen, falls er das mit dem Fliegen nicht schaffte, aber er hatte nicht damit gerechnet, dass sie es wirklich tun würde. Er hatte das Gefühl, sie im Stich gelassen zu haben. Und sich selbst auch.

Er wandte sich zum Fenster und sah in den weiten blauen Himmel hinauf. Noch nie hatte er sich so leer gefühlt. Ein Passagierflugzeug hatte vom Flughafen abgehoben, er sah zu, wie es immer kleiner wurde, als es in den Himmel stieg. Er würde nie wieder ein Flugzeug ansehen können, ohne an Cassie zu denken. Tränen stiegen ihm in die Augen, er strich sie unwirsch fort.

Jeannie klopfte an seine Tür und öffnete sie einen Spalt breit. »Tut mir leid, dass ich dich störe, aber gerade ist ein Notruf eingegangen.« Sie sah die unvergossenen Tränen in seinen Augen glitzern. »Soll ich Chris Peterson anrufen?«

»Nein, ich bin ja wieder im Dienst.« Mike stand auf.

»Roy wartet am Flugzeug«, informierte Jeannie ihn.

Cassie war beim ersten Tageslicht, als alle noch schliefen, in Richtung Darwin aufgebrochen. Sie flog nach Hause. Auch wenn es ihr in der Seele wehtat, wusste sie, dass es die richtige Entscheidung war. Mike gehörte nach Alice Springs. Wohin sie selbst gehörte, das wusste sie nicht, doch es tröstete sie, dass sie ihm das Leben nicht weiter schwer machen würde.

Sie hatte vor, in Tennant Creek, Daly Waters und Katherine nachzutanken. Zuerst aber flog sie über die spektakuläre Ormiston Gorge, an die sie so wunderschöne Erinnerungen hatte. Tief zog sie das Flugzeug darüber hinweg. Das kühle Wasser glitzerte im frühen Morgenlicht, und die Felsen leuchteten in den prächtigsten Farben. Ihre Augen füllten sich mit Tränen.

»Ach, Mike«, wisperte sie, während ihr Tränen über die Wangen rollten. Sie dachte an ihren Kuss im Wasser. In diesem Moment war ihr klar gewesen, dass sie sich in ihn verliebt hatte.

»Doktor.« Kirras Stimme war eindringlich. Sie packte seine Hand, um Mike aufzuhalten. »Dies hier sind die Augentropfen, die du eigentlich verabreichen wolltest.« Sie versuchte, ihre Beunruhigung darüber zu verbergen, was er beinahe mit ihrem Patienten gemacht hätte.

Bestürzt betrachtete Mike die Flasche in seiner Hand. »Oh.« Mit einem Mal wurde ihm heiß. Er konnte nicht glauben, dass er beinahe Wasserstoffperoxid in das Auge des Viehzüchters getropft hätte. Seine Hand begann zu zittern.

Kirra bemerkte, dass er durcheinander war. »Ich übernehme das, wenn du möchtest«, sagte sie mit erzwungener Fröhlichkeit. Zum Glück war das eine Auge des Viehzüchters bedeckt, und mit dem anderen konnte er nichts sehen.

Mike nickte und taumelte davon.

»Geht's dem Doc gut?«, fragte der Viehzüchter.

»Er ist bloß müde. Er hat letzte Nacht nicht gut geschlafen«, erklärte Kirra. »Haben Sie eigentlich inzwischen Ihre hübsche Nachbarin nach einer Verabredung gefragt? Patty, oder? Ich weiß, dass sie Ihnen gefällt.«

»Ist ja nicht so, als könnte ich mal eben nebenan vorbeischauen«, sagte Rick Simms. »Die Farm der Colberts ist über einhundert Meilen entfernt.«

»Trödeln Sie bloß nicht zu lange, sonst schnappt sie sich ein anderer Mann«, warnte Kirra. »Na also, schon fertig. Versuchen Sie, nicht mehr in Äste hineinzulaufen. Und sehen Sie zu, dass Sie an diesem Wochenende bei den Colberts vorbeischauen.«

»Vielleicht warte ich lieber, bis ich kein blaues Auge mehr habe. Aber ich verspreche, dass ich bald hinfahre.«

Kirra packte das medizinische Material wieder ein und lief zum Flugzeug. Mike war nirgendwo zu sehen, aber Roy wartete in der Nähe.

»Wo ist der Doc?«, fragte Kirra.

»Gib ihm fünf Minuten. Er war ziemlich aufgewühlt und ist zu den Ställen gelaufen. Ich bin ihm gefolgt ... und, was soll ich sagen, er hat geweint.« Roy war sichtlich mitgenommen. »Es wird eine Weile dauern, bis er über Cassie hinweg ist.«

»Bis dahin müssen wir ihn gut im Auge behalten«, sagte Kirra, die daran dachte, dass Rick Simms hätte erblinden können, wenn sie nicht aufgepasst hätte.

Auf dem Rückflug nach Alice Springs hielt Mike den Kopf in den Händen vergraben.

Kirra konnte es kaum ertragen, ihn so gebrochen zu sehen. »Mike«, sagte sie sanft, und er sah widerwillig auf.

Sie saß ihm direkt gegenüber. »Ich finde, du solltest dir eine Auszeit nehmen und mal rausfahren. Den Kopf frei bekommen.«

»Ich denke, du hast recht«, entgegnete Mike.

»Du gehst doch gerne Angeln, oder?«

Mike nickte.

»Dann geh Angeln. Das ist sehr entspannend.«

Kapitel 31

»Danke, dass ich ein paar Tage bei euch verbringen durfte«, sagte Mike zu Dermot und Clover O'Riley, nachdem sie auf deren Veranda einen Tee getrunken hatten. Es war der Nachmittag des vierten Tages seines Besuchs, und allmählich empfand er Schuldgefühle darüber, seine Patienten zu vernachlässigen. »Aber langsam sollte ich wieder zurück an die Arbeit.«

»Du weißt doch, dass wir immer gern andere Gesichter sehen als die, die uns jeden Morgen aus dem Spiegel entgegenblicken«, sagte Clover. »Und Doktor Peterson hat sich in deiner Abwesenheit gut um deine Patienten gekümmert.« Das wusste sie vom Funktratsch mit den Frauen der anderen Farmen.

»Das stimmt«, räumte Mike ein. »Aber meine Abwesenheit hindert ihn daran, im Krankenhaus zu arbeiten, wo er auch gebraucht wird.«

Clover und Dermot hatten sich seit Mikes Ankunft große Sorgen um ihn gemacht, ihm jedoch den Freiraum gegeben, den er offensichtlich brauchte. Clover hatte sogar versucht, in seiner Anwesenheit weniger mit Dermot zu streiten, aber damit war sie nicht immer erfolgreich gewesen. Gefragt, warum und wovon er die Auszeit brauchte, hatten sie nicht.

»Ich weiß, ich war keine besonders gute Gesellschaft«, merkte Mike an. Dermot hatte angeboten, ihn beim Angeln zu begleiten, doch Mike hatte lieber allein sein wollen. »Die Einsamkeit am See war genau das, was ich gebraucht habe, um den Kopf frei zu bekommen. Ich hoffe, ihr versteht das.«

»Natürlich verstehen wir das«, sagte Dermot. »Wie geht's denn eurer hübschen Pilotin Cassandra?«

»Dermot!«, fauchte Clover. Sie hatte den Verdacht, dass Cassie hinter Mikes Traurigkeit steckte, daher hatte sie es absichtlich vermieden, ihren Namen zu erwähnen.

»Ich frag ja bloß«, verteidigte sich Dermot.

»Manchmal bist du wirklich schwer von Begriff, Dermot O'Riley«, schimpfte Clover. »Tut mir leid, Doc. Ignorier meinen dummen Mann einfach.«

»Ist schon okay.« Mike war endlich wieder in der Lage, Cassies Namen zu hören, ohne in einen bodenlosen Abgrund zu stürzen. »Cassie arbeitet nicht mehr bei uns.«

»Oh.« Clover setzte sich aufrecht hin. »Wie schade! Hat ihr die Arbeit in Alice Springs nicht gefallen?«

»Und wer ist hier jetzt taktlos, hm?«, warf Dermot ein.

»Ach, halt die Klappe«, zischte Clover. »Du hast mit dem Thema angefangen.«

Mike atmete tief durch. »Ihr wart beide großartig und habt mir den Raum gegeben, den ich brauchte, also ist es nur angebracht, dass ich euch eine Erklärung liefere«, sagte er und fasste die Situation kurz zusammen. »Ich hatte mich entschieden, den Stützpunkt zu verlassen, aber eines Morgens war sie ohne Vorwarnung weg«, schloss er.

»Ach, das ist furchtbar schade! Sie ist eine bezaubernde junge Dame«, sagte Clover bedrückt.

»Ja, das ist sie.«

»Ich bin trotzdem froh, dass du nicht gegangen bist«, fügte Clover hinzu.

Mike ließ den Blick über den See schweifen. »Ich hätte sie geheiratet … wenn diese Angst nicht wäre«, sagte er leise.

»Wenn du fliegst, wovor fürchtest du dich dann am meisten?«, fragte sie.

Mike starrte sie überrascht an. »Das ist doch offensichtlich: Davor, abzustürzen.«

»Und wie kommt es, dass manche Leute Angst vorm Fliegen haben und andere den Nervenkitzel genießen?«

Mike überlegte. »Ich nehme an, manche haben Angst vor dem, was passieren könnte, und andere glauben nicht, dass irgendwas Schlimmes passiert.«

»Es ist nicht so, dass wir glauben, es könnte nie irgendwas passieren«, sagte Dermot. »Das Leben ist ein Glücksspiel, egal, was man tut. Man muss es nur unabhängig davon leben.«

»Du weißt, dass Dermot auch Pilot ist und selber Flugzeuge baut«, sagte Clover. »Als wir uns kennenlernten, hatte ich noch nie in einem Flugzeug gesessen und war diesbezüglich sehr unsicher. Als Dermot mich schließlich überredete, mit ihm zu fliegen, war ich ein einziges Nervenbündel.«

»Ich hab sie angeschnallt und ein paar Fassrollen durchgeführt«, sagte Dermot lachend. »Das hat sie geheilt.«

Mike keuchte. »Das ist ja grausam.«

»Ich stand kurz davor, mich zu übergeben und ohnmächtig zu werden, aber mir ist nie in den Sinn gekommen, dass wir abstürzen könnten. Weil ich Dermot vertraute«, erklärte Clover. »Ich weiß nicht, wie klug das war, doch als wir schließlich landeten, war ich begeistert vom Fliegen«, fügte sie mit einem breiten Grinsen hinzu.

»Es ist ein Wunder, dass du überhaupt jemals wieder in ein Flugzeug gestiegen bist«, sagte Mike.

»Es hätte so oder so ausgehen können, aber ich habe mich entspannt und mir gestattet, es zu genießen.«

»Würdest du genauso empfinden, wenn ihr beinahe abgestürzt wärt?«, fragte Mike.

»Das weiß ich nicht.«

»Würdest du aufhören zu fahren, wenn du im Auto einen Beinahunfall gehabt hättest?«, wollte Dermot wissen.

»Vermutlich nicht«, gab Mike zu. Er wäre auf der Straße während der Dämmerung schon mehrfach fast mit Kängurus zusammengestoßen, doch das hielt ihn nicht vom Fahren ab.

»Ich hatte auch schon ein paar wacklige Moment in der Luft, aber das hat mich nie vom Fliegen abgehalten«, behauptete Dermot. »Das ist alles Kopfsache.«

Mike dachte darüber nach, konnte sich jedoch nicht vorstellen, zum selben Schluss zu kommen.

»Roy«, rief Jeannie aus der Tür der Zentrale, von wo aus sie ihn unter einem Flugzeug hocken sah. »Mike hat gerade angerufen und gefragt, ob du ihn abholen könntest, sobald du Zeit hast und gerade nicht im Einsatz bist. Es eilt nicht.« Sie wussten beide, dass Mikes Ausflug inoffiziell gewesen war und Roy ihn deshalb eigentlich nicht mit dem Flugzeug des Royal Flying Doctor Service abholen sollte. Doch da Roy der einzige Pilot war, hatten sie keine Wahl.

»Alles klar«, rief er zurück. »Wie klang er?«

»Besser, glaube ich. Ich hoffe, er ist wieder der Alte.«

»Das bezweifle ich, aber wir werden es ja bald wissen.«

»Ich habe gerade mit Frank Majors gesprochen, Dad«, sagte Cassie, als ihr Vater sein Arbeitszimmer betrat, wo sie hinter seinem Schreibtisch saß. Ihre Mutter war einkaufen, doch Cassie war nicht mitgegangen, weil sie den wichtigen Anruf hinter sich bringen wollte, den sie lange vor sich hergeschoben hatte.

Edwin war überrascht gewesen, als sie vor zehn Tagen am Flughafen der Jabiru Airlines gelandet war, und noch viel überraschter, dass sie ihren Job in Alice Springs aufgegeben hatte.

»Was hat er dazu gesagt, dass du Alice Springs verlassen hast?«, fragte Edwin.

»Ich dachte, er wäre außer sich vor Wut, aber tatsächlich war er sehr verständnisvoll, nachdem ich ihm alles erklärt hatte. Er weiß, dass Mike nicht gerne fliegt, und er weiß auch, dass er ein exzellenter Arzt ist, einer der besten, den sie in Alice Springs je hatten. Er denkt, dass es die richtige Entscheidung war.«

»Es ist gut, dass Mr Majors Verständnis gezeigt hat, aber jetzt bist du arbeitslos.«

»Nur wenn ich das will«, entgegnete Cassie.

»Wie meinst du das?«

»Der Pilot der Flying Doctors am Stützpunkt in Mount Isa hat gekündigt. Die Eltern seiner Frau sind schon älter und brauchen Betreuung, daher wird er mit seiner Frau zu ihnen nach Cairns ziehen. Dadurch wird die Pilotenstelle frei, und Mr Majors hat sie mir angeboten.«

Edwin freute sich für Cassie. »Don Rogers ist der Arzt in Mount Isa.« Doktor Rogers hatte bei Cassies Geburt und bei der ihres Bruders Mark geholfen und all ihre Kinderkrankheiten behandelt, die ganze Familie kannte ihn gut.

»Wirklich?«, fragte Cassie überrascht. »Meines Wissens war er zuletzt in Broome stationiert.«

»Er ist schon seit etwa zwei Jahren in Mount Isa. Wahrscheinlich wird das sein letzter Posten, er geht nächstes Jahr oder so in den Ruhestand. Mount Isa ist ein Bergbauort, das wird also etwas anders für dich sein.«

»Anders kann auch gut sein.«

»Mach es nicht so spannend, Cassie. Was hast du gesagt, als Frank Majors dir die Stelle angeboten hat?«

»Ich habe sie natürlich angenommen. Wie hätte ich sie ablehnen können? So bekomme ich die Gelegenheit, das Gulf

Country in Queensland zu erkunden, und die Zusammenarbeit mit Don Rogers ist sicherlich ein weiterer Vorteil.«

»Das ist wunderbar.« Edwin freute sich für sie.

»Ich fange erst in knapp drei Wochen an, bis dahin musst du dich mit mir herumschlagen.«

»Ich sehe zu, dass dein Onkel Geoff dich in der Zwischenzeit ans Arbeiten kriegt«, sagte Edwin lächelnd.

»Das wäre großartig. Ich muss beschäftigt bleiben.« Sie freute sich über die neue Stelle, richtig euphorisch war sie aber nicht.

»Du setzt jetzt zwar eine tapfere Miene auf, mein Schatz, aber ich weiß, dass du verletzt bist. Dir war Doktor Monroe sehr wichtig, es muss dir das Herz gebrochen haben.«

»Ich hatte mich verliebt, Dad. Natürlich bin ich sehr traurig, dass es nicht funktioniert hat. Mike ist ein besonderer Mann mit vielen Qualitäten. Seine Patienten lieben ihn, und deswegen musste ich gehen.«

»Und was ist mit dem hübschen Arzt aus dem Krankenhaus? Du hast erwähnt, dass du ein paarmal mit ihm ausgegangen bist.«

»Du meinst Doktor Chris Peterson. Er ist ein sehr guter Arzt und wirklich nett. Er ist nur nicht der Richtige für mich.«

»Deine Mutter hätte es ja am liebsten, wenn du dich an einen netten jungen Mann aus Darwin binden würdest. Ihr gefällt die Vorstellung nicht, dass du in einem Outback-Ort mitten im Nirgendwo lebst.«

»Ich weiß. Aber genau daran hängt mein Herz. Ich liebe es, über schöne Landschaften zu fliegen. In der Stadt könnte ich nicht leben.«

»Ich verstehe das. Du weißt, dass ich das Land auch liebe, aber deine Mutter ist in der Stadt am glücklichsten, und es ist meine Aufgabe, sie glücklich zu machen.«

»Du bist ein guter Mann, Dad. Ich hoffe, ich finde einen Mann, der so ist wie du.«

»Hallo, Cassie!«, rief Don Rogers, als sie die Zentrale in Mount Isa betrat. »Ich war hellauf begeistert, als ich gehört habe, dass du die neue Pilotin hier wirst.«

»Hallo, Don.« Cassie erwiderte sein warmes Lächeln. Er hatte sich verändert, sie hatte ihn allerdings auch schon seit Jahren nicht gesehen. Sein Haar wirkte weißer im Kontrast zu seiner gebräunten, wettergegerbten Haut, aber seine vertrauten blauen Augen hatten ihr jugendliches Funkeln bewahrt.

Don umarmte sie. »Das ist einfach wunderbar«, erklärte er. »Wie ich gehört habe, hast du vorher im Territory gearbeitet. Also, willkommen in Queensland.«

»Danke. Ich freue mich auf neue Abenteuer und darauf, diesen Teil Australiens zu erkunden.«

»Unser Gebiet erstreckt sich nach Norden bis zum Golf von Carpentaria und entlang der Grenze des Northern Territory. Im Osten geht es bis Hughenden und im Süden bis Bedourie. Es wird toll, von unserer berühmten Cassie Granger über das Land geflogen zu werden. Und jetzt lass mich dir May vorstellen, die alle Anrufe auf dem Funkgerät annimmt, und unsere Krankenschwester Silvia.«

May war eine attraktive Frau um die fünfzig, und sie hatte ein warmes Lächeln, das ihre blauen Augen erreichte. Sie war verwitwet und Mutter von zwei verheirateten Töchtern, die in Sydney lebten, und stolze Großmutter von vier Jungen. Silvia war jung, humorvoll und enthusiastisch. Sie hatte einen Bergarbeiter geheiratet, mit dem sie nun eine Familie plante.

Cassie wurde herzlich aufgenommen, doch auch das erinnerte sie an ihre Ankunft am Stützpunkt in Alice Springs. Jeannie und Kirra waren freundlich gewesen, und sie hatten sich von Anfang an gut verstanden, Mike hingegen hatte sie frostig in Empfang genommen. Ihre Gedanken wanderten zu Roy, der sich über ihre Ankunft in etwa so sehr gefreut hatte wie über einen Ausbruch von Windpocken. Sich seinen Respekt schließlich doch erarbeitet zu haben, hatte sich angefühlt, als hätte sie ein Rennen gewonnen, das hart, aber lohnenswert gewesen war.

Roy blickte von seinem Platz im Cockpit über die Schulter zurück. Mike saß hinten im Flugzeug und starrte aus dem Fenster, während sie nach Westen in Richtung Hermannsburg flogen. Er hatte seit seiner Rückkehr noch nicht ein einziges Mal gelächelt, dafür aber wirkte er im Flugzeug auch nicht mehr so nervös. Roy kam der Gedanke, dass es ihm vielleicht nicht länger wichtig war, ob er lebte oder starb, weil er solchen Liebeskummer hatte.

»Ich laufe oder fahre nach Alice Springs«, verkündete Godfrey Fitzsimmons panisch. »Aber ich werde nicht in dieses Flugzeug steigen!«

»Ihr Blutdruck ist jenseits von Gut und Böse. Sie werden nirgendwohin laufen oder fahren«, erwiderte Mike. »Sie könnten einen Schlaganfall erleiden.«

»Können Sie mich nicht hier behandeln?«

»Nein. Ihre Leber fühlt sich vergrößert an, Sie müssen geröntgt werden«, erklärte Mike. »Das kann nur im Krankenhaus gemacht werden.«

»Geh, Godfrey«, blaffte Jedda. Sie brauchte ihren Ehemann in gesundem Zustand und ärgerte sich über seine Sturheit.

»Mir gefällt die Vorstellung nicht, zu fliegen«, wehrte sich Godfrey. »Das ist unnatürlich. Wenn wir dazu gedacht wären, zu fliegen, hätte der liebe Gott uns Flügel gegeben.«

Roy beobachtete Mikes Reaktion, sagte aber nichts. Es amüsierte ihn zuzusehen, wie ein Mensch mit furchtbarer Flugangst jemanden zu überzeugen versuchte, dass es sicher sei, in einem Flugzeug zu fliegen.

Mike wandte sich an ihn. »Sag doch was, Roy«, bat er ungeduldig.

»Ich kann mich nicht in eine Person hineinversetzen, die Angst vorm Fliegen hat, also, was soll ich sagen? Das ist deine Domäne.«

»Ich fliege nicht, und damit hat sich das«, sagte Godfrey. »Das bin ich noch nie, und das werde ich auch nie.«

»Wenn Sie nicht in das Flugzeug steigen, kann es sehr gut sein, dass Sie sterben«, erklärte Mike. »Wenn Sie es hingegen tun, haben Sie gute Aussichten, Kylie zu einer bezaubernden jungen Frau heranwachsen zu sehen. Es ist Ihre Entscheidung.«

Godfrey starrte ihn einen Moment ausdruckslos an, während er nachdachte. Dann drehte er sich zu Jedda um, die ihre wunderschöne Tochter im Arm hielt. Er sah wieder zum Flugzeug, die Lippen fest aufeinandergepresst.

»Es ist kein Geheimnis, dass ich nicht gerne fliege, aber ich tue es jeden Tag, um Menschen wie Ihnen zu helfen«, erklärte Mike.

»Aber ... ich habe Angst«, wisperte Godfrey peinlich berührt.

»Ich bin direkt neben Ihnen, und wer weiß, vielleicht gefällt es Ihnen sogar«, sagte Mike und dachte an Clover.

Godfrey betrachtete Jedda und Kylie.

»Wenn Sie nicht ins Krankenhaus gehen, werden Sie ganz allein mit dem Clan sein«, merkte Mike leise an.

Godfrey verstand, was er meinte. »In Ordnung«, sagte er. »Dann lassen Sie uns aufbrechen, bevor ich meine Meinung wieder ändere.«

»Wie geht es Godfrey?«, fragte Roy, als Mike aus dem Krankenhaus zurückkam.

»Er hat eine Infektion, die zu einer Lebervergrößerung geführt hat, aber mit den Medikamenten sollte sich das schnell erledigt haben. Er kann morgen nach Hause.«

»Und wie steht er jetzt zum Fliegen?«

Mike war nicht sicher, ob er die Wahrheit zugeben sollte. »Er freut sich darauf«, sagte er schließlich doch.

»Ich hatte auch den Eindruck, dass er es genießt, sobald wir in der Luft waren und er sich entspannt hat.«

»Der Start und die Landung haben ihm gefallen, und er meinte, die Aussicht vom Himmel hätte seine kreative Seite angeregt. Ich hoffe nur, er fängt jetzt nicht an, Krankheiten vorzutäuschen, nur um in einer unserer Maschinen fliegen zu können.«

»Wenn ich das mal so sagen darf: Du wirkst auch nicht mehr so nervös, wie du mal warst.«

Mike seufzte. »Ich dachte, im Flugzeug abzustürzen wäre das Schlimmste, was mir passieren könnte. Wie sich herausgestellt hat, ist es das nicht.«

»Du denkst an Cassies Fortgang, nicht wahr? Das ist nun einmal nicht mehr zu ändern. Wenn du in einer ländlichen Praxis glücklicher wärst, weit weg von jeglichen Flugzeugen, dann solltest du vielleicht wechseln. Wir würden dich hier vermissen und deine Patienten sicherlich auch, aber deine Flugangst ruiniert dein Leben.«

»Sie hat mein Leben schon ruiniert. Ich hatte eine Chance auf echtes Glück, aber ich habe sie verspielt. Ich wünschte, ich könnte wieder an den Punkt zurück, an dem ich mir nichts dabei gedacht habe, in einem Flugzeug abzuheben. Ich würde alles geben, um mich wieder so zu fühlen.«

»Du bist nicht der erste Mensch, der so denkt. Ich habe das

viele Male in der Air Force miterlebt. Ein Rekrut war selbstbewusst, dann passierte etwas, und er wurde von seiner Angst überwältigt.«

»Hat irgendeiner von ihnen es geschafft, seine Angst zu überwinden?«

»Ja, mit ein paar Techniken, die ihnen vermittelt wurden.«

»Was für Techniken?«

Roys Blick ruhte nachdenklich auf Mike. »Möchtest du das wirklich wissen?«

Mike verstand sofort, worauf er hinauswollte.

Kapitel 32

Zehn Meilen von Mount Isa entfernt landete Cassie auf einem holprigen Weg, der als Start- und Landebahn diente. Sobald sie ausstieg, hörte sie Kindergeplapper, welches das Vogelgezwitscher noch übertönte. Bei den Geräuschen ging ihr das Herz auf.

Die Kinder rannten aufgeregt plaudernd auf sie zu, und sie schloss sie in die Arme. Dies war der Teil ihres Berufs, der ihr die meiste Freude bereitete, und Freude konnte sie gerade besser denn je gebrauchen.

»Hallo.« Sie lächelte in die Runde. Sie kannte die Kinder bereits, dies war ihr dritter Besuch am Rifle Creek.

Der Notruf war am späten Nachmittag eingegangen, sie würde also im Busch übernachten müssen. Sie war allein unterwegs, nachdem Silvia, die sie eigentlich hätte begleiten sollen, aus heiterem Himmel erklärt hatte, sie wolle die Nacht nicht im Busch verbringen. Cassie war enttäuscht, sie hatte in den letzten Monaten ohnehin schon viel zu viel Zeit allein verbracht.

Sie folgte den Kindern zu ihrem Clan, wo sie zwei jugendliche Jungen mit Bisswunden an den Beinen vorfand. Sie untersuchte die Verletzungen, die sich vor allem als oberflächliche Wunden herausstellten, die nicht genäht werden mussten. Sie waren sauber, doch Cassie trug sicherheitshalber ein Antiseptikum auf. Wie sich herausstellte, hatten die Jungen Dingo-Welpen gepiesackt, bis deren Mutter sie vertrieben hatte. Cassie hatte kein Mitgefühl mit den beiden, stattdessen hielt sie ihnen eine Standpauke, die sie hoffentlich verstanden und sich zu

Herzen nahmen. Sie wirkten reuevoll, und Cassie hoffte, dass sie ihre Lektion gelernt hatten. Sie impfte sie gegen Tetanus und gab ihnen anschließend ein paar Süßigkeiten. Diese hatte sie immer bei sich, was zwar nicht vorgeschrieben war, aber es gefiel ihr, den Kindern eine Freude zu bereiten.

Als Cassie den Clan und die Kinder schließlich verließ, freute sie sich darauf, am Rifle Creek zu übernachten. Bei einem früheren Besuch mit Don hatte sie einen Platz entdeckt, der ihr perfekt dafür erschien. Entlang der vielen Bäche wuchsen Myrtenheiden, die Schatten spendeten, und dort gab es Grasflecken, auf denen sie ihr Zelt aufschlagen konnte. Von diesem Platz aus hatte sie einen schönen Ausblick auf den friedlichen Rifle Creek. Sie beeilte sich, ihr Lager aufzubauen, bevor es dunkel wurde. Nachdem sie das Zelt aufgestellt hatte, entfachte sie ein Feuer. Während sie darauf wartete, dass die Flammen in Gang kamen, damit sie Tee kochen konnte, setzte sie sich ans Wasser, lauschte den Kookaburras und Schwarzschopf-Wippflötern. Sie liebte die Geräusche im Busch und ließ ihre Gedanken schweifen.

Cassie war jetzt seit sechs Monaten in Mount Isa. Der Ort war sehr klein und hatte eine andere Atmosphäre als Alice Springs. Die Arbeit gefiel ihr, war aber anders, weil in einem Bergbauort niemand die Absicht hegte, dauerhaft zu bleiben. Jeder träumte davon, Geld zu verdienen und sich dann woanders anzusiedeln.

Silvia und May waren nett und Don Rogers wie ein Vater zu ihr, aber sie hatten ihr eigenes Leben, und Cassie musste sich ebenfalls eines aufbauen. Sie musste Leute kennenlernen und Freunde finden, aber sie war mit dem Herzen nicht dabei, weil sie nicht aufhören konnte, an Mike zu denken. Sie hatte weder von ihm noch von sonst irgendjemandem vom Stützpunkt in Alice Springs gehört. Es fühlte sich an, als hätten sie Cassie vergessen, und das schmerzte sie. Manchmal fragte sie sich, ob ihre ehemaligen Kollegen das Gefühl hatten, Cassie hätte sie im Stich gelassen, vor allem Mike.

Cassie rief wöchentlich bei ihren Eltern an, doch Darwin war zu weit weg, um über das Wochenende nach Hause zu fahren, und als einzige Pilotin in Mount Isa musste sie dauerhaft bereitstehen. Alice Springs lag wesentlich näher, sie könnte in drei Stunden dorthin fliegen, ohne nachzutanken, doch sie würde es nicht tun. Es wäre Mike gegenüber nicht fair, und für sie wäre es zu schmerzhaft, ihn wiederzusehen. Sie hätte nie vorsehen können, dass die Tätigkeit, die sie so liebte, der Auslöser für ein gebrochenes Herz sein würde, doch genau so war es gekommen.

Cassie öffnete Dosen mit Würstchen und Bohnen und erhitzte den Inhalt über dem Feuer, während lange Schatten über die Landschaft krochen. In Kürze würde es dunkel werden, die Vögel suchten sich lautstark einen Platz für die Nacht.

Sie aß ihr bescheidenes Mahl und beobachtete, wie sich die dunklen Schatten ausbreiteten. Bis sie ihren Teller und Topf ausgespült hatte, war es vollkommen dunkel geworden. Der Mond war aufgegangen und warf einen silbrigen Lichtpfad auf das sanft fließende Gewässer. Es wurde Zeit, eine Laterne anzuzünden, die ihren Zeltplatz sogleich in einen goldenen Schein tauchte.

Während sie noch eine Tasse heißen Tee trank, lauschte sie den Fröschen am Ufer. Ihr Feuer knisterte, und in dieser romantischen Atmosphäre fühlte sie sich einsamer als je zuvor. »Ach, Mike«, wisperte sie. »Warum musste es so kommen?«

Plötzlich erregte ein Geräusch in der Nähe ihre Aufmerksamkeit. Etwas Schweres bewegte sich krachend durch den Busch zwischen ihrem Lager und dem Weg, auf dem sie ihr Flugzeug geparkt hatte. Cassies Herz schlug schneller. Sie wusste, dass ein Aborigine kein Geräusch machen würde, und ihr Instinkt sagte ihr, dass es sich nicht um ein Känguru handelte. Eilig ging sie in ihr Zelt, um ihre Taschenlampe zu holen.

Bevor sie die Lampe jedoch einschalten konnte, hörte sie einen dumpfen Aufprall und dann einen Schmerzenslaut, der menschlich klang.

»Wer ist da?«, rief sie, während sie mit der Taschenlampe über das dichte Blattwerk leuchtete. Als sie eine Bewegung wahrnahm, hob sie schnell ein Holzscheit auf und lief damit auf das raschelnde Geräusch in den Blättern zu. Sie richtete den Strahl ihrer Taschenlampe auf den Eindringling und bemerkte einen Hinterkopf. Er gehörte zu einem Mann, der offenbar versuchte, seinen Fuß aus dem Gebüsch zu befreien, während er unterdrückt fluchte.

»Zeigen Sie sich, oder ich werde Ihnen eins überziehen«, rief Cassie angespannt. Ihr kam der Gedanke, dass dieser Mann sie beobachtet hatte, und sie fühlte sich unwohl.

Er wandte sich um, und Cassie keuchte schockiert auf. »Mike!«

»Cassie, bist du das?«, fragte er blinzelnd, geblendet vom Licht der Lampe.

»Ja.« Sie senkte den Lichtstrahl. »Bist du verletzt?«

»Nur mein Stolz«, erwiderte er. Unbeholfen richtete er sich auf.

»Was machst du hier?« Er besuchte ganz sicher keinen Patienten, denn er befand sich außerhalb des Gebiets, für das der Stützpunkt in Alice Springs zuständig war. Sie leuchtete auf den Boden, damit er sich besser befreien konnte.

»Ich habe dich gesucht.«

»Mich? Wie hast du mich hier draußen gefunden?«

»Doktor Rogers hat mir gesagt, wo du bist, und mir den

Weg beschrieben, aber ich habe mich verlaufen. Ich habe einige Aborigine-Kinder nach dir gefragt, aber sie haben mich erst verstanden, als ich die Dame mit dem goldenen Haar erwähnt habe. Da haben sie in diese Richtung gezeigt und sind davongerannt. Leider war es zu dunkel, um einen Weg auszumachen, und ich dachte schon, ich hätte mich verlaufen und wäre für immer verloren, als ich durch die Bäume den Schein des Feuers sah. Aber ich konnte im Dunkeln nicht sehen, wohin ich trete, und bin ständig gestolpert ...«

Normalerweise hätte Cassie sich über seinen mitleidigen Ton amüsiert, doch sie war zu überrascht. »Ich kann nicht glauben, dass du hier bist«, sagte sie und führte ihn zu ihrem Lager.

»Wenn du noch Tee übrig hast, hätte ich liebend gern eine Tasse«, sagte Mike erschöpft. »Ich habe nichts getrunken, seit ich in Alice Springs aufgebrochen bin, und allmählich wird mir etwas schwindlig.«

»Natürlich.« Cassie goss Tee in eine Tasse.

Er setzte sich ans Feuer und atmete ein paarmal tief durch. Dann trank er einen Schluck und sah Cassie an, die in das silbrige Mondlicht gehüllt war. »Cassie, ich habe mir diesen Moment monatelang vorgestellt, und du siehst noch viel schöner aus, als ich dich in Erinnerung hatte. Ich war furchtbar unglücklich ohne dich«, gestand er ihr.

»Ich habe dich auch vermisst, aber ...«

»Zwischen uns hätte etwas Wunderbares entstehen können, und ich schäme mich unendlich dafür, dass meine Probleme dem im Weg gestanden haben. Kannst du mir je verzeihen?«

»Da gibt es nichts zu verzeihen.«

»Bin ich zu spät, um es wiedergutzumachen? Hast du dein Herz schon jemand anderem geschenkt?«

»Nein. Aber es hat sich doch nichts geändert. Ich fliege immer noch, und du kannst damit nicht umgehen.«

»Vielleicht doch. Ich musste etwas dagegen unternehmen, Cassie, sonst wäre ich der größte Narr der Welt gewesen. Ich liebe es, als Arzt bei den Flying Doctors zu arbeiten, und ich habe es immer sehr genossen, bis ... na ja, du weißt ja, was passiert ist. Ich wollte mich wieder so fühlen wie früher, als das Fliegen für mich nicht aufregender war als Autofahren. Ich musste es auch für mich selbst tun, aber mein größter Ansporn sitzt hier direkt vor mir.« Der Blick aus seinen dunklen Augen wurde weich.

Cassie lächelte und nahm seine Hand. »Und was hast du gemacht?« Sie hatte ihm nicht helfen können und war neugierig. Sie fragte sich, ob er einen Arzt konsultiert und vielleicht Medikamente gegen Angstzustände bekommen hatte.

»Ich habe die Hölle durchgemacht, und das schon, ohne überhaupt vom Boden abzuheben«, gab Mike zu.

»Wie meinst du das?«

»Ich war zehn Tage in Adelaide.«

»In einer Klinik?«

»Nein, aber bei jemandem, der mir geholfen hat, über meine Angst vor dem Fliegen hinwegzukommen.«

Cassie traute ihren Ohren nicht. »Wie denn?«

»Roy hat einen pensionierten Freund aus der Air Force um einen Gefallen gebeten. Sein Name ist Sergeant Bruno Punchinello, und er ist ein unglaublicher Mann.«

»Wie hat er dir geholfen?«

»Er hat Zutritt zu einem großen Schuppen, in dem Ausrüstung der Air Force gelagert wird, die gerade nicht benutzt wird. Darunter ist auch ein Curtiss-Wright-Flugsimulator.«

»Oh, so einen habe ich noch nie gesehen. War es realistisch?«

»Allerdings. Ich saß in etwas, das aussieht wie eine große Blechdose, und habe am Steuer geschwitzt und gezittert, weil ich vollkommen vergessen habe, dass ich mich noch auf dem Boden befand. Es bewegt sich so, als wäre man in der Luft.«

»Also ... willst du sagen, der Simulator hat geholfen?« Cassie hoffte es, allein schon um seinetwillen.

»Teilweise. Am meisten hat vermutlich Sergeant Punchinellos Unnachgiebigkeit geholfen. Am zweiten Tag wollte ich aufgeben, aber er wollte davon nichts hören. Er nahm mich am Schlafittchen und warf mich praktisch in den Simulator.«

»Hast du ihm erzählt, was mit ... Bill Burns passiert ist?«

»Ja, und er findet, dass jeder, der so viel Zeit in einem Flugzeug verbringt wie ich, in der Lage sein sollte, es zu fliegen, einfach für den Fall, dass dem Piloten mal etwas zustößt. Das ist unerlässlich, hat er gesagt und mir klargemacht, dass er mich nicht gehen lässt, bevor ich meine Angst nicht überwunden habe. Er ist ziemlich Respekt einflößend, aber er spricht ruhig und ist ein richtiger Gentleman. Aber sobald es um das Training geht, verwandelt er sich zu einem anderen Menschen. Trotz seines Alters ist er körperlich in hervorragender Verfassung, und seine Methode war alles andere als sanft oder einfühlsam. Da versteht er keinen Spaß. Ich habe schnell verstanden, warum Roy gezögert hat, mich zu ihm zu schicken, aber niemand kann behaupten, er wäre nicht gut in dem, was er tut.«

»Und hat er dich irgendwann in einem echten Flugzeug mitgenommen?«

»Ja, in seiner Privatmaschine. Anscheinend lässt er sonst nie jemanden damit fliegen, der Druck für mich war also enorm. Aber es war eine Piper Cherokee, wie dein Flugzeug, da hat mir all das geholfen, was du mir beigebracht hast. Nachdem ich in dem Simulator mehr als hundertmal abgehoben, geflogen und gelandet bin, habe ich es im Flugzeug auch einigermaßen hinbekommen.«

Cassies Herz quoll geradezu über vor Liebe für ihn, sie

konnte kaum glauben, dass er sich diesen Qualen ausgesetzt hatte, für sie, für ihre gemeinsame Liebe. Das war geradezu unglaublich! »Ich bin stolz auf dich, Mike«, brachte sie hervor.

»Als ich nach Alice Springs zurückkam, hat Roy mir Unterricht im Flugzeug eines Freundes gegeben. Bald hatte ich genug Flugstunden zusammen, um den Pilotenschein zu machen.«

Cassie war fassungslos. »Willst du damit sagen ... du hast einen Pilotenschein?«

»Allerdings.« Mike strahlte.

Cassie kreischte vor Freude auf und schlang ihm die Arme um den Hals. »Ich kann dir gar nicht sagen, wie stolz ich auf dich bin.« Tränen rollten ihr über die Wangen. »Und ich kann immer noch nicht glauben, dass du gerade hier bei mir sitzt ... noch dazu mit einem Pilotenschein. Wie bist du hergekommen? Von Alice Springs geht kein Direktflug nach Mount Isa, oder? Musstest du über Darwin oder Brisbane fliegen?«

»Es ist ein Direktflug, wenn du dein eigenes Flugzeug fliegst«, sagte Mike mit einem kecken Grinsen. »Na gut, nicht mein Flugzeug. Ich habe das von Roys Freund geliehen.«

Cassie starrte ihn an. »Wirklich? Du bist ... ganz allein von Alice Springs nach Mount Isa geflogen?«

»Ganz genau. Und dann hat mir Don Rogers ein Auto geliehen, damit ich hierherfahren kann. Ich weiß, dass du geflogen bist, aber noch traue ich mir nicht zu, auf einem so holprigen Weg zu landen. Dafür brauche ich noch etwas mehr Erfahrung.«

Cassie sah ihn weiterhin ungläubig an. »Warst du ... Wie hat es sich angefühlt, allein zu fliegen?«

»Es war nicht mein erster Flug allein, sonst hätte ich keinen Pilotenschein«, sagte Mike lächelnd.

»Ich weiß, aber ... ich muss mich erst noch an die Vorstellung gewöhnen, dass du allein fliegst, nachdem ich mitbekommen habe, wie verängstigt du warst, als du nur am Steuer gesessen hast.«

»Um ehrlich zu sein, war ich zuerst ein wenig nervös, aber ich war auch stolz auf mich und habe den Flug genossen.«

»Das hier muss ein schöner Traum sein!« Cassie stand auf und lief im Kreis herum, während sie versuchte, das alles zu verstehen.

»Ich werde an keinem Luftrennen teilnehmen und auch bei der Arbeit nicht selbst fliegen, aber ich musste dich einfach finden. Und was noch viel wichtiger ist: Du hattest recht damit, dass ich, sobald ich selbst fliegen kann, nicht mehr solche Angst habe bei dem Gedanken, dass du gerade in der Luft bist.«

»Das freut mich zu hören. Aber woher wusstest du, wo du mich überhaupt findest?« Ob Frank Majors ihm erzählt hatte, wo sie war?

»Zuerst habe ich deinen Vater angerufen, wir haben uns lange unterhalten. Nachdem ich ihn überzeugt hatte, dass ich dir nicht noch einmal das Herz brechen werde, hat er mir erzählt, dass du immer noch für den Royal Flying Doctor Service arbeitest und jetzt in Mount Isa stationiert bist. Als ich sagte, dass ich dich sehen möchte, hat er netterweise bei Doktor Rogers angerufen und ihm gesagt, dass ich heute nach Mount Isa fliege. Aber ich wollte, dass es eine Überraschung wird. Bis ich am Stützpunkt war, warst du schon unterwegs hierher.«

»Ich kann es nicht glauben.« Jetzt verstand Cassie, warum Silvia so plötzlich abgesagt hatte. Es war doch erstaunlich, was hinter ihrem Rücken vor sich gegangen war.

»Sei ihnen nicht böse«, bat Mike.

»Machst du Witze? Ich liebe sie alle. Vor allem dich.«

Mike stand auf und zog sie in die Arme. »Das ist gut, denn ich liebe dich mehr, als ich dir je sagen kann.«

»Langsam begreife ich das«, sagte Cassie bei dem Gedanken daran, was er für sie auf sich genommen hatte.

»Ich habe strikte Anweisungen erhalten, dich nach Alice Springs zurückzuholen«, sagte Mike.

»Ja? Von wem?«

»Jeannie, Kirra, Glen und Roy. Wenn ich ohne dich wiederkomme, machen sie mir die Hölle heiß.«

Cassie brach in Tränen aus, doch es waren Tränen der Freude. »Ich habe sie alle so vermisst. Ich dachte schon, sie hätten mich vergessen.«

»Du kannst dir gar nicht vorstellen, wie sehr sie dich vermissen. Ich durfte mir jeden Tag anhören, was für ein Idiot ich bin, dass ich dich habe gehen lassen.«

»Mach dir keine Vorwürfe. Es war meine Entscheidung, den Stützpunkt zu verlassen.«

»Was denkst du darüber, wieder mit nach Alice Springs zu kommen?«

»Ich fürchte, ich kann nicht«, brachte Cassie hervor und bemerkte sofort seine Enttäuschung.

»Ich verstehe. Das ist zu viel verlangt. Du bist hier jetzt angekommen.«

»Nein, nein, mein Herz ist da, wo du bist, Mike. Ob das Timbuktu ist oder Alice Springs, genau da möchte ich auch sein.«

Seine Miene hellte sich ein wenig auf.

»Aber ich kann nicht einfach meine Sachen packen und gehen und den Stützpunkt in Mount Isa ohne Pilotin zurücklassen. Das wäre nicht in Ordnung.«

»Nein, das stimmt. Ich verstehe.«

»Ich habe mich zwar auch in Alice Springs nicht an die Kündigungsfrist gehalten, aber ihr hattet zumindest noch einen Piloten. Mr Majors hatte Verständnis, aber das hätte er nicht, wenn ich Mount Isa jetzt verlassen würde.«

Mike nickte.

»Ich könnte ihn bitten, die Stelle auszuschreiben, aber ich weiß nicht, wie lange es dauern wird, einen Ersatz zu finden.«

Mike seufzte. »Es war egozentrisch von mir zu denken, du würdest mit mir nach Alice Springs zurückkehren.«

Cassie legte die Arme um seinen Nacken. »Nein, das war es nicht«, sagte sie, bevor sie ihn küsste. »Aber uns bleibt immerhin diese Nacht. Lass uns das Beste daraus machen.«

Kapitel 33

Roy betrat die Zentrale durch die Hintertür. »Mike ist gerade gelandet.« Er hielt einen Moment inne. »Ich werde mich nie daran gewöhnen, das zu sagen.«

»Es ist auch ungewohnt, es zu hören. Dein Freund von der Air Force hat wahre Wunder bewirkt«, bestätigte Jeannie zum wiederholten Male.

»Wahrscheinlich ist er der einzige Mensch, der das vollbringen konnte«, räumte Roy ein.

»Ich hoffe sehr, dass Mike Cassie überzeugt hat, mit ihm zurückzukommen. Wenn nicht, wird er am Boden zerstört sein.« Sie hatte sich Sorgen gemacht, dass Cassie sich in der Zwischenzeit neu verliebt haben könnte. Sie war zu schön, um lange unbemerkt zu bleiben, vor allem in einem Bergbauort voller Männer.

Roy ging hinaus, um Mike in Empfang zu nehmen. »Wie war der Flug?«, fragte er, als Mike ausstieg. Auf den ersten Blick war kein Schaden am Flugzeugrumpf zu sehen, was Roy als gutes Zeichen wertete.

»Ich hatte schon Respekt davor, so eine Distanz allein zu fliegen, aber ich habe immer wieder an mein Ziel gedacht, das hat mich motiviert. Allerdings bin ich jetzt müde«, gab Mike zu.

»Die Starts und Landungen waren also gut?«, hakte Roy nach.

»Ja, ich habe mir immer wieder vorgestellt, dass Bruno mir über die Schulter sieht und mir Anweisungen gibt, und dann war ich nicht so nervös. Trotzdem werde ich meinen Beruf als

Arzt nicht gegen eine Stelle als Pilot beim Royal Flying Doctor Service eintauschen. Keine Sorge.«

Roy lächelte. Sie machten sich auf den Weg in die Zentrale. »Hast du Cassie gefunden?«

»Ja. Am Rifle Creek, sie hat da gezeltet, ein sehr schöner Ort.«

»Wie geht es ihr?«

»Sehr gut.« Mike dachte an die wunderschöne, romantische Nacht, die sie miteinander verbracht hatten, und seine Wangen wurden heiß. »Ist hier alles in Ordnung?«, wechselte er schnell das Thema.

»Ja, es sind keine wirklichen Notrufe eingegangen, wir mussten Chris Peterson während deiner Abwesenheit nur einmal konsultieren.«

»Das freut mich zu hören. Aber irgendetwas stimmt doch nicht.«

Sie betraten das Büro, und Jeannie sprang sofort auf.

»Wo ist Cassie?« Sie blickte an ihnen vorbei. »Kommt sie bald?«

»Leider nicht, nein«, sagte Mike.

Jeannie starrte ihn an. »Warum nicht? Du hast ihr doch versichert, dass das mit dem Fliegen für dich jetzt in Ordnung ist, oder?«

»Ja, habe ich.«

»Hat sie ... jemand anderen kennengelernt?«, wagte Jeannie zu fragen.

»Nein«, erwiderte Mike, dankbar, dass das nicht der Fall war.

»Warum kommt sie dann nicht zurück?«

»Weil sie Mount Isa nicht verlassen kann, solange dort kein anderer Pilot ist.«

»Oh«, sagte Jeannie. »Aber sobald ein Nachfolger gefunden ist, kommt sie, oder?«

»Das hat sie gesagt. Aber ich weiß nicht, wann es so weit sein wird«, fügte er traurig hinzu. »Es ist nicht leicht, einen Piloten zu finden, der an einem so abgeschiedenen Ort arbeiten will.«

Jeannie stieß einen Seufzer aus. »Also ich muss sagen, ich bin enttäuscht. Du sicherlich erst recht.«

»Cassie lässt euch alle lieb grüßen. Ich gehe duschen.« Mike wandte sich an Roy. »Bitte richte Sam Kearney meinen Dank dafür aus, dass ich sein Flugzeug ausleihen durfte. Ich schulde ihm einen großen Gefallen.«

»Das hat er gern gemacht«, erwiderte Roy.

Als Mike gegangen war, wandte Jeannie sich an Roy. »Glaubst du, es wird lange dauern, bis ein Nachfolger für Cassie gefunden ist?«

Roy runzelte die Stirn. Er litt mit Mike, der mit so großen Hoffnungen losgeflogen war. »Das könnte schon sein.«

»Ach, du liebes bisschen. Mike hat all seine Hoffnung daraufgesetzt, dass Cassie ihm in ihrem Flugzeug hierherfolgt. Er setzt eine tapfere Miene auf, aber er muss völlig am Boden sein.«

Zwei Tage später rief Cassie in der Zentrale an, um mit Mike zu sprechen. Der war jedoch mit Roy auf einem Einsatz, daher redete sie mit Jeannie.

»Ich rufe morgen wieder an, aber sag Mike, dass ich mit Frank Majors gesprochen habe und er einverstanden ist, die Pilotenstelle für den Stützpunkt in Mount Isa auszuschreiben.«

»Das freut mich«, sagte Jeannie ehrlich. »Mike kann es kaum erwarten, dass du zurückkommst, und wir anderen auch nicht. Wir vermissen dich sehr.«

»Ich kann es auch kaum erwarten, aber ich kann die Leute hier auch nicht im Stich lassen. Mr Majors hat gesagt, dass es eine ganze Weile dauern könnte, bis Ersatz gefunden wird. Mindestens ein paar Monate, wahrscheinlich noch viel länger.

Mount Isa lockt nur Bergarbeiter an, andere Stellen sind da schwer zu besetzen.«

»Willst du damit sagen, dass es Jahre dauern könnte, bis ein Pilot gefunden wird?«

»Richtig glauben möchte ich das nicht, aber ich muss auch realistisch sein. Fürs Erste sollten wir versuchen, optimistisch zu bleiben.«

»Dann müssen wir wohl Geduld haben«, sagte Jeannie. »Du warst bestimmt sehr überrascht, dass Mike einen Pilotenschein gemacht hat, oder?«

»Ich war schockiert. In meinen wildesten Träumen hätte ich mir das nicht vorstellen können.«

»Er liebt dich sehr, und das, was er sich da angetan hat, beweist das deutlich. Ich hoffe, du siehst das.«

»Das tue ich. Er hat mir ein bisschen von Sergeant Bruno Punchinello erzählt«, sagte Cassie. »Er hat Mike wirklich gezwungen, sich seinen Ängsten zu stellen, und das war offenbar der richtige Ansatz.«

»Roy hat sich währenddessen große Sorgen um Mike gemacht, weil er weiß, wie streng der Sergeant sein kann, und weil das Wort ›Scheitern‹ in seinem Wortschatz nicht vorkommt. Aber du hast recht: Er war genau das, was Mike gebraucht hat.«

»Ich konnte nicht glauben, dass er allein nach Mount Isa geflogen ist!«

»Vor seiner Reise nach Adelaide war Mike an einem Punkt angekommen, an dem ihm egal war, was mit ihm geschah. Er fand sein Leben ohne dich nicht mehr lebenswert. Du hast das Richtige getan, indem du gegangen bist, weil er nicht das Beste aus seinem Leben gemacht hat, solange er solche Probleme mit dem Fliegen hatte. Damit war er gezwungen, etwas dagegen zu tun, das war sehr heilsam für ihn. Wenn du zurückkommst, wird sein Leben vollends erfüllt sein.«

»Wo ist Mike?«, fragte Jeannie Roy, als dieser nach dem Einsatz das Büro betrat.

»Er wollte duschen. Wir waren bei einem Farmhelfer, der im Schweinestall gestürzt ist. Warum? Gibt es schon den nächsten Einsatz?«

»Nein. Aber Cassie hat gerade angerufen.«

»Ah, sie wollte bestimmt mit ihm sprechen.«

»Ja, genau«, sagte Jeannie besorgt.

Roy entging ihr Tonfall offenbar nicht. »Stimmt etwas nicht, Jeannie?«

»Cassie hat erzählt, dass Frank Majors die Stelle ausschreiben wird, dass eine Neubesetzung in Mount Isa aber Monate oder sogar Jahre dauern könnte.«

»Es kann doch nicht viel schwerer sein, als jemanden für Alice Springs zu finden!«

»Doch. Alice liegt am Highway, von dem aus Arbeiter nach Norden und Süden gelangen können, und wir haben einige spektakuläre Sehenswürdigkeiten in der Nähe, wie Ayers Rock oder die Olgas. Mount Isa ist mitten im Nirgendwo«, hielt Jeannie dagegen. »Niemand fährt aus Vergnügen dorthin. Es tut mir furchtbar leid für Mike und Cassie, es könnte sehr lange dauern, bis sie endlich zusammen sein können. Mike wird das nicht gut aufnehmen. Er versucht, seine Gefühle zu verbergen, aber ich merke ihm an, dass er deprimiert ist.«

»Das ist mir auch aufgefallen«, sagte Roy nachdenklich. »Aber wir können nichts tun, als zu warten und zu versuchen, ihn aufzuheitern.«

»Als einziger Arzt am Stützpunkt kann er nicht einmal nach Mount Isa fliegen, um ein Wochenende mit ihr zu verbringen. Und bei ihr ist es genauso, sie ist die einzige Pilotin und kann deswegen nicht weg.«

Cassie brachte das Flugzeug vor dem Stützpunkt in Mount Isa zum Stehen. Sie kam gerade mit Silvia und Doktor Rogers vom Bourke and Wills Roadhouse, wo sie bei einer Geburt geholfen hatten, die Stunden gedauert hatte.

»Ich frage mich, warum May noch hier ist.« Don deutete auf ihr Auto auf dem Parkplatz. Für gewöhnlich ging sie an Samstagen mittags nach Hause.

Cassie hörte nur mit halbem Ohr zu, weil sie das Flugzeug musterte, das in der Nähe des Hangars stand. Es kam ihr bekannt vor. Ihr Herz machte einen Satz. »Ist das nicht die Maschine, in der Mike hergeflogen ist, als er zu Besuch war?«

»Kann sein«, antwortete Don. »Sie sieht genauso aus, aber sicher bin ich mir nicht.«

Cassie rannte aufgeregt in die Zentrale, platzte durch die Tür, dicht gefolgt von Don und Silvia, und blieb wie angewurzelt stehen. »Roy!«

Er saß lässig auf der Schreibtischkante neben dem Funkgerät und plauderte mit May, wie alte Freunde. Beide genossen offenbar die Gesellschaft des anderen sehr. Das überraschte Cassie, denn Roy war normalerweise eher reserviert, wenn er Menschen kennenlernte, und mit einer Frau hatte sie ihn noch nie gesehen. »Was machst du hier?« Sie konnte ihre Enttäuschung nicht ganz verbergen, dass nicht Mike vor ihr stand.

»Dich ersetzen«, sagte Roy strahlend. Er hatte May die Situation erklärt, und diese bewunderte ihn dafür, dass er sich opferte, um die beiden Liebenden zusammenzubringen.

»Wovon sprichst du?«

»Ich habe alles mit Frank Majors geklärt. Ich übernehme deine Stelle hier, bis ein neuer Pilot gefunden ist. Ich hoffe, das ist für Sie in Ordnung, Doktor Rogers.«

Don warf Cassie einen Blick zu und nickte. »Solange Sie ein Flugzeug fliegen können, macht mir das gar nichts«, sagte er.

Ihm fiel außerdem auf, dass May ganz zufrieden mit dieser Abmachung zu sein schien. Sie war schon seit einer langen Zeit allein, und er verstand nicht, weshalb, da sie eine sehr attraktive Frau war und etwas Glück verdient hatte. Plötzlich sah er die Möglichkeit, dass sich ihre Situation änderte.

Cassie war überwältigt. »Ich kann nicht glauben, dass du das tust!«, rief sie.

»Ein Tapetenwechsel wird mir guttun, und ein gewisser Doktor in Alice Springs wird begeistert sein, dich wieder bei sich zu haben. Es wird allerdings eine Überraschung. Er weiß es noch nicht.«

»Wirklich? Weiß Jeannie denn Bescheid?«

»Nein. Ich habe Jeannie gern, aber so ein aufregendes Geheimnis wäre bei ihr nicht sicher. Ich bin heute Morgen einfach losgeflogen und habe Sam Kearney gebeten, Mike zu einem Einsatz zu fliegen, falls ein Notruf eingeht. Natürlich kann Mike jetzt auch selbst fliegen, wenn er muss, aber falls doch noch ein Pilot gebraucht wird, steht Sam bereit. Frank hat widerwillig zugestimmt, aber dieses Arrangement gilt nur für heute, also solltest du dich besser auf den Weg machen.«

»Oh.« Cassies Herz raste vor Aufregung. »Ich gehe schnell packen.« Sie drehte sich vor Freude um sich selbst, dann küsste sie Don und May auf die Wange. Danach umarmte sie Roy fest und drückte auch ihm einen Kuss auf die Wange. »Danke«, flüsterte sie bewegt.

»Ich habe dein Flugzeug schon getankt und eine Vorflugkontrolle vorgenommen.«

Cassie blieb der Mund offen stehen.

»Ich weiß, du machst es lieber selbst, aber du vertraust mir doch, oder?«, fragte er. »Du hast nicht viel Zeit, um bis Alice Springs zu kommen.«

Ein Lächeln breitete sich auf Cassies Gesicht aus, und sie

wussten beide, dass sie an ihre erste Begegnung dachte. »Natürlich vertraue ich dir«, sagte sie.

»Dann geh jetzt packen«, drängte Roy.

Am späten Nachmittag landete Cassie am Stützpunkt in Alice Springs. Sie war überglücklich. Es fühlte sich herrlich an, wieder hier zu sein. Auch wenn sie nur so wenig Zeit an diesem Ort verbracht hatte, fühlte es sich an, als würde sie nach Hause kommen. Das lag daran, dass ihr Zuhause dort war, wo Mike war.

Als sie aus dem Flugzeug stieg, wurde sie von Glen empfangen.

»Cassie! Ich freue mich sehr, dich zu sehen! Aber ich dachte, du würdest noch eine Weile in Mount Isa festsitzen.«

»Roy hat meinen Platz eingenommen, bis ein Nachfolger gefunden wird«, erwiderte Cassie.

»Ah, das erklärt so einiges! Roy hat vor ein paar Tagen das Flugzeug seines Freunds wieder hergeflogen. Er meinte nur ausweichend, er wolle daran arbeiten. Und heute Morgen war es dann weg.«

»Sei ihm bitte nicht böse. Es soll eine Überraschung für Mike sein.«

»Das wird es mit Sicherheit«, sagte Glen lächelnd. »Soll ich dein Flugzeug unterstellen?«

»Ja, bitte.«

»Übrigens, ich habe deinen Käfer noch nicht verkauft. Ich dachte, ich behalte ihn noch eine Weile, nur für den Fall, dass du und der Doc doch einen Weg finden, zusammen zu sein. Er steht hinten im Hangar.«

»Wirklich?« Cassie war erfreut. Sie liebte den kleinen Volkswagen.

»Sagen wir einfach, ich bin tief im Herzen ein Romantiker, auch wenn meine Frau das vielleicht anders sieht.«

»Also ich stimme dir da auf jeden Fall zu, Glen. Tausend Dank.« Cassie nahm ihren Koffer und ging zu ihrer Wohneinheit.

»Mike!«, rief Jeannie. Er trat sofort aus seinem Büro. »Gerade ist ein Anruf von einem Ranger an der Ormiston Gorge eingegangen, du wirst gebraucht. Allerdings habe ich Roy den ganzen Morgen noch nicht gesehen und nur eine Nachricht von ihm gefunden.« Bisher war noch kein Notruf eingegangen, und sie hatte gerade Feierabend machen wollen.

»Und was steht darin?«

Jeannie nahm den Zettel in die Hand. »Dass wir im Notfall Sam Kearney anrufen sollen, darunter ist eine Nummer notiert. Was bedeutet das deiner Meinung nach?«

»Ich weiß es nicht«, erwiderte Mike erstaunt. »Roy hat mir nichts gesagt.«

»Falls ihr einen Piloten braucht, ich hätte Zeit«, sagte Cassie aus der geöffneten Hintertür.

Mike wirbelte herum, und Jeannie starrte sie mit offenem Mund an.

Cassie lief mit einem breiten Lächeln zu Mike, der sie sofort in die Arme schloss.

»Ich kann nicht glauben, dass du hier bist«, flüsterte er in ihr Haar. »Aber ... Wie ist das möglich?«

»Hat man schon einen Ersatz für dich gefunden?«, fragte Jeannie, als sie Cassie auf die Wange küsste.

»Ja. Roy«, erwiderte Cassie.

Die beiden starrten sie regelrecht geschockt an.

»Roy!«, rief Mike ungläubig.

»Aber ... er ist doch hier irgendwo«, stammelte Jeannie. »Oder nicht?«

»Nein, er ist in Mount Isa.«

»Aber er kann doch sicher nicht einfach deinen Platz einnehmen«, wandte Jeannie ein. »Für dich wäre es natürlich wunderbar ... aber ...«

»Er hat es mit Frank Majors abgesprochen: Er ersetzt mich, bis jemand gefunden ist.«

»Ich kann nicht glauben, dass er das getan hat. Das ist wahnsinnig großzügig von ihm.«

»Ich soll dir sagen, dass er deine Trauermiene nicht länger ertragen hat«, sagte Cassie.

Mike lachte. »Das sieht ihm ähnlich.«

»Ihr solltet euch besser auf den Weg machen, wenn ihr vor Einbruch der Dunkelheit wieder hier sein wollt«, sagte Jeannie, die sich plötzlich wieder an ihren Patienten erinnerte.

»Worum geht es?«, fragte Mike, bemüht, sich zu konzentrieren.

»Ein Wanderer ist an der Ormiston Gorge gestürzt. Er hat Prellungen und eine Wunde, die genäht werden muss, aber es klingt nicht, als wären Knochen gebrochen, auch wenn du das erst noch untersuchen musst.«

»Es wird zu spät, um heute noch zurückzufliegen«, sagte Mike zu Cassie.

»Ich habe mein Zelt im Flugzeug.« Cassie malte sich aus, wie sie es am Wasser der Ormiston Gorge aufschlugen. Die Vorstellung war wunderschön. »Wir sprechen uns später, Jeannie«, sagte sie, bevor sie schon wieder zur Hintertür hinauseilte.

Jeannie sah Mike an. »Ich kann nicht glauben, dass sie hier ist.«

»Ich auch nicht, aber es ist wunderbar«, erklärte er strahlend.

»Allerdings. Kirra wird auch mehr als begeistert sein, wenn sie es am Montag erfährt.«

Mike untersuchte den Patienten und nähte die Wunde am Arm mit sechs Stichen. »Sie hatten Glück, junger Mann. Sie hätten wesentlich ungünstiger fallen können.«

»Ich weiß«, sagte der Junge voller Selbstmitleid. Er hatte mit seinen Freunden herumgealbert und war ausgerutscht.

»Sie müssen sich ein paar Tage schonen, aber Sie werden sich vollständig erholen«, versicherte Mike ihm, während er seine Arzttasche schloss.

Als er zurückkam, wurde es gerade dunkel. Cassie hatte in der Zwischenzeit das Zelt aufgebaut und ein Feuer entfacht. Sie hatte jede Menge Konserven dabei, deren Inhalt ihnen als Abendessen gereichen würde.

Die Luft war noch warm, und es war wunderschön neben dem Wasserloch.

»Ich muss mich immer wieder kneifen«, sagte Cassie zu Mike. »Heute Morgen war ich in Mount Isa und hatte nicht die leiseste Ahnung, dass ich heute Abend mit dir am perfektesten Ort von ganz Australien sein würde.«

»Solange du dabei bist, ist mir jeder Ort recht, aber der hier ist wirklich perfekt.«

»Sollen wir eine Runde schwimmen, bevor wir essen?«, schlug Cassie vor.

»Ja.« Mike bemerkte, dass sie unter dem leichten Kleid bereits den Badeanzug trug.

Bis Mike sich umgezogen hatte, war Cassie schon im Wasser. Er schwamm zu ihr und seufzte wohlig auf. Das Wasser fühlte sich auf seiner erhitzten Haut herrlich kühl an. Er zog Cassie in seine Arme.

»Da drüben am Felsen habe ich mir damals eingestanden, dass ich mich in dich verliebt habe«, verriet Cassie ihm.

Mike verlor sich in ihrem Blick. »Bei mir war das am Lagerfeuer in Hermannsburg der Fall.«

Cassie lächelte. »Das war ein magischer Moment, nicht? Ich habe in der Nacht auch die starken Emotionen gespürt, die in der Luft lagen.«

»Jetzt, da ich wieder ohne Probleme fliegen kann, sehe ich eine perfekte Zukunft vor uns. Nun … beinahe.«

Cassie stutzte. »Wieso beinahe?«

»Du hast dich noch nicht einverstanden erklärt, mir zehn Kinder zu gebären, und ich fürchte, das ist ein Ausschlusskriterium.«

Cassie starrte ihn an. »Du machst Witze, oder?«

»Nein, ich meine es ernst. Ich will eine große Familie.«

Cassie musterte ihn, aber in der Dunkelheit war schwer zu erkennen, ob er sie auf den Arm nahm. »Zäumst du das Pferd nicht gerade von hinten auf? Du hast mich noch gar nicht gefragt, ob ich dich heiraten will«, sagte sie gespielt unwirsch.

»Willst du mich heiraten, Cassandra Granger?«

Sie wartete kurz, um ihn ein wenig zittern zu lassen. »Na ja, ich werde keine zehn Kinder bekommen. Wenn das ein Ausschlusskriterium ist, kann ich nicht deine Frau werden. Ich würde mich höchstens auf zwei oder vielleicht drei Kinder einlassen.«

Mike schüttelte den Kopf und tat, als würde er bei dem Thema keinen Kompromiss eingehen.

Cassie küsste ihn sinnlich und sah ihm dann tief in die Augen.

Mike seufzte. »Wird es von nun an so sein? Ich stelle Regeln auf, und du küsst mich und setzt deinen Willen durch?«

»Ganz genau«, entgegnete Cassie lächelnd.

Mike seufzte resigniert. »Du hast Glück, dass ich dich liebe, Cassandra Granger.«

Als ein silberner Mond über dem uralten roten Felsen der

Schlucht aufstieg, die von den westlichen Arrernte Kwartatuma genannt wurde, eroberte er ihren Mund mit einem leidenschaftlichen Kuss.

Ende

Eine Reise ins ferne Australien ist sein Herzenswunsch ...

Elizabeth Haran
FLIEGENDE ÄRZTE -
AUFBRUCH INS OUTBACK
Australien-Roman
Aus dem australischen
Englisch von
Sylvia Strasser
480 Seiten
ISBN 978-3-7857-2841-3

England, 1937: Die junge Krankenschwester Ashleigh umsorgt den kranken Lord Edward. Von seiner Frau ist er getrennt, sein Sohn weilt in Südamerika. Ashleigh findet es schier unglaublich, dass er in Australien eine Stadt besitzt, die er vor vielen Jahren gekauft, aber noch nie besucht hat. Schließlich fasst Lord Edward den Plan, seine womöglich letzten Monate nicht in England zu verbringen, sondern seinen Traum von der Reise zum Roten Kontinent zu verwirklichen. So brechen der Lord und Ashleigh gemeinsam ins Outback auf. Es ist völlig ungewiss, was sie dort erwartet, doch es wird ihrer beider Leben für immer verändern ...

Lübbe

Wunderbare Australiensaga über große
Träume und die Kraft der Liebe

Elizabeth Haran
EIN TRAUM IN
AUSTRALIEN
Roman
Aus dem australischen
Englisch von
Kerstin Ostendorf
416 Seiten
ISBN 978-3-404-18841-3

Südaustralien, 1950: Jackson Hastings bricht mit der seit Generationen gepflegten Tradition, die Farm seiner Vorfahren zu führen. Ihn zieht es in die Stadt. Mit dem Erbe seiner Großmutter baut er dort ein Warenhaus auf. Als er sich mit Eloise verlobt, der Tochter eines vermögenden Kunsthändlers, lässt er seine Vergangenheit endgültig hinter sich. Doch dann tritt Melody erneut in sein Leben, die seit ihren Kinder- und Jugendtagen auf der Farm für ihn schwärmt. Einmal mehr zeigt sich, dass sich das Leben nicht planen lässt und die Wege zum Glück manchmal verschlungen sind ...

Lübbe

*Aus ihrer Reise nach Kenia wird eine
Entscheidung fürs Leben …*

Christina Rey
EIN KLEINES STÜCK
VON AFRIKA -
AUFBRUCH
Roman

416 Seiten
ISBN 978-3-7857-2820-8

1910. Auf einer Safari in Kenia verliebt sich die junge Ivory in dieses
Land und seine Tier- und Pflanzenwelt – und in den Großwildjäger
Adrian Edgecumbe. Sie hofft, dass er sein blutiges Geschäft für sie
aufgeben wird, doch Adrian ist ein Abenteurer. Ivy ahnt bald nach
der Hochzeit, dass sie nur eine Trophäe für ihn ist. Als Adrian im
Krieg vermisst wird, nimmt Ivy die Geschicke der Farm in ihre
eigene Hand. Statt der Großwildsafaris bietet sie Fotoaufnahmen
und Beobachtungen von Tieren an. Bei der Verwaltung des
Landes geht sie mutige Wege. Entschlossen kämpft sie für ihre
Ziele und verliert dabei auch ihr Herz. Aber kann und darf sie aus
einer engen Verbundenheit Liebe werden lassen?

Lübbe

Die *MS Kristiana* auf großer Fahrt nach Neuseeland!

Greta Jänicke
MS KRISTIANA -
EINE LIEBE AM
ENDE DER WELT
Roman

320 Seiten
ISBN 978-3-404-18405-7

Atemberaubend schöne Landschaften, herrliche Fjorde, unendliche grüne Hügel und eine faszinierende Tier- und Pflanzenwelt: Die *MS Kristiana* umrundet Neuseeland. Auf diese Reise hat sich Adrian, der Kapitän des umweltfreundlichen Schiffes, sehr gefreut, ebenso wie auf das Wiedersehen mit Jasmin. Doch die Schiffsärztin Eva hofft noch immer auf eine Versöhnung mit Adrian und hat ihre eigenen Pläne im Sinn ...

Mit in See stechen außerdem: eine Mutter mit zwei Kindern, die im Rahmen eines Zeugenschutzprogrammes bis zum Prozessauftakt untertauchen muss, und ein Journalist auf Spurensuche im Leben seines Großvaters.

Lübbe

*Tierärztin zu werden ist ihr großer Traum –
auch wenn sie dafür einen hohen Preis zahlen muss*

Sarah Lark
DIE TIERÄRZTIN
- GROSSE TRÄUME
Roman

ISBN 978-3-404-18797-3

Um 1912 als Tierärztin arbeiten zu können, heiratet Nellie ihren
Jugendfreund Philipp De Groot, der die väterliche Praxis übernimmt. Sie liebt ihn zwar nicht, aber die beiden verbindet seit
ihrer Kindheit eine innige Freundschaft. Sie verspricht jedoch,
ihn freizugeben, sobald er eine Chance sieht, seinen eigenen
Berufswunsch als Musiker zu verwirklichen. Als sich ihm diese
nach dem Ersten Weltkrieg bietet, verschwindet er plötzlich aus
ihrem Leben. Mit ihrer Kollegin Maria versucht Nellie nun, eine
Tierarztpraxis in Berlin aufzubauen. Doch die Vergangenheit und
die Liebe holen Nellie schnell wieder ein ...
Der erste Band der erfolgreichen TIERÄRZTIN-Saga

Lübbe